# 一個人張燈結彩

田耳

人間出版社
中國作家協會

# 目錄

# 蟬翼

## 1

那時候我住在一處建在山腰的房子裡。山腰有一溜規矩的複式樓，其整齊的樣子猶如朵拉的門牙。每套複式樓都有兩層，但面積很小。人們叫這一排樓叫長城樓，有十三套。我住在最後一套。順路走到盡頭，有個獨立的院門，用鑰匙擰開了，迎面撲來濃重的雞糞味。那時候我是個養雞的，也就是說，飼養員。老闆租下長城樓最靠裡的一棟，以及後面十來畝坡地。種了一百多棵獼猴桃樹苗，說是良種。這種藤本植物的莖蔓暫時還不能攀滿架子，形成蔭翳。

我只給小謝和朵拉打過電話，告訴我現在在什麼地方，幹著什麼。他們有時到我這裡坐一坐。小謝不喜歡這裡，再說他剛找了個女朋友，所以不能像以前一樣，沒事就跟我泡在一起。朵拉是一個比我更寂寞的人，她經常來我這裡，跟我扯一扯白，看看我餵養的鬥雞。她覺得那些雞很醜，實在是太醜了。她說，要是你把這種雞燉了，我肯定不吃的。我說這雞死了沒什麼吃頭，活著卻是賺鈔票的機器，老闆專門開私車到越南和泰國買來的，便宜的都要幾千塊錢一隻。她吐了吐舌頭，說，打架嗎？我點了點頭。她很快得出一個結論：這些雞長得難看，待在一起誰看誰都不順眼，所以會打起來。她覺得這是一種很深刻的見解，說出來以後就得意地笑了。我想，也許是這樣；再者，這也是朵拉一貫的思維方式。

來了幾次以後，她能夠理解我為什麼選擇當飼養員，而不是進入鄉鎮的衛生所。以前我們那個班上的同學，十之八九都蹲進了衛生所裡，然後日夜等待著進城的機會。養雞的工作很輕鬆，雖然有些枯燥，但是相當省心，不會有人找麻煩。

當朵拉在鄉衛生所給一個婦女注射青黴素，惹出好大一堆麻煩後，她就覺得我的選擇很明智。皮試顯示正常，她只不過有些暈針，想敲點錢。她家很窮，簡直窮瘋了，要是年輕漂亮一點，她說不定會去賣。朵拉被這件事打擊得不輕，講話刮毒，不符合她一貫的較淑女的形象。我能理解她的心情。為這事她賠了幾千塊錢，從我這裡借了兩千——她不想讓她父母知道。這也是讓我覺得迷惑的地方，她這樣還可以撒撒嬌裝裝嗲的年紀，卻能打脫門牙往肚裡嚥，還能把事情隱瞞得密不透風。但我記得幾年前一天，她跟班主任老普請假，老普沒有批，她就哭了。她坐在教室靠後的一張椅子上，憋了憋，沒憋住，終於哭出聲來。

當時我正好掏得出兩千塊錢，那是一個月的薪水。她裝出很羨慕的樣子，說，一個月能有兩千，真不錯。當時我的同學下到鄉鎮，月工資五六百。我有自知之明，這樣的工種即使錢再多一點，也不至於使人羨慕。朵拉的男朋友楊力再過兩三年，研究生畢業以後，一年能掙下十來萬。

我告訴她這兩千塊錢也不好掙，這種雞不光是餵養，還得一隻隻搞體訓。正因為我有醫護資格證，才最終拿到這份工作。可以說，這些雞享受的醫療保健水平相當於縣團級幹部，蜂王漿腦白金天天都有得吃，通常拌在精飼料裡，隔三差五還打一針人血白蛋白，增強免疫力，並蓄養體能；偶爾也打睾丸酮、丙胴胺之類的性激素，進一步激發牠們的雄性和鬥性。拿去打架之前，會注射士的寧或者丙酸諾龍，讓牠們興奮無比，鬥志昂揚。——鬥雞協會前一陣還在反覆討論，要不要在鬥架之前，給雞們搞一搞尿檢。

朵拉用嘴唇吹出一串顫音，這表示她很驚訝。她問我，那這些雞配種的時候，你會不會給牠服用偉哥？

這以前倒沒有想過，但可以給老闆提提建議。我說。朵拉忽然又說，以後要什麼藥，到我那裡買，讓我也提一提成。我說行，送個順水人情。你們那裡有偉哥賣嗎？買一點，有時候我也搭幫這些雞用幾粒試試。她說，哪有？我們是鄉衛生所。

她想看看我是怎麼給鬥雞搞體訓的。我說少兒不宜，她更來興趣，她說，我什麼沒看過？還能有什麼不宜的？

是呵，我想，我們這些在醫專待過六年的人，還有什麼少兒不宜的東西沒看過？但我給雞搞體訓的辦法不是在醫專學得到的，全靠自個摸索。我先是找來一隻母雞，用大竹罩罩住。再把一隻鬥雞捉來，往竹罩外一扔。鬥雞眼力不太管用，待了分把鐘才看清竹罩裡面是牠日思夜想的母雞，於是做出扒騷的動作向母雞靠攏。兩隻雞被竹罩隔開了，鬥雞當然不死心，圍著竹罩一圈一圈轉了起來，不知疲倦。牠估計不出來這竹罩的直徑有多大，可能老以為，前面不遠的地方會有一個豁口，可以鑽進去。

那隻鬥雞跑了好多圈，還發出痛苦的低鳴。我哈哈地笑了。雖然每天都看得到這樣的情況，我還是會被雞們逗笑。牠們一臉焦躁和無奈的樣子，是趙本山他老人家都表演不出來的。我以為朵拉也會笑。但是我想錯了，她沒有笑。她說，太慘忍了。你太齷齪了，能想出這樣的鬼主意。她看著我，表情古怪。我忽然記起來，我們第一次去看解剖好的屍體標本，她臉上也浮現這樣的表情。很多個女生噦了，但朵拉直直地看著屍體，擺出這樣的表情。她用當年看屍體的眼神看著我。

不遠處一個食槽冒出一隻黑乎乎的老鼠，朵拉眼尖，看見了老鼠，發出尖叫。她的尖叫回復了作為一個淑女的樣子。我讀到一份時尚雜誌上刊載的〈淑女手冊〉，首當其衝的一條就是：見到老鼠要尖叫，不管你怕還是不怕。

為什麼？

我沒有問朵拉。

我告訴朵拉，有一回我坐在窗口那個地方，用彈弓槍打下一堆老鼠，然後挑了兩隻個大的，每隻怕有半斤左右，剝了皮，扔了一掛精緻的下水，再燻成爆醃肉的成色，剁細了小炒。吃著很嫩。我說。朵拉並不奇怪，說，我知道，應該很嫩。像什麼味？是不是像雞肉？我再次感到意外，本指望朵拉再次尖叫起來，說，多肉麻呵。依我看來，像朵拉這種長得帶幾分神經質的女孩，既然怕老鼠，就更不能說吃這東西了。我說，有點像黃牛肉，只是裡面碎骨頭多，吃起來更香。也要用芹菜炒，添些黃豆醬。下次我再打兩隻，到時叫上你和小謝，還有他女朋友，我們一塊吃。我們先別告訴他兩口子，吃完以後再公布答案。

好的。朵拉這麼回答。

那天我忽然想起一件事。我又告訴她，有一天我看見一隻鸚鵡飛到後山，落在一處食槽上，啄食穀粒。我說，妳曉得，鸚鵡的嘴是彎的，看牠們啄食的樣子，我總是想笑。朵拉問，有什麼好笑的？我說，因為我會想起老普。我也不曉得為什麼，看見鸚鵡啄食，我就會想起老普。朵拉說，是嗎？聽說老普的老公被抓了，貪汙。我說，肯定外面還養著女人。我第一次看見老普的男人，就知道他是個色鬼。

為什麼？朵拉懵懂地問。

我說，他看你們女孩子，總是從中間看向下面，然後再慢慢地看向上面——喏，就像我現在這樣。

記得那天，我想抓住落到食槽邊的那隻鸚鵡。我慢慢靠近牠。牠好像並不懼怕，肯定是被人馴養過，逃脫籠子後飛到這裡。當我的手快捉住牠時，牠一個撲楞就飛了，在半空旋了幾圈，又落到了食槽附近。

這隻鳥有點呆。我說。

你抓住牠沒有？朵拉看著我。

於是我也看看朵拉的眼睛。朵拉不算漂亮，但她的眼睛很漂亮。縱是兩隻眼睛很漂亮，也改變不了這張分布著七個窟窿的臉。我想我有點遺憾，同時又對自個說，幸好她並不漂亮！

我告訴她，那天，我整整在食槽邊待了四個小時，一次次地接近鸚鵡，一次次都只差一點點，甚至指頭經常觸摸到牠綠色的羽毛，但不能捉穩整隻鳥。天快黑了，有一次，我又把手伸了過去，本以為頂多只能摸到一些羽毛，和此前成百次的遭遇一樣。結果這次我抓住了那隻鳥，握了個滿盈。我說，當時我的手有些哆嗦……

結果牠又逃脫了，呵呵。朵拉自以為是地說，我就知道，妳會這麼說。

不，牠沒飛掉啊。我很高興，終於把朵拉算計了一把。但她照樣不吃驚，這種遲鈍彷彿是天生的，要怪她父母。我帶她上到二樓，看那隻關在籠中的鸚鵡。

前些天我拽著這隻鸚鵡去到花鳥店買籠子，店主告訴我，這種鸚鵡不會學人話。我感到可惜，要不然，我想教這隻傻鳥說，朵拉妳好。或者說，朵拉，I love you。我甚至想，要力圖讓這隻傻鳥的英語發音夾雜著侶城方言的腔調。

我想，如果朵拉想要，就把這隻鸚鵡送給她。

# 2

我知道朵拉不是我女朋友，不需要別人提醒。我先認識楊力，然後才見到朵拉。那年八月，學校開學之前，小謝帶著楊力來找我。我和小謝以前是同學，而楊力和小謝一直是鄰居。我們就是這麼認識的。楊力找我的原因，就是因為朵拉。他不放心，初中畢業以後他要去長沙讀一所重點中學，但朵拉和我在當地醫專的同一個班級。

你們談兩年多了？我嗤地笑了出來。那年我十五歲，並由此推算他倆戀愛時才多少歲。我立即感到一種滑稽，噴著鼻息笑了。當時我還沒有學會擺出一種較為正式的表情去面對這樣的問題。

是這樣，我們早就確定了戀愛關係，感情一直很好。楊力居然一點沒笑，嚴肅得像學生會主席在指導新的學生幹部開展工作。小謝坐在我旁邊。他踢了踢我的腳。楊力的表情有些悲傷，整個人顯得有二十來歲，甚至更大一點。他說出了擔心的事情：外面的人都喜歡跑到醫專來泡妹子……可能他覺得我不是很專心聽他說話，所以沉默了一會，注視著我，問，知道這是為什麼嗎？

我不知道。我剛來，只知道哪所學校的妹子都有人泡，不光是醫專。

楊力循循善誘地告訴我說，但醫專有不同。外面那些流氓都喜歡勾引醫專的妹子，因為用起來比其他學校的妹子放心。醫專的女孩，順理成章地應該精通避孕。如果一個醫專女孩不小心被搞大肚子了，不光壞了名聲，還說明她智商有問題……

搭幫楊力的指點，我又明白了一個道理，對將要就讀的醫專產生了嚮往之情。當初中畢業要考中專時，我沒什麼想法。爺爺搖頭晃腦地建議我去讀醫衛或者師範。憑他的經驗，不管朝代怎麼更迭，醫生和老師這兩樣人都需要的。其他那些職業，我爺爺覺著政策性強，靠不穩。

我不想讀師範。在我們那個鄉鎮，老師都活得很窩囊，還要分片去收學費。在農村，收一塊錢學費都要花去幾兩唾沫。想想這些，我頭皮就發麻，於是決定去讀醫衛專業。報考的這個專業要讀四年，校方還承諾，中專畢業後再花兩年，就給你發大專文憑，好歹算是一個大學生。

朵拉並不漂亮。因為楊力那天說話時悲哀的神情，在看到朵拉之前我隱隱充滿著期待。頭一天去到那個班，她主動來找我認識。楊力肯定跟她說到過我。她跟我扯起楊力，問我怎麼認識楊力的。這個楊力老早就編好了，讓我和他統一口徑。我一邊和她說話，一邊想，楊力這個人是多慮了，他可能覺得每個男人都會在朵拉身上找到和他一樣強烈的感覺。其實並不是這樣，醫專裡漂亮的女孩很多，一抓一大把。這麼多的漂亮女孩囤積在一起，她們肯定也滋生不了奇貨可居的心思。

那六年裡，我沒有感到和異性相處的愉悅，而是老要擔心，自己是不是女性化了？班上有五個男的，四十六個女的。由於性比例的嚴重失調，班上女孩對我們的同化作用是顯而易見的。自個時不時都能很清晰地感覺到，正說著話，不知從哪個字音開始，語調忽然就變軟了，變黏乎了。然後女孩們會很得意地提醒說，你真變態。

於是，我們五個都商量好了，要相互提醒，相互監督，防微杜漸，不能讓自己蛻變成人妖。

我記得，有好多個夜晚，我夢見身上長出了乳房；甚至有個晚上，我夢見自己生下一條孩子，血淋淋的，孩子哭的聲音活像我外公沒死之前每個晚上打的鼾。我驚醒過來，摸了摸胸脯，是很平的，於是鬆了一口氣；再往襠裡撈一撈，那東西仍然躺在原來的地方，多撈它幾下，漸漸就挺直了起來。這樣，我才完全放心下來。

我們幾個男的對這樣的環境有一種逆反，其結果是我們嘴巴子都變得很惡毒，一到寢室就淋漓盡致地用解剖知識去評點班上的女孩子，說得她們毫無隱祕可言。彷彿只有這樣，才證明我們一腦袋都盤旋著男性思維；而那些女孩，如果有幸聽到我們在寢室裡的說道，搞不定頗有幾個會昏厥過去。

有一天我們不曉得從哪本破雜誌上看到這樣一則文章，上面介紹女孩子性慾發作時候會有的一些舉動。我記得其中一條，是說在公共的場合，女孩會佯裝翹起個二郎腿，其實是緊緊夾著腿根，然後拿屁股在椅子上來回磨擦。那篇文章很快被我們五個男的都讀了一遍，之後的那一個星期，大家根本就沒有心思上課，全趴在桌子上，觀察班上女孩下半身的情況。我們要找出誰是班上性慾最強的女孩。

我記得那個下午，第二節課，我趴在桌子上差點要打起瞌睡了，忽然被身後的小李拍了一巴掌。他指了一個方向，叫我往那邊看。我一看，小李指著朵拉。朵拉翹起了二郎腿，正把身下坐著的那張骨牌椅搖得吱嘎吱嘎響。外面有一隻蟬在鳴叫，掩去了這聲音，如果不用心，就不會聽到。

蟬的叫聲是雞——鴨——屎，稍一暫停，又是雞——鴨——屎，如此循環不已，把整個秋後下午都弄得昏昏欲睡。在我們佴城，把蟬就叫做「雞鴨屎」。

我也是看著朵拉臀部的運動，才能聽見她折磨椅子弄出的響聲。講台上長相很神經質的老普正在教拉丁文，用拉丁文拼寫出的藥品名都十分冗長。我不曉得為什麼要學這個，每一種藥都有對應的中文譯名。

朵拉還在搖椅子，時疾時徐，但中間沒有間歇的時候。班上五個男的互相傳達了以後，注意力都集中在朵拉的臀部，一直竊笑不已，因為這些天的蹲守終於有了結果。朵拉卻懵然無知。她還在一個勁地搖啊搖，搖啊搖。

我忽然想，她是不是想起了楊力？除了楊力，她是不是想起了別的誰？

在我鹹濕的夢中，班上好多個女孩都出現過，鬧得我第二天見到她們本人時，有些愧怍，感到無顏以對。據此我想，朵拉在搖椅子的時候，肯定也不光想著楊力。楊力離得太遠了，而近在身邊、經常面對的人才容易成為性幻想的對象。

那天晚上他們忽然神神道道地看著我，還祝賀我，說看不出來，你一眼就盯上了王朵拉，原來是因為這個呀。我連呼冤枉，我說朵拉又不是我的女朋友。他們說，看啊看啊，朵拉朵拉地，從來就沒見你叫她王朵拉，這麼膩。

我無奈地看著他們，忽然憋出那麼一句，清者自清，濁者自濁。他們抽風似地笑起來，說你這個蠢驢，管她是誰的女朋友？個把男人肯定滿足不了她的。說著，他們輪流拍了拍我的肩頭，拋給我曖昧的眼神。

朵拉不是樂於交際的人，她在女孩子中間都顯得形單影隻，沒有特別談得來的。但她樂得找我說話，課間的時候，還有週末。她叫我陪著她去買東西。別人有什麼誤會，也是正常的。其實我們在一起的時候，她說得最多的還是楊力，楊力楊力楊力，完了還是楊力。我並不了解楊力，幾年下來總共沒見幾次面。他在我頭腦中的印象很模糊，只記得他這個人一年更比一年神經質。朵拉理解地說，那是在那所省重點中學，楊力壓力很大。他成績很好，定下的目標是北大或者清華。要上那兩所大學，不玩命可不行。

朵拉經常要請幾天假，班主任老普有些煩她。本來老普挺喜歡她，讓她當這個班的班長。但朵拉請假次數太多了，又被別的女孩檢舉說，朵拉請假是去長沙看男朋友。老普就更不高興了。她沒有旗幟鮮明地在班上反對找男朋友（老普這麼說的時候，彷彿這個班上五個男學生根本就不存在），但不能影響學業。這是救死扶傷的事業，學業不扎實，以後弄死了人可不是開玩笑。

我一直想，為什麼朵拉會這麼頻繁地去長沙？僅僅是見面嗎？那次，目睹了朵拉搖椅子的激烈過程以後，我恍然大悟。想明白這個問題，不知怎麼地，我有些難過。

幸好只有一點點，難以覺察到的一點點。

三年以後，楊力沒考上北大清華，只超出湖南大學的錄取分數一點點。楊力是一個挺要強的人，他咬咬牙，沒去讀湖南大學，而是另外造了一套檔案，變成另外一個人，再復讀一年。那一年朵拉去長沙去得更勤快了。聽小謝說，楊力本打算回佴城復讀，但楊力的媽不同意，因為在長沙，能知道的高考信息要多一點，比在佴城有優勢。

朵拉每回去長沙，都會問我借一兩百塊錢。從長沙回來，很快地把錢還給我。她告訴我說，是楊力給她的。過了那一年，楊力就考上了清華。但朵拉的心情變得很煩躁。楊力將他們兩個戀愛的事告訴了他媽，楊力他媽要見見朵拉。見了面以後，朵拉很明顯地感受到，楊力家裡的人對她很冷淡。

她跟我傾訴這件事時，我說，妳想多了。也許楊力的媽是這種性格，聽說一直在當什麼領導……

宗教局的局長。她說。

我說，那就對了，天天跟和尚道士打交道，肯定得不苟言笑板著臉。再說你們的事還得放幾年，她也不能一下子就把妳認作兒媳了啊。

她說，你不知道，現在他考上大學了，他的媽就會更挑剔。

我說，那有什麼，我們以後也可以有大專文憑。

朵拉就苦笑起來，她說，那差得太遠了，就你還把大專文憑挺當一回事，敢把自個當大學生。他家裡人肯定不會這樣想，他家一家知識分子，文憑也能分個三六九等，清清楚楚。

我搞不清這些事，這些事比拉丁文還麻煩。那一年，我連大專和大本的區別都還很模糊，只知道少讀一年書，就會少花一筆錢。在我老家莵頭村，熬到中專畢業的都沒幾個。拿到大專文憑，對我而言，是能讓顏面生輝的。

往後那兩年朵拉變得很安心了，因為她不能隨時請假去北京。北京比長沙遠得多，要跨長江過黃河，途中要在襄樊和鄭州轉兩道車。她越來越頻繁地找我說話，她的話越來越囉嗦，一件事剛說完就忘了，原模原樣地再說一遍。她抱怨戀愛太早是很辛苦的事，七八年談下來，就好像雞屁股一樣，食之無味，棄之可惜。

我沒有幫腔，我嗯嗯啊啊，更多的是講楊力的好話。

小謝到佴城辦事的時候，找過我幾次。當時他已經接他父親的班，在一家信用社坐櫃檯。每一次他找到我，總要問我，是不是對朵拉越來越有想法了？我指天發誓說沒有。我說，你聽誰說了什麼？小謝就笑了，說，小丁，看你就不是那樣的人。我謙虛地說，我是蠻有自知之明的，你放心好了。

朵拉倒是老想給我介紹一個女孩子。她說，很快要畢業了，出了學校，可沒有那麼多女孩去選擇。當時我們都二十了，很奇怪地，我竟然一直說不要。現在想想，在社會上才感覺得到僧多粥少的難處。

朵拉見我這麼堅決地搖腦袋，也是奇怪。有一次她還不經意地問我，是不是，你喜歡上我了？

我想了想，說，也許吧。還君明珠雙淚垂，何不相逢未嫁時。

她瞪了我一眼，說，誰嫁了？我不是還沒嫁給楊力嘛。

哦？我說，那妳幫我算算，我還有機會嗎？

朵拉煞有介事的幫我看了看手相，然後說，機會可能不大啊。

我們在那所學校讀了六年，很漫長。畢業以後她進到鄉衛生所，而我成了一個飼養員，每天擺弄一堆醜陋的鬥雞。

## 3

朵拉喜歡陰天，還喜歡一連下好幾天的雨。下雨天她會變得興奮。

這是悖於常情的。從書上得來的知識是，陽光燦爛的天氣有利於人體內五一羥酸胺的合成，而這種物質可以讓人變得愉悅。長時間的陰雨，五一羥酸胺合成量急劇下降，人就容易變得憂鬱。

佴城多陰，多雨，很少有接連幾天的晴朗日子。長城樓的位置很高，大半個佴城鋪在眼底。朵拉愛跑到二樓，坐在窗前看外面的雲和雨。她星期六從鄉衛生所回家，星期天會到我這裡，待上半天，下午再到城郊搭農用車去工作的那個鄉鎮。從四月到八月，雨一直就不怎麼斷過。這段時間，朵拉來我這裡最勤快。她跟我說，她家住在很低窪的地方，看著天空就像是從井底看上去的，讓人感到很窒息。在我這裡看就不同了，推開窗，雲總是很近，雨下到佴城裡面，在街面上匯聚並毫無方向地流淌，在河裡一點點地漲起來，都可以看得一清二楚。

下雨的星期天，我就知道朵拉一定會來。有一天雨下得很大，下得很暴戾，我忽然就得來一種感覺：所在的小山頭，成了一個孤獨的島嶼。水在窗玻璃上肆意流淌，隔著這層漫漶的水看出去，外面一切影影綽綽。作為佴城標誌的大鐘樓，大體看得見一些輪廓，彷彿是天邊的一種幻影。於是我懷疑，明天早上它還能不能在七點整準時奏響一曲〈東方紅〉。

這天，朵拉還是來了。透過窗子，我看見一團紫紅顏色正在向這半山腰蠕動。我認出那是她的傘。估計她要走到了，我就擰開外面的門。她有點驚喜，她說你今天肯定沒上街吧？呶，我都幫你買了菜。這時我看見她梳了一個不可理喻的髮型，像頭頂頂了一截甘蔗，有三四個節把子，尺把長。她那天心情特別好，差不多好瘋了。她當天的表情使我懷疑，那些電影裡為什麼老以陰雨作為語言去描述黯淡的心情？難道導演們看不出來，大雨裡潛伏著一種狂喜的氣質？

前一天的早上她接到電話，楊力通過了面試，九月分就要讀研究生了。我這才意識到，楊力已經讀完了大學，而我們畢業也已經兩年。

她說她昨天一高興，晚上腎就痙攣起來。她給自己打了一針阿托品。今天，她擔心腎會再一次痙攣，所以還隨身帶了一支針劑和一支注射器。這幾乎是班上所有同學的通病，身體稍有點不適，就會自個找藥吃。

朵拉爬上二樓，守著窗子看外面的雨，像那天那樣大的雨，我好像從未見過，晚上的地方台新聞，肯定有幾條是關於泥石流和山體滑坡的。我在樓下洗了幾串葡萄，還切了一個黃瓤的，吃著像脆黃瓜的西瓜，一齊端上樓去。她目不轉睛地看著雨，而我坐在一張破舊的沙發上看著她的側影。她的側影比正面漂亮，而這種螳螂捕蟬式的欣賞，又讓我彷彿想起了某一首小詩。

但那首小詩怎麼寫來著？我能記住幾百首歌詞，卻記不住一首非常短小精美的詩。

她忽然回過頭來，對我說，雨像是把我們困在這裡。說完她笑了。室外的光很暗，照進這間屋子就更暗，像是傍晚的情景。漫天蓋地的雨聲，突然讓這間房籠罩了一重曖昧的色彩。

我看看朵拉，突然有了一種別樣不同的心情。認識她八年了，還是頭一次有過。但我什麼也沒有幹。我以為我會幹些什麼，甚至一度以為自己有些失控，但醒過神來，我和朵拉還保持著四五尺遠的距離。

我趕緊跑到樓下去弄飯，把她買來的幾樣菜弄好，還煎了一盤母鬥雞下的蛋。鬥雞肉很難吃，但雞蛋特別地鮮嫩。我們喝了一點酒。她臉上有了酡色，話也多了起來。她說她想辭了工作，去北京陪讀，做全職太太。她說，如果能找一個工作，那當然更好。我沒有說什麼，只顧吃菜。她說，小丁，你也一塊去吧，說不定到北京也有老闆請你馴養鬥雞。

我告訴她我不想離開這裡，對那些特大的城市一點也不嚮往，並對削尖了腦袋也要擠進大城市的人有些反感。她很吃驚，問我為什麼這樣。

我說不出來。她卻說，你要說。

當時我沒去過任何一處特大城市，而且心裡一點也不想去。我告訴朵拉，我骨子裡嚮往一種單調的工作或生活，比如燈塔看守人，或者是在南沙的一個海島上放哨。甚至，我還幻想過坐牢，單人牢，在裡面抱一本很枯燥的書看，《魯迅全集》還有毛選鄧選什麼的。我想，在那樣的環境，任何書我都可以看得津津有味。

朵拉說，為什麼有這樣的想法呢？

我說，也許在那種地方，人可以活得輕飄飄的。有時候，我想生活在沒有一個熟人的地方。碰見了熟人，憋不住會說話，但說話從來都是非常愚蠢的事。我最不想去人多的地方生活。大城市人太多了，走在路上，到處都是人，像雞們隨地拉下的糞便。

我說的話，也許喚起了朵拉心中的什麼。她怔了怔，然後說，其實，我也不想去那些城市——你知道嗎，走在北京的馬路上，我隨時都有一種緊張。離馬路口近了，我就會想，要是在人行道上走了一半，前面忽然切換成紅燈怎麼辦？如果突然切換了，我一個人站在馬路中間應該怎麼辦？

我說，是嗎？

到我們這裡根本就不必要擔心這些。朵拉又說，但你知道的，如果我們一直這麼分開，就會有很多變數。我必須去他那裡，守著他。是不是覺得，我，我們女人很可憐？

不，沒有。

她擦了擦眼淚，但我沒有看到眼淚是怎麼流出來的。這時我聽見外面響起了隱隱的雷聲。雨聲也照樣底氣十足。

我們收拾了東西又去到二樓，她主動問我要一枝菸。我想了想，還是給了她。她抽菸的樣子很明白地告訴我，不是頭一次抽。

天色本來漸漸泛亮了，卻又再次暗了下去。有新的雨雲湧到了這城市的頭頂，不斷地堆積。我要開燈，但朵拉喝止了我。可能是酒精的作用，她嗓音有些淒慘，有些歇斯底里。她說，不要開燈。開燈的話，這雨肯定很快就會停下來的。

我躺在了床上，有點不勝酒力。她忽然又把我搖了起來，問我，小丁，你說心裡話，有沒有喜歡過我？

我想了想，真不知怎麼回答。她自嘲地笑了一下，說，我長得是不是不太好看？我有些懵，回答不出來。她又說，你放心，我也是隨便問問，沒有別的意思，更不是挑逗你。我也一直只把你看成是朋友，一般朋友。說實話，你長得不帥氣，看著有些憨，好像笨頭笨腦不太聰明，但其實你又蠻聰明。這並不好，長得憨的人應該笨一點，表裡如一，才討人喜歡。

朵拉說話像是在打機關槍，密集而且淩厲。我這才知道，原來朵拉還憋了這麼多針對我的看法。我有些無奈，長這樣子得怪我媽，跟我沒什麼關係啊。

我說，朵拉，妳醉了。

她說，我知道。她一臉苦笑，問我她的髮型好不好看。我說好，我甚至不敢說不好，雖然我覺得那是她所有髮型中最讓人難以忍受的。

她說，好是好，但這髮型是人家王菲的。我問，王菲是誰。她說，白痴。下次我給你帶一盤磁帶，你聽聽她唱的歌。

雨下得稍微小一些的時候，她說要走，要搭車去鄉鎮。晚上她就得值班。她想了想，把那枚小號注射器和一瓶阿托品針劑擱在桌子上。她說，等下擠車難得小心，丟你這裡了。你給那些雞打過阿托品麼？我說沒用過。我腦袋一熱，對她說，朵拉，我看我還是給妳打一針。這藥留在我這裡沒用，還是妳自己用吧。

她稍稍遲疑了一下，竟然同意了。她坐在一張高腳凳上，慢慢地把褲子往下褪了一點，然後又褪了一點，我看見兩團半月型的⋯⋯臀部。我想起來幾個形容詞，或者是比喻句，但我很清楚，那個部位不應該由我發表感慨。我聞見她身體的氣味，非常濃烈。這氣味和我體內的酒精攪和在一起。我渾身有了一種酸酥癢脹的感覺。我彷彿這才意識到，這是一個健康的渾身散發著熱氣不算漂亮但也絕對不難看的女孩，同我在一間光線晦暗的屋子裡。如她所說，是雨把我們困在了這間屋子裡。暴雨的聲音，老是讓我誤以為，整個佴城只剩下我們兩個人。

她提著褲頭，看著那面牆。牆上什麼也沒有。她說，你——快點。

我發現她臀部將要受針的那片皮膚有些緊張，因用力而有了褶皺。這是一種對痛感的預期所造成的，針懸著沒扎進去，她肯定會提心吊膽。我把吸進注射器的藥水擠出來了一點，這樣我的手才不會顫抖。窗外的雷聲近了一點，我聽得出來，當閃電以後馬上就聽見雷聲，就說明它離得很近。

她擔心地說，你會打針嗎？

我說，開玩笑。

我給她打了一針，她感覺很好，說，你打得不錯，比我差一點，但比好多護士強。——就像是被一隻蚊子叮了一下。

我順著她的話說，我整個人都想變成一隻蚊子，把妳叮幾下。

去你的。她理好褲頭（她穿那種沒繫褲帶，拉鍊開在後面的褲子。說老實話，我老在擔心這褲子會突然滑脫下來），笑吟吟地說，我走了。

## 4

在老闆的逼迫下，我很快學會了開車。年底他又要去越南挑選鬥雞，會把我帶上。這樣，一路上我就得和他換著開車。

那天我拿到了證，一高興把車開到了朵拉所在的那個鄉鎮。這個鄉鎮不大不小，沒逢集，人很少。我走進衛生所的門診部，看見她在裡面那間房，正在對付一個八九歲大小，胖得像紅燒獅子頭一樣的小男孩。外面那間房有一個中老年婦女，她問我哪裡不舒服。我正要回答，朵拉朝外面睨了一眼，搶著回答說，找我的。

她用眼神示意我等她一下。

那個胖小孩渾身長滿了水痘子，看著像出天花，其實不是。朵拉正用針刺在小孩身上挑破水痘，一粒一粒地挑，然後抹上藥膏。那是很笨很費事的活，但具備足夠的耐心，是對一個護士最起碼的要求。朵拉弄了半個鐘頭，其間仰起頭對我抱歉地笑了幾次，讓我覺得今天來得不是時候。她挑完了小孩身上的水痘，又跟小孩打商量說，把褲子脱掉，看裡面有沒有水痘。小孩不讓。他這樣的年齡，稍微懂得些羞澀，知道褲衩裡那條毛毛蟲一樣的東西是不好讓女孩子看的。朵拉佯作惱怒狀，說，文文不乖，病就好不了。小孩仍然捂著褲頭，憋紅了臉，不讓朵拉看他褲衩裡面的東西。

朵拉嗤地一聲，說，不看就不看，水痘子髒死了，還要阿姨願意幫你挑。

小孩鬆了一口氣，把手從褲衩上放了下來。朵拉卻突然蹲了下去，扯開小孩的褲衩，並且說，喔唷，你看你看，小雞雞上都長得有水痘，真不知你是怎麼搞的。

我在後面看得很清楚，朵拉的伎倆我都看到了。這幾個動作她做得一氣呵成，以致那個小孩還在發懵，懵完了也沒有太多地難為情。朵拉自然而然的表情和連貫的動作讓小孩沒有受窘。而我卻在一旁看得奇怪，難道這就是幾年前那個請不了假就會哭的朵拉？她身上已經具備了一個婦女才有的潑辣勁，做起每樣事情老顯得詭計多端，經驗十足。

她捏著小男孩的小雞雞，挑破了兩個水痘，擠出裡面的膿，再塗上藥。做完這一切，她無奈地看了我一眼，說，是不是比你那些鬥雞要難伺候？你問問你們老闆還要人不咯，我也跳槽幫他養雞算啦。

她請我吃的飯，之後她跟著我回到佴城。她家在四十里外另一個鎮子上，我說送她回去，她說今晚不回去，就待在佴城算了。我嚇了一跳，以為她會睡在我那裡。

朵拉笑了，彷彿看穿了我。她說，你以為，我要去小蘭那裡，小蘭給我打電話，說她準備嫁人了。也許她要我幫她做些什麼。

我暗自笑了，把她送到小蘭家的門口。小蘭不讓我走，要我進她家去和她爸爸喝點什麼。我走不了，只好進到裡面。小蘭的爸爸一看就是每天都要幾杯的角色，鼻頭很紅，看著人時顯現出一副老眼昏花的樣子，其實年紀並不太大。

他招呼我坐下，並問，你們兩口子結婚了沒有？我正要說什麼，朵拉卻說，快啦，伯伯，等小蘭結了婚，我們後腳都跟上。小蘭的爸爸很高興，說，結吧結吧，都結婚了算了，別拖到肚子裡有了毛毛才非結不可。

我知道他說的是小蘭，要不是小蘭肚皮已經逐漸顯山露水，掩飾不住，按慣例是不會在陰曆的七月結婚的，那個月要過鬼節。

我看了朵拉一眼，朵拉卻和小蘭相視而笑。接著小蘭詭譎地睃了我一眼。

過得不久朵拉把兩千塊錢還給了我。她把錢送到我住的這山上，還告訴我說這錢可不是一般的錢，是楊力的一篇論文在美國的什麼雜誌上發表以後，賺來的美元兌換的。我蘸著唾沫把錢狠狠地數了一遍，撮響每一張鈔票，說，不也是老頭票嘛，一張又不能當做兩張花。她說，小丁，你嫉妒了吧？

她建議我去買一台碟機，這樣可以借一些片子，看著打發時間。我當時沒打算這麼做，但後來還是買了一台。當時一台VCD機還要一千多塊。但碟片挺多，一套香港的連續劇只要十來塊錢，我能用一兩天看完，看得眼睛都烏了，感覺還是很過癮。我長得有點像歐陽震華。這讓我頗有點自鳴得意，因為此前我可沒想到，就長了這副模樣也能混成個明星，聽說還是當家小生。於是我專門去找歐陽震華演的電視劇看，他演的可真多，我一天到晚地看都看不贏。

朵拉什麼時候進來的，我不知道。我看著片子，看著看著就睡了，底下的兩重房門都沒有關。朵拉上來之後，直接進入了我這間房。她看了看桌面上那些散亂的碟片，感到忍無可忍，揪著我的耳朵把我弄醒。她問我，你怎麼就這口胃啊？

我說，我什麼口胃？

草料口胃。她恨其不爭地說，還口口聲聲地說你愛去清靜的地方，喜歡離群索居呢，裝出一派很有品味的樣子，看的片子卻全都是垃圾。

我不曉得這兩者有什麼不可化解的矛盾。我是想生活在人跡罕至的地方，但我也喜歡看歐陽震華演的片子。我喜歡他是因為我覺得他長得像我。

朵拉卻說，以後別租這些電視劇了，我去給你借一些片子看。再這樣下去，你會病入膏肓的。

我沒想到有這麼嚴重，簡直聳人聽聞。那天朵拉就隨身帶了一套碟片，我記不住名字。外國的，沒有配音，但有中文字幕。我看著頭疼，這些片子你稍一分神，就會看得一頭霧水。碟片磨損得厲害，放出來的效果當然差強人意，動不動就是鋪天蓋地的馬賽克，向眼球砸來。

這個片子說的是一個已經上了年紀的人，一輩子就靠搶銀行為生。奇怪的是，他雖然沒被抓住，但一輩子總也發不起財，甚至很潦倒。有個人想接濟他，給他數額不小的一筆錢，勸他不要再去搶銀行。那個人說，你老了，不是搶銀行的年紀了。但搶銀行為生的人拒絕了，他說，不知為什麼，每當走過一家銀行，就覺得那銀行其實一直都等著他去搶。他又說，他別的什麼都不會幹，只會搶銀行。搶銀行是再簡單不過的事了，只要拿出槍來，對櫃檯裡面的人說，把保險櫃打開，把錢放到口袋裡去。就這樣！

朵拉看得很投入，很認真。但我不。我時不時看看窗外，有一隻蟬在叫，叫得很淒慘，像是預感到沒幾天活頭了。這隻蟬的叫聲不斷地阻礙了我對劇情的進入。朵拉時不時會發出情不自禁的低吟。當那個搶銀行為生的人最終被擊斃時，她尖叫了一聲，嘴角還有些哆嗦。

你覺得怎麼樣？當片終的樂曲響起來，她這麼問我。

我說，不怎麼樣。銀行的老闆看了這樣的片子搞不定會起訴導演。一個人哪可能搶了一輩子銀行都發不起財呢？這會讓人覺得銀行其實也挺窮，虛有其表，信譽不好。

你怎麼岔到莫名其妙的地方去了呢？你真是的。朵拉有種對牛彈琴之感，眼神中透著失望。那隻蟬又叫了。朵拉失望之餘，才注意到蟬聲始終混進那片子的背景音樂裡。她向外看看，說，蟬是在那莵樹上。那是一莵槐樹，長在獼猴桃架的中間。朵拉說她看見了那隻蟬，就在離樹根四米高的樹幹上。那隻蟬很肥！朵拉說，肯定容易捉住。

我說，我不會爬樹。

朵拉燦爛地笑了，說，又沒叫你去。她挽了挽衣袖。她果然會爬樹，而且爬得很好，雖然有些慢，卻是穩穩當當。我不知不覺走到了樹下，沒有作聲，示意朵拉不妨踩著自己肩頭。朵拉沒有這麼做，她把腳尖踩在凸起僅幾公分的木疙瘩上，就能讓整個人站穩。她很瘦。

這也是我想不通的地方。朵拉會什麼不好呢，偏偏爬樹爬得這麼好。不過我不奇怪，她身上有一把這類的特長，讓熟悉她的人時不時會驚訝。比如說，她打籃球打得好，在球場上很凶猛，是校隊的主力。平時你根本看不出來。她平時也從不會主動告訴別人：我籃球打得好。我第一次看她打籃球時，不斷地掐自己，要不然我老以為自己看見的是另一個人。

她很快就爬到了高出我頭皮的地方。我仰頭一看，樹冠突然間顯得無比巨大，中間是斑斑點點的漏光。我的目光也伸進了朵拉衣服的下擺，並往上蠕動。

她胸罩是淡黃色的，像槐樹開花的那種顏色。我看不出她的乳房是小是大，我知道，這取決於胸罩裡海棉墊的厚度。我忽然有了全新的發現，其實，從女人的衣下擺看上去，比從領口往下窺看，得來更多的快感。這是怎麼回事呢？我想，這樣一來，似乎更多了幾分情趣，多了幾層可資想像的情境。我的呼吸有些粗重，唾沫忽然旺盛地分泌起來……

這時我聽見「雞」地一聲慘叫鳴，往後卻斷了聲音。不用看我就曉得，朵拉又得手了。那隻蟬，彷彿等著朵拉去捉；就像那些銀行，總是安靜地等著某個有緣人去打劫。我仰頭看見朵拉一陣欣喜。她不可能知道，這個時間段裡，我正經歷了一陣心潮澎湃。現在，我似乎有點意猶未盡，失控般地張開雙臂，衝著樹上說，朵拉，跳下來，我……接住妳。

一剎那，我腦袋變得無比清晰，像一塊玻璃，輕易映現出任何事。我記得自己以前從沒將雙臂攤開這麼大的幅度，仰看天穹，去迎接一個將要從樹上跳下來的女人。

但朵拉沒有聽我的。我不是狐狸，朵拉也不是嘴裡叼著肉的烏鴉。她不理睬我，這個高度對她來說也不算什麼。她輕輕一跳，落在了我兩手正好够不著的地方。那隻蟬果然很肥碩，像隻金龜子。朵拉費了那麼多工夫捉住這隻蟬，卻只是把蟬的兩隻翅膀小心地剝下來，把蟬肥大的身軀扔到了我的手心。蟬是死而不僵的狀態，在我手掌上抽著風。她說，你拿去餵雞吧，雞喜歡吃這些東西。

朵拉我能不能給妳提個意見？也許妳不注意，也不太在乎，但我還是建議一下得好。我蠕動著嘴唇，彷彿有點不懷好意，但卻是十分真誠地說，語氣詞是不能亂帶的。比如「雞」後面不要帶一個「吧」的音。像我們不小心說出來倒還好點，妳就不一樣了，妳要知道，妳是個淑女啊。

朵拉幾乎被我戧暈了，她難為情地說，你今天這是怎麼了，你真是莫名其妙。

那天她離開之前，給我留下幾張王菲的歌碟，示意我沒事就放一放，聽一聽。她說，很女人，她很女人，聽著很性感。你也許會喜歡，反正我是很喜歡。她介紹了很多關於王菲的情況，把歌碟擱在我這裡，彷彿是布置給我的作業。

我看見一個封套畫上，王菲紮著甘蔗型的辮子。我記起來了，下大暴雨那天，朵拉也曾依葫蘆畫瓢地紮了一個。後來她跟我承認，怎麼紮那辮子也翹不起來，只得往辮子裡面插一枝竹筷子。

於是我就成天放王菲的歌，頭一陣老聽得頭暈腦脹，慢慢地就喜歡上了。我聽出了那聲音裡性感的成分，晚上，聽著這些歌，去想起一些女人，就來得輕易一點，想像也更有了質地。

手機價格降下來些以後，朵拉就買了個手機。老闆也把他用過的一個碩大的老手機扔給我用。朵拉要是來我這裡，事先並不打電話，而是直接來，拍門，等我打開門以後她就問我是不是感到驚喜。我不可能次次都很驚喜，但我每次都回答她說，那當然啦。

她一旦打來電話，總是會問些不好回答的問題：王菲為什麼曾經叫做王靖雯現在又改作王菲？女孩長像王菲是不是就意味著性感？還有，〈暗湧〉這首歌，王菲和黃耀明哪一個唱得更……無以復加？

每一個問題都足以讓我腦袋腫脹如甕。

朵拉老說她要辭工作，到北京去，陪著楊力。但每個星期天，我總是能看見她。她來之前不會給我打電話。有時候我出去辦點事，回來，發現她已經坐在門口的石欄杆上，靜靜地等著我。

朵拉會帶來一些影碟，還有王菲最新的歌碟。那一段時間，那個叫王菲的女人出碟都出抽風了，一年得有幾張。但我在朵拉孜孜不倦的培養下，已成為了那女人的一個歌迷，聽著她半哼半唱的靡靡之音，腦袋裡很自然地會滾動出很多對女人的幻想。我不是很擅長幻想的人，我需要這歌聲激發。

朵拉講話也時常夾雜著那女人的歌詞。比如說，有時候我跟她一不小心，挨得太近，近得有那麼一點耳鬢廝磨的意思了，她突然會醒過神來，把我推開一點。她說，你心裡要清楚，我不是你的那什麼……

我聽著這話怎麼這麼彆扭，「我不是你的那什麼」，佴城的人從不使用這樣的說法。稍一想記起來了，「那什麼」是那什麼歌裡的歌詞。

有時候她突然會換一種新髮型，出現在我的門口。如果她手裡拿著一張王菲的歌碟，我就知道，毫無疑問，歌碟封套上的王菲也是這種髮型。屢猜不爽。

有時候老闆會突然來到這裡，領著幾個雞友，進了門，碰見朵拉也在。妳好。老闆和藹可親地跟朵拉打招呼，然後回過頭來看看我。等朵拉走後，老闆會說，那女孩看著順眼，行的話，就和她結婚好了。我不置可否，我知道老闆不喜歡太老實巴交的人，不喜歡一說到女人就發窘的人。

老闆說，那女孩不錯，毛髮油亮，眼水不錯，頸盤子也不錯，身法……髖骨有那麼大，生孩子搞不好一生兩個。

老闆滿口都是玩鬥雞的人的術語，比如眼水、頸盤、身法，都是。我只是笑一笑，說那女的是我同學，要跟別人結婚了。

沒用的東西，敗筒子雞。老闆這麼說的時候，表情有些鄙夷。

我和朵拉在佴城閒逛，陪她買那些七零八碎的東西，有一次碰見了以前的班主任老普。老普看見我們就會打招呼，示意我們向她靠攏。她理所當然地以為我們現在是兩口子了，開口就問朵拉：打算要孩子了嗎？

朵拉一點也不臉紅，說，現在忙，哪顧得上？

老普說，現在學校搞了個附屬醫院，要生孩子，給我打電話，我可以幫你們聯繫一下床位——現在我調到附屬醫院去了。

老普婆婆媽媽地說了一大堆，終於走了。她想起她家裡的爐上還煨著一隻老母雞。老普走後朵拉就沒命地笑起來。她說，老普其實人還不錯。

我們讀書的時候老普十分喜歡朵拉。老普身上有太多的更年期癥兆，經常躡手躡腳跑到後門，通過門上的小窗往教室裡窺探，看誰上課時會玩小動作。這樣的生活持續了六年，直到我們都過了二十歲，離開那所學校。我們對老普都沒有什麼好感。我估計，班上頂多也就朵拉和老普親近。

但有一次朵拉跟我講起老普的事，老普的老公養了情人，被老普撞上了。老普有些歇斯底里，竟然打了個電話要朵拉去陪陪她。老普把所有的事情都告訴了朵拉。

朵拉再把這些事說給我聽時，整張臉都擠滿了幸災樂禍的表情。我很驚訝，我覺得朵拉即使要說，也沒必要讓喜悅的神情那麼直白。她說著說著，停了下來。她問，你怎麼啦？我想，我能怎麼啦？我想不到朵拉也這麼討厭老普。

我和老闆駕車去了廣西，通過憑祥的口岸去了越南，買來幾十隻雞，裝在車廂裡，一路上小心翼翼地伺候著，帶回佴城。原先還說四五天就回來，結果去了差不多十天。

回到山上，我看見漆成墨綠色的門板上貼了一張便條。朵拉寫的。她說她去楊力那裡了，短期內不會回來。

我不知道朵拉要去多久。三年五載？十年八載？

## 5

此後過了大約半個月，一天中午，我看見手機響鈴了。來電顯示是朵拉的號碼。我拼命地摁了摁接聽鍵（要不是這些按鍵都有些失靈，要用吃奶的勁才能摁著，老闆也不至於把手機扔給我用），聽見了朵拉遙遙遠遠的聲音，有氣無力。

朵拉，妳說話聲音大點，我聽不清楚。我說，同時爬到較高的位置，看看是否是信號的問題。朵拉說，好的。但她聲音沒見大起來。我只好扯長了耳朵聽，估計是北京太遠，所以傳過來的聲音也損耗大半。我說，妳在那邊應該換一張本地卡，或者神州行什麼的，要不然太划不來。

她說，哎呀，嫌花了你電話費不是？那我就不打了。我說不是，我問她有沒有座機，這樣可以打過去。她說沒關係，她說楊力幫她交電話費。

說什麼我忘了，有口無心地扯了些廢話。只記得快結束通話時，她忽然問我想不想她。我問，楊力在妳身邊嗎？她說，你這個豬，你想他可能在不咯？於是我就說，那我當然想妳啊。

掛了電話，我給一窩剛孵出來沒幾天的小雞點疫苗，點在鼻孔裡。正這麼幹著，我聽見有人拍門。我聽著拍門的聲音很有節律，鑾心暗暗一動。開了門，我看見朵拉，著一身很綠的衣服釘在那裡，像一株植物。

我說，坐飛機過來的？

她說，坐導彈啊。

我說，怪不得。

我懷疑她根本就沒有去北京，一直待在哪裡，卻告訴我說去了北京。她看出我在懷疑，就說，我確實去了楊力那裡，昨天回來的。怕我不信，還摸出一張火車票，佴城到北京西，票價三百八十四元整。我把火車票退回她手上，說，妳真是的，去了就去了，我又不會給妳報銷車票錢。

朵拉出了一趟遠門，她會給我講一講旅途上的見聞，講一講北京，講一講天安門。

妳去瞻仰毛主席的遺體了嗎？我引導她說出來，反正她遲早會說，我遲早要聽。但是她有些累，有些虛弱。不光這些，我還從她臉上看見一種很陌生的神情，似笑非笑。她說我躺一下，就爬到了二樓，在我的那張亂得像狗窩一樣的床上睡下來了，很快有了輕微的鼾聲。她喜歡頭朝下趴在床上睡，四肢略微蜷曲，睡態很像一隻狗。

我自顧做事，兩個鐘頭上到樓去，看見朵拉已經醒來，正坐在床沿看著電視。她用碟片放一個片子，那片子是我昨天租的，裸鏡太多。我尷尬地說，我給妳換個片子，那一本不好看。

好看，這是你租過的最棒的一個碟。才這麼幾天，你都有點令我刮目相看了。她這麼說。她叫我去山下買兩支霜淇淋。那天並不熱，氣溫在二十五度左右。我還是給她買來一支。她用舌頭一點一點地舔食，一邊看著我租的那個碟片。

她還叫我陪著她看。

那片子說是有兩個人，一男一女，被困在一間房裡，出不去，出去就會被別人用槍打死。兩人走不出去，食物也吃完了，又累又餓，就只有不停地做愛，無休止地做愛，來抵禦無邊無際的飢餓以及對死亡的恐懼。最後，那一男一女都死了，被人打死的。她說她早料到這樣，看見前面，她就有預感，結局會很慘。

她說，結局比我預料的還要慘。她又說，要是我跟你被困在這裡，不能出去，那我們能幹些什麼呢？

我回答說，把後院的雞都殺了，一天吃兩隻，能撐一個多月。

那你們老闆會狂吐兩碗血。朵拉微笑說。這時候，她心情比剛來時要好許多。

朵拉心情好轉了以後就去了後山，爬樹。現在，已經聽不到蟬的鳴叫了，後山死寂一片。她在樹上找見了不少蟬蛻，還有死去的蟬。死去的蟬被螞蟻糖牢牢地黏在樹上，朵拉把這些東西掰下來，手上也黏了很多螞蟻糖。

她洗手的時候，忽然一聲怪笑，把那一盆洗手水朝我潑來。我沒有躲過去。我沒想到這天她心情會變得這麼好，好得都有些失常。以前看不出來她有這分癲狂氣質。

這次回來，朵拉沒再去鄉鎮衛生所上班，成天待在家裡。她每天跟我打至少三個電話，早上來一個問，我醒了沒有，半夜還會來一個，問我睡了沒有。如果我醒了或者還沒睡，那就說說話。

另一天，她在我這裡待到中午，又去後山爬樹了，卻沒有找到一隻死蟬。吃過午飯她問我有空嗎。我說沒空。她說，那好，你陪我出去走走，到西郊走走。

那已是十月底了，天空被雲朵抹得很平，雖說沒見太陽，但仰頭看得久了，那天光比有太陽時候還刺眼。這天氣讓人渾身泛起慵懶的快意，想出去毫無目的地走走。再加上朵拉一再慫恿我說，這天氣，窩在家裡簡直就是犯罪。

我陪她去了西郊。郊區那幾家垮掉的工廠，遺留下一排排整飭的廠房。有些廠房被拆了，遍地都是瓦礫。她在瓦礫叢中採摘野菊花，說是要弄一個野菊花填充的枕頭。累了，她就在預製板的碎塊上坐下來。她示意我坐在她身邊。我就按她說的意思做了。我們靠得很近。我能感覺到朵拉是個熱源，持續散發著熱量。

朵拉搓了一根草，咬在牙縫裡，怔怔地看向周圍。周圍很靜，瓦礫中的衰草被風吹得東倒西歪。被這樣的風吹著，我有些愜意，吹起了口哨。但她說，別吹了，難聽死了！她還剜我一眼。

沉默了好一陣，她突然開了腔，和我聊起楊力。把這話題展開後，主要是她在說，我插不上嘴的。我對楊力的了解，基本來自朵拉和小謝的講述。他們說他怎麼樣，我就認為是什麼樣的。

所以楊力給我的印象一直不錯，有頭腦有上進心不說，為人處世各方面都顯得老成持重。那天，當朵拉問我覺得楊力怎麼樣時，我就照著自己印象，大概說了說，都是人云亦云。

嗤！在我說完之後，朵拉的舌頭清晰地彈出這個字音。她一臉都是冷笑。我問，怎麼啦？她其實已經憋得不行了，我這麼一問，她就急不可待地給我數落起楊力身上存在的缺點。那天，她講起話來表情太過飽滿，語速太快，那些急促的話語，像是一口盛滿水的缸底角上被砸了一個洞，裡面每一滴水珠都呈噴湧而出的態勢。她的聲音嘈嘈切切，劈哩叭啦，以致有些紊亂。我只得在一旁不時提醒她說，慢點說，有的是時間。她停下來的時候喉嚨會哽噎一下，那是在嚥唾沫。

我得說，聽著她講話，我有一種大白天撞鬼的感覺。我想，楊力好歹是名牌大學的研究生，身上有這麼多缺陷，可能嗎？我腦子一時有些短路，遊目四望，周圍一切都是陽世景物呵，淡白疏朗的光線鋪陳在郊區每一寸土地上，還有一些拾荒的女人在遠處真實地晃動著，見什麼撿什麼。

此外，我心裡還有一層疑惑：朵拉已經和楊力談了差不多十年戀愛，十年，未必現在才看清他這個人？

——以前他不是這樣，現在他變了。要不然，我也不可能和他談那麼久。朵拉彷彿洞穿了我的心思，忽然張口這麼說。這倒使我有些尷尬，還懷疑剛才心裡這麼想時，嘴裡就譫妄地說出了什麼。

朵拉又說，楊力還有一個女人，但她手頭上沒拿著證據。雖然沒物證，但她憑著一個女人良好的第六感，覺察到楊力另有一個女人的可能性非常非常大。

我說，妳可能想多了。

朵拉蠻橫地說，我感覺十之八九是正確的，又不是冤枉他。再說，這又不是法院審案，疑罪從無。我說他有，他就有。

我沒有搭腔，這時候說任何話都有搬弄是非的嫌疑。她稍一歇氣，就說起了楊力母親的壞話。我突然想到，在他倆戀愛的事情上，楊力的母親一直都是堅決反對的。那個老女人，不知從哪裡蕞得太多的優越感，左右看朵拉都不順眼。

她說話時頓了一頓，不再數落楊力母親的不是，轉而問我，為什麼一直沒有找女朋友。我瞥了她一眼，她堂而皇之地看著我，眼底閃爍著一種很熱烈的東西。我看得出來，她的眼仁子突然變亮了。我想，她是在暗示什麼？她是不是覺得，我一直都在默默地算計著她，彷彿老早就看準了會有這一天？她此時的表情是蠻有把握的。

但我仔細想了想，自己還沒有這麼齷齪，不會那麼老謀深算，一憋這麼多年。我笑著說，怎麼又說起我來了？我天天在山上餵雞，根本認不得幾個女孩子。

她明白無誤地跟我擺出了失望的神情。她又不說話了，坐在那裡，翹起腿來，渾身焦燥不安地晃動著。我把她拽起來，說，別老坐著，站起來走一走，吹吹風，心情說不定會好起來。

不知什麼時候就走到了鐵路上。這是單軌的鐵路，一路上一個隧洞連著另一個隧洞。有的洞很短，有的隧洞很長，從這側看不到那一側洞口的亮光。這條鐵路上，很少看見火車駛來。

她要我帶著她鑽那些隧洞。

鑽隧洞有鑽隧洞的技術，走在裡面，必須不斷地發出聲音，要不然，很可能撞上迎面走來的一個人。你看見前面很遠處那洞口的光，但你看不見一個人就在眼前。朵拉一開始不理解為什麼我要不斷地發出哼哼唧唧的聲音，直到有一個人在黑暗中貼近了我們，故意打個噴嚏，然後我們彼此錯開。

朵拉弄明白了這一點，就叫我別出聲。她唱起歌來，隧洞中有不一樣的回音效果，黏乎乎地。她當然是唱王菲的歌，她嗓子很尖，也適合去模仿王菲。

只有兩次，我們在隧洞裡面碰上了火車開過，噪聲和震動都無比巨大，像浪頭一樣劈面打來。我捂緊了耳朵，朵拉卻不以為然，她衝著飛馳而過的火車大叫著，師傅，搭車！藉著車窗裡射出來的燈光，我看見她的右手高高擎起，食指和中指抻成「V」字型。車子開過以後，她就肆意地笑起來，幾乎笑岔氣了。

我聽見笑聲中隱隱夾雜著哭聲。

她要我給她講故事，在這隧洞當中，要講和隧洞相關的故事，越恐怖越好。這難不倒我。和隧洞有關的故事，幾乎都帶著恐怖驚悚的色彩。在我的老家莵頭村附近，也有幾處鐵路隧洞，天長日久，隧洞裡傳出的故事有不少。

我講了幾個故事，她聽完總是會尖叫，然後問我，還有嗎？我說，有的。我記得有個故事是這樣，有兩個人一前一後走進隧洞，前面那個人發現洞裡有一具死屍，卻沒有聲張。他把死屍立了起來，倚著洞壁站穩，還點燃一枝菸插在死屍的嘴裡。後面那個人走來，看見有一點星火，自個的煙癮也上來了。他掏出一枝菸夾在嘴上，說，老哥接個火，便朝那點星火杵去……

不出所料，朵拉在我講到這地方時慘叫了一聲，媽呀……回音在隧洞裡長久地瀰漫著。但很快，她又咯咯地笑了起來。她問，你知道那麼多恐怖故事，怎麼還敢往隧洞裡走。

我呵呵一笑，又告訴她一件彷彿很有趣的事。記得小時候，我和一幫夥伴鑽隧洞，總是有些提心吊膽。大人就教給我們一個法子：進洞前，把手伸到襠裡，把那玩意搓幾下，讓它硬起來，這樣，整個人就有很重的陽氣，進到洞裡面，鬼就近不了身。

——我很奇怪，怎麼突然把這件事講了出來。是不是，洞子裡一團黢黑，讓我有些肆無忌憚？我擔心朵拉聽出些挑逗的意味。朵拉今天狀況跟平時不同，我雖然不諳此道，也看得出來她今天水汪汪的。她那種與平日不一樣的表情暗暗地撩撥著我。

哦，有這樣的事？黑暗中我看不清她的臉，但她的語氣並不驚詫。之後我們都沒有吭聲，我捉著她的手，慢慢地往前面那一點鈍白的光暈走去。

快要走出去的時候，她忽然拽著我的手，整個人像蛇一樣貼了上來。我們膠著一體，不自覺地離開了路軌，閃進鑲在內壁的一眼避車洞裡面。小時候，村裡的人管那叫貓洞。貓洞狀如神龕，裝得下兩個人，那一剎我懷疑，這是專供情人用的。

她的嘴唇有些鹹。我能感到一股向裡吸的氣流，但我沒有把舌頭伸進去。她的嘴唇有點鹹。我在黑暗中閉上了眼睛，去感受一個女人的嘴唇，但我頭腦裡無端浮現出了某種東西。黑暗中我捋了捋思緒，才發現，那東西是一台醫用顯微鏡。我的眼睛彷彿湊在顯微鏡的目鏡上。在物鏡下，朵拉的唾液是黃濁的，預兆著某種病狀。

我聽見她輕微的呻吟，不是從嘴裡發出的，而是來自體內某個臟器，是某種體液過量的分泌而產生。我彷彿成了一只聽診器，捕捉著她體內的聲音，並數十倍地放大了這種聲音。

這時候有兩人迎面行經這個隧洞，他們隔著老遠發出聲音：注意，有人。他們不斷地發出聲音，估算彼此的位置，直至交錯而過。他們的聲音像兩陣陰風在隧洞裡迴旋遊蕩。其中一人在我們身前的鐵軌上停了停，大概看得見這眼貓洞裡面有人。我掙扎了一下，朵拉卻絞得更緊。那個人點了一枝菸，然後走了。

我慢慢地用力，把彼此的嘴唇分開，像是揭開一張膠布。此外，我感覺她渾身汗津津地。我問，妳什麼時候再去楊力那裡？朵拉遲疑了一下，說，還說不準。

我拽著她的胳膊，走出了那個隧洞。她的臉在見光的那一霎紅潤起來，我看得見那一團胭脂紅洇開的過程。陽光散得斑斑點點，她忽然講起了她媽的種種更年期症狀。她媽在她的描述中窮形盡相，比卓別林的默片更具滑稽效果。

看著她講話的樣子，我很懷疑，剛才她的情欲突然勃發了，像火山那樣。我扭頭看看那個隧洞口，烏漆抹黑，黑得有些虛幻。兩條鐵軌從裡面扯出來，表面銀亮，下午的陽光在那上面，隨著我們目光一路滑行。

# 6

朵拉很快又去了北京，去了楊力那裡，誠如我預料的那樣。當她用惡毒的口吻貶斥楊力時，我就知道，這正說明她急不可待地要回到楊力身邊。

——我沒有戀愛的經歷，但我對這些女孩心思的揣摩總是準確得毫無道理。

她臨去的前天，我忽然想起她還有一只化妝盒丟在我這裡。我打電話，問是不是要幫她送去。她說，不用，就擱在你那裡，你要用就拿去用好了。

我笑了笑，心想我怎麼會用這些東西呢？那天閒著無事，我竟然打開了她的化妝盒，有兩枚薄如蟬翼的東西飛了出來。我掰開盒蓋時，帶出了一股微乎其微的風。仔細一看，飛出來的東西正是蟬翼。

我想起朵拉最喜歡把蟬用大頭釘固定在一塊木板上，然後用她用於化妝的工具，小心翼翼地肢解下蟬翼。

不知道有幾個人仔細地看過蟬翼。我也是那一刻才留心看了看這兩枚蟬翼，有四公分長，大致呈卵圓型，靠外一側的線條黑粗；透明而且較為堅韌的翼片上，有清晰的脈絡。這些脈絡，讓我想起了半導體收音機的電路——把元件焊接在電路上，最終組裝成收音機，無疑是那個年代最時髦最奢侈的課外活動。

我把蟬翼貼在一枚A4紙上，擺在那裡，等著朵拉到時候取走。

朵拉那次走後不久，我就認得一個女孩。我跟她在一起，有點像戀愛。於是我不由得懷疑，是否朵拉在的時候，對我找別的女孩子是一種干擾？

女孩住在長城樓最外面的一套房，而我是住在最靠裡的一側。這以前我就知道她是山下一家酒樓的服務員，但不知道她和我住得那麼近。那家酒樓的生意很不錯，一到中午外面就晾起了一堆大大小小的車。僱我的老闆鬥雞贏了錢以後老去裡面吃飯。早晨酒家也賣早點，三塊錢就有一屜蒸餃和一份皮蛋粥。坐在大廳裡面，沒幾個人，我一邊吃這三塊錢的東西，一邊看著那個女孩給我添茶。有時候偌大一個廳就我一個人，花三塊錢我會和女孩說上一個半鐘頭。

倒並不是想勾引她。

那天傍晚，她敲開我的門，告訴我有一隻雞掉到她住的那套房的後院，問是不是我養的。那是一隻鬥雞，毫無疑問是我這裡的。她說你養的這些雞真是難看死了。我笑了笑，她就進來了。她想參觀一下那些長得極難看的雞。

我請她吃了飯，然後聊起來。我沒想到我們原來住得那麼近。她說，是啊是啊，那一套房被我們老闆租了下來，我們都住裡頭。然後，她又很突兀地問我，你找女朋友了嗎？不待我回答，她又劈哩叭啦地說，我那裡姊妹多，有劉秋紅王引娣王小蘭滕玲玲……要不要我介紹一個漂亮的？

我問她多大了。她說二十。我說好啊好啊。她挑了挑眉毛，說，好什麼好啊？

我注意地看了她一下，她長得不錯，雖然塗脂抹粉，仍然看得出來是從農村進城的，和我一樣。我聞得見那種隱藏在皮膚紋路裡的泥巴氣味。我忽然意識到我還沒有女朋友，該找一個了。這麼想的時候，我又看了看眼前這個女孩。

那以後我們循規蹈矩地約會了幾次，地點通常就在後山的獼猴桃架子下面。時候差不多了，我當然知道該做些什麼。把她弄上床的那天，我費了些心計，她也心照不宣地往套裡踩。那天我和她弄了幾回，但是感覺不蠻好。我最初的性體驗就扔在那一天了，奇怪的是，整個人總是沒法全身心地投入。我覺得還不如以前讀書的時候，自己和自己做愛來得有勁。如果我不把責任歸咎到那個姓林的女孩皮膚太粗糙了，那就是我自身存在著某種障礙。

每一個間歇，我會裸體走到窗前，看看眼底那籠罩在灰暗中的佴城。這個城市，沒有什麼工業廠礦，一年到頭卻總是一派煙霧繚繞的景色。窗玻璃映出我的一部分身體，和窗外的景色契合在一起。我看見我的身體已經有些鬆弛，肚皮上箍著幾道救生圈。我忽然有些悲傷，因為我記起朵拉告訴過我，頭一次性經歷將對以後所有的性經歷產生至關重要的影響。當天，她好像暗示地說她和楊力的初夜發生得比較早，彼此魚水和諧，所以能夠把感情長期維繫下來。

我想到了朵拉，這才意識到，那個下午，在隧洞裡，我錯過了彌足珍貴的機會。如果那天我迎合了她的種種舉動，我想，效果肯定要比今天好。我沒有碰到朵拉的身體，但我相信朵拉的身體能給予我絕妙的感受。那種吹了燈以後每個女人都差不多的鬼話，肯定是個白痴最先說出來的。那天，朵拉不在，我反而對她的身體她的氣息有了貼皮貼骨的感受，這才知道朵拉留給我的是怎樣一種魅惑——彷彿一枚定時炸彈，隨著時間推移才能發揮效用。

當我因對朵拉的思念而重新勃發起來，就轉身回到床上，和姓林的女孩開始了另一輪的撩撥。她是個性慾很強的女孩，我覺得她經驗十足，挑逗和叫喚都非常到位，但不知哪些細節自始至終排斥著我完全投入。

那天不知進行了幾次，我的電話響了。我起碼有半個月沒接到過電話了，雖然按時充電，心裡卻老在懷疑這電話是不是壞了。

是朵拉打來的，從北京打來，頭三個數字是「010」，在我看來，這三個阿拉伯數字的組合暗含著性的意味。她問我，在幹嘛呢？我很嚴肅地說，朵拉，我在想妳。她呵呵地笑了，說，別開我心啦……她忽然不說話了，我喂了幾次，她仍然不說話。我以為電話斷了，但她在那頭幽幽地說，小丁，你是不是和一個女的在一起？我很奇怪，這一陣姓林的女孩躺在床上，慢吞吞地吸著一枝菸，沒發出什麼聲音。我說，沒有，我在山上，就我一個人。她說，你為什麼要騙我？

然後她把電話掛了。

我有些莫名其妙，朵拉是怎麼知道的？莫非她聞得到？

姓林的女孩問是誰打來的。

我老婆。我擺出事態很嚴重神情，說，我本來要告訴妳，我結過婚了。我也沒想到那個臭婆娘這時候會給我打電話。

姓林的女孩跳下床，先穿褲衩再穿鞋然後到處找胸罩，完了又脫掉鞋捅上彈力牛仔褲，嘴裡始終罵罵咧咧。罵完她朝我吐口水，並想抽我一巴掌，被我躲過去了。然後她就哭了，說你他媽再別來我們店上吃早餐了，你這窮鬼，三塊錢捱兩個小時喝光四壺茶你他媽也好意思。她摔開房門走掉了。

我有些後悔，心想剛才幹嘛要躲啊？讓她結結實實抽幾個耳光，說不定她會好受一點。想到以後再也不能去酒樓吃早餐了，我覺得很不划算。

我打電話給朵拉，問她怎麼知道我這裡有女人。她竟然笑了笑，說，猜的，你一出聲，我就知道，這回又猜對了。恭喜你有了一個女朋友，真不容易，還老以為你是和尚胎呢。我說，妳什麼時候回來？朵拉說，搞不清楚，過年應該回來一趟吧。也快了，就兩個月，想到又能見到你了，很高興。到時候把你的那位也叫出來，讓我幫你把把關。

好的。我說，把什麼關，人家看得上我就不錯了。她說，對自己有信心一點，別天天養雞倒把自己搞得像一瘟雞一樣，拿不出精神。我說，好的，妳回來的時候，會看到一個面貌一新的小丁。

沒過幾天，姓林的女孩又來到我這裡，很生氣地問我，為什麼這幾天沒去她們店上吃早餐？是不是在躲著我？我有些犯糊塗了，但腦袋一閃，就找理由說，這幾天雞生蛋生得太多了，就一天煮幾個當早飯，懶得走到山腳下去。

我和姓林的女孩做愛的次數不算太多也不算太少，像吃飯一樣，到了鐘點就得應付一下。

有一次，我們正在床上，老闆進來了。我趴在女孩耳邊，說，我們老闆來了。可她不在乎，她說，管他媽的，你別偷懶。於是我就沒有偷懶。老闆稍一推開門，就把門扯緊了。老闆在門外說，小丁你忙你的，我在下面看看雞。

我們敷衍了事地把餘下的愛做完，她潦草穿好了衣服，下了樓。老闆坐在樓下客廳給一隻雞泡澡。老闆和女孩互相打了個招呼。我下樓的時候，老闆鄙夷地看了我一眼。他說，新換的？我說，就這一個。老闆說，別騙我了，以前不是這個。你什麼眼神，越挑越沒成色。跟我養了這幾年雞，眼功真是越來越差了。

老闆把手頭的雞洗了又洗，並對我說，還是把先前那個妹子弄過來，我看那個比這個強。我沒有說什麼。老闆是個很愛說話的人，圖嘴巴皮痛快，愛指點別人。

我幾乎是扳著手指，迎來春節，但朵拉春節沒有回來，也不來個電話說是什麼原因。姓林的女孩春節前被一個老闆包養了。她以前經常來的時候我不覺得，現在見不著她了，時時感覺到寂寞，想打朵拉的電話，系統音老是說：你所撥打的用戶不在服務區。我心裡奇怪得緊，不在服務區的地方是什麼地方？北方一馬平川的地界，哪來這麼多盲區？

# 7

到四月分我才見到了朵拉。那天我沒把外面的院門關上，她神不知鬼不覺地進到了裡面，可能到屋子裡轉了個遍，沒見到我，又到後山來找我。她可能想繞到我身後突然拍我一下，給我一個驚嚇，同時也給我一個驚喜，所以她走的時候躡手躡腳，活像鬼子進村。我在一蔸樹下看見了她的動態，我看了好久，可她轉著腦袋老半天都沒發現我蹲在一叢灌木旁邊。我不得不衝那邊說，喂，朵拉，我在這裡。

她走了過來，我站直了身子。她還是老樣子，可能豐腴了一點，但不容易看出來。她凝視著我，眉頭就輕輕地皺了皺，對我說，你胖了！

我剛到地秤上稱過體重，只不過胖了五斤，竟然被她看了出來。我端著雞食盆，告訴她，今年多養了幾隻母雞，可能是吃雞蛋吃得太多了。

那不好。她憂鬱地說，你飲食習慣一直不好，餐桌上一有肥肉，你眼裡就冒賊光。

然後又說了些話。我感覺她比以前細心多了，能夠覺察到我房裡一些微乎其微的變化。此外她變得有些囉嗦，還時不時來些叮囑，一度讓我想起我媽。但總體上，我心裡還是感到了蠻有溫暖。

後來我想，可能因為那天朵拉講起話來透著關心的意思，我竟然忘了，這半年多的時間，每當我和姓林的女孩做愛，總是要依賴對朵拉的回憶和想像才能抖擻了精神，迅速進入臨戰狀態。在當時，看著床上林女孩，我不免要走神，暗自說，要是那上面躺著朵拉，該有多好！

那些日子，晚上一個人躺在床頭，將睡未睡之際，我對朵拉的念想會增大到無以復加的程度。我覺得，白天和夜晚的心情是不一樣的，而人站立著和躺下時的思維方式也有很大不同。臨睡前躺在床上，那是我最為放縱的時候，一屋子的暗光會讓我覺得，沒什麼是不能做的。

我等待著朵拉回來。當她再次出現在我眼前，我想我會爭分奪秒地去暗示她，我想她！同樣在臨睡前那個時段，我一次次責怪自己，去年那個下午錯過了機會。如果再來一次，我想讓她知道，我會配合得多麼默契多麼到位……我懷疑，自己的生物鐘和朵拉的生物鐘存在錯位，峰期不能同步。

但那沒關係，我肯定會調整自己，去適應朵拉。

那天我沒有逮到她。從後山下來，我意識到了什麼，叫她進屋裡坐一坐，我要留她吃飯。我告訴她，如果她現在想吃雞肉，我會毫不猶豫地去捉一隻十個月大小的母雞，燉一罐湯。但她電話響了，有人叫她。她有些抱歉地說，今天沒空，下次再來嚐嚐你燉的雞。她走的時候還沒忘記取走化妝盒。裡面肯定有些東西變質了。

那天她走後我有些焦躁，很快變得難以自控，往地上砸了好幾樣東西。我不停地按捺自己體內那股往邪裡衝撞的氣流，抑制著紊亂的喘息，數起了羊，然後數起了青蛙和王八。前些日子沒見著她還好點，那天剛一見面就眼巴巴看著朵拉安全地走掉，搞得我一時亂了方寸，腦袋裡牽牽扯扯的神經纖維絞作一團。

過了兩天，我才變得理智一點。朵拉把電話打來，我除了按常規和她寒暄幾句，末了沒忘記告訴她說，最近妳最好不要再到我這山上來，朵拉，不曉得怎麼搞的，我現在對妳有些不懷好意。妳再來我這裡，可能會有些危險，到時候別怪我沒告訴妳啊。電話那頭的朵拉嗤地一聲，說，小丁，你能把姑奶奶怎麼樣吶？我真誠地說，朵拉，不是開玩笑，我正兒八經和妳說事情。

朵拉爽朗地笑了，滿不在乎。我手拿著電話，聽著她掛斷，聽著掛斷後急促的信號音，腦袋裡懵得厲害。我本是好心好意想給她提個醒，但把話說完，我發現自己仍是在勾引她，在赤裸裸地挑逗她。

我們畢竟相處了這麼多年，彼此性格都搞得清澈見底。我懷疑要讓她上勾只是時間問題，但更大的問題在於，我一個小時都捱不過去了，我在屋子裡和後山上踱來踱去，到哪裡都感到窒息、憋悶。我突然想到了自個給鬥雞搞體訓時想出來的那辦法，便機伶伶打了個寒顫——真是現世報呵。

那天下雨，我感覺到朵拉會來。她如果在佴城買東西，見天下雨，肯定會想到來我這裡躲雨，走到二樓，看看滿城下著雨的景致。那景致有些頹唐、無奈，但你仔細地看一看，卻體會得到一種從容。雨剛一落下，我就把心子提了起來。她十一點鐘到，敲了敲門。她打著傘，但身上有些地方被雨淋濕了。

妳濕身了。我一開口，就單刀直入一語雙關。她哪又曉得我蓄謀已久，這天的雨彷彿是我一個同夥。當然，朵拉沒有聽出來，她說，雨太大了，還颳風，打傘根本不抵事。她第二句話說，還是你這裡好呵，我隨時來，你隨時都在。

我順著她的語意說，是呵，妳隨時來，我隨時都在。這時，我臉上掛出了一些不懷好意的笑容，嘴唇有點歪斜。她看出來了，並說，你今天是怎麼了，古里古怪。我又裝出很無辜的表情，說，是嗎？

我叫她把衣服換一換。她從我的簡易衣櫃裡找來一件T恤，正面印著格瓦拉那儀式般的頭像。她說，他叫什麼來著？這哥哥！她在北方待了半年多，講方言顯得有些不地道了。我說，切·格瓦拉，這哥哥。她笑著說，哦，這哥哥比你帥多了。

她叫我出去，然後輕輕把門帶上，要在裡面換衣服。可能因為胸罩不需要解下來，她沒把門閂死，留有兩指頭寬的縫，可供我的目光長驅直入，把她換衣的每一個動態都看個一清二楚。

當她把自己被雨淋濕了的外衣脫下來時，我就砰地推開那扇虛掩的門。

這是我醞釀已久的動作，我推門推得很堅決，讓門撞在牆壁上，發出肆無忌憚的聲響，然後逼視著她，毫不遲疑毫不猶豫地走過去。這樣的情景，彷彿已經經過成百次的彩排，我做起來是那樣順其自然。

她有個下意識的動作，把T恤扯起來攔在胸前。看她嘴角肌肉的抽搐，似乎尖叫了一聲，卻被窗外的雨和悶雷掩蓋得嚴嚴實實。她胸前那塊遮羞布上，切．格瓦拉呆里呆氣地看著我，欲言又止。我已經走到她跟前，一把就把T恤衫扯了下來，扔在床的遠端，她得爬上床伸伸手才夠得到。我讓中間間歇了約一秒半鐘，然後緊緊抱住她。

——我得說，這一切我做得一氣呵成，絕不拖泥帶水。她彷彿是一台發動機，而我這一陣好似手持搖柄轉著圈瘋狂地搖著。終於，她這台發動機，被我發動起來了。她的身上很黏濕，有些虛汗味和香水味。我們抱在了一起，我這才感覺到我自己也濕透了，不明出處的汗水把我的皮膚塗抹了一層。接著是接吻，我們避不可免地把嘴皮子貼，做死地貼緊。聽著雨聲，時間過去得不快不慢。我聽見她體內躥出的一個個聲音，像氣泡從井底浮上來。我想，她這時應該是很驚訝，我跟去年在火車隧洞裡完全是兩個人。

她嘴裡不再是去年夏天的氣味，或者我舌頭上的味蕾已經失靈。

我的手繞到她後背，把襻帶的扣解下來。剛一解開，她身體的氣味就溢滿整個屋子。那種氣味悶頭打腦，讓我呼吸變得不均勻。她制止了我進一步的動作。依然是接吻，彷彿要打破吉尼斯紀錄。

忽然，她推開我，並迅速把兩手別到後面去，繫好了襻帶的袢扣。她說，你身上好多汗。我也是。

我說，唔。

她拋給我一個眼神，然後說，等著我，我先洗一洗。你也別偷懶，等下也要洗一個才是。她下到樓去，進到衛生間，把門狠狠地插上了，像是故意讓我聽清楚金屬插銷那鏗鏘的聲音。她把蓮蓬頭的水放到最大。我坐在樓上那間房，看了看雨，又擰開電視。沒有節目信號。

她出來的時候，我看得出，是一種情欲飽滿，含苞待放的神情。這樣我就放心了，她眼裡的東西騙不了人。她甚至還推了我一把，說，你快點去洗啊，你這個死人，笑什麼笑？

我洗澡時心情很輕鬆，也把水放到最大，讓它漫天蓋地鋪下來。我吹起了口哨，都是王菲的歌，〈容易受傷的女人〉、〈當時的月亮〉，還有一首那什麼……

我洗了一陣，擔心拖得太久，朵拉飽滿的情緒會萎蔫下來。當我從衛生間裡走出來後，忽然發現屋子相當安靜。外面的雨不知哪時停了。真有點不可思議，洗澡前我分明聽見雨是一派底氣十足的樣子，不想卻戛然而止。我朝樓上叫了幾聲，朵拉朵拉，又跑到後山大聲地叫，朵拉朵拉，卻沒有人應。那天，我面對著桌子上的手機，不停地咬緊牙關，最終沒有撥打朵拉的電話。

## 8

半個月後我收到朵拉寄自北京的信。那是一個很大的牛皮紙的信封，打開後見是一張卡片。卡片上貼著兩枚蟬翼，仔細一看，竟是我去年貼好的那兩枚。現在，她把這東西稍事處理，就成了一枚看著還像那麼回事的卡片。她畫了一些很幼稚很童心的畫，大概是一片海灘，幾個男女著短褲或者比基尼在棕櫚樹下晒著太陽。

卡片上她寫了兩句話：

對不起，那天突然雨停了。

祝你以後能夠輕飄飄地飛起來！

前一句的意思我懂。是呵，那天的雨突然停了，要不然，我和朵拉應該必不可免地發生些什麼了。由此我還想朵拉曾告訴我，下雨天她特別感到寂寞，尤其是下雨的晚上，她奄奄一息地躺在床上，怎麼也睡不著。我記得那天，朵拉彷彿暗示地說，下雨的晚上，我就像變了個人似地，像喝了半斤包穀酒似地，昏頭昏腦。要是做了什麼出格事，那跟我本人是沒有什麼關係。說完這話，她又有點內疚地問我，你說，我是不是有點……賤？

我把卡片和信封收好。我收到的信不多，平均是兩年一封。我可以把以前收到的所有來信都裝進朵拉的這只大信封裡。我也不去考慮朵拉寫的話是什麼意思，因為我不認為她能把話說得饒有意味，值得費心費力去推敲一番。

那以後我再也沒有見到朵拉。朵拉沒給我打電話。有時候我也撥一撥她原來的那個手機號碼，當然是停機。

自後我又幫老闆養了兩年雞。我養的鬥雞打架一般都還不錯，贏多輸少，幫老闆賺了一些錢。但兩年後老闆的口味變了，對鬥雞失去了興趣，轉而包養了幾個妞，成天到晚沉迷其中，彷彿又變年輕了。老闆把那一堆鬥雞都賣掉了，我就失去了這份工作。

我在山上還住了幾個月。老闆的承租期沒到，我提出能不能讓我在上面再住一陣。老闆賣了人情把地方白給我住。山上很靜，我每天就這麼呆坐著，或者去後山轉轉，把承租期剩下的時間消耗掉。

朵拉是去年春節前才回來，也就是說，我有四年沒看到她了。再見到她時，她已經二十七歲，當然，我們都是二十七歲。想想她和楊力已經戀愛了十幾年，再不結婚，就有些不正常了。她回來是置辦結婚酒宴的，給我們發了請帖。她可能到山上找過我，找不見，就託同學左轉右轉，把請柬轉到我手裡。我收到時，請柬都皺巴巴的了。

女方的婚宴設在正月十四。正月十五一大早，楊力來接朵拉過門。

十四那天我看見了朵拉。她胖了。她化了濃妝，沒以前好看，或者是我看著有些陌生。我跟她講了很多恭維的話，無非是今天很漂亮，今天實在太漂亮了云云。她對她當天的裝束也不是很自信，我誇她時，她不時弓下腰打量自己的穿著，並說，真的嗎？我肯定地說，那當然，比以前還年輕點了。她就說，去你的小丁，你是講鬼話啊。

我勸她多穿一點，那天天氣夠冷的。

中午開餐時，朵拉叫我幫些忙，具體幫什麼忙她又沒說。她跟著她的媽穿梭於席間，一個一個地問好。好多親戚她也不認得，她的媽就不斷告訴她，這是三堂叔的侄子，那是二姨舅的妹子……她先還是找準每個人的稱呼向他們致謝，到後來就全亂了，只曉得說，歡迎光臨。結婚辦酒是很累的事，她時不時看著我做一下鬼臉，還吐了吐舌頭。我發現她舌苔稍微有點重，像是上火。她時不時跟我招了招手，我過去，她就附著耳朵跟我說，拿紙巾過來；拿一枚別針來，我的胸花要掉了……

我發現她樂得與我做出過從甚密的樣子，但我找不到受寵若驚的感覺——我這又算得什麼呢？她喝了點酒，面若桃花，眼光看誰都很磁。她的媽也招呼不過來，焦急地應付著，幾次跟我說，小丁，今天麻煩你了，把朵拉照顧緊一點。我忙點頭，說阿姨妳放心，用不著交代。

那天很忙。沒有具體的事，就是忙。有時候，我在過道或樓梯間歇口氣，忽然覺得，自己像個太監。

忙到下午，朵拉家的客人逐漸散了。我正好開了個小麵包車，朵拉要我把她的一些親戚送到佴城去。朵拉家住在臨河鎮，距佴城四十里地，路不好走，要半個多小時。回來的時候車上只有我倆。她坐在駕駛副座上，心情不錯，她換了淺色的衣服，但頭髮還是聳起老高，插滿了固定用的器具，還有一枝塑料梅花。這裡的新娘子全要弄成這個模樣，不是為了好看，只是讓別人看了知道是怎麼回事。

那天難得出了太陽，回去這一路，明晃晃的，光斑在柏油路面上輕微地跳動。朵拉往我這邊靠。她說她累了，叫我把車開慢點。她忽然把手擱在我右腿上，看似不經意，實際上不可能是不經意的——她得側著身子，儘量伸長那隻手，才能擱到地方。我看看她，她看向車前，臉上似笑非笑。我騰出一隻手摸著她的手，並用自己肥碩的指頭和她纖長的指頭絞在一起。她笑了，卻仍然沒有轉過頭來。車子晃來晃去，在鄉村公路上跳躍式前進。我忽然感到有點幸福，幸福像一盆洗腳水一樣，嘩地一下劈頭蓋臉澆來，叫人猝不及防。我想，這可是朵拉結婚大喜的日子呵。

我叫朵拉給我點一枝菸。她從工具盒裡取出了紙菸，挾在自己嘴裡點燃，嗆了一口，然後傾斜著身子插到我嘴裡。

有口紅的味道。我說，這可是間接接吻呵。

她說，你以為？

我擺出恍然大悟狀，說，呃，差點都忘了，又不是沒吻過。

她臉微微泛紅，說，去你的，今天我結婚……

我說，我知道，我知道，妳放心好了。

車子已離臨河鎮很近了，她不可能再把手擱到我的腿上。她父親是當地中學的校長，人緣蠻好，鎮子上大多數拿工資吃飯的人都認識他，也順便認識朵拉。一路上不斷有人跟朵拉打招呼，還沒忘了誇她今天真漂亮。朵拉那天心情沒法不好。一天裡頭有上百人誇自己漂亮，心情肯定好得一塌糊塗，像喝了半斤燒酒一樣。

我說，結婚還是蠻好，沒見妳這麼高興過。不過頭一次結婚，沒經驗，容易激動也是常事。

朵拉說，小丁你也結個婚算了。

我說，沒準親媽還沒生下來呢。

朵拉噗哧一笑，說，樂觀點，不要那麼絕望。她說著跳下車去，她媽和她爸爸站在家門口等她。在鄉鎮上土皮便宜，她家蓋了很大的一棟樓房，三四層，那天都披滿了紅布，還結著碩大的繡球。我算了算，把那些紅布剪裁了，起碼可以縫幾百條褲衩。

當晚就住在她家裡，還有小蘭小鳳等醫專時的同學若干。地方上有這樣的風俗，明天要出嫁了，姊姊妹妹們應該守著她一個晚上。我和朵拉的一些親戚打了整晚麻將。我一座那幾個都是牌癮大牌技差的傢伙，搞到凌晨三四點，我這個臭牌手居然沒輸什麼錢，很是奇怪。

我去了一趟廁所，廁所在靠大門的樓梯間下面。樓梯是旋轉式的，因此可知他家的房子大概是九二、九三年建的，那兩年流行螺旋樓梯，就像現在流行用浮雕磚砌牆一樣。方便完了，我蹲在樓口那裡抽菸。這時我看著朵拉半裸著下樓來了。她沒看見我。她伏在一樓二樓之間的一個窗子上，看向外面。我這才知道楊力和他組織的迎親隊伍已經駐紮在大門外了，時間沒到，朵拉家的大門不能為他們打開。朵拉家裡還請了一些熟諳婚儀的人，到了時間也不讓楊力輕易進來，要用腦筋急轉彎的題目刁難他，還要向他討紅包。

朵拉卻有些難為情，看著楊力和楊力的朋友在外面發抖。那天清早很冷，我估計頂多也就兩三度，但朵拉卻發神經似地要穿婚紗。婚紗後面的拉鍊還沒拉上去，她可能就接到楊力的電話了，跑到那個地方。

她回頭看見了我。她下了幾級樓梯，跟我說，幫幫忙，拉上去。她把背留給了我。順著開襟的地方，露出一片「V」字型的白肉。她沒戴胸罩。

我的手有些發抖，拉了幾下，愣沒有拉上去。這時小蘭來了，她在旁邊看著我無計可施的樣子，開心地笑了。她說，小丁，你的手抖得那麼厲害，怎麼拉得上去呀？

我說，凍壞了，媽的這天氣。

小蘭一下子就把拉鍊拉了上去，嗤拉地一聲，朵拉背後那大一片白肉就不見了，只剩下脖頸仍嫩白如昔。這時朵拉若有所思地回過頭來，恍恍惚惚地看著我。

那天，作為女方送親團的成員，我還隨著朵拉去了楊力家那邊，受到了款待，喝酒從中午一直喝到晚上。晚上，我已經看不清是在和誰喝酒了，反正只要能睜開眼就看見一杯酒橫在眼前。楊力也醉得沒個人樣，張著嘴巴傻笑。他說他很高興，感謝這個，感謝那個。他感謝我的時候，我說不用感謝，今天我也很高興。小謝或者別的誰就在一旁吃吃地笑了。我聽見有個聲音揶揄我說，小丁，你他媽高什麼興啊？

我也說不上來。晃動著被酒精泡大，大如水甕的腦殼，我只知道自己確實很高興。

# 你癢嗎

那天老譚也不知怎麼了，忽然變得挑剔，一路上總是跟肖說，這裡不好，邪氣。這樣，肖只得和老譚一再地把車往遠處開。經過許多個路邊村落，前面出現一片垃圾填埋場。老譚四處看了看，說，我看這裡行。嗯。兩人下了車，用鏟刨出個淺坑，把那隻手埋在裡邊。之後又跳上車，一路疾走，在另一個鄉鎮停下。

天已經黑透。老譚說，我知道有一家店，嘿嘿……肖明白，老譚今晚又想加床墊了。其實老譚並不老，三十七八，臉上還像是熨過的，沒有一絲紋路。用他自己話說，三十如狼四十如虎，人到五十敲破鼓——我還在發育哩。一路上老譚開著車仍然眼放賊光，往路邊掃射。路燈幽幽亮著，勉強看得清過往女人的面目。碰到落單的女人，老譚就放慢車速，問，搭車麼？這裡的女人基本上沒養成搭便車的習慣。老譚不甘心，受了挫就拿出從皮炎平面廣告上蔓來的詞——嘿，我是蠹蟲靈，你癢嗎？找我好了。老譚拿腔捏調，在「癢」字上面放了個拖長的帶轉折的重音，很有效果。一開始肖聽得背心起膩，慢慢地倒也習慣。應該說老譚這個人毫無語言模仿的秉賦，能把這一句講到位，全靠他千百遍地練，熟能生巧。——有一次，肖記得路邊那個女人很漂亮，而且略通法律。當老譚面帶關切地詢問她癢不癢時，女人一針見血地指出，你這是性騷擾你知道嗎？我可以告你。說著掏出當時挺時髦的諾基亞5110，舉了起來，又像是要撥號，又像是要作為防身武器隨時砸過去。老譚就擺出一臉無賴相說，打個商量囉小姨，就別麻煩一一〇了，那一頭妳姐守線，妳告狀，她要整我一通宵的啊。說著，老譚加大油門揚長而去。走遠了，老譚說，她那一臉蠢相，我年輕時她白給我我都不要。

老譚在鄉鎮叫來個女人，不消三分鐘就彼此浮現老相好的神情。那個女人有點老。老譚說，到這地方，她就是鎮花。——鎮花？肖左右看不出來，說，冰鎮啤酒花吧？肖不找女人。三個人喝了些米酒以後，老譚就對鎮花一揮手，說，給我弟兄也叫一個。他是黃花崽，你們要打折的。隨即鎮花叫來一個年輕些的，但更醜。四個人正好湊成整桌，打了一通牌。肖不勝酒力，而且老譚打牌時吼聲震天，大搞攻心戰術。這確實讓肖頭疼，吼叫聲把腦袋都搞懵了。老譚對牌的稱呼很花哨，比如J、Q、K、A、8，一到他嘴裡就變成嫖客、婊子、老王八、姦殺、奶罩，等等等等，諸如此類。肖說，你能不能安靜點？老譚說他也沒法，到「裡面」的八年裡全都這樣吼著打牌，一時靜不下來。一開始和老譚打牌的人都感覺，不是被他降住了，而是被他吼暈的。捱過頭一陣，摸透老譚的伎倆以後，就知道其實他牌技有夠臭，純屬黔驢技窮之流。

肖叫後來的那個女人回去，然後進房睡覺。睡下了以後，肖聽見老譚和鎮花在隔壁間房做起事來，弄出響聲像在拆房。肖知道，老譚這人，在女人面前的種種行徑往往帶有表演成分。但總的來說，老譚旺盛的鬥志還是令肖折服。這聲響令他想起和女友小麗一起度過的那些夜晚——兩人不過二十幾歲，做起事來卻始終不慍不火，彷彿壓抑著自己為對方默默奉獻。肖估計，老譚和那個鎮花兩人加起來，肯定年逾古稀，卻還馬力強勁。這麼一對比，肖就覺得，自己應該蠻慚愧。隔壁房間的聲音愈加誇張，律動之中挾帶著摧枯拉朽的勢能。肖打了幾串哈欠，還是被攪得睡不踏實。

半夜兩點多鐘，肖終於睡迷糊的時候，門被重腳踹開，幾個聲音神經質地嚷著，不許動舉起手來。開了燈，兩個年輕警察看見肖毫無反抗的意思，一臉的緊張頓時輕鬆下來。肖覺得自己把手舉起來的樣子很滑稽。他努力申辯說，同志你搞錯了，我什麼也沒做。我，我沒找小姐。警察根本不打算聽他辯解，把他推出門去。肖看見老譚也被提菜了，他提著褲頭。警察不許他繫緊皮帶，就那麼提著走路。而那個賣淫的鎮花，一出門就被警察放掉。老譚找機會慢慢向肖靠近，悄悄地說，又著仙人跳啦，借我幾張老頭票。

有個警察飛起一腳踢在老譚的尾椎骨上，喝令他別說話。

鄉派出所充斥著豬糞的味道。警察用強光燈照著肖的臉。年紀最大的那個警察先是指了指肖，交代紀律說，一個一個來，不叫你不准吭聲。肖點了點頭。燈光打在了老譚的一張團臉上，老譚眼皮不停地眨著，最後固定為半開半闔，整個臉尤其顯得變形。警察說，你是帶頭的吧？——這彷彿是不爭的事實，老譚跟肖比起來怎麼都像個主犯，塊頭巨大，坐板凳上堆起一堆，兩三天沒刮臉，臉上淨是鬍茬。

警察問，老實交代，都幹了什麼。

隊長！老譚說，你們搞錯了，我跟她在搞對象。

那個女的什麼路數，我們有底。警察說，別他媽避重就輕，爭取一個好態度。

老譚說，是她在勾引我，她說她喜歡我。我怎麼知道她是，那種女人？

警察們想憋住，卻還是笑了出來。為首的警察做出要打人的樣子，說，瞞是瞞不過去。你趁我現在態度好，坦白了事。然後警察用強光燈晃老譚的眼睛，不急著敲開他的嘴，散了一包菸慢悠悠抽起來。老譚舉起手想擋光線，警察就喝令他放下來。過不了多久，老譚的表情稀軟下來，說，我老實交代，我確實是準備從事嫖……嫖嫖娼的行為。可是，實事求是地說，今晚我喝了酒有點力不從……

警察不耐煩了，舉起皮帶往老譚身上搞了一傢伙，喝斥道，裝呆是吧？要不要老子把你打醒？

老譚就哭喪著臉，近乎哀求地說，隊長，你到底要我說什麼嘛，我真不知道啊。

肖在一旁看得很吃驚。他沒想到，只消這麼搞一下，老譚就軟得沒樣子了。那個警察越來越撥高聲音質問，老譚顯然是被搞懵了，不知道該說什麼。警察說，你不說沒關係，我們可以查。他們搜出老譚的身分證，找來一台筆記本電腦調檔案。沒多久就查出來了。閱檔的年輕警察稍一看，就吃驚不小，說，嘖，狗日的，這下立功了——譚小軍，八三年嚴打被判死刑，後改判有期徒刑十五年，在省一監獄服刑八年，九一年假釋出來的。

那個年紀最大的警察這時流露出蠻有把握的神色，從檔包裡掏出一個白塑料袋。袋裡面裝著一截人手，在燈光照射下呈現一種半透明的慘白。警察把這東西鏗鏘地擲在桌上，厲聲地問，快說，別的屍塊你們埋在什麼地方？

哦，原來這事。老譚長長吁了一口氣，然後說，這隻手，是老朱的。

撥通電話以後，林老闆早上六點趕了過來，向鄉派出所的警察說明情況。這隻手確實是老朱的，老朱還健在，只不過手被炸斷了，還炸傷其他一些地方，人躺醫院裡。警察追問，怎麼炸斷的。林老闆說，還不是他自己？排啞炮違規操作。在場的警察都很失望。作為鄉警，管片不大，很難碰到殺人案來過把癮。年紀最大的警察撥通了醫院，詳細詢問一番，不得不放人。這時候閱檔那個年輕的警察插了句嘴，說，抓人的時候譚什麼不是在嫖娼嘛。其他的警察也想起來了，都說是啊是啊，要罰款。減個半抹掉零頭，交兩千就走人。

老譚還想討價一番。他扯了扯老警察的衣角，輕聲細語地打商量說，你看，剛才你打了我也就算了，錢能不能少點？我到星星和請一桌酒行不？

老警察不高興了，說，打你打錯了？你這個嫖客，再講價那我也懶得罰款了……

林老闆過來圓場，拽開老譚，賠笑著說，弟兄們晚上都顧不上睡覺，確實辛苦確實辛苦。同時數出二十張老頭票，遞給老警察時還說一句發票就免了。然後走人。天色還早，沒有完全亮起，只有一些微弱的雲。兩人走出鄉派出所時都垂著頭，像是兩隻被抽掉頸骨的狗。林老闆跟老譚說，這個月你倒欠我兩張。老譚只有點點頭。林老闆責怪起人來，他說你兩個他媽的怎麼跑這麼遠？惹出一堆屁事。肖說，你要我們埋遠一點。林老闆這才記起自己說過這話。礦上老闆都有幾分迷信。林老闆生怕老朱的斷手埋得離自己洞口近了，有血腥氣，不定又招來什麼災禍，所以昨天吩咐兩人說，起碼也要走出三百里，再埋。——挖深一點，上面要灑朱砂和雄黃鎮住血氣。相對於林老闆的吩咐，兩人還偷工減料了。肖老是想不通，這些土警察怎麼這麼快就發現了那隻手，長了狗鼻子嗅到似的。林老闆說，這個我也問了，是撿垃圾的報了案。可能你們埋東西時那垃圾客躲在附近，你們前腳埋他後腳就挖了出來。——也難怪，你們兩個晚上挖坑埋東西，垃圾客以為你們八成是在埋賊贓，滿心歡喜刨出來一看，卻是隻人手，當然很煩躁，扯出手機把你們告了。

肖和老譚只有苦笑。老譚想到那二十張老頭票，心裡就很不舒服，發牢騷講起狠話來。——呷菸就呷一塊五的軟老大哥，那幫警察鱉，還愣充狠。那個沒長毛的警察崽子最討嫌，得空我攔他夜路，捏死他他才曉得沒地方哭。還有那個垃圾客，哪天我叫他撿自己骨頭賣！說著，老譚還鼓了鼓渾身的肉。

肖嗤笑地說，淫哥，剛才你都要哭了。

老譚當然不認帳，他說，哪有。嘁，我哪會哭啊。

肖說，你差點哭了，人家搞你一皮帶你就要哭了。——這是肖疑惑不解的地方。在他看來，像老譚這樣坐過八年牢的人，應該非常地酷。電影裡老這麼演，特別是高倉健慣於扮演的那種失足青年，成天吊一張驢臉還能狂勾引女人。老譚以前也經常諂媚似地跟林老闆講，要是你出了什麼事情，我沒有其他能耐，但是可以幫你去坐牢。反正那裡面我待慣了，進去就是牢頭，受不了罪。老譚講這話時，相應擺出一臉義無反顧的樣子，以致肖認為，監獄大概是普天下最培養男人個性的地方。可是老譚剛才的表現著實讓他失望，再想想老譚講的那些話，根本當不得真。

林老闆也開心起來了，他問，小譚哭起來會是什麼樣子？我只見過你打婆娘蠻凶。肖一點不給面子，老譚有點不悅。可是肖和林老闆是親戚，老譚只能讓著他點。他說，小肖你曉得個屁，我這是裝裝樣子。話又說回來了，你沒吃過牢飯不曉得厲害，我早就吃怕了。那裡面真不是人待的。

你又不是沒蹲過籠子，既然八年都坐下來了，也不在乎多有幾年。肖這個人不依不饒，又說，那裡面不是還有個漂亮的王會計等著你嘛。

老譚就懶得說話了，只怪自己以前多嘴，把王會計的故事也擺了出來，現在都成為肖取笑他時冷不丁拋出的飛刀。

其實老譚嘴巴再怎麼不牢實，起先也不想跟人提起自己坐牢的事。老譚跟肖半年前認識的。那時林老闆的一個礦洞打出一大段礦層，品位高，進尺長，少說能賺幾千萬。林老闆請酒敬神做一通法事還邀了兩齣鄉戲，之後仍然不過癮，就帶了老婆坐飛機上北京，要肖作陪。肖發現還有一個人跟著去，那就是老譚。以前肖見過老譚的面，知道他是給方老闆做事的，不知幾時又過來跟了林老闆，而且這麼快就得到林老闆的信任。

到北京的第一天，幾個人就去了故宮。到裡邊轉了大半圈，林老闆總結地說，以前皇帝也不怎麼樣啊，住這種地方採光不足陰森得很，鬼氣重。我看還比不上我的小複式。他順便也誇老婆一句，我看慈禧年輕那會的相片，比妳差一截。老譚趕緊順著林老闆的意思說，我看也是，進來以後我看這布局，怎麼看都跟省一監獄差得不多——要拿兩個地方對應起來，我以前睡過的位置，大概相當於這金鑾寶殿。這麼一比，老譚的臉上就有了光彩。

肖追著問，你到省一監獄睡過？林老闆也感興趣，扯起耳朵。老譚支吾不過去，訥訥地說，是啊，到裡面玩了幾年。林老闆並不奇怪，說，強姦罪？好嘛，其實我早就看出來了，你這個刀巴鬼哪有不坐牢的道理。

那倒不是。老譚說，那時年輕嘛，一幫爛杆子弟兄經常糾在一起惹事，搞得那條街雞飛狗跳，誰見我們都怕。還有幾個女的沒長腦殼，成天跟我們泡在一起。八三年嚴打，被人揪出來說是流氓團夥。那幫人也不是東西，愣說這一夥子是我承的頭，賴都賴不脫。

林老闆拍一拍他肩膀，讚許地說，沒想到，小譚你狗日的還是個人物嘛。

回去的時候林老闆買了兩張機票，肖和老譚只有坐火車斷後。從京城回柘州，有整整一天一夜的旅程。兩人在枯燥的火車旅程中對對方有了初步了解。肖問他，你怎麼離開方老闆跟了林老闆？方老闆還狠一些啊，聽說是司級（資產過億），林老闆還說不好混在哪一級。老譚說，林老闆仗義，是個人物。肖說，他又不在，賣乖個屁啊。怕是方司令手指縫緊，你一定是在方司令手底下撿不到骨頭。

不是……老譚喃喃地說，方司令不準備在這邊幹了，要去福建，但我還要在柘州找一個人，不打算跟他過去。老譚覺得肖這個人問起話來咄咄逼人，愛刨根問底，像個警察。他不願意和肖探討動機問題。肖問，找誰？老譚說，說了你也不認識的。肖對老譚要找誰也不感興趣，轉而問他，你能不能給我講一講監獄的布局？老譚想不通，問這個幹嘛？肖竟然靦腆起來，騰一陣才說，我寫一個小說，要寫越獄，但是我不熟悉那裡。

這好辦。老譚熟練地畫出一張草圖，說，由裡到外，一共四個圈子。最裡面的，不說你也應該明白，是犯人住的，中間又分成好幾塊：機械廠啦，總裝廠啊，模具廠啊，磚瓦廠啊，副業隊啊……

你在哪裡？肖打斷了問。

老譚說，這裡。呶，總裝車間。我是總檢，對，2C30A 型裝載機，聽說過麼？你肯定見過的，九五年以前全省用的裝載機基本上都是我們那裡組裝出來的。老譚講到這裡頗有幾分自豪，往下又在畫的簡圖上指指點點，說，這是第二層，是個大操坪；第三層，這是犯人工作區；最後一層，這是管教幹部帶著家屬過日子的地方。這一共，只會比佴城大不會比佴城小。

他這麼說肖就易於理解，肖是佴城人。然後肖問，你能進到第幾層？老譚又來了些得意，他說，最後一道圍牆以內，哪都能去。我是總檢，技術員啊，又是積（極分子）委（員）會副會長，還有互監組組長，戴著紅牌，哪不能去？老譚一口氣說出幾個頭銜，聽起來很唬人。肖聽得發暈，差點搞不清老譚在省一監獄裡面是管人的，還是被人管的。

老譚反過來問，你呢，你寫的小說，都發表過麼？《人民文學》、《紅旗》，還是《人民日報》？老譚腦子裡一下子爆出這幾個名字，也就張口說出來了。

當然發表過。肖說，現在沒有《紅旗》了，改成《求是》。

你發表的有多少？

百分之……五十吧。肖說得很沒有把握，實際上他的小說一篇還沒有發，只是一廂情願樂此不疲而已。但百分之五十又有一定根據，畢業以後他在柘州市教委辦的一份小報混了幾個月，那是強行攤派給柘州所轄地區各中小學的，質量低劣，而且幾個慣愛嫖娼的主編根本沒有花錢買稿的概念，所以肖得以寫什麼就登什麼，連插圖都是自己畫的——左手畫一張都可以印在報紙上。他前前後後發了兩百多篇，統共用了五六十個筆名。他寫的小說，先後寄出去兩百來份，雖然無一中的，但和在小報發的稿累加起來，勉強湊得著百分之五十這個數。

肖問老譚，你覺得，坐班房對你有什麼好處？肖忽然覺得，自己這口吻、這腔調，頗有點

《藝術人生》訪談名人的味道。他想，換是朱軍，就會這樣措詞：呃，譚先生，您覺得數年的牢獄生活回饋於您的，是怎樣的一筆財富？

——當然有，那就是，肌肉練得特別發達。老譚說著就有些蠢蠢欲動，活絡起筋骨來。肖就說，能不能讓我看看？老譚正有此意，他希望自己一身肌肉能把這毛孩子鎮一鎮，要不然肖有些看不起自己，講話戧死人。肖一開始並不相信。老譚個子不高，表面上看毫不顯山露水，於是懷疑他在吹牛皮。時節剛過清明，衣服穿得不少，老譚一件件地脫了起來，撂椅子上，搞得一個格子裡別的人不知他要幹什麼。

老譚脫光上衣，就有些不一樣了。等他氣沉丹田，擺出很標準很專業的動作時，所有在場的人都驚呼起來。老譚整個上身青筋虬曲暴跳，即使皮膚沒有打蠟，也依然閃爍著金屬質地的光澤。——別把褲子撐破了。對面一個愛操心的老人說，好傢伙，省健美隊的吧？老譚俯過身去告訴他，老人家，我是強姦犯，才刑滿釋放出來。那個老人本來有搭訕的意思，現在什麼話都不說了。老譚回過頭跟肖說，省一裡面憋啊，你看，把人都憋成這樣。

事實上也是這樣，老譚坐了八年牢，放出來以後，在他眼裡，母豬大都是雙眼皮，朝他頻拋秋波。他進去時剛二十一歲，最怕的就是慾火上身時，那種鋪天蓋地漫無邊際的焦慮。他只有做俯臥撐，每組二十個，性慾一來就做上三四十組；性慾猛烈的時候起碼也要八十組。這還是八四年的水平，到了八九年，老譚性慾低迷時要做一百五十組保底，稍來些情緒，就撐得沒個完。肖這才相信老譚不是吹的。

一個乘務小姐正好掃地掃到這裡，她發出的驚呼比任何人都大，還伴以手捂嘴唇的動作。老譚扭頭看看乘務小姐，笑了。肖注意到，老譚看見漂亮女人，眼裡就浮現出毛茸茸的綠光，導致整個人都陌生起來。——後來他才知道，這幾乎是老譚的一種病態。他的性慾可說是招之即來又揮之不去。如果他是一頭種馬，可以獨自供應N個配種場。

老譚披上一件衣，悄悄地說，這女人我絕對搞定。然後他岔開五指梳，蘸著唾沫扒拉一下頭髮，走了過去。老譚一走，用不了多久，肖發現老譚已經和乘務小姐勾搭上了。兩人坐在不遠處過道的彈椅上。老譚跟她大肆吹噓林老闆多麼多麼有錢。乘務小姐根本不知道方老闆林老闆是圓的還是方的，卻照樣專心致志聽著老譚吹。漸漸地，乘務小姐眼裡泛起一層迷離的光。老譚把自己跟老闆說得像親哥倆一樣，簡直同甘共苦穿連襠褲。肖聽得直吐舌頭。他前後碰見過幾個像老譚這樣的人，講話特別莫名其妙，可是女人們就是愛聽。

晚餐時間肖請老譚到餐車吃飯，叫了酒和好幾道菜。老譚看出來了，剛才的裸露達到預期目的。這孩子，老譚想，肖畢竟還是個孩子，很容易看不起人，同時又容易被人弄得服服貼貼。老譚看著肖臉上有幾分恭敬，很是受用。這時那個乘務小姐又擦身過去，似乎朝著老譚輕顰淺笑。老譚立刻就有些飄。肖看在眼裡，不失時機提醒他說，那妹子被你惹出狀態了。你可以帶她到廁所裡搞一搞，很方便。

老譚不滿地說，你把我看成什麼人了？

勞改釋放犯。肖說，你以為？

不，我沒那麼噁心，會不分場合亂搞一氣——你們小年輕怎麼老把事情想得那麼齷齪？老譚又吹了起來，他說，當年，都是女的來找我。知道嗎，八一年我回家休假二十二天，一共搞下來五個女人——清一色原裝貨。那一個月我真是累得脫了形。

肖滿臉的不信。老譚思忖著說，別看我個子矮點，當年我可是長得蠻漂亮，人家都說我長得像唐國強——就是現在專演毛主席和皇帝那個。再說那時高個子不吃香啊，穿衣浪費布，岳老頭哪肯貼布票？

肖拿老譚沒有辦法。過去誰稍微有些模樣就自比唐國強，現在某某還勾引得了幾個女人，感覺自己像劉德華，如出一轍。其實，肖主要是對八一年這個年分表示懷疑。那時他才五六歲，沒留下什麼印象，但是稍加分析就漏洞百出。肖說，照你說來，那時候的良家婦女好像比現在的婊子還要淫賤？

老譚說，這個……主要是她們壓抑啊，不像現在的婊子，看似風騷，其實嚴重性冷淡。可是那時，她們沒有那麼多機會。

肖說，那時的男人也不止你一個啊。

老譚沒法說服肖。他再一次發覺肖是個愛刨根問底的傢伙，老這麼窮於應答，人不知不覺就會心虛起來。他說，不信算卵了。你不是要寫越獄嗎，乾脆我講一講越獄的事……其實我覺得，我也適合寫小說，主要是我蹲過籠子，又當過兵。過去人們都說，當兵的人裡頭容易冒出作家。這話我信，一幫兵痞成天憋得沒事，什麼話沒扯過？肖在書上看到過類似的說法，不禁點點頭。老譚繼續說，其實啊，蹲籠子是最讓人胡思亂想的地方。你想啊，特別是住單號子的，成天聞著自己大小便的芳香，什麼事都沒有做，只有亂七八糟地想。這樣捱過幾年，還有什麼想法不被他想到？肖點了點頭又搖頭，他記憶裡，沒有誰是因坐牢而搞成作家的——先當作家後坐牢那另當別論。於是他說，好像沒有哪個名作家是監獄培養出來的。

老譚狡黠地說，那是因為籠子裡面蹲久了，容易讓人摸清這個世界的本質，所以，即使他有當作家的素質，也懶得寫出來。

肖覺得老譚這人總是虛張聲勢。他說，看不出來，你還摸清世界的本質了。剛才你看到那個女的，眼睛都綠了。你這人哪像摸清本質的樣子。

老譚說，那是我把書丟得太久了。我要是還默寫得出三百個字，就會靠寫小說出名。

老譚能說服肖的地方不多，只有老老實實講起越獄的故事。老譚在省一監獄的八年當中，那裡一共發生三起越獄。第一起他知之不詳，只聽說那人是副業隊的，差幾天刑滿釋放了還跑，足見腦子不靈光，抓回來加了重刑。第二起是越獄未遂事件，發生在自己的班組。小夥子想鑽汙水管，獄警及時發現，就把汙水管進出兩頭都卡死，讓他獨自憋在裡面。過兩天再把那小夥子撈上來，人已經有很多地方漚爛了。唯一成功脫逃的那傢伙姓侯，大家叫他侯七，坐牢前是個醫生，進了省一，還讓他在獄內的醫務所幹事。醫生在監獄裡面算得公眾人物，所以他越獄的事好多人都知道。他利用職務之便進入監獄的最外一層，到家屬區的藥庫裡取藥。他在家屬區幹掉了一個獄警的老子，換衣服後逃竄出去。老譚眉眼間流露出對侯七的欽佩，他大肆渲染侯七有多麼鎮定，要不然侯七不可能逃離省一監獄。省一監獄出門就是一條江，侯七逃出來時江邊很情節化地有一個穿蓑衣垂釣的老人，他又把老人弄死，換上老人的一身蓑衣，怡然自得地坐在江邊。獄警從他身邊走過，他杆子都沒有晃。獄警甚至還向他打聽，看見有人跑過去沒有。後來又聽說，侯七逃回家時，正撞上當年抓他的那個警察和老婆睡在一起，於是把那個警察也放翻了——所以消息傳回省一，大家都認為侯七死得不虧。再後來，侯七因拒捕當場被擊斃。

這些都是真的，只是老譚不願意置身局外，把自己強行添加了進去。當然，說他自己和侯七結伴越獄顯然不行，肖肯定不會信。老譚就把自己設置成為一個間接參與者。老譚告訴肖，導致侯七越獄，是因為他想女人了；而導致侯七靈魂出竅一樣地想搞女人，又是因為老譚不小心把自己跟王會計的事抖了出來。這個故事搞得侯七淫心大動，但他又沒資格見到王會計，而王會計有病也不可能上犯人的醫務所。侯七聽了老譚講的故事，想女人想得實在不行了，就橫下一條心，越獄回去找老婆。

聽老譚的口氣，侯七之所以越獄有一大半是他惹的事。肖不由得鄙夷起來，肖別的不愛好，讀書時愛鑽心理學，畢業後樂意對他人搞心理分析。他聽得出來，在侯七越獄的故事裡，老譚顯然只是個拼湊成分。再說，侯七的故事也太好萊塢了。但再往下聽，忽然覺得這件事很熟悉，稍一遲疑，記起來了。侯七也是佴城的人。那事當年在佴城鬧得很轟動。肖的臉上有了愉悅神情，他說，你說的那個侯七，就是我們佴城的人。

老譚吃了一驚，經肖這麼說他才有印象，侯七是佴城人。他也高興起來，說，喲，你也認識他？那很好，有空你帶我到他家去看看，這弟兄以前對我蠻可以。——你曉得侯七死在哪裡了嗎？

侯七死在廣林縣——死在哪條胡同我都清楚。哪天去廣林，帶你去那裡轉一轉？

老譚說，是要去。這弟兄，哎。

肖注意到剛才的一個情節，就問，老譚，你說你跟那個什麼……王會計是怎麼回事？你不會是和人搞雞姦惹饞佬七了吧？

那時同一間牢裡也有人盯上了我，想把我泡到手。可是我培養不出這種洋愛好，想一想就泛酸倒胃。我只對女人有癮。然後老譚把手滄桑地一揮，說，不說了不說了，王會計是個好女人啊，對她我可是要留口德的，要不然以後生小孩沒屁眼。

哪年哪月了還怕生小孩沒屁眼？開刀弄一個。肖忽然聽出了什麼，就問，老譚你還沒生小孩嗎？老譚沒吭聲了。肖看看老譚，老譚的臉色已經陰沉下來。肖趕忙換了個話題，問他監獄裡的菜飯好不好吃。

在車上的最後一餐也是肖請客，不過早餐只有麵食湯水供應。肖點了一打啤酒，就著鹹菜油餅喝。老譚得人請，臉上喜氣得很，仰脖喝下一瓶啤酒後又要吹，說，現在是不行了，當年有一天晚上我一口氣搞了八個……

肖說，泰森一晚上七個，你多一個。

老譚認得泰森是誰，來勁了，就著話題說，那黑弟兄我認識，專撿比他個高的打。左手臂刺個毛主席，右臂那個包頭帕的……

肖說，那是穆罕默德。

老譚說，對對對，穆穆……。有空我也一邊一個。哪天碰見泰森，我倒要問問，毛主席語錄你小子能背幾句呀，再怎麼地，〈支持美國黑人抗暴鬥爭的聲明〉總該背下吧。

肖看不慣老譚瞎扯時的那副嘴臉。其實，老譚顯示肌肉那會，肖確實看得眼睛繃直。老譚的一身肌肉是每個男人都想擁有的，老譚僅憑這一點就了不起，可是他卻愛胡吹。這樣一來，老譚在肖心中的那點好感頓時蕩然無存了。這一趟車上，老譚留給他不倫不類的印象。肖懶得聽他說那些不著邊際的話，於是引導老譚講自己有興趣的事情。比如說，他怎麼進的監獄。

——主要是碰到八三年的嚴打。如果現在突然成了八三年，又搞起那場嚴打，我看，少說有一大半的人要送去勞改。現在的人多壞啊，吃喝嫖賭開發票貪汙受賄不打條，沒幾個比省一的弟兄純潔。老譚說到這事，只恨自己生不逢時。他說，我那事想來還比不得嫖娼嚴重，搞了兩個女人是自願上我家的，我又不花錢。再說，八三年嚴打算哪回事，你想不到的。那時候，你上大街對著個女的吹吹口哨，調戲婦女！要是穿個喇叭褲戴著蛤蟆鏡在街上遛圈子，先抓了去打一頓，再問你是哪一夥的。騙你？……八二年我復員回來，分進柘州市湘運公司開車。那年分進來的年輕人有十幾條，憑良心說，這一夥子確實算不得好人，愛跑到街上打打架釣釣女人，小錯不斷大案不犯，柘州的說法叫「水佬倌」。我當過兵，打起架來手毒，要講單挑找不到配對的人。幾條街小孩都喜歡跟在我屁股後頭混……

肖插話說，當時像我這樣的，想跟著你你怕是都不要吧？

不，我平易近人，也喜歡小孩子。老譚說，那時候，開車還是個好門道，司機個個都顯得瀟灑，所以想女人了也用不著怎麼釣，大多數都是自個送上門的，攆都攆不開。這當中，又數我最討女人喜歡，成天戴著變色蛤蟆鏡，穿的確良襯衣配喇叭褲，上面三粒扣子從來不扣，略微露出些乳房……

肖打斷他說，行行，這個我看得出來。

——嘿嘿，八三年的夏天，我和一個姓王的傢伙，在路上各自撿了一個女人，講話講得熟了一起去吃飯。我跟小王喝白的她倆也要喝。我還勸她們說，女孩子家的，別隨便喝白酒，要犯錯誤。可是勸不住，兩個女的都強，只有讓她們一齊喝。那時候體質好，嘴皮喝麻了，幾個人嘰哩咕嚕一共放掉三瓶丹山二曲，五十幾度。兩個女的喝完酒以後，死皮賴臉要我留她們住。一開始我不想沾那兩個賤女人，還勸她們說，我們幾個孤男寡女睡一屋不好，要避嫌，要自重。可是那兩個女人是狗皮膏，黏人。我記得姓嚴的那個女人跟我說……

肖又插一句，就是你搞的那個吧？

——哪能呢，肉包子打狗的事，我兩個都沒放過。當時嚴冬梅還哭著跟我說，她兩老都是國家幹部，凶得很，邊個頭髮都要限期整改，要是看她醉成這個樣子，搞不定會打死她。我這個人心軟，看不得人哭。她說得可憐巴唧，我只好留她住。既然送上了門，不幹是不行的。四個人全到我房裡，他們三個都不省人事了，放哪裡睡哪裡，說夢話，還磨牙齒。我一個人清醒一點，先把姓嚴的那個擺平了——鑾豐滿的。完事後我雄風猶在，再說我就一張床，另外那女的一邊躺著，順帶著把她也搞了一次。

肖說，那個姓王的呢？

那有點說不好。老譚猶疑起來，說，他半夜嘔吐，醒了，見女人沒穿衣服，狗日的一下子就發了情。當時我還不想睡，乾脆開著燈，抽著菸看他如何搞事，他也無所謂。但他酒喝多了力不從心，把那個女人翻來翻去，自己卻一點辦法都沒有。我看他急成那個苕樣子，高興壞了。過得好久，他剛要來勁，外面卻過去一輛車，不曉得是急救還是消防，反正哇啦哇啦一通亂響，把小王嚇癱在床上，還他媽尿了大半幅床單。那以後他就再也提不起神了。所以我一直搞不清楚，他到底能不能算是強姦。

當然算，這行為已經構成強姦了。肖懂一點點法律常識，話說得很肯定。

老譚說，就算是吧。沒過多久，嚴冬梅家裡人告我們迷姦、輪姦。嚴冬梅的老頭在柘州當個官，是那種一枝筆吃通街的官，公安局當然重視，跑到我們單位，把我和小王一繩子捆翻了。抓了人以後公安局順藤摸瓜，再加上一些以前敢怒不敢言的群眾揭發，牽扯出十幾個人，一下變成團夥了。我還算清醒，抓我去我就把事情全認了，說這跟姓王的沒有關係。可是那小子苕人一個，一進公安局挨了幾皮帶頭，屎尿屁全出來了，哭哭啼啼地說當時醉得不行，不曉得自己做了什麼。——小子其實挺滑頭，不敢抵賴也不敢承認，乾脆裝他媽大頭嗲一哭到底。那兩個女孩也說不清楚，只曉得被搞，不曉被誰搞。那時候公安局也沒法從陰道殘留物裡拽出DNA化驗，讓兩個女人指認了事。女人受他們家長唆使，要把我們往死裡整，一口咬定說，我和小王把她倆各自搞了一遍。不巧正趕上嚴打，一審判了我死刑，判小王是從犯，十五年。原來我估計頂多五六年，沒想到是死刑，有點意外。

死刑？

死刑！

你不是還活著嘛。肖說，你看你，能吃能喝，還能耍流氓，跟神仙一樣。

多虧我腦子活，不是隨便死得了的，回回都逢凶化吉。老譚點上菸，繼續說，我這個人，越遇事越冷靜，越急越有辦法。看守所放風時我找機會挨近小王，跟他說，你狗日的沒搞，兩個女人都是我搞的——要不然你跟我都死定了。一審判下來，我寫了申訴狀，同時也寫了遺書。我這人小時候特別怕寫作文，一直寫得狗屁不通，這一下吃了死刑，申訴狀是一氣呵成，好得我自己都要崇拜自己。我的申訴理由主要是兩點。第一，我是復員軍人……那時候「復員軍人」是個身分，是把保護傘，犯了案有優惠，能打折的。第二，我說那兩個女人以前就認識，都不是什麼好東西，和很多男人發生過關係。往下我把我知道的市領導的名字全寫上去，估計他們也不敢去落實。反正當時都是要死的人了，管不了那麼多，死活把女人搞臭再說。小肖我告訴你，孔老二有兩句話講得特別合我胃口。他老人家教導我們說：「討債要將帳算清，犯案先把水攪渾」。嘖，這是做人的道理。

別什麼話都往孔子頭上栽贓，他講話不是這種大蒜味。肖說，做人的道理，嘿嘿，老譚我是不敢聽你的，我眼下還不想去坐班房。

不聽算了，有你吃虧的時候。老譚面帶尷尬，繼續說，小王也在申訴狀上改了口，說他現在才記起來自己根本就沒有搞。我的申訴狀也證明了這一點。結果這事情不能套上團夥性質，也不是輪姦，區別就大了。其實，我當時抱的希望不大，寫了申訴狀，也給我媽寫了好長的遺書，希望我死後她再找個年輕點的老頭子，照顧她。我姐姐嫁得遠，有個弟弟生下來就死了，家裡就剩我媽一個。以前我爸對不起我媽，是我媽一個人把我弄大，結果我也對不起她。講到這裡，老譚有了一陣沉默。之後他又說，嚴冬梅的老頭當著官，但柘州也不全是他嚴家的。小王他老子在柘州算條好漢，上下跑斷了腿。終審判下來，我被改判為十五年。我樂得差點哭了，天吶，我運氣不錯，量刑一下子往下調了兩個級。但小王運氣更好，作為流氓團夥從屬成員，狗日的只判兩年。

肖舉杯敬酒並說，淫哥哎，你都算過經濟帳沒有？

什麼？老譚一時理解不了肖的意思。

肖譏誚地說，就算按柘州最貴的標準，美景花園渡假村，傾國傾城、吹拉彈唱樣樣行的女人也就四百塊一次，乘以二就是八百，再除個八等於……你扳手指算算，你年監獄蹲下來，只值一張老頭票。肖指了指餐桌上或空或滿的啤酒瓶，說，相當於這堆啤酒。

肖的換算法搞得老譚心情黯淡，舉起酒瓶大吼一聲，喝！他仰著脖子又灌下一整瓶。

喝。……後來呢？

後來，嘿，姓王的那小子出去以後結了婚有了崽，八九年他強姦未成年少女——他後來告訴我說，那未成年少女長得老皮老臉，看上去起碼也有三十歲，沒想到要打五折——也進了省一監獄，正好分配到我們總裝車間。我當時已經是總檢了。狗日的不知道好歹，那天看見我站著，就走過來拍我的後腦門，又拽了拽我的紅牌，說，又見面了，嘿，譚小軍你狗日的混得不錯嘛……

肖說，八三年他不是和你關在一起？

他有屁資格進省一，進省一保底也得判十年以上的。老譚輕蔑地說，我看見他，氣就不順，啪地一拳把他撂趴在地上。他爬不起來。老秦去扶他，還告訴他說，這是我們譚總檢。他這才發現我不好惹。他進來以後我日子就過得順心一點。我這個人基本上不欺負人，可是他就不同。你想啦，當年我救過你，現在有理由隨便搞你，要不然你要我心理怎麼平衡得了？那幾年他不得輕鬆，我要他站著拉屎他就不敢蹲著拉尿。

肖說，老譚，你蠻狠的嘛。

老譚說，那是。

後來呢？

後來，九一年我就假釋出來了。媽的，外面變化真是很大。

肖突然想起剛看過的一部電影，細膩刻畫了犯人出獄後，不適應社會變化的種種窮形盡相。現在老譚也冒出這感慨，肖就追著問，怎麼個不同？

找不著路。

就這個？肖有些失望，老譚沒能體會他的意思。

老譚想一想，說，還有就是怕見到女人。出來以後，頭一次走在街上，看見女人真是一個比一個漂亮，哎呀，那個難受，真想一天搞下一百個，把腰花射出來算啦。

肖說，看來八年不夠，改造來改造去還是個強姦犯啊。

他們應該把我閹了。老譚說，不過我出來以後，特別是這幾年，我還是不虧，活得很有勁。現在年頭好，有錢在外面嫖女人，沒錢就回家嫖老婆，人活得很充實。

肖可以理解的，八年啊，把一個小年輕足足憋成健美運動員了。所以老譚出來以後孜孜不倦地玩女人，在肖看來，不排除滿足生理的功用，此外也是平衡某種心態。於是肖頗有心得地說，老譚，我理解你，你從牢子裡出來以後，成天想著玩女人，實際上是一種心理變態。

老譚說，去你媽的。

老譚你不要不高興，我所說的這個變態……肖解釋說，就是區別於常態的一個概念，是中性的。而且變態也沒什麼不好啊，一反常態才有個性。現在的小年輕，其實都想方設法地變態，想變態而不得，只好怪娘老頭把自己生得太正常了。

老譚喝著別人的啤酒嘴軟，也不爭了，說，好好好，你說變態就變態。

那次被鄉鎮警察整了一夜以後，老譚一直對那兩千塊錢耿耿於懷。先是罵警察，罵報案那個撿垃圾的。

有一天閒著無事，老譚把事情前後都捋上一遍，最終把怨氣撒在那個斷手的老朱身上。——那一炮也邪，只肯炸掉他一隻爪子，依我看炸死了清靜。要不是埋他的爪子，我哪虧得去兩千塊錢？

恰這時候林老闆的電話打來了，打到老譚的手機。——小譚你他媽在哪裡嫖？快到我這裡來，老朱家裡人圍攻我……太欺負人了，小譚，三個四個人你對付得下吧？來了你看我眼色，我一放繩子你就給我撲上去……星星和飯店，大廳裡。

肖就笑了，說，老朱還講不得，一講他就來了。老譚問，你聽得到？肖說，你那狗屁手機也換一換，像是外接了一個喇叭。

調轉車頭，老譚就說，是該換了。肖老弟，林老闆好像要換手機了，嘿嘿，你問問他是不是要處理啊？

肖說，等一會你表現得好，搞不定他就拿手機當骨頭撂給你啦。

下雨路滑，老譚邀功心切，在山路上把車速放到一百八左右，車就有點飛機起飛的架勢。肖繫了安全帶，還是提心吊膽，就說，慢點慢點，要爆胎。你既要表忠心也要留條命在，不是？我保證老朱家的人動不了林老闆一根毛。

你以為你是諸葛亮？

那倒不是。肖鑾有把握地說，老朱無非就是想扯皮多要些賠償金，這一動手不是打水漂了？

老譚一想也有道理，這才放慢速度。肖順手扭開收音機，緩和一下氣氛。交通頻道正在搞司機智力搶答賽，主持人提問，請分別說出〈國際歌〉、〈中華人民共和國國歌〉的詞作者是誰？

毛……毛主席？收音機裡的司機語塞了。

肖就說，老譚你知道不知道啊？

弗拉基米爾點伊里奇點列寧。老譚嘴一滑念出這一大串，沾沾自喜起來。略作思考，他試探地說，還有就是毛主席？

完全正確。肖說，加一百分。

然後換一個頻道，那裡面正在講國際新聞。這是肖每天必聽的，他喜歡聽中東局勢，伊拉克動向，還有卡斯楚。結果車載收音機裡大談阿富汗。肖說，老譚，你聽，阿富汗國家動物園裡就跑剩一條母狼了。

老譚說，嗯。

牠怎麼不跑呢？肖說，不知怎麼搞的，我覺得那母狼一定是在等你。

嘿，我一聽也這麼覺得，搞不好那隻母狼前輩子跟我是一對……他們都講我天生一副色狼像。老譚並不忌諱，而且眼睛又綠起來。

兩人說笑著趕到了星星和，進門時縮起兩隻袖口，一臉戰備狀態。可是林老闆已經把事擺平了，見兩個人走來，就指了指只剩一條胳膊的老朱，說，小肖小譚，以後給你們多加一條弟兄。

——老朱出院以後，林老闆給他結了所有的醫藥帳，找他打商量，準備再賠個五萬塊錢就算是兩清了。老朱本來就要在了斷的協議上簽字，老朱老婆不幹，她堅決不同意了斷。她說，老朱還可以放炮的，他一下崗，我這一家怎麼辦啊？老朱也說，林老闆我鞍前馬後跟你那麼多年了，我還有一隻手嘛，還可以放炮的。林老闆哪還敢要老朱放炮，不答應，於是老朱家裡老小就有點急。肖和老譚趕過來的時候林老闆已經妥協了。他覺得沒必要跟老朱這種人耗，但是絕對不能讓他下洞子——他血氣太重，搞不好還要招災。想來想去，只有往採購那邊安插。肖和老譚那裡多個把人，無所謂的，權當是扶危濟困。最後，林老闆和老朱談妥理賠三萬，老朱繼續做事，一個月一千整。肖和老譚當然不願意，老朱怎麼看都是個累贅。可是又沒有辦法。

第二天幾個人在一起時，老譚就說，老朱你手斷了腳指頭都能打算盤。兩萬塊錢不到兩年就回來了，林老闆把你招來，還把你當國家幹部養。

唔唔。老朱說，我斷了一隻手，真斷了。說著把斷臂舉起來，晃了晃。手臂斷面還掛著血絲，像是牛排只烤到五六分熟，看上去很生猛。

老譚聽到這裡蠻不高興，說，老朱你不要講你那隻狗爪子了，為了那隻狗爪，我和小肖坐了一個晚上的班房。我堅貞不屈，還遭到虐待。

肖也說，真的是，要不是被林老闆及時營救，老譚搞不定冤死在裡面。老朱，別的不講，一餐飯你是躲不過去的。

老朱說，唔，唔。

肖說，也別去高檔地方，星星和就行。

老朱說，唔唔。

第二天掐錶等到中午飯的時候，老譚放起飛車，一傢伙又躥到星星和大飯店。下車時老朱說，我身上只有八塊六，真的，不信你們可以搜。那頓飯肖掏錢。飯端上來，正好擺在老朱的面前。那是個小木盆，裡面裝了半斤飯。老朱扯起筷子就從木盆裡扒飯，這個動作，在星星和的餐廳裡很顯眼。老譚看不過去了，踢了踢老朱的腿，說，用小碗。老朱這才注意到眼前還放著小碗。他說，吃飯的？我還當是喝酒的。

肖說，那就叫一瓶酒吧，給老朱接風。老朱，我看你大難不死必有後福。

老譚看著老朱吃飯的樣子，一臉嫌棄，還問他，你，多久時間沒洗澡了？

相處不到一天，老朱給他的印象很不好。雖然老朱隨時陪著笑臉跟人說話，顯得低眉順眼，老譚還是看著他礙眼。老朱看在眼裡，加倍地小心，拿老譚叫譚老闆。老譚開始還說，去你媽的，我不是老闆。但老朱依然那麼稱呼老譚，多叫上幾遍，老譚氣色就緩和多了。吃飯時老譚坐在老朱的左邊，一抬眼就能看見手臂的斷面。老譚皺了皺眉頭說，老朱，你的手怎麼斷得這麼難看？搞得我沒胃口。他站起來把椅子挪遠一點。

肖說，老譚你真是。到省一蹲了八年，把你慣得這麼嬌氣，像是出國留學了八年。

老譚無奈地說，我有潔癖，沒辦法。

肖說，你忍忍，將就著點。

老朱敬了老譚一杯酒，之後問，你也是朗山人吧？聽口音像。——老朱和老譚認起老鄉來了。

老譚說，是。

嘿，我也是。以前我在縣三中幹過一陣校工。老朱說，那時候三中有個老師，也姓譚。我一看，日怪了，跟你長得特別掛相……

你懷疑我是譚佑明的崽對吧？

不，我不是這個意思，就是看著，嘿，挺掛相的。老朱有些惶恐。

老譚剛喝完一杯酒，打著嗝說，別繞三繞四，看出來了又怎麼樣？我就是他崽。

老朱趕緊又把杯子滿上，說，真的是？以前譚老師蠻好的一個人，棋也下得蠻好，城南通殺。就是死得稍微早了點。

他活該！老譚端起杯子，抿一口，掉轉腦袋跟肖說，小肖我跟你說，我爸以前也是個老流氓。我之所以變成今天這樣，其實是被我那個爸先天性遺傳壞的……

老譚父親的事情，當年在朗山縣城轟動一時。那年他六歲，父親是縣三中的語文教師。縣三中那個守門的女人是照顧來的軍嫂，年紀雖然偏大，仍舊一臉的狐媚，更重要的是長年守著活寡，很寂寞。分到三中沒多久，這個女人就靠偷人出了名，城南一帶家喻戶曉。而老譚父親作為學校一名出色的教師，免不了知識分子的清高，自是對她表現得不屑一顧，進出大門的時候從來不拿正眼看她。這反而激發了女人的某種隱祕欲望，不失時機勾引這個譚老師——譚老師愛下棋，回來晚了，守門女人隨便披起件衣服給他開門。開了門，女人又裝不小心，讓本來就虛掩著的衣服恰到好處滑脫一點點，露出一截胳膊半爿上身。就這樣！沒想到譚老師很容易上鉤，矜持沒幾天兩人也就搞上了。女人還得意地跟別人宣揚說，老譚看起來一副正經相，其實比誰都色，貓投的胎，根本聞不得腥膻。——這也怪老譚的媽正好懷著他的三弟，譚老師有數個月疏離了房事，並且往後還要忍幾個月，時間漫長得讓人窒息。這些都是客觀原因，主觀上再怎麼說，是個人意志力薄弱。事後別人（很可能是守門女人偷過的男人之一，一時失寵）

嚇唬他說，你搞爛鞋的事公安局知道了，已經備上案的，過幾天就下來查。你這是破壞軍婚！譚老師當然知道，備戰備荒的年月，破壞軍婚是怎麼回事。他惶惶不安捱了幾天，乾脆用剃刀片把自己解決了。

老譚記得，父親死後，他母親腆著肚皮要去找那個女人鬧，出她的醜。女人卻不以為然地說，見鬼了，那麼多人和我搞過，偏偏他一個人撒嬌，硬是要自殺。我有什麼辦法，不行我還成天看管住他？又不是我的男人我的崽。母親也是個教師，在學生面前居高臨下成習慣了，一時被戧竟講不出話來，氣得嘴皮子打哆嗦。

那天要公開批鬥守門女人，老譚母親冒著老三隨時臨盆的危險，拉著老譚去看批鬥會。看見那女人雙肩掛著爛幫的膠鞋，母親頓覺揚眉吐氣。台上還有幾個壞分子一起挨批，他們個個像鹽水滷過一樣，低頭耷腦蔫拉巴唧。唯有那女人高昂著頭，彷彿是烈士從容赴死。台下群眾群情激憤，吵嚷著要女人低頭認罪。女人反而以一種高傲的姿態掃視台下，大聲說，我可以認錯，但是先要講明一點……女人的聲音陡然增高八度，一字一頓地說，你們當中，有一部分人有資格批判我，有一部分人沒有資格批判我！台下的革命群眾馬上亂起陣腳。男人們彼此拍拍肩頭，然後含義晦澀地說，老張，嘿嘿……老李，嘿嘿……老王……

當時六歲的老譚夾雜在這些人裡邊，那個女人臨危不懼的樣子給他留下深刻印象。如果不是父親遺留的一沓照片，他估計自己很難記得住父親，但那個女人，批鬥會結束以後他就再也忘不掉。隨著年齡增長，老譚漸漸鄙視起父親的行徑，尤其鄙視父親輕易就撒手而去。相反，他對那個守門女人有一種莫名的敬意。

肖也聽得出來，其實老譚更多的是受了那個女人的影響。老譚說，那個女人後來和當軍官的男人離了婚，更加偷得起勁，直到老得貼錢也偷不到人了，才收手。現在她還住在城南，我路上碰見她還會打個招呼。可惜她沒有生育。要是她有一個女兒，我一定要偷到手，給我媽出一口惡氣，同時也是向她老人家致敬。

老譚講完了自己父親的故事。肖敬上滿杯酒，兩人咣唧一口喝乾。肖由衷地說，好嘛，原來都是遺傳惹的禍。怪不得你英雄虎膽，到那裡面敢上王會計。

老朱問，王會計？

我蹲籠子時找的一個相好。老譚酒勁上頭面色酡紅，吹了起來。……漂亮得沒法跟你講，那真是，搞得我蹲籠子都不想出來。

老朱說，你可以啊，蹲籠子都蹲得上癮，不像我，日子一直過得沒人樣子，到老還成了個殘廢。你跟我擺一擺，那女人怎麼搞上的？

不能說不能說，說出來把你惹壞了，怕對不住你老婆。老譚吊起胃口。老朱正好是那種好奇心重黏性十足的人，一個勁勸酒，涎皮涎臉地要老譚講講監獄裡面的事。老譚的臉色紅潤起來，嘴角掛起淺笑。肖知道，酒勁上頭了，老譚哪有不說的。現在，別人要想不聽，老譚搞不定急得地上打滾。

果然，要不了多久老譚就講開了。——她的胸脯滾圓滾圓，比你媽的墳還大，不小心掉下來準會砸出兩個天坑！——即使說起那個一度寄託了自己所有慾望的女人，老譚依然冒出這種不倫不類的感慨。他一邊說一邊朝老朱額頭上噴酒氣。肖記得，老譚對王會計的誇張之辭在變本加厲。以前他跟自己講起王會計的故事，是這樣形容：她那胸脯西瓜一樣好大兩坨，要是不小心掉下來一定砸斷她自己的狗腿。當時，肖聽得耳朵一聳。他覺得，老譚已經將豐滿女人形容得挺極致，沒想到這麼快就升級換代了。肖甚至懷疑，這些都是以前老譚在籠子裡蹲著時，想女人想出的種種幻覺。

老譚的舌頭梗了起來，講話已不流暢，不知要跟老朱講到幾時。王會計的故事肖已經聽了不下五遍，再聽也沒多大意思。肖走出飯廳來到噴水池旁邊，看看夜色，以及夜色中一些相互依偎的男女。他估計老譚會跟老朱囉嗦半天，因為老譚慣於吊人胃口，酒又喝了不少。肖現在回味起來，那個故事已經略顯寡淡。但是當初，老譚的這個故事使自己有一種被教唆的感覺——肖甚至認為，這故事的餘緒在一段時間裡微妙地影響了自己的性生活。其時他已經和小麗談了兩三年，感情進入了倦怠期。可是那幾個夜晚，小麗在肖眼裡重新鮮活了起來，變得日益豐潤，曖昧，就像回到了戀愛最初的那些日子。肖的夢中經常出現一個妖冶的女人，雖然面目模糊，仍然性感得一塌糊塗。肖意興索然地醒轉過來，仔細想想，發現那個女人不像是小麗。他搜腸刮肚想了好久，確定那是從未見過的女人。肖無端地猜測，那女人就是王會計。小麗是個敏感的女人，她感覺得到肖狀態很好，人卻始終有種心不在焉的情緒。她問他，有什麼心事。肖就笑了，說屁心事，沒有。他暗自地想，我又怎麼可能告訴妳，跟妳睡一張床的時候，我夢見的是另一個女人？

隔著星星和餐廳巨大的玻璃牆，肖看得見老譚老朱的醉態，還有老譚擺起故事時活靈活現的樣子。老譚講起自己跟王會計的故事，總也顯得幸福萬狀。肖記得，老譚本來是在礦區拖礦的，偶爾給林老闆開開私車。那次從北京回來後，肖跟林老闆建議，要老譚一起跑採購。老譚心裡一直感謝肖，在礦上搞採購是肥差，還可以到很多地方找女人。肖來之前搞採購的換了幾個，後來林老闆就讓肖去搞，一來肖是他親戚，即使要搞一點，那也是肉煮爛了在鍋裡；二來肖當時剛從大學畢業，還年輕，林老闆估計他不可能卑鄙到哪去。肖心裡有分寸。他的前任基本上提留兩成，林老闆覺得那傢伙過頭了，就立刻炒掉。肖斟酌了很久，搞多了不行一點不搞又對不起林老闆的栽培，最後把這個比例定為千分之八。但肖要負責整個礦上的工人吃飯問題，負責礦山生產的全部設備以及耗材，還要協助調節周邊事物，所以收入還是蠻可觀。他搞不懂為什麼主動拉了老譚過來，這樣會分掉一坨子錢的。也許是每天一個人太孤單了，又經常會遇到意想不到的事情，肖希望能有個人彼此照應。

老譚一上得手，肖就主動問老譚，老譚，你說這該怎麼分？老譚佯裝不知道肖在說什麼。肖就說，別假正經了，你是不是發揚風格不要啊？老譚謙恭地說，我看，二八分吧，你拿八。他心裡明白，沒有肖他掙不到那麼多外水。肖大度地說，弟兄見面分一半，五五開好了。老譚真是喜出望外，一臉感激涕零的樣子。肖又嫌惡起來，老譚的表情總是和他的形象不搭配。肖認為老譚沒理由這麼愛財啊，青春已逝，報國無門，功名無著，膝下沒有（親生的）兒女。他老婆早就和前夫弄出兩個，把指標用光了。到這地步，老譚本應該憤世嫉俗才對。可老譚就是那麼愛錢，一如他的好色。如果讓老譚拿八，肖估計，即使提出要嫐他，他也不會拒絕。

相處久了，肖不難發現老譚身上越來越多的毛病。別看老譚慣愛把自己弄得很光鮮像個人物，卻始終埋頭走路，看見地上有什麼東西就忍不住蹲下去翻看一下，覺得有用就撿起來塞進衣兜。有時候他會撿得塊把錢；有時候是一枚電話卡，他撿起來找電話棚查一下打空了沒有；有一次他撿了一張照片，照片上的女人很漂亮。酒喝多了的時候，老譚會把照片甩出來饞別人，嘴上還說，呶，剛甩掉的。

還有一天晚上，肖發現，老譚這人睡不落覺。那天兩人也是在一個鄉鎮落腳，唯一的旅社裡面只剩一間單間了。老譚不太情願，也只能和肖將就著睡一床。老譚很快睡著了，肖卻怎麼也睡不著，半夜還跑到夜市街宵夜。回到房間，他聽見老譚巨大的鼾聲，起伏不止。肖羨慕老譚良好的睡眠，而他十幾歲起就輕微地失眠。肖沒有開燈，輕手輕腳走到床沿，拉起被子要睡。他手指或者腳趾輕輕觸動了老譚的一線皮膚，忽然，老譚整個彈簧似地蹦起來，坐在床頭，同時發出一聲悶哼。肖嚇得不輕，類似的情形，港產鬼片裡倒是經常有，真正出現在一個人眼前，容易把人嚇出問題。肖擰開床頭燈，見老譚一臉虛汗，卻似沒有完全醒來。肖問，你怎麼啦？老譚轉起眼珠四處看看，這才放了心，說沒事，倒頭又睡了過去。

那以後，肖再也不敢和老譚睡一張床。

以前肖一個人跑後勤，不免枯燥。現在老譚搭個伴，日子就生動了許多。兩個人都喜歡夏天的時候，跑在瀝青公路上，一路追逐路面的反光。老譚最愛脫光上衣，連一條背心也不肯穿，說那是男用乳罩，假惺惺的。有一次老譚看見街上有賣紋身紙的攤位，弄明白這東西的用處以後，很興奮。他把自己兩臂都貼滿了日本浮士繪風格的邪魔妖怪，然後問肖，你看我像不像美國佬？肖豔羨不已，翻動著他的肌腱還有女人一樣的乳房，說，就你這塊頭，到了美國想像哪個就像哪個。你怎麼練的呀，不會就是撐俯臥撐吧？

要有系統訓練，我訂了健美雜誌，每一期傳到我手裡的時候，都翻得個稀爛，可是他們都練不好。老譚說，他們都叫我譚健美，隊長（管教幹部）也就這麼叫，還要我幫他們訓練，所以我與隊長們有師生的關係。要是扳腕，整個省一沒有一個敢跟我調皮。真的，……不信你到省一問去。

肖說，你這不是屁話嘛，為你這一句我還跑到一監獄裡去落實？

老譚在女人面前膽子很大，而且總是愛動手動腳。所以，肖覺得這日子就變得更有意思了。碰見單身女人，老譚會拱出頭去招呼人家搭車。女人一旦拒絕，譚那句「妳癢嗎」就脫口而出。老譚沒貼紋身紙時情況還好點，有些女人願意搭車，上了車老譚就實施勾引，一概做出垂涎三尺的樣子。有些女人嚇得馬上就下車，老譚不敢強留。有兩次，遇到沒被他色相嚇壞的女人，老譚就跟肖耳語說，這妹子有戲，你不要我要啦。肖也不知道他上到手沒有，反正，一下車找到地方，肖會藉故離開。手臂貼有紋身以後，叫到搭便車女人的機率就大大減少——基本上沒有。

那一次，有個搞自助遊的女大學生坐了上來，擺出一派很好奇很天真的樣子問，司機叔叔，你是不是……黑社會呀？

不是。老譚說，其實我是研究外國文學的。

女大學生驚訝不已，她說，你都研究誰呀？

我嘛，專門研究「啥是逼呀」。

莎士比亞？

對，啥是逼呀，呵呵哈哈。老譚怪聲怪調地說。女大學生竟然要跟老譚探討一下《愛的徒勞》，肖把話頭接上了。——我在讀他的研究生，博研。肖煞有介事地指了指老譚。正好肖看過，胡侃一通。女大學生聽得雲裡霧裡，被肖搞懵了。到地方後，女大學生就下去了，還一個勁道謝，問他們要電話。兩人這才樂不可支。

還有一次，老譚自背後看見一個身材略微發胖的女人，頭髮染成焦黃，屁股碩大。老譚經驗老到地說，這種女人，甩個眼色她就會貼上來。於是開車過去，嗨地一聲，問她要搭車嗎。女人轉身，戴著大框墨鏡，半張臉都遮住了。她真就走了過來。老譚面有喜色，朝肖呶呶嘴，說，怎麼樣？女人扒下墨鏡，老譚臉就變了。那女人是他老婆。他老婆說，狗日的譚小軍，你是不是成天在街面上叫小姐？老譚說，哪啊，我看見是妳。他老婆看著也不省事，把臉一橫，說你還騙我？然後衝上來，正反手兩個巴掌摺在老譚臉上，發出脆響。兩口子說著就扭在了一起，老譚主要是防守，在駕駛座狹小的空間內躲來躲去。他老婆氣勢咄咄，用指甲花他還不解氣，兩排細牙齒也湊上去了。

肖沒有勸解的意思，坐到後排點了枝菸，靜靜地看著。他這是頭次看見老譚的女人陳姐。她面目浮腫膚色偏黃還斑斑點點，但肖不難看出來，陳姐二十年前一朵花。

最後老譚實在忍受不了了，隨便撂出去一拳頭，陳姐臉頰就腫了，跌坐在地上，旁若無人地哭起來。老譚把老婆提起來塞進車內，送到一家小旅館。肖在外面等。老譚哄了半天老婆，又走出來了，要肖開車到超市，買點東西。肖看見老譚左邊臉又多了兩道血痕。老譚一坐穩就憤怒地說，回去再修理這隻老母豬。

陳姐怎麼會在這裡？肖問。

找我來了。

找你有什麼事？

還有什麼好事？這個女人每次來，又是劫財又是劫色，不得消停。

不會吧，她臉都腫圓了，還搞？

她下面沒事。老譚習以為常，要了枝菸抽。隨著車勢抖動，老譚說起他的女人。——我們小學時同班，她梳兩個馬刷，是我們班裡的班花。我四年級懂點事以後就暗戀她。可是後面參了軍，也沒機會見著她。我從省一出來以後，有一天進到一家花酒店，一看老闆娘竟然是她，就走過去和她打招呼。那時她還不顯得老。當時我喝了點酒，她跟我說她已經離了婚，獨自帶著個女。我一下子想起了小學時候那種感覺，還有她紮小馬刷的樣子，腦殼一熱，就說要娶她。……她當然巴不得啦，她勾引都勾引不到我這麼壯的。我們年紀都不小，嘴上說著，真就結了婚。後來我覺得她開花酒店不是個好事，叫她關了，我掙錢養她。沒想到這個女人沒事就愛賭，我每次回去，屋裡總是有幾個小白臉陪著她甩牌……

她都有你了，哪還用得上小白臉啊？肖噴著煙霧，揶揄起來。

老譚說，只是賭牌。她那豬腦殼，小白臉們是想搞她的錢。她那口底子通了眼的潲桶，進水少出水多，敗家相。——可是這事也難說，男男女女在一起，我又老不回家，他們做些什麼哪說得清楚？我不會自我蒙蔽，哪個男人願意當老K？為這件事我經常修理她，回去一次打她一次，打得她不像個人。我打她真是下得了毒手，你沒見她那一臉腫的樣子，打得我自己先怕了。睡覺前我擔心她摸黑拖刀剁我，乾脆把她的手捶得半癱；又怕她跑出去，一不做二不休，把她腿也打得像老麵條一樣軟。這樣我就放心了。可是她傷一好，仍然改不了，以前開店的時候都學壞了。

肖說，家庭暴力。她可以去告你虐待。

敢！這個賤人捨得我去坐牢？我在裡面待慣了，無所謂，就怕坐牢的是我，受苦的是她。

你這人也不能這樣，成天在外面亂惹女人，你老婆再怎麼偷，也沒你多。總該講點道理吧，太霸道了。

那是兩回事。老譚板起臉說，男人和女人不同，做那事男人只有賺的，女人只有虧的。

肖斜看老譚一眼，說，你這個人，真的是小農意識。

什麼意思？

算了，說了你也不懂。

老譚喃喃地說，她這個老母豬，我算是看白了，早晚撇掉。唉，要是找得到王會計，我寧願和她結婚。

肖注意到老譚再一次提起王會計，就要他講一講。可是老譚說，不講了，唉，小王的事我是不會講的。

肖頗為不滿，他搞不清楚老譚口無遮攔的一個人，為什麼偏偏把王會計捂得鐵緊。肖說，王會計怕是你在監獄裡面發了臆症，亂想出來的吧？

老譚說，到地方了。以後再講。

當晚肖睡在老譚夫婦的隔壁。那種鄉鎮招待所，所有的床都吱呀作響。兩口子弄得天翻地覆。肖大為咋舌，昨晚老譚才加的床墊，一晚上弄得有三次以上，沒想到這一晚依然生猛。第二天老譚送走了老婆，基本上身上就沒錢了。老譚給了陳姐一沓老頭票。肖這才想起來，老譚找女人總是找些年紀大價錢便宜的，這樣每個月總能省下錢交給陳姐。好在老譚蹲監八年，把胃口改造得相當不錯，審美觀也變得實用，只要是女人他大都看著順眼。實在不怎麼順眼的，他會回憶一下省一裡的生活，撫今追昔憶苦思甜，就沒有什麼不滿足了。

那個傻婆娘，錢到她手裡都會輸掉，還不如自己多用一點。每次給老婆錢，老譚就會這樣埋怨，但沒有這樣做。

老譚開車開得飛快，遇到好一點的車，他眼睛一亮，攏過去，徘徊著開一陣，別個司機就知道他是想賽車了。肖提醒說，你他媽捏著兩條命，慢一點，老譚笑他膽小，說，你是沒見過，進藏當兵那幾年，沒事就往喜馬拉雅山上開，追來追去我就沒輸過。肖說不住老譚，老譚這個人渾身的勁，房事過頻也發洩不完。好半天，老譚累得不行了，才停下來。肖主動替下他，讓車平穩起來。老譚坐在一旁就睡著了，打鼾磨牙齒放屁。肖難得清靜，而這段公路又不錯，開著車還愜意。老譚一醒轉過來，又罵起了老婆。——現在老子在辛辛苦苦地賺錢，那頭老母豬搞不好卻在偷人。肖說，沒那麼快吧，昨天陳姐被你修理得有夠慘，恢復元氣也要幾天。老譚說，你曉得個屁。女人個個都是無底洞。罵完了老婆他又想起了王會計，又產生些感慨。老譚總會在醒來的時候，一不小心想起那個王會計。肖覺得，很可能那個女人經常出現在他的夢境。於是肖的好奇心又上來了，他想不出還有什麼女人能讓老譚念念不忘。他問，老譚，王會計到底怎麼回事？

老譚還是不說，神祕地一笑。

肖就有點火，他說，你又不是馬子你吊什麼胃口？

以後再說。老譚敷衍著，並說，我早晚會把那隻母豬撇掉，再把王會計找來結婚，這樣你就能看見她了。

肖問，她還沒有結婚嗎？

老譚無比堅定地說，結了，還可以離。

他們買完足夠礦上吃兩天的菜，加大油門開往礦區。進山以後視野就有些寂寞，有礦的地方往往地表貧瘠，雜草叢生。眼前單調的景象使老譚忽然又想起老婆的好來。最主要的，他說，別看這隻老母豬，她生了一個相當不錯的女兒，叫小葉，十七了。那個漂亮啊……老譚忽然奇怪地看看肖，肖反過來也古怪地看著他。老譚就問，你也不小了，沒女朋友？

肖從來不告訴老譚自己戀愛的事，他怕老譚拿小麗說事，更怕老譚要見一見小麗，然後來幾句讚美之詞。老譚對女人的讚美只會適得其反，讓人窩心倒胃。

肖說，你不是想把你老婆的女兒介紹給我吧？哥哥哎，我跟她搞對象不打緊，但有一個小小的問題——那我怎麼稱呼你啊？

我們兩弟兄管那麼多，隨你叫好了。老譚討好地說，反正小葉又不是我親生的，你只要騙得到她，怎麼幹我不管——也算是肥水不流外人田。

肖說，我心裡還是不踏實。你想一下囉，假如我娶了她，然後你是她媽的男人，我是她的男人，而我又叫你哥你喊我弟兄，那別個人一定以為我們這一窩，很亂倫。

老譚不悅了，他說，你真是不識好歹。你是沒見過小葉，見到了以後你的眼珠搞不好都要滾出來。那個小葉，別看才十七歲，要胸脯有胸脯，要屁股有屁股，該長的地方都長了……

老譚說起陳姐的這個女兒，眼裡面就流露出迷離的神情，進入自己敘述的境地，渾然忘我。而且語氣也不檢點。如果把他的話掐頭去尾，誰都會以為他在說自己的某個老相好。說到動情的地方，老譚眼裡竟然有饞涎欲滴的意思。肖暗自笑了，他忽然覺得那個小葉碰上老譚這樣的繼父，其實一直身處危險之中。

要不，有空我帶你去認認她？她在柘州衛校讀書，以後是個護士。你看，工作也不錯嘛。老譚還在大力推銷。肖就嗯嗯啊啊支吾著，不置可否。肖倒是想有機會見見小葉——即使不找她做朋友，也要見她一面。在小葉面前，他想自己可能會說，孩子，妳要提高警惕呵。

那次，林老闆安排兩人趕去廣林縣取一批半月銷和其他訂製的機件。侯七就死在廣林。去的時候機械廠正在趕製，要等幾個小時，肖就建議老譚去憑弔一下侯七斃命的地方。他跟老譚說，你不去那裡看看？

哪裡？

侯七死的地方。肖說，你不是跟他很熟嘛。再說，人家跑出來有多半也是你講故事惹起的。

老譚說，那弟兄哎，去看看。

那是一條塵埃感瀰漫的里弄，有一小撮陽光鋪在裡面，更顯昏沉。老譚說，老侯就死在這裡？沒想到老侯會死在這種地方。

肖說，不會錯，我對廣林很熟。要不然你問問那個鞋匠。

他們把皮鞋都扔了過去，鞋匠的面紋一下子展開了，他覺得這是一筆很不錯的生意，就敲打起來，還負責上油打蠟。

肖問，你知道十來年前，那個被打死的佴城人嗎？

你算找對人了，你是說侯生元吧。鞋匠的口音有點怪異，兩人勉強聽得懂。他竟然準確記得侯七的名字。——那時候他也和我一樣，天天在這裡補鞋，人總的來說很和氣，見誰都笑著打招呼。誰曉得他是殺人犯呢。聽人說他前後殺了七條人？

老譚說，只三條。

也可以啊，當時真看不出來。他補鞋不怎麼樣，殺人卻了得。那天我看見有兩個人，穿著便衣朝他走過去。我還問了一聲，修鞋嗎？兩個人理都不理我。我正在惱火打脫了生意，其中一個人就喊他的名字，侯生元。他剛抬起頭，喊話那個人一槍就結果了他的狗命。

鞋匠話說完才感覺不妥，老譚鼓起眼睛盯著他，鞋匠這才想到自己根本摸不清兩人的路數。鞋匠臉上有了惶恐。

兩人穿起鞋走了。

回去的路上，肖開著車。他又一次跟老譚說，把你那個王會計，講一講。說不定我可以幫你找到她。老譚嗯了一聲。什麼也沒說。兩個人坐車廂裡抽起了悶菸。路況不好，車子顛得厲害，老譚看見肖的胸前有個掛飾被顛了出來，小玻璃瓶子，裡面有銀亮的顆粒。老譚伸出手來捏了一下，問，女孩子給的吧？怎麼給你瓶藥？肖說，這叫情人砂。

我也有個東西。老譚把手伸到褲兜裡，掏出一個寸許長的小東西，放在手掌中央。他問肖，認得不？

剛從地上撿的吧？肖瞟上一眼，覺得那東西的樣子有些怪異，看上去是個小鐵管，一頭有旋紋一頭光滑，光滑的那一頭套著一截暗黃色的膠皮。他想了想說，看上去，好像是教人避孕的教具？

你的思路是正確的，再猜。老譚故弄玄虛。但是肖實在猜不出來。老譚嗯啊了半天，才公布正確答案——這叫氣門芯，單車輪胎上的。每次我看看這個東西，就會想起王會計。

肖以前沒買過單車，有時候借別人的車騎一騎，也不曾把氣門芯取出來看。肖心裡想，老戲文裡面，王十朋和玉蓮荊釵為盟，徐德言樂昌公主破鏡重圓；小麗好歹送了自己一小瓶情人砂。老譚和那個王會計絕了，送氣門芯。他跟老譚說，定情物？好嘛，豬八戒養哭雀（烏鴉），什麼人遛什麼鳥。

當然不是。

未必王會計長得像氣門芯？

老譚佯作生氣，說，怎麼會呢，長得像氣門芯？長得像單車的你找得出來嗎？

肖追著問，怎麼個好法？我跟你講，吊胃口也別把肉吊臭了。

你激我也沒用，我不會說的。老譚收好氣門芯，又抽起了一枝菸，人變得沉默。拐過一道急彎，前面現出一大片待收的稻田，天邊壓過來幾團暗灰的雲，一派要下雨的樣子。老譚這時忽然問，你……癢嗎？

肖說，老譚你發癲了，你跟我講這個有屁用？我又不是女的。

你搞錯了，我其實是在向你問好，相當於「你好嗎」，但我這話程度還要深一點，不當你是弟兄我不這麼問。老譚覺得自己辭不達意，就循循善誘地問，肖老弟，你讀過的書多，那你說說，人活著最大的快感是什麼？

搞女人？

不是。

發財，像林老闆那樣，喊起人來都像喊狗一樣？

不是不是。老譚蠻深刻地說，你看到的只是表面現象，實際上這些東西骨子裡，是一種——癢。

肖說，了不得，你看問題專看本質。

不是我說你幼稚。雖然我沒讀過什麼書，可是把你一個人關幾年，你他媽想不深刻都不行。我算是看明白了。老譚繼續那種無所不知的語調，說，比如你說搞女人，實質上，是你癢了，需要抓癢。發財也是這回事——你想發財，其實就是你心裡面癢了，等到發了財，那些錢在你心裡面抓癢，有蠻舒服。——我明白了這些以後，有腳氣病一直就不願意讓它斷根。

肖不禁對老譚青眼相加。他覺得老譚坐牢幾年，思路是有點邪，擺歪道理卻能自圓其說。

老譚又說，我剛進去的時候，塊頭還沒練出來，加上人又長得漂亮，所以省一的那些雞姦客老是圍著我打轉，想勾引我。他們上不了我的路子，就天天罵我說，譚小軍你屁眼癢嗎？我很氣憤。以前在外面只有別人躲我，哪被人隨便罵過？但是剛進去時我還站不穩腳，勢單力薄，打不贏他們幾個。於是我就開導自己說，癢是一件舒服的事，別人罵你屁眼癢不癢，其實是在關心你啊——他其實在問你，身體上那個部位舒服不舒服？這麼一想，氣也消了，一天的雲也散了，日子也才捱得下去。不過……老譚頓一頓又說，癢這東西，我們要一分為二地看待。只有癢起來你又抓得著，這才舒服得起來。最要命的，就是你背心窩子忽然發癢，一時又找不到樹幹或者牆稜角蹭一蹭，那簡直要掉半條命。癢其實比痛還要鑽心，更讓人受不了。蹲籠子的時候，同屋有個傢伙從行車上摔下來斷了腿，打上石膏。過幾天那傷口癢起來，他隔著石膏模子硬是抓不到癢處，差點憋瘋了，成天長哭短嚎。我忍不住問他，是怎麼個癢法？他歪著臉跟我講，好多肉蛆在裡面爬！——我老天，聽他這麼一說，我後背就麻花花地起膩。我還聽說，以前有一種殺人的方法，就是讓羊去舔人的腳板心，舔得人奇癢無比，狂笑不止，到最後一點氣力也沒有，就會斷氣。我聽完真的是怕了。要是讓我死，我情願上刀山滾油鍋隨便怎麼死，就是不要癢死。——蹲監獄最難忍受的，說白了，也是癢起來沒法抓，把人活活地癢死。

肖越聽越玄了，他說，老譚，他們再關你八年，搞不好你能當個哲學家的。

老譚說，搞不好到那時，哲學家都想當我。

很快下起雨來，天色轉眼暗了幾重。夜晚已經來臨。雨刷律動起來，雨水在玻璃上毫無紋理地流淌，車內和車外環境有了一種隔絕。眼前的一切，使老譚不可扼抑地回憶起王會計來。——她那胸脯滾圓滾圓，好大兩坨子，不小心碰掉下來，肯定砸斷腿。老譚舔了舔嘴唇，說，而且貨真價實，不像現在的女人，一個一個看起來都蠻豐滿，其實三分之二是海綿。

……剛進去的時候我就想到要死。我覺得十五年好像就是一輩子。雖然我當時二十左右，回頭想想以前二十年也很短，可往後再想個十五年，簡直沒有盡頭。那種感覺，你沒進去過，跟你說是空的。裡面十二個人一間屋。剛進去我被裡面的氣味熏暈了幾天。白天幹活按互監組行動，吃飯時一人一缽子，一個星期軋缽子（開葷）兩次，吃不飽，還得防著老杆子搞我——我在監獄裡真是守身如玉。我足足有三個月才稍微習慣裡面的生活，可是一旦習慣，就有一件更麻煩的事：又開始想女人了。我雖然很會勾引女人，可是這裡面根本就沒有女人。我這才曉得坐牢最怕的是哪回事——我這麼一個鬚尾俱全的男人，卻要守活寡！裡面沒有女人，搞得我們男人個個肝火虛旺，一天不打打架就難過日子。有一個晚上看電影，放的是新片子《少林寺》。大家一看就不高興，本來都憋得沒人樣了，還他媽讓人看和尚。沒想到裡面有個放羊的小妹子蠻漂亮，一張口唱起山歌還挑逗人，什麼「舉起鞭兒輕輕揚」。大家一聽炸鍋了，嗷嗷地學起了驢叫，那麼好的電影不看，學起歌來。聽說第二天，監獄長把選片子那傢伙叫了去，說你怎麼挑選的？演一演和尚搞對象都他媽算了，還唱黃色歌曲。

其實，這歌哪黃啊。哪像現在，到處都是黃色歌曲，大家聽著打瞌睡。以後新片子不敢放了，盡放老片子，裡面的女人還不能比《苦菜花》裡那個大媽更漂亮。

過年過節的時候，家屬來探監。那些結過婚的傢伙如果和領導關係搞得不錯，減刑分又累積得很高，就可以申請老婆留宿，好好泄他一個晚上的火氣。我聽說這回事才知道，自己虧了。我怪我自己，進來以前怎麼就沒結婚呢？沒結婚，表現再怎麼突出，這十五年也注定碰不到女人的。三十夜，我咬著枕頭流了一個晚上的眼淚，一邊是流眼淚，一邊是下面那傢伙一個勁發硬。同號子有個狗日的上小單間搞他老婆去了。我想像他兩口子搞事的樣子，憋得眼睛血腫。那晚跟平時不一樣，很多人都哭，特別是頭一年進來的，哭得很慘，像親老子們一齊掉進茅坑溺死了一樣。第二天一起來，聽說昨晚吊死了一個，白天幹活的時候又有一個跳行車死了。一天裡頭死了兩個人，我心裡就發虛。我發現，在這裡面亂七八糟想事是非常危險的，想得多了，腦子必然會亂，一旦腦子亂了，不由自控，那就不是開玩笑的。於是我儘量讓自己不想事，儘量像一頭豬，沒心沒肺地活著。

那一天我給自己定了最高綱領：不自殺，也別發瘋。這就夠了。

頭一年裡他們不大看得起我。雖然我打架也蠻狠，出手歹毒，別人還是看不起我。他們把我叫扳腳客（輪姦犯），比打洞客（強姦犯）都不如。裡面地位高的是屠夫（殺人犯）、鐵西瓜（爆炸犯）和梁山客（搶劫犯）。要不然做個扁馬（詐騙犯），別人還敬你是知識分子。我搞不了女人，還被那幫狗日的看不起，人就很消沉。我覺得消沉下去也不是事，就想到了做俯臥撐。運動可以分散精力，做俯臥撐的時候你沒法去想事情。別人都以為我吃牢飯吃出味了，還想著鍛煉身體愛惜生命。實際上我非常地灰心，一旦停下來就會害怕，只有咬著牙齒做下去。要是忍不住想到了女人，我搞不好會做半個晚上的俯臥撐，直到一栽下來就睡著。他們也很煩，我搞得他們睡不落覺。有個扁馬經驗老到，看得出來我在想女人，就說，狗日的你打手槍吧，做什麼俯臥撐，鬧夜啊？

可是我不願意搞這種事情。我以前從來不手淫——在外邊時根本用不著。再說我覺得有這習慣的人實在無聊透頂，沒本事搞到女的，就自欺欺人。當時我還有一個很奇怪的想法：一旦手淫，我很快就會不能自拔，就會崩潰。不手淫我才攢得起一鼓勁。所以我敢說，我是省一裡面唯一不手淫的犯人。但我偏巧又是個扳腳客，別人根本不信。……操，小肖你也不信？怎麼解決？我跟你說，千真萬確我沒有搞那事，寧願憋得自己跑馬。夢遺是另外一回事，那就與我無關了——而且這麼一來，我可以在夢裡看見美女。正因為憋得住，我才有資格感覺自己高出別人一籌。

我想見到女人，可是又不知道怎麼樣見到女人。老電影裡有時也出現個把女人，可那是光打在白抹布上的，不鮮活，而且一個個包得像粽子，只有棱角沒有曲線。在裡面可以訂訂雜誌，但有限制，只能訂黨報黨刊和沒印女人照片的雜誌。像《大眾電影》這樣的雜誌就不能隨便訂，因為裡面期期有美女像，時不時穿著三點式飛拋一個媚眼，得了？還不把人都惹壞了……

肖聽到這裡笑了，說，本來都不是好東西，還能壞到哪去？

所以要改造過來嘛，必須防微杜漸。外面已經全黑，老譚點菸時火苗子直晃眼目。他繼續說，我的運氣還算好。那一次我們總裝車間和磚瓦廠的人搞聯歡，比摔跤。摔跤是我的特長啊，我隨隨便便就放翻了磚瓦廠的三大高手，還不過癮，可是那邊再找不出人來了。車間主任老江說我給他長了臉，硬是要拉我去他辦公室就豬頭肉喝白的。喝了些酒，老江問我有什麼要求，他儘量滿足。我當時腦子轉得不快，心想能有什麼要求呢？我想搞女人你能幫上忙嗎？機會也不能放過，我想來想去，就說，想訂幾本健美方面的雜誌，把肌肉練得更結實，回頭繼續為我們總裝車間爭光。這話老江聽起來舒服，當即就拍板，替我去活動活動。

雜誌到手以後，裡面盡是穿三點式的女人。頭一次，我看得鼻血差點噴出來。裡面的女人雖然個個方頭方腦，肌肉橫得像男人，但是——她們穿著三點式呵。這他媽就足夠了。別人想借看，我不讓。我看完以後，把裡面的女人照片剪下來。這東西，在裡面可以當錢用。等到軋鉢子的時候，我拿出一張照片，和別人換肉吃。這樣，我每次軋鉢子都能吃三四份肉。一般的人在裡面吃肉塞不了牙縫，我膩油。更重要的是，有了這東西別人都不小看我了。那些狗日的，一旦放風就涎皮涎臉圍著我轉，說，譚哥，畫片子還有嗎，賒一張囉。一個個全都犯賤。可惜犯人身上不能帶錢，家屬給的錢全放到小賣部扣帳，要不然，我蹲籠子都能發一筆財。等到管教查房，每個籠子裡面都搜出一把把三點式的照片，一追查，查到我這頭了。老江背了責任，把我罵了一通。後來他還是讓我訂那種雜誌，但是雜誌寄來時，他找剪刀先把所有的女人照片都剪乾淨，再遞到我手上。

還有個屁看頭，我也就不訂了。

又過了年把時間，有一天，我們兩個組的人排著隊去車間上工，半路上忽然看見一個穿軍裝的女人騎著單車過去，相當漂亮相當豐滿。當時，只聽見眼珠子劈里叭啦地往地上猛掉，低頭一看，地上全是血紅血紅。那個女人，轉個眼的工夫就進到辦公室去了——嘿，你也猜得到，她就是王會計。回過神人，每個人在地上隨便摸兩顆珠子安進眼眶子裡，噭噭地嚎叫起來。

那以後我留了個心眼，一有機會就往辦公室裡面瞟。可是好久都沒有再看見她，哪怕是閃一下。我覺得這很危險，我想她想得很痴，有幾個晚上都不睡覺了，白天打瞌睡就挨傢伙。這樣搞下去很危險，搞不好我會發瘋。我也沒有別的辦法，只有加大做俯臥撐的量。後來做俯臥撐不過癮了，就把剪掉照片的雜誌重新翻出來，照著上面寫的那些方法，系統地練。

有一天，我沒看見她，但是我看見那些掛了紅牌的車間管事還有副業隊隊長可以往辦公室裡跑。他們要報數據領料。我這個人，豁地一下腦殼就亮堂了，曉得應該怎麼做。那天晚上我又睡不著，躺在床上，咬起牙齒下了決定，從這天起要改頭換面重新做人。——我想豁他三年時間，一定要混上個車間管事當當。

那以後我幹活肯賣力氣，像給自家幹事一樣。而且一年以後塊頭也練出來了，同牢子那黨鳥人這才看出來我已經非常不好惹。我幾乎把他們每個人都打扁了兩三次，要他們選我當組長。……狗屁眾怒難犯，那裡面誰團結得了誰，誰下手歹毒誰講了算，沒二話。往後我又肯鑽，在總裝車間做事情沒出過一點差錯，不光是老江，連狗日的副監獄長都喜歡我，也跟犯人一樣叫我譚健美。過了兩年，我胸前白牌換成了紅牌，進了積委會，基本上每個月都因為勞動積極受到表彰，拿全額的減刑分。

我花了差不多四年時間，才混上車間總檢的位置。我記得，八九年七月分，天氣都很熱了，我才第一次找到機會，去辦公室交一份報損表。

我走進去的時候，腿肚子抽起筋來，走起路來像隻螃蟹，不知道橫豎。當時裡面人很多。她就坐在靠窗的桌子邊記帳。這幾年裡，她也耐不住隨便找個人結婚了，後腦袋綰著粑粑髻，顯得比我當初看見她的時候成熟。我走過去，把單據放桌子上。她看都不看我一眼，只是把頭勾下去打著算盤，顯得很斯文。我有點洩氣，心裡說，我為進這道門檻裝了四年崽，幹白工也賣力得像給自己親媽幹，可妳他媽瞟都不瞟我一眼？她見我站著不走，仍然不抬頭看我，領導一樣地發話說，你，可以走了。她講這話，別的人都朝我這邊看過來。我只有老實走人。

出了辦公室，我一眼看見她那輛單車，女式的，擺在過道上。那天也他媽邪，我看見她的單車都覺得性感，趁著沒人攏了過去，本來想把轉鈴的鈴帽揪下來，一下子沒擰鬆，焊死似的，只好把氣門芯撥出來。這就放心了。晚上睡覺後，可以拿出來看一看摸一摸。——啾，就是這個。老譚說著，又拿手往褲兜裡掏。

肖說，行了行了，那玩意我看過的。往下講吧。

……我又進去了好幾次，她終於發覺我老是盯著她看。那天她猛地抬起頭看我一眼，我腳跟就是一軟，還好沒癱下去。她比我想的還漂亮差不多七倍，不算年輕了，聽說年前剛生下一條崽。我注意到，她那胸脯滾圓滾圓，好大兩坨囊膪肉，要是掉脫下來一定砸斷腿。當時就有點控制不住眼睛了，拼命嚥著口水。她問我，怎麼老這麼盯著她看。我往那邊看看，辦公室別的人離得有幾步路。我低下頭小聲說，妳長得很像我以前的女朋友嚴冬梅。她沒有生氣，還笑一笑，說，是嗎？你出去吧。她衝我笑的時候我眼都花了，回去整整三個晚上睡不著，閉上眼睛就看見她的……那怎麼說？

音容笑貌。

聽著怎麼跟她死了似的？哎，反正也就這個意思。老譚接著說，那以後我每回進去都要和她說幾句話。慢慢地跟她熟起來，她也和別人一樣叫我譚健美。我穿短袖的時候她一高興，還說，譚健美，鼓一個我看看。我就捋起短袖，鼓了鼓二頭肌讓她摸。她一摸著我手臂的青筋，就笑得渾身亂顫。我還問她，你男人有這塊頭嗎？她撇撇嘴，說哪能跟你比。

那一年我應該算是過得很快活，隔一陣就能見她一次，見她一次就覺得她漂亮得翻了倍。當然，我還清楚自己待在什麼地方，所以也知道控制情緒，不敢動什麼邪念——那只會憋壞自己。那時，我只想按時地看她一眼，就足夠了。有一天我帶隊去上工，走在最前頭，她又騎著車來上班。她看見我，竟然放慢速度笑著點點頭，就差沒打招呼。後面那幫傢伙看得眼饞，伸手拍我的腦門，亂作一團。我不得不維持秩序，把鬧得最凶的那傢伙搞了一拳，才讓這些鳥人安靜下來。可是我心裡特別地……舒服，還在想，這小婊子是不是，喜歡上我了？

我到哪裡都討女人喜歡，有什麼辦法？

到第二年四五月分，有一天，我照樣去辦公室填領料表。我老天，真是逼我犯罪，辦公室裡只有她一個人。這種機會，十年也未必碰上一回。我心懸了起來——整個人都懸了起來，走路很飄。我把單子填好放在她桌上。她和我聊了兩句，繼續訂帳本。過一會，她注意到我還在，就說，譚健美，你可以走了。

當時我腦子一熱。我知道，今天要是白白走出去，服刑期裡絕對找不到第二次機會了。我想哭，然後我猛然衝過去，從後頭抱住她，隔著衣服，一隻手抓住一個奶。——還抓不住一個奶，一隻手頂多抓半個，像水袋子一樣搖晃得起。

我沒想到我真的哭了起來，狗日的我還是沒忍住。我感到真舒服，二十幾年，從來沒有這麼舒服過。我都不記得有多久沒碰過女人了，差不多忘了女人的奶長在哪裡，突然一下就摸個正著，柔軟得讓我只想給她當崽。同時，我腦子裡轟轟地響炸雷，我知道她一叫喊，我就完了，不但以前掙的減刑分全部作廢，還要加刑，搞不好轉移到新疆去。——據說加刑的人是要被轉到新疆一個監獄，那監獄建在沙漠中間，敞著門你都跑不脫。一想到那種冷火秋煙鬼打死人的地方，我背脊就發冷。可是，我整個人已經失控，捏著她奶不肯鬆開。

她還冷靜，用手指甲掐我的手背，壓低聲音說，譚……健美，我命令你放手。放手！可是我的手根本放不了，我跟自己說，加刑我也認啦。我哭得很用勁，可是哭出來的聲音很小。她命令了幾次，沒有一點作用。她就嚇唬我說，我要喊人了，你再不放我我要喊人了。

我想求她別喊人，讓她可憐我，讓我多摸一會就行。可是話說出來就變味了，我哭著說，我喜歡妳呀王會計，我想妳都想瘋了，妳讓我摸一會，摸完了妳殺了我。我不要命了我不要命了……

她還是在嚇我，不過聲音總大不起來，壓得很低。我提心吊膽，生怕進來一個人撞見。可是手已經僵了，那簡直是王八咬麻繩的架勢，挨刀剁都不鬆口。同時我下面這根王八東西也沒完沒了地來勁，不肯消停。那以後我再沒有這麼好的狀態，嘿嘿，我自己清楚。

過一陣，她不做聲了，手指甲也不再掐我，放在一邊。我歪著眼睛看她，她稀哩嘩啦地流眼淚，但就是不哭出聲。但我怎麼能放過她呢，這麼好的機會，她哭也是白搭，我命都不要了還管他媽的這些？——當時我估計她事後也不會放過我，所以我也就死豬不怕滾水燙，打算把牢底坐穿。隔著衣服還不過癮，她一時又沒有掙扎，我就把手伸進衣服裡面去。她穿著一件外衣一件襯衫，再裡面是背心，沒有乳罩，這就好辦多了。我沒想到她那麼大兩個奶全是真貨，沒有注水，如假包換。她的胸脯太柔軟了，像是不停地流來流去，我一激動，有點抓不穩。過一會兒她就說，行啦行啦，放開。她說話都發抖，上下兩排牙齒磕得吧噠吧噠響。我聽見她在發抖，膽子反而更大了。我想，我這人是有點得尺進丈，摸著也不過癮了，我要打開看一看。我說，再等等，再等等，就好了——摸完妳殺了我，一定殺了我！我慢慢把她移到窗台那裡。我面對著她和窗外，她屁股挨坐在窗台上。她臉上很濕，還咬著牙。我不敢看她，往外面看了看。光線搞得我眼睛刺痛。外面是磚瓦廠碼磚的地方，十幾個傢伙來回搬磚。我看著他們，他們卻看不見我。於是我想吶，要是他們知道這時候我就在這扇窗子後面當起神仙，他們一定會氣得集體自殺。

我記得她外面那件是老式軍裝，那種「革命紅旗飄兩邊」的軍裝。她越來越變得順從，仰起了頭閉上了眼。我每解開一件衣服前，總是對自己說，再忍一忍，等一等，然後深深地吸一口氣。但她只有幾件衣服，我終於還是捋起她的背心了。……老實說，她的乳房有點垂，乳頭發黑。我腦袋嗅得那麼近，我看得見她的乳頭是一顆顆水泡樣的東西聚攏來的，中間有個白點。

我突然又哭了，真有點搞不懂，那時候怎麼這麼脆弱。

我橫腰抱著她，她忽然摟住我腦袋，氣喘得很大。我頭一栽，張口就咬了下去。我很用力，咬下去以後我就怕了。我一不注意用力很大，我想一定是把她咬得流血了，怕她痛得叫出聲。她渾身一震，可是她沒有叫。她非常奇怪地拿起我的頭看，然後又抱緊我的腦袋，摸我的頭髮，我差點沒鼻孔出氣。

這時，我已經不曉得什麼是怕了。甚至想到新疆那個監獄，還感到親切。我心裡說，新疆就新疆吧，有葡萄有哈密瓜，天天吃涮羊肉當飯喝奶茶，還有什麼城的姑娘一枝花。……事後我想，這個時候我腦子可能已經出現幻覺了。

我把腦袋從她肉堆裡抽出來，換一換氣，這時看清了她的樣子。當時她仍然仰著一張臉，臉上緋紅，嘴裡發出一種古古怪怪的聲音，像是在哭，仔細一聽，又不是——我這個人，你也知道，從來不肯講女人的好話，可是到這裡我還是要說，她當時顯得特別特別地……怎麼說呢，慈祥。媽的，我硬是弄不到合適的詞。她讓我差點想起我的媽。我不是說，她很顯老，實際上她很漂亮……老譚極為情緒化地說，沒有人能和她相比。

——完了？肖等了好一陣，才意識到老譚已經說完了王會計的故事。

完了，當然。

肖說，我怎麼覺得沒完——你到底把她搞了沒有？

那是我跟她的事，你別問。

留一手？懸念？

就算是吧。老譚說，反正，那天是老子最爽的一天。後來——你可能又要說我變態——我找了些婊子要她們穿上那種老式軍衣，讓我慢慢地剝，可是全不是那種感覺。我也算搞過一些女人，但是心裡知道，最過癮的那次，在省一裡面用掉了。——準備工作就做了四年，那是什麼快感？我現在搞別的女人，其實經常要閉上眼睛想起王會計，這樣我才搞得下去。

我從辦公室出來，回到車間，有人問我上哪去了，我唔唔地，這才發現自己根本講不出連貫的話來。事後我才害怕。捱過半個月，屁事沒有。那以後起碼還有三個月，我沒能回過神來，差點沒忘記這他媽是在蹲籠子。我又鼓起膽子去了辦公室。她仍然在裡面上班，知道我來了，裝得什麼也沒發生過一樣，埋頭記帳，再也不抬起頭看我。我也知足了，不再攏過去纏著她說話。我對誰都不說這事。可是到底沒忍住，上醫務室打針的時候，跟侯七一個人說了。結果，把人家害成這樣，哎……

九一年，我本來還不夠格出來，是老江幫的忙。他已經升副監獄長了，在裡面混得很好，幫我辦了假釋。我一出來就打聽王會計，聽說她九零年年底調出了省一。她原是柘州人，聽說她男人也在柘州上班，我估計她應該出不了柘州。有一段時間，我就在柘州馬路上遊來蕩去。那時是夏天，我頭髮還沒長出來，青頭皮油光發亮，晚上光著上身逛馬路。柘州那些小流氓看見我這一身好膘，走過來跟我說，大哥，喝啤酒。我喝他們的酒，還叫他們幫我找人。可是這幫水佬倌辦事不行，好久都打聽不到人，卻給我拉皮條。他們說，是你女朋友？不行我們給你換個。我一聽就來氣，狗日的還當我找不到女人怎麼的。我跟小崽子們說，繼續找，就當是找你們的媽。可是一直沒能找到。

柘州也就屁大一點，遲早我會找到她的。她最好是離婚了，然後我二話不說馬上離婚。

講得蠻動感情，這事可能嗎？別欺我沒進過監獄。肖說，真的假的？

老譚一臉嚴肅地說，崽騙你。

她叫什麼名字？搞不好我可以幫你問一下。

王妤——她的名字有點怪，女旁加個向警予的予。如果不是她名字，我保證八輩子也不會認識這個字。但是以後要是我兒子孫子敢不認識這個字，一定剝了他的狗皮。

肖一直暗自查找著王妤的下落——既是幫老譚，同時也是滿足自己內心某種需要。肖想見王會計一面，看看她到底怎麼個漂亮法。這麼想的時候，肖就嘲笑起自己來。掐指算算，那女人年歲應該是不小。現在滿大街或粗或細的美女看不完，上了年紀的王妤能有什麼看頭？他以為這傻念頭過不了幾天就會淡出自己腦海，可是幾個月下來，想見到王妤的心思竟然日益變得強烈。肖記得有一天晚上，他和小麗掐著日子例行做愛，狀態相當不錯。在興奮得幾近虛脱時，肖頭腦裡又一次閃現了幻覺——這次他清晰地看見那個女人。幻覺中的圖像稍縱即逝，但他記了個牢實。以前肖也夢見過那女人，像素卻總是很低；而剛才，她的樣子有如工筆重彩，纖毫畢現。肖從來沒有見過王會計，但是他越來越相信，經常在自己腦子裡像月亮一樣蹭出雲層的女人，無疑就是王會計。她綰著髮髻，穿著軍綠色的上衣，眼睛裡也許有些淚水，面部卻相當安詳，有一層皎潔的光。這個女人漂亮透頂。肖覺得，這個王會計，足夠每個男人為之銷魂蝕骨。小麗發現肖又走神了，就在他鼻頭揪了一把，說，你怎麼老是心事重重的。肖並不急於回答，而是坐了起來抽菸。很久以後，他問，妳不是在電信收錢嘛，能不能用妳電腦給我查一個女人？我一直想找她的，老找不到。小麗怔了一會，嗔怒地問，網上泡到的吧？肖就笑了，說，那個女人不比你老媽年輕多少。

肖跟小麗講起老譚和王會計的那些事。小麗一邊聽一邊不屑地說，流氓，真是流氓。當肖略作停頓，小麗又會問，後來呢？……噢，是這樣的。肖不緊不慢地說著。這個故事，老譚給肖講了數遍。現在，肖複述起來，也能像老譚一樣，時不時稍停片刻，吊足胃口。聽完故事，小麗就問，你說的這個老譚，每天都跟你在一起？肖點了點頭。小麗說，得空，我也見見他，和他聊幾句。肖想了想，疑慮地說，最好還是不要。——你還蠻自私的，不放心我還是不放心他？小麗笑了，又問，那個女人叫什麼名字？

王好。他還用手指在她的掌心把「好」字寫了一遍。

王好？好，得空我調一調電腦資料，只要這個女人買了手機，就好找了。

但是小麗那邊一直沒有答覆，像是把這事忘了。

老朱剛來那陣煞是恭敬，成天到晚地喊肖老闆譚老闆。肖聽不習慣，跟老朱講了很多次，老朱才改口叫他小肖。至於老譚，對這稱呼略有推辭，可是態度不是很堅決，於是老朱就譚老闆譚老闆地叫了下去。老朱是那種極善察顏觀色的傢伙，相處沒幾天，就看出來老譚在肖面前也有幾分巴結的樣子，於是估計老譚跟自己差不多，摸爬滾打混飯吃的，不是林老闆房族的親戚。一來二去，老朱覺得自己犯不著在老譚面前太過低賤，不過譚老闆喊順溜了，老朱一下子也不便改口。

老譚敏銳地覺察到了老朱態度明顯地有了改變，而且把自己和肖區別對待。老朱不在的時候，老譚就跟肖說，老朱典型的白眼狼一個，以後對他態度不能太好，要不然，給他點好臉色，他搞不定就會提出來，要和我們分提成。肖說，不會吧？其實我也在想，是不是把提成也給他分一股。老譚說，那不行。我們對他夠照顧的了，有幾個殘廢拿得了一千塊錢的工資？可以照顧他，但不能讓他得意忘形不是？

那以後老譚盡跟老朱擺臉色，還時常支使老朱去做兩隻手才能做的事。比如讓他換電燈泡。泡子是掛在燈線上的，老朱再怎麼擰，力氣總是費在燈線上。燈線擰得跟麻花似的，燈泡卻一點事都沒有。後來三個人為節省開支，買了爐具燒飯做菜，廚房的事就扔給老朱。一般的活老朱能隻手拿下，但老譚經常買來活雞活鴨讓老朱宰。老朱拿了菜刀就顧不上雞鴨，拽住雞鴨又沒閒手拿刀。雞鴨老是從老朱手裡打脫，老朱只得提著刀在房間裡追殺雞鴨，凌空虛砍，跟殺人似的。但老朱很快找到了對策，他用一隻手擰著雞脖鴨頸活活捏死。老譚也有招，此後好幾次提來一桶活黃鱔讓老朱弄。他嫌黃鱔不夠滑，還往水裡添些肥皂粉。老朱一隻手怎麼也捏不穩，好不容易捏出來一條，卻又滑脫到陰溝裡去。去陰溝裡掏黃鱔，更是讓老朱傷透了腦筋。見著老譚，老朱有了抱怨，老譚就垮著臉說，那你還能幹什麼？要不然你開車我炒菜。回頭老譚照樣買黃鱔。他說，老朱你氣色一直不好，要多補補血。老朱費了好久時間才學會捏黃鱔，同時也明白了老譚的意思：不要忘記自己是個什麼東西。老朱理解了這一層意思，馬上就恢復剛來時那分恭敬態度。總的來說，老朱算是個明白人。

可是，這事也怪老譚自己蔫了一把，不能把面對老朱時那種居高臨下的態勢保持下去。

八月初的一天，三個人採辦了一車貨弄到林老闆的選礦廠，看著天就陰了下來，幾個人打算等雨過了再回城裡，坐下來找廠裡的人翻點子。沒過多久，刮起了大風，雨卻不見下來。選礦廠在坡頭風口子上，那天的風特別嚇人，吹得瓦片稀里嘩啦往下面砸。廠房只有瓦棚，吊頂也沒有，一幫子人還從來沒有見過這麼大的風，一時慌了神，在屋裡四處找不到藏身的地方，只有爬上一張民工床躲到蚊帳裡面去。當然，蚊帳太過單薄，顯然是架不住瓦片的。幾個人扯起一床薄棉被，頂在頭上。老譚來得晚一些，只能擠在旁邊，棉被僅僅蓋住他的腦門頂。幾片瓦砸下來，劃破了蚊帳，掉在扯開的棉被上。肖看見老譚的臉色又變得慘白，跟那晚在鄉鎮派出所時差不多。接著，老譚忽然嘀咕了一句什麼。肖沒來得及聽清楚老譚說的話，他人已經跳下床了。大家把頭頂的棉絮抻高一點，看見老譚把身子一縮，極其敏捷地鑽到了床底下。

後來老朱說，他聽清楚了老譚嘀咕的話。當時老譚說，狗日的，管不了那麼多。然後人就下去了。

當天，選礦廠的人就給了老譚一個綽號，叫「鑽得快」，喊順溜了，就喊成了老鑽，或者背後叫他鑽鱉。老朱告訴老譚，其實當時他沒必要鑽到床底。自從他鑽到床底以後，瓦片就再沒有掉下來。之後大概有七八天，老譚氣色低落，神情抑鬱。可能他自己也想不明白，只是在床底趴了一小會，怎麼這以後人就蔫個沒完呢？再說，躲在床上和趴在床下，一板之隔，到底又能有多大區別呢？分明是五十步笑百步嘛。但這事也不好跟人理論。

而老朱，也找準時機，不再稱其為譚老闆了，一口一個老譚。

其實老譚粗中有細，知道體貼人的。雖然三個人看起來就他最有老闆的派頭（年屆四張，頭髮鋥亮，肚皮微鼓，滿臉淫光），但是老譚經常給肖端茶送水，鋪床蓋被。肖跟他說謝謝之類的話，老譚就滿臉慈祥地說，沒關係，應該的。有一晚三個人在廣林縣回不去，就開了三人間。肖洗澡的時候老譚泡了兩杯茶，一杯放在肖的床頭一杯攥在自己手裡。老朱在看電視，擎著搖控板，哪個台有美女就稍稍定格，美女閃過又繼續掃蕩。老朱偏頭一看，看見老譚站在純水桶旁邊。那天老朱腦子一走神，忽然和選礦廠那幫人一樣，把老譚叫成老鑽。他說，老鑽，也幫我沏一杯茶。

等了等，老譚沒有動。於是老朱又說，幫我倒杯茶囉。

老譚火氣一傢伙就躥上腦門頂了，湊近老朱，雙眼瞪得滾圓。他吼著說，朱雜碎，你以為你是誰？有種再叫我一聲老鑽，我要看看今天到底是誰會往床底下鑽。老朱嚇懵了，盡力靠向椅背。現在老譚沒有穿上衣，老朱這才注意到，老譚粗壯得可以一隻手捏死他。

看了一陣電視，實在沒有什麼節目。老譚說，沒事就打牌好了，打二百四怎麼樣，五角錢一分。

一塊錢一分，五角錢剛夠上廁所。肖嫌五角不刺激，有意湊個整。但是看了看老朱，孤零零地一隻胳膊，就說，老朱不方便的，我看就算了。

老譚說，你知道個屁，老朱一看就是老牌客，他這人，誰邀他打牌他就會跟別人說，謝謝謝謝。——是嗎老朱？

老朱說，唔，唔。

老譚就說，怎麼樣，沒說錯吧？

一開牌桌老譚就覺得苗頭不對。他故意把一堆牌推到老朱身前，示意老朱洗牌，結果老朱沒有推辭。老朱一隻手洗牌也乾脆利索，像賭片裡演的一樣。老朱僅剩的那隻手攤開以後像把蒲扇，儘管指節風乾了一樣枯瘦，卻很靈活。他用一隻手抓牌，抓好了就放在桌子前頭，這裡一沓那裡一沓，清清楚楚。抓完牌了，老朱也沒把牌拿起來，仍然是一沓一沓放在桌上，肖和老譚清牌的工夫他還閉目養神。

老朱的牌打得確實很好，手性也不錯，一上桌就把老譚剃兩回。老譚一邊掏錢一邊說，老朱我的錢你他媽敢拿？現在讓你吃草，到時要你下蛋。老朱略帶歉疚地說，不好意思，不好意思。

老譚心裡非常地疑惑。剛坐下來時，他攢起心機，搶占那個對門靠牆的位置。他覺得自己有四個理由不輸給老朱：其一，他坐牢時，同屋有個搞死過人的神漢跟他講，對門靠牆的位置叫招財進寶位；其二，老朱沓起的牌一眼瞥得清厚薄，無疑在自暴家底；其三，發揮自己獅子吼的功夫，三下兩下先把老朱吼暈再說；最後一點，也是最重要的，自己有兩隻手，比老朱整整多出一隻。

可是老朱就是牌好。再者他以前專門放炮的，什麼響動沒聽過？老譚根本吼不暈他。老譚剛把他那一套説詞吼了一遍，老朱就全記下了，現學現用。肖發了一對J，老譚拍下一對Q，大吼一聲，婊子成雙，嫖客輸光。——姦殺！坐在老譚下手位的老朱麻利地翻出一對A輕輕放下，嘴裡還嘀咕。老譚撇撇嘴，説，又沒有錢撿，你就是會放啞炮。接下來老朱搶了先手，用一對10做死老譚的一對10，一手賺下四十塊錢，還用一副天牌逼殺老譚的單A雙K。老譚又被老朱剃翻了一回。往下又打了幾圈，老譚這才看出問題：老朱擺桌子上的牌看不出什麼規律，只有他自己心裡明白，對別人反而是種干擾。老譚要自己別上這個當，可是老朱手手牌都好，把老譚剃來剃去。老譚感嘆地説，老朱你狗日的兒子一堆，怎麼還長著童子手？老朱説，唔，沒有沒有。然後示意老譚開錢。

那一天總共打了二十多圈，基本情況是肖保本，老朱吃老譚的。老譚最後三圈留了心眼，輸了就説，記帳，一起開。三圈下來他又輸一百多塊錢，就叫停了，不願開錢。他説散桌不認帳，誰不知道這個規矩？

三個人重新坐下來，看電視。老朱憋氣，嘴裡唸唸有詞，又是罵譚雜碎又是罵鑽鱉。老譚知道老朱在不停地罵他，可是又不好回嘴，自己畢竟賴了帳的。老譚心裡也蠻委屈，想不通怎麼占了四個優勢還是會輸。他自言自語地說，操，白天看見一條好衣服，兩百塊錢我捨不得買。早曉得這回事，還是買下來好——年計畫又要減幾個。他的意思是，大不了少加幾回床墊。

老朱加進來以後，三個人隨時隨地都可以打牌。老朱的手氣一直很好，牌技又不錯，所以老譚輸錢的時候越來越多。老譚這人不硬扎，經常找散桌的機會賴些尾帳，久而久之，數目積累得有不少。老朱越來越拿他看不上眼，講話也刻薄起來。老譚賴了帳，牌沒法打下去的時候，幾個人就會開著車到處逛一下。肖開車的時候，老譚不斷伸出頭去看路邊的女人。肖說，又在找你那個王好吧？老譚說，當然，我一直就死不了心。老朱說，長什麼樣的，我反正沒事，也可以幫你找找。

最漂亮的那個就是，老譚說，別管高矮胖瘦，一條馬路誰最漂亮誰是她。

老朱說，嘁。

王會計的故事，老朱也聽老譚講過兩回。當時老朱並不反駁，老譚怎麼說他都微笑著聽，還不時讚嘆地說，譚老闆，行呀你。現在，老朱經常被老譚賴帳，心情就不好，不再肯信老譚的那些話了。老朱會說，老譚，你把監獄講成妓院了。你怕是被關得神經有毛病了吧？老譚不想和老朱理論，自顧講自己那一套想法。他說，要是和監獄領導關係處得好的話，在監獄裡面辦起一家髮廊，隨便找幾個豬不吃狗不要的老婊子，也可以嘩嘩地賺鈔票。他們在裡面還有挑頭嗎？隨便宰，一千塊錢一次不還價。老朱又挖苦說，小譚你他媽就是愛吹。美國克林頓亂搞女人還著人家連天批鬥整日遊街。他要是曉得你在監獄裡搞女人都屁事沒有，一定爬過來要和你換著活。

最近，老譚才見識到，老朱嘴巴其實蠻凶。老譚說，我講我的，又不要你信。你什麼都知道，天知一半地知全，就是不知道放炮會炸斷手。

然後老朱怎麼還嘴，老譚都不理他。老譚撇過頭去探出窗外，虛張聲勢地對路邊大喊，你癢嗎你癢嗎……

他們爭吵的時候肖就會笑。肖覺得，這兩人之間的關係總是在發生著微妙的變化。

有時，十七八歲的漂亮女孩走過去，老譚就會想起小葉。他問，肖老弟，給你介紹小葉的事還記得嗎？肖點了點頭。老譚說，有空我們去衛校看她去，你看了絕對不要命地喜歡她。她才十七，身材……老譚一談到小葉，精神倍增。但他說完也就完了，沒有帶肖上衛校相親的意思。肖一直不想把小麗的事告訴老譚，就應和著，隨便老譚怎麼講小葉。

老朱又反感起來。他說，老譚你老是講介紹介紹，我們又不是沒時間，你光說不做，不是在調戲人家小肖嘛。

老譚說，我招女婿管你卵事。

老朱對肖說，老弟，你沒聽出來？

聽出什麼來？

其實老譚根本就不是想給你介紹，只不過自己想過過口癮而已。你想一想吶，小葉雖然不是他親生的，名分上還算他女兒，要是他劈頭就說，我那個女兒小葉怎麼怎麼樣，多講幾次，你說，狼子野心是不是包藏不住了？……對吧？可要是他先來一句，小肖啊我給你介紹個對象，這樣一來，他過他的口癮，是不是就，明正言順一點？

肖恍然大悟地笑了。老譚的臉色變得不好看，說，不是這樣，你們把我當什麼人了？

肖說，老譚你儘管放心，不會跟陳姐講的。

隨你講，大不了離婚。老譚滿不在乎，仍然看向窗外，在亂七八糟的行人裡搜索美女。

發錢的時候照例要喝一頓酒。有一次老朱難得地大方起來，拍著胸脯說他做東。老譚和肖難得吃到老朱的請，酒喝得開心。三個男人喝到興頭上，七扯八扯聊到了理想。

我就想我的小說能夠發表。肖首先說了出來。

老譚就說，你不是發表了百分之五十嘛。他還記得肖說過這話。

肖就掛不住臉，告訴他說，現在寫出來的小說都屬於沒發表的那百分之五十，還有百分之五十都留在後頭。

老譚說起他的理想。——我的理想從讀小學一年級起就從沒變過。我最想有那麼一天，被一幫美女捉了去輪姦。雖然那樣一來我會很痛苦，可是她們人多勢眾，我實在沒辦法，只好讓她們盡情淩辱。

嘁！老朱用鼻子哼了哼。

肖又問，老朱，那你呢？

老朱說，我還有什麼想頭，我都這個樣了。我就想著把我兩個崽盤到大學畢業，心滿意足了。

肖說，你的崽多大了？在哪裡讀？

小的也上大二了，都在北京。

老譚拍了拍老朱的肩頭，說，老朱你蠻可以啊，真看不出來，槍法挺準，一槍一個大學生。讀的是北大還是清華？

老朱佯作謙虛，他說，哪有那麼出息？老大讀理工科，在北航，老二讀文科，進了師大。

老譚愣了一下。北京的學校他就知道兩所，但是一聽老朱那種口氣，就知道那兩所學校肯定也了不得。老譚很快又說，那你也別慣他們，不要多給他們錢，錢多了容易變質。我前回就從電視裡看到，甘肅省有個老頭──樣子跟老朱還蠻掛相，賣血供他崽讀書。他的崽拿了錢就去嫖就去賭，還呷毒。搞到後頭學校把人開除了，直接就蹲了籠子。

老朱臉色就不好看了。他說，我的崽不是這樣，自己的崽自己清楚。

崽都是自己的好，其實自己的崽最難了解。老譚不同意老朱的觀點，他指著自己現身說法：我在監獄蹲到第五年了，我媽還到處抗訴，堅信我是被女流氓玩弄了。

老朱陰起臉，問，老譚，那你的崽多大了？

我崽多大了要問崽他媽，我是不曉得。老譚抻了個懶腰，說，當年就算廣種薄收，我的崽肯定也要用火車皮裝。別人幫我養著，不用我費一丁點神。──有些人一輩子當王八，到死都不明白。

捱到十二月，肖和小麗連續赴了幾場喜酒以後，心血來潮，突然地訂了婚，並著手準備結婚事宜。訂婚的第二天，回到三個人的住處以後，肖發現自己一直處於興奮當中，急著想把這事告訴老譚老朱。他已經很長時間沒有這樣激動過了──結婚對他來說畢竟是頭一次，而且，眼下他還不打算有第二次。但是老譚不在。老朱躺在床上，用一隻手抽著菸，又用同一隻手翻看著老譚從地攤買來的一本人體藝術畫冊。肖有些失望。他想，等吃晚飯的時候，再把這事講出來。要不然，老譚回來他還得再講一遍。同樣的事講上兩遍，就有些無聊了。

老朱撂下畫冊站起來，給肖打一枝菸，是和牌。肖有點奇怪，老朱從來沒抽這麼好的菸。再看看老朱，表情也很興奮，喜事臨頭的樣子。老朱說，我的崽要回來。

肖說，唔。

老朱說，兩個都回來過年，邀好的，明天早上五點多火車就到柘州站。

肖說，唔，唔。

明天早上，那車借我用用？

肖說，沒事，儘管用。我幫你開車，明天你起來叫我一聲就行。

那不用那不用。老朱忙不迭地說，不麻煩你了，要他跟我去就行。——咦，鑽鰲今天鑽哪去了。

下午，老朱去品牌店買了一套衣服，上夾克下西褲，還專門配了一件銀灰色的襯衫。出了品牌店，老朱在地攤上買了一條色澤花哨的領帶。回來以後老朱就不斷地試穿。他首先是將夾克的拉鍊拉上，將沒有手的那隻袖管塞進衣兜裡。肖說，不好，一眼看得出來。老朱想來想去，乾脆把夾克披著，完整的那隻手也從袖中抽出來，塞在褲兜裡。肖仔細地看看，這樣一來，老朱確實顯得健全，還有些小暴發戶的氣派。老譚這時回來了，進門就問，老朱，撿錢了？把哪個痴呆女人泡到手了？老朱勾了勾手指頭，要老譚幫他把領帶繫上。領帶買得不好，上面起碼混雜了五種顏色，花不溜秋。老譚擺出對穿著鑾在行的樣子，說，沒領帶還行，像個村支書；一打領帶，頂多像個村會計。老朱說，叫你搞你就幫我搞，屁話少講。是你接崽還是我接崽？

老譚有些不樂意，還是走了過去，把那條花領帶繫得像模像樣。

吃晚飯時，肖想講自己的事，但老朱不停地講起兩個兒子，從穿開襠褲講起一直到讀大學，講得自己挺過嘴癮。老朱見肖沒心思聽，就跟老譚講。老譚也不怎麼聽，表情顯得煩躁。肖看看這情景，也就不把訂婚結婚的事講出來了。他忽然明白了，自己當成天大的事情，別人聽起來，總是他媽的這麼沒勁。說出來又有什麼意思呢？

次日凌晨，老朱的電子錶鬧響了，發出雞鳴聲。肖睡眠很淺，一下子醒過來，看見老朱正用一隻手麻利地穿著衣，約摸兩分鐘，就把自己穿好了。老朱喊了一聲，老譚，到時間了。老譚睡在靠窗那張床上，沒聽見，繼續迸發出鼾聲。老朱只得走過去，要拍醒他。

肖趕緊說，老朱，別叫他，我幫你開車。

老朱扭頭看看肖，想起當初肖曾跟自己說過，老譚睡著後碰不得。起初老朱不信這個邪，有一天在老譚睡著後，故意輕輕地拍了一下他的屁股。老譚果然在第一時間裡驚醒過來。要是肖不勸解，那天老朱就被老譚打扁了。但現在，老朱像是把那事忘乾淨了一樣，說，不麻煩你了。他隨手抓起什麼東西，往老譚的身上扔去，正打在老譚肚皮上。老譚條件反射似地坐了起來，雖然睡眼惺忪，但臉部肌肉已經緊張地縮成一團。窗外的天色幾乎全黑，有幾縷路燈光射進來，照得老譚一張團臉鐵青。

你狗日的……老譚回過神，看見老朱扔過來的是一條菸。他說，你就不曉得叫醒我？叫你你又不醒。老朱說，鑽鱉，你真是一臉討打相。

老譚很快地克制住了憤怒，爬起來緩慢地穿衣，再走過去幫老朱繫好那根領帶，一邊繫一邊說，這根帶子你不用了就給我，我看，拿去給我婆娘拴狗蠻合適。

肖斜躺在床頭，看著兩人走出暗影重重的房間。老朱照昨天設計好的樣子，把夾克當披風披著，點燃一枝菸叼在嘴角。老譚耷下腦袋跟在後頭，像個吃苦受氣的馬弁。

過了幾天，小麗忽然打來一個電話，說她找到了那個王好。

小麗老早就著手查電信用戶電腦資料，尋找王好。名叫王好的人不是很多，柘州有三個，但最大的不過二十六歲，看樣子不像。後來她找熟人在佴城查到一個，是用聯通手機，131開頭的號碼，人已經從佴城公安局內退了下來。小麗說，那人差不多退休了。年紀是不是大了一點？

肖想了想，説，年紀有點大，但公安局像是和監獄一條線的，這一點説得過去。哪天我回佴城，妳和我找一找那女人。

肖抽空開著車，和小麗回了一趟佴城。兩個人都是佴城人。小麗把電腦裡王妤的地址抄了下來，還有電話號碼。兩人幾經周折才找到地方。那是一條相當偏僻的里弄，肖下車打聽了幾個人，才確定王妤就是弄堂口晒著太陽搓著牌的老女人。肖和小麗隔著三十步開外的距離觀察那個女人。她活靈活現，嘴上叼著紙菸，還能大聲説話。看來她手氣不錯，肖抽了兩枝菸，聽見她兩次推倒牌，説誰誰又放炮了。坐在她對面的那個炮手面色黯淡，手在掏錢嘴卻要討便宜，問她，今天我放妳幾炮了？她也戧了那人一句，回家問你媽去。

她其實容顏老朽，甚至有點慘不忍睹，即使跟同年齡段的老女人相比，也很遜色。肖留意了她的胸部——他自知這一眼瞥去相當無聊，卻還是忍不住朝那個地方看了——隔著幾層衣服，仍然看得出來這個中老年婦女乳房下垂得一塌糊塗，改變了整個體形。肖的想像力饒是對她再加以修飾，也難以相信，這個女人當年竟會薄有幾分姿色。

肖抽完第三枝菸然後走了。他跟小麗説，我覺得不是她。

小麗説，我也覺得。怎麼可能？

但是過不久，肖又説，有機會，把老譚帶到這裡認認。

肖和小麗在柘州買了一整套電器，拖回佴城。老朱老譚也跟車去了佴城，上下車時幫個人手。次日下午，肖和老朱打了商量，叫老譚把車開到一處弄堂口，停下來，坐著等。老朱下車去，往弄堂深處走。老譚問，到這裡有什麼事？

接一個人。肖說，可能要等上一陣。

老譚一個哈欠就冒上來了。昨晚又通宵鏖戰，他隨時找機會補瞌睡。他就勢躺在駕駛座上，轉眼打起鼾來。肖看看他，又往弄堂裡面看。整條弄堂格外寧靜，沒人坐在戶外玩牌。老朱早已在弄堂深處消失了，肖抽著菸耐心等待。很久以後老朱重新冒出來。肖隔著車玻璃看見老朱用拇指指一指後面，呶一下嘴。肖就知道，那個女人馬上要出場了。

肖拿捏好時間，擰一擰老譚的胳膊。老譚兩眼昏花地驚醒過來，問，怎麼了？

美女。肖指一指車窗外，說，嘖嘖，真是漂亮死啦，不比章子怡差。

在哪？老譚麻利地把頭伸出車窗。那個女人身板魁梧，抽著紙菸還提著一個藤籃，黑壓壓地移到跟前。老譚來不及看仔細，張口就說，你癢嗎？找我好了……時間緊迫，他把前面那句「我是蠹蟲靈」省略不說，只說出後面一截。然後才看清來人的臉。那女人剛噴了一大口煙，臉上煙霧蒸騰。

是你啊譚健美。老女人也大是意外，親切地說，你這個鬼腦殼從哪裡鑽出來的？人模狗樣了嘛。

唔……老譚突然間像是喪失了語言功能，支支吾吾。老半天他才說，妳住在這裡啊王會計。

女人堅持要老譚去家裡坐一坐，老譚以有事在身為由一再推辭。終於脫身走出那片居民區以後，肖看見老譚吁著氣，像盛夏季節裡的狗一樣，垂下冗長的舌頭。離開弄堂口，幾個人顯得異常沉默，都沒有說話。路邊時不時走過幾個美女，老譚也沒心思去惹她們。肖忽然有些後悔，費盡心思安排了這麼一場邂逅，結果卻成了這樣子。他想，老譚大概不會再講王會計的故事，而自己，大概不會再一心二用地跟小麗做愛了。這對於即將到來的新婚，算得上是好。再說，老譚有大把經歷，成堆的故事。即使少了一個王會計的故事，也無所謂的。

# 一個人張燈結彩

老黃每半月理一次頭，每星期刮兩次臉。那張臉很皺，像酸橘皮，自己刮起來相當麻煩。找理髮師幫著刮，往靠椅上一躺，等著刀鋒柔和地貼著臉上一道道溝壑遊走，很是受用。闔上眼，聽鬍茬自根部斷裂的聲音，能輕易記起從前在農村割稻的情景。睜開眼，仍看見啞巴小于俊俏的臉。啞巴見老客睜開了眼，她眉頭一皺，嘴裡咿咿呀呀，彷彿詢問是不是被弄疼了。老黃哂然一笑，用眼神鼓勵啞巴繼續刮下去。這兩年，他無數次地想，老天爺應是個有些下作的男人——這女人，這麼巧的手，這麼漂亮的臉，卻偏偏叫她是個啞巴。

又有一個顧客跨進門了，撿張條椅坐著。啞巴嘴裡冒出嗡嗡的聲音，像是空氣中攢動的電波。老黃做了個殺人的手勢，那是說，利索點，別耽擱妳生意。啞巴搖搖頭，那是說，沒關係。她朝後腳跨進店門的人呶了呶嘴，顯露出親密的樣子。

老黃兩年前從外地調進鋼城右安區公安分局。他習慣性地要找妥一家理髮店，以便繼續享受刮鬍鬚的樂趣。老黃到了知天命的年紀，除了工作，就喜歡有個巧手的人幫他刮鬍鬚。他找了很多家，慢慢選定筆架山公園後坡上這個啞巴。這地方太偏，老黃頭次來，老遠看見簡陋的木標牌上貼「啞巴小于理髮店」幾個字，心生一片恓惶。他想，在這地方開店，能有幾個人來？沒想到店主小于技藝不錯，回頭客多。小于招徠顧客的一道特色就是慢工細活，人再多也不敷衍，一心一意修理每一顆腦袋，刮淨每一張臉，像一個雕匠在石章上雕字，每一刀都有章有法。後面來的客人，她不刻意挽留，等不及的人，去留自便。

小于在老黃臉上撲了些爽身粉，再用毛巾撣淨髮渣，捏著老黃的臉端詳幾眼，才算完工。剛才進來的那年輕男人想接下家，小于又呶呶嘴，示意他讓另一個老頭先來。

老黃踱著步走下山去，聽見一陣風的躥響，忍不住扭轉腦袋。天已經黑了。天色和粉塵交織著黑下去，似不經意，卻又十分遒勁。山上有些房子亮起了燈。因為挨近鋼廠，這一帶的空氣裡粉塵較重，使夜色加深。在輕微的黑色當中，山上的燈光呈現猩紅的顏色。

辦公室裡面，零亂的擺設和年輕警員的腳臭味相得益彰。年輕警員都喜歡打籃球，拿辦公室當換衣間。以前分局球隊輸多贏少，今年有個小崔剛分進來，個頭不高司職後衛，懂得怎麼把一支球隊盤活，使全隊勝率增多。年輕人打籃球就更有癮頭了。老黃一進到辦公室，就會不斷抽菸，一不小心一包菸就燒完了。他覺得煙癮是屋子裡的鞋臭味熏大的。

那一天，突然接警。分局好幾輛車一齊出動，去鋼都四中抓人。本來這應是年輕警員出警，都去打球了，於是老黃也得出馬。四中位於毗鄰市區一個鄉鎮，由於警力不夠，仍劃歸右安區管理。那是焦化廠所在地，汙染很重，人的性子也烈，發案相對頻多。報案的是四中幾個年輕老師，案情是一個初三的學生荷爾蒙分泌太多，老去摸女學生。老師最初對其進行批評教育，要其寫檢討，記過，甚至留校察看。該學生性方面早熟，腦袋卻如同狗一樣只記屎不記事，膽子越摸越大。這天中午，竟爬進單身女教師宿舍，摸了一個在床上打瞌睡的女老師。女老師教音樂的，長相好，並且還沒結婚。這一摸就動了眾怒，男老師直接報了警。

人算是手到擒來。一路上，那小孩畏畏葸葸，看似一個好捏的軟蛋蛋。帶到局裡以後，他態度忽然變得強硬，說自己什麼也沒幹，是別人冤枉他。他嚷嚷說，證據呢，有什麼證據？小孩顯然是港產片泡大的，但還別說，港產片宣揚完了色情和暴力，又啟發一些法律意識，像一個神經錯亂的保姆，一勺砂糖一勺屎地餵養著這些孩子。小孩卻不知道，警察最煩的就是用電影裡躉來的破詞進行搪塞。有個警察按捺不住，攏過去想給小孩一點顏色。老黃拽住他說，小坤，你還有力氣動手呵，先去吃吃飯。

老黃這一撥人去食堂的時候，打球的那一幫年輕警員正好回來。來之前已經吃過飯的，他們去了鋼廠和鋼廠二隊打球，打完以後對方請客，席間還推杯換盞喝了不少。當天，老黃在食堂把飯吃了一半，就聽見開車進院的聲音，是那幫打球的警員回來了。老黃的神經立時繃緊，又說不出個緣由。吃完了回到辦公室，他才知道剛才擔心的是什麼。

但還是晚了些。那幫喝了一肚子酒的警察，回來後看見關著的這孩子身架子大，皮實，長得像個優質沙袋，於是手就癢了。那小孩不停地喊，他是被冤枉的。那幫警察笑了，說看你這樣就他媽不是個好東西，誰冤枉你了？這時，小孩腦子裡蹭地冒出一個詞，不想清白就甩出來，說，你們這是知法犯法。那幫警察依然是笑，說小孩你懂得蠻多嘛。小孩以為這話奏效了，像是黑暗中摸著了電門，讓自己看見了光，於是逮著這詞一頓亂嚷。

劉副局正好走進來，訓斥說，怎麼嘻嘻哈哈的，真不像話。那幫警察就不作聲了。小孩誤以為自己的話進一步發生了效用，別人安靜的時候，他就嚷得愈發歡實。劉副局掀著牙齒說，老子搞了幾十年工作，沒見過這麼囂張的小毛孩，這股邪氣不給他摁住了，以後肯定是安全隱患。說著，他給兩個實習警察遞去眼神。那兩人心領神會，走上前去就抽小孩耳光。一個抽得輕點，但另一個想畢業後分進右安區分局，就賣力得多，正反手甩出去，一溜連環掌。小孩的腦袋本來就很大很圓。那實習警察胳膊都掄瘦了，眼也發花。小孩腦袋越看就越像一只籃球，拍在上面，彈性十足。那實習警察打得過癮，旁邊掠戰的一幫警察看著看著手就更癢了，開始挽袖子。小崔也覺得熱血上湧，兩眼潮紅。

這時老黃跨進來了，正好看見那實習警察打累了，另幾個警察準備替他。老黃扯起嗓門說，小崔小許王金貴，還有小舒，你們幾個出來一下，我有事。幾個正編的警察礙於老黃的資歷，無奈地跟在後面，出了辦公室向上爬樓梯。老黃也不作聲，一直爬到頂層平台。後面幾個人稀稀拉拉跟上來。老黃仍不說話，掏出菸一個人發一枝，再逐個點上。幾個年輕警察抽著菸，在風裡晾上一陣，頭腦冷靜許多，不用說，也明白老黃是什麼意思。

星期六，老黃一覺醒來，照照鏡子見鬍茬不算長，但無事可做，於是又往筆架山上爬去。到了小于的店子，才發現沒開門。等了一陣，小于仍不見來。老黃去到不遠處南雜店買一包菸，問老闆，理髮那個啞巴小于幾時才會開門。南雜店的老闆嘿嘿一笑，說小啞巴蠻有個性，個體戶上行政班，一週上五天，星期六星期天她按時休息，雷打不動。老黃眉頭一皺，說這兩天生意比平時還好啊，真是沒腦筋。南雜店老闆說，人家不在乎理髮得來的幾個小錢，她想掙大錢，去打那個了。老闆說話時把兩手攤開，向上托舉，做出像噴泉湧動的姿勢。老黃一看就明白了，那是指啤酒機。啤酒機是屢禁不絕的一種賭法，在別的地方叫開心天地——拿三十二個寫號的乒乓球放在搖號機裡，讓那些沒學過數學概率的人懵數字。查抄了幾回，抄完不久，那玩意又捲土重來，像腳氣一樣斷不了根。

小崔打來電話，請老黃去北京烤鴨店吃烤鴨。去到地方，看見店牌上面的字掉了偏旁，烤鴨店變成「烤鳥店」，老闆懶得改過來。小崔請老黃喝啤酒，感謝他那天拽自己一把，沒有動手去打那小孩。小孩第二天説昏話，發燒。送去醫院治，退燒了，但仍然滿口昏話。實習的小子手腳太重，可能把小孩的腦袋進一步打壞了。但劉副局堅持説，小孩本來就傻不啦唧，只會配種不會想事。他讓小孩家長交罰款，再把人接回去。

烤鳥店裡的烤鴨味道不錯，老黃和小崔胃口來了，又要些生藕片蘸滷汁吃。吃差不多了，小崔説，明天我和朋友去看織錦洞，你要不要一塊去？我包了車的。那個洞，小崔是從一本旅遊雜誌上看到的。老黃受小崔感染，翻翻雜誌，上面幾幀關於織錦洞的照片確實養眼。老黃説，那好啊，搭幫你有車，我也算一個。

第二天快中午了，小崔和那台車才緩緩到來，接老黃上路。進到車裡，小崔介紹説，司機叫于心亮，以前是他街坊，現在在軋鋼廠幹扳道軌的活。小崔又説，小時候一條街的孩子都聽于哥擺布，跟在他屁股後頭和別處的孩子打架，無往不勝。于心亮扭過腦袋衝老黃笑了笑。老黃看見他一臉憨樣，前額髮毛已經脱落。之後，小崔又解釋今天怎麼動身這麼晚——昨天到車行租來這輛長安五鈴，新車，于心亮有證，但平時不怎麼開車。他把車停在自家門口時，忘了那裡有一堆碎磚，一下子撞上了，一只車燈撞壞，還把燈框子撞凹進去一大塊。于心亮趕早把車開進鋼廠車間，請幾個師傅敲打一番，把凹陷那一塊重新敲打得豐滿起來。

老黃不由得為這兩個年輕人擔心起來，他說，退車怎麼辦？于心亮說，沒得事，去到修車的地方用電腦補漆，噴厚一點壓住這條縫，鬼都看不出來。但老黃通過後視鏡看見小崔臉上的尷尬。車是小崔租來的。于心亮不急著開車出城，而是去了鋼廠一個家屬區，又叫了好幾個朋友擠上車。他跟小崔說，小崔，都是一幫窮朋友，難得有這樣的機會，搭幫有車子，捎他們一起去。小崔嘴裡說沒關係，臉色卻不怎麼好看。到織綿洞有多遠的路，小崔並不清楚。于心亮打電話問了一個人，那人含糊地說三小時路程。但這一路，于心亮車速放得快，整整用了五個半小時才到地方。天差不多黑了。一問門票，一個人兩百塊。這大大超過了小崔的估計。再說，同行還有六個人。于心亮說，沒事沒事，你倆進去看看，我們在外面等。小崔老黃交流一下眼神，都很為難。把這一撥人全請了，要一千多塊。但讓別人在洞口等三個小時，顯然不像話。兩人合計一下，決定不看了，抓緊時間趕回鋼城。路還很遠。

幾個人輪番把方向盤，十二點半的時候總算趕回鋼城。于心亮心裡歉疚，執意要請吃羊肉粉。悶在車裡，是和走路一樣累人的事，而且五個半小時的車程，確實也掏空了肚裡的存貨。眾人隨著于心亮，去到了筆架山的山腳。羊肉粉店已經關門了，于心亮一頓拳腳拍開門，執意要粉店老闆重新生爐，下八碗米粉。

老黃吃東西嘴快，七幾年修鐵路時養成的習慣。他三兩口連湯帶水吸完了，去到店外吸菸。筆架山一帶的夜晚很黑，天上的星光也死眉爛眼，奄奄一息。忽然，他看見山頂上有一點燈光還亮著。夜晚辨不清方位，他大概估計了一下，啞巴小于的店應該位於那地方。然後他笑了，心想，怎麼會是啞巴小于呢？今天是星期天，小于要休息。

鋼渣看得出來，老黃是膠鞋幫的，雖然老了，也只是綠膠鞋。鋼城的無業閒雜們，給公安局另取了一個綽號叫膠鞋幫，並且把警官叫黃膠鞋，一般警員叫綠膠鞋。可能這綽號是從老幾代的閒雜嘴裡傳下來的。現在的警察都不穿膠鞋了，穿皮鞋。但有一段歷史時期，膠鞋也不是誰都穿得起，公安局發勞保，每個人都有膠鞋，下了雨也能到處亂踩不怕打濕，很是威風。鋼渣是從老黃的腦袋上看出端倪的。雖然老黃的頭髮剪得很短，但他經常戴盤帽，頭髮有特別的形狀。戴盤帽的不一定都是膠鞋，鋼渣最終根據老黃的眼神下了判斷。老黃的眼神乍看有些慵懶，眼光虛泛，但暗棕色的眼仁偶爾躥過一道薄光，睨著人時，跟剃刀片貼在臉上差不多。鋼渣那次跨進小于的理髮店撞見了老黃。老黃要走時不經意瞥了鋼渣一眼，就像超市的掃瞄器在辨認條型碼，迅速讀取鋼渣的信息。那一瞥，讓鋼渣咀嚼好久，從而認定老黃是膠鞋。

在啞巴小于的理髮店對街，有一幢老式磚房，瓦簷上掛下來的水漏上標著一九五七年的字樣。牆皮駿黑一片。鋼渣和皮絆租住在二樓一套房裡。他坐在窗前，目光探得進啞巴小于的店子。鋼渣臉上是一派想事的模樣。但皮絆說，鋼腦殼，你的嘴臉是拿去拱土的，別想事。

去年他和皮絆租下這屋。這一陣他本不想碰女人，但坐在窗前往對街看去，啞巴小于老在眼前晃悠。他慢慢瞧出一些韻致。再後來，鋼渣心底的寂寞像喝多了劣質白酒一樣直打腦門。他頭一次過去理髮，先理分頭再理平頭最後刮成禿瓢，還刮了鬍子，給小于四份錢。小于是很聰明的女人，看著眼前的禿瓢，曉得他心裡打著什麼樣的鬼主意。

多來往幾次，有一天，兩人就關上門，把想搞的事搞定了。果然不出所料，小于是欲求很旺的女人，床上翻騰的樣子彷彿剛撈出水面尚在網兜裡掙扎的魚。做愛的間隙，鋼渣要和小于「說說話」，其實是指手畫腳。小于不懂手語，沒學過，她信馬由韁地比畫著，碰到沒表達過的意思，就即興發揮。鋼渣竟然能弄懂。他不喜歡說話，但喜歡和小于打手勢說話。有時，即興發揮表達出了相對複雜的意思，鋼渣感覺自己是有想像力和創造力的。

皮絆咣地一聲把門踢開。小于聽不見，她是聾啞人。皮絆背著個編織袋，一眼看見棉絮紛飛的破沙發上那兩個光丟丟的人。鋼渣把小于推了推，小于才發現有人進來，趕緊拾起衣服遮住兩只並不大的乳房。鋼渣很無奈地說，皮腦殼，你應該曉得敲門。皮絆嘻哈著說，鋼腦殼，你弄得那麼斯文，聲音比公老鼠搞母老鼠還細，我怎麼聽得見？重來重來。皮絆把編織袋隨手一扔，退出去把門關上，然後篤篤篤敲了起來。鋼渣在裡面說，你抽枝菸，我的妹子要把衣服穿一穿。小于穿好了衣服還賴著不走，順手抓起一本電子類的破雜誌翻起來。鋼渣用自創手語跟她說，妳還看什麼書咯，認字嗎？小于嘴巴噘了起來，拿起筆在桌子上從一寫到十，又工整地寫出「于心慧」三字。鋼渣笑了，估計她只認得這十三個字。他把她拽起來，指指對街，再拍拍她嬌小玲瓏的髖部，示意她回理髮店去。

皮絆打開袋子，裡面有銅線兩捆，球磨機鋼球五個，大號制工扳手一把。鋼渣睨了一眼，嘴角咧開了擠出苦笑，說，皮腦殼你這是在當苦力。皮絆說，好不容易偷來的，現在鋼廠在抓治安，東西不好偷到手。鋼渣說，不要隨便用偷這個字。當苦力就是當苦力嘛，這也算偷？你看你看，人家的破扳手都撿來了。既然這樣了，你乾脆去撿撿垃圾，辛苦一點也有收入。皮絆的臉唰地就變了。他說，鋼腦殼，我曉得你有天大本事，一生下來就是搶銀行的料。但你現在沒有搶銀行，還在用我的錢。我偷也好，撿也好，反正不會一天坐在屋裡發呆——竟然連啞巴女人也要搞。鋼渣說，我用你的錢，到時候會還給你。那東西快造好了。皮絆說，你造個土炸彈比人家造原子彈還難。不要一天泡在屋裡像是搞科研的樣子，你連基本的電路圖都看不懂吧？鋼渣說，我看得懂。那東西能炸，我只是要把它搞得更好用一些。這是炸彈，不是麻將，這一圈摸得不好還可以摸下一圈。皮絆就懶得和鋼渣理會了，進屋去煮飯，嘴裡嘟嘟囔囔地說，飯也要我來煮，是不是解手以後屁股也要我來擦？

天黑的時候兩人開始吃飯。皮絆說，我飯煮得多，你把啞巴叫來一起吃。鋼渣走到陽台上看看，小于的店門已經關了。皮絆弄了好幾盆菜。皮絆炒菜還算裡手，比他偷東西的本事略強一點。他應該去當大廚。鋼渣吃著飯菜，腦殼裡考慮著諸如此類的事情。

鋼腦殼，你能不能打個電話把啞巴叫來？晚上，借我也用用。皮絆喝了兩碗米酒，頭大了，開始胡亂地想女人。他又說，啞巴其實蠻漂亮。鋼腦殼你眼光挺毒！

你這個豬，她是聾子，怎麼接電話？鋼渣順口答一句，話音甫落，他就覺得不對勁。他嚴肅地說，這種鳥話也講得出口？講頭回我當你是放屁，以後再講這種話，老子脫你褲子打你。皮絆自討沒趣，還強嘴說了一句，你還來真的了，真稀見。你不是想要和啞巴結婚吧？說完，他就埋頭吃飯喝湯。皮絆打不贏鋼渣，兩人試過的。皮絆打架也狠，以前從沒輸過，但那時他還沒有撞見鋼渣。在這堆街子上混的人裡頭，誰打架厲害，才是硬梆梆的道理。

另一個薑黃色的下午，鋼渣和小于一不小心聊起了過去。那是在鋼渣租住的二樓，臨街面那間房。小于用手勢告訴鋼渣，自己結過婚，還有兩個孩子。鋼渣問小于離婚的原因，小于的手勢就複雜了，鋼渣沒法看得懂。小于反過來問鋼渣的經歷。鋼渣臉上湧起惺忪模樣，想了一陣，才打起手勢說，在你以前，我沒有碰過女人。小于哪裡肯信，她尖叫著，撲過去亮出一口白牙，做勢要咬鋼渣。即便是尖叫，那聲音也很鈍。天色說暗便暗淡下去，也沒個過渡。兩人做出的手勢在黑屋子裡漸漸看不清。小于要去開燈，鋼渣卻一手把她攬進懷裡。他不喜歡開燈，特別是摟著女人的情況下。再黑一點，他的嘴唇可以探出去摸索她的嘴唇。接吻應當是暗中進行的事，這和啤酒得冰鎮了以後才好喝是一個道理。

對面，在小于理髮店前十米處有一顆路燈，發神經似地亮了。以往它也曾亮過，但大多數時候是熄滅的。鋼渣見一個人慢慢從坡底踅上來。窗外的那人使鋼渣不由自主靠近了窗前。他認出來是那個老膠鞋。老膠鞋走近理髮店，見門死死地閂著。小于也看見了那人，知道是熟客。她想過去打開店門為那個人理髮，刮鬍子。但鋼渣拽住她。不須捂她的嘴，反正叫不出聲音。那人似乎心有不甘，他站在理髮店前抽起了菸，並看向不遠處那盞路燈。

……是路燈讓這個人誤以為小于還開著店門。鋼渣做出這樣的推斷。

那人走後，小于把鋼渣摁到板凳上。她拿來了剪子和電推，要給他理髮。鋼渣的頭髮只有一寸半長，可以不剪，但小于要拿他的頭髮當試驗田，隨心所欲亂剪一氣。她在雜誌或者別的地方看到一些怪異的髮型，想試剪一下，卻不能在顧客頭上亂來。現在鋼渣是她情人了，她覺得他應該滿足自己這一願望。鋼渣不願逆了她的意思，把腦殼亮出來，說妳隨便剪，只要不刮掉我的腦殼皮。當天，小于給鋼渣剪了一個新款「馬桶蓋」，很是得意。

那一天，老黃出來溜街，走到筆架山下，看見理髮店那裡有燈光。他走了上去，想把鬍子再刮一刮。到地方才發現，是不遠處一盞路燈亮了，小于的理髮店關著門。他站一陣，聽山上吹風的簌簌響聲。這時，又是小崔打來電話，問他在哪裡。他說筆架山，過不了多久小崔便和于心亮開一輛的士過來了，把老黃拉下山去喝茶。

鋼城的的士大都是神龍富康，後面像皮卡加蓋一樣渾圓的一塊，內艙的面積是大了些，但鋼城的人覺得這車型不好看，有頭無尾。于心亮的臉上有喜氣。小崔說，于哥買斷工齡了，現在出來開出租，跑晚上生意。于心亮也說，我就喜歡開車。在鋼廠再扳幾年道軌，我即使不窮瘋，也會憋瘋。于心亮當晚無心載客，拉著老黃小崔在工廠區轉了幾圈，又要去一家茶館喝茶。老黃說，我不喝茶，喝了晚上睡不好覺——到我這年紀，失眠。你有心情的話，我們到你家裡坐坐，買瓶酒，買點滷菜就行。他是想幫于心亮省錢。于心亮不難揣透老黃的心思，答應了。他家在筆架山後面那座矮小的坡頭，地名叫團灶，是鋼廠老職工聚居的地方，同樣破蔽不堪。于心亮的家在一排火磚房最靠裡的一間，一樓。再往裡的那塊空隙，被他家私搭了個板棚，板棚上覆蓋的油毛氈散發出一股臭味。

鋼廠工人都有改造房屋的嗜好。整個房子被于心亮改造得七零八亂，隔成很多小間。三人穿過堂屋，進到于心亮的房裡喝酒。老黃剛才已經把這個家打量了一番，人口很多，擠得滿滿當當。坐下來喝酒前，老黃似不經意問于心亮，家裡有幾口人。于心亮把滷菜包打開，嘆口氣說，太多了，有我，我老婆，我哥，我父母，一個白痴舅舅，還有四個小孩。老黃覺得蹊蹺，就問，你家哪來四個小孩？于心亮說，我哥兩個，我一個，我妹還有一個。老黃又問？你妹自己不帶小孩？

那個騷貨，怎麼跟你說呢？于心亮臉色稀爛的。于心亮不想說家裡的事，老黃也不好再問。三個人喝酒。老黃喝了些酒，又忘了忌諱。老黃說，小于，你哥哥是不是離了？于心亮嘆著氣說，我哥是啞巴，殘疾，結了婚也不牢靠，老婆根本守不住……他打住了話，端起杯子敬過來。當天喝的酒叫「一斤多二兩」，是因為酒瓶容量是六百毫升。鋼城時下流行喝這個，實惠，不上頭。老黃不讓于心亮多喝，于心亮只舔了一兩酒，老黃和小崔各自喝了半斤有多。要走的時候，老黃注意到堂屋左側有一間房，門板很破。他指了指那個小間問于心亮，那是廁所？于心亮說，解手是吧？外面有公用的，那間不是。老黃的眼光透過微暗的夜色杵向于心亮，問，那裡誰住。于心亮說，我妹妹。老黃明白了，說，她也離了？

離了。那個騷貨，也離了。幫人家生了兩個孩子，男孩歸男方，她帶著個女兒。

老黃又問，怎麼，她還沒回來？于心亮說，沒回來。她有時回來，有時不回來，小孩交給我媽帶著。我媽欠她的。老黃心裡有點不是滋味。于心亮家裡人多，但只于心亮一人還在上班。囿於生計，他家板棚後面還養著豬，屋裡瀰漫著豬潲水的氣味，豬的氣味，豬糞的氣味。

現在，除了專業戶，城裡面還養著豬的人家，著實不多了。天熱的時候，這屋裡免不了會孳生蚊子、蒼蠅，甚至還有臭蟲。

那件事到底鬧大了。由此，小崔不得不佩服老黃看事情看得遠。鋼都四中那小孩被打壞了。實習警察都是劉副局從公專挑來的。劉副局有他自己的眼光，看犯人看得多了，往那幫即將畢業的學生堆裡瞟幾眼，就大概看得出來哪些是他想要的人。他專挑支個眼神就曉得動手打人的孩子。劉副局在多年辦案實踐裡得來一條經驗：最簡便易行的辦法，就是打。——好漢也捱不住幾悶棍！劉副局時常開導新手說，犯了事的傢伙不打是撬不開口的。但近兩年上面發下越來越多的文件，禁止刑訊。正編的警察怕撞槍口上，不肯動手。劉副局只好往實習警察身上打主意。這些毛孩子，腦袋裡不想事，實習上班又最好表現，用起來非常合心。

四中那小孩被揍了以後，第二天通知他家長拿錢領人。小孩的老子花一萬多才把孩子取回去，帶到家裡一看，小孩有點不對勁，哭完了笑，笑完了又哭。老子問他怎麼啦怎麼啦，小孩反來覆去只曉得說一句話：我要噓噓。

小孩噓了個把星期，大都是謊報軍情，害得他老子白忙活。有時候嘴裡不噓了，卻又把尿拉在襠裡。他老子滿心煩躁，這日撇開兒子不作理會，掖一把菜刀奔鋼都四中去了。他要找當天報案的那幾個年輕老師說理，但那幾個老師閃人了。一個副校長，一個教導主任和兩個體育老師出來應付局面。這老子提出索賠的要求，說是兒子打壞了，學校有責任。分局罰了一萬二，他要求學校全部承擔。校方哪肯應承，他們只答應出於人道，給這小孩支付一千塊錢的醫藥費。兩邊報出的數額差距太大，沒有斡旋的餘地。這老子一時鼻子不通，抽出菜刀就砍人。兩個體育老師說是練過武術，卻沒見過真場面，三下兩下就被砍翻在地上。這老子一時紅了眼，見老師模樣的就追著砍，一連砍傷好幾個。分局的車開到時，凶手已經跑出校區。坐車趕往案發現場的時候，劉副局還罵罵咧咧，說這狗日的，專撿軟殼螺螄捏。他兒子是我們打壞的，有種就到分局來砍人嘛。劉副局鼻孔裡哧哧有聲，扭過頭跟後排的老黃說，人吶，都是慫著尿勁充硬屌，都是軟的欺硬的怕。

凶手捉到後，劉副局吩咐讓當地聯防牽頭，拎著人在鋼都四中及焦化廠周邊一帶遊街。這一帶的小青年太愛尋釁滋事，藉這個機會，也殺雞子給猴看，讓他們明白，分局裡的警察可不是只曉得打籃球。

再後來，上面調查從鋼都四中捉來的那學生被打壞的事，劉副局果不然把兩個實習警察拋出來擋事。那天，老黃看見兩個實習警察哭了，一把鼻涕一把淚。雖然有些惋惜，但老黃知道，這號誰拽著就給誰當槍的愣頭青，不栽幾回跟頭是長不大的。這次情形著實嚴重，捂不住了。動手狠的那個，這幾年警校算是瞎讀了。

小崔拽著老黃走在路上，正聊得起勁，後面響起了車喇叭聲。于心亮就是這樣的人，只要看見小崔老黃，他就把生意甩脫，執意要送他們一程。于心亮雖然日子過得緊巴，卻不把生意看得太重，喜歡交朋結友。認準了的人，他沒頭沒腦地對你好。有兩次，老黃獨自走在街上，于心亮見到了，一定要載他回家。老黃自己都覺得不好意思，他和于心亮不是很熟。但于心亮說，黃哥，我一見到你，就覺得你是最值得交的朋友。這次，于心亮硬是把小崔拽上了車，問兩人要去哪。小崔隨口就說，去烤鳥店。于心亮也曉得那家店——「鴨」字掉了半邊以後，名聲竟莫名其妙躥響了。三個人在烤鳥店裡等到一套桌椅，坐下來喝啤酒。老黃不停地跟于心亮說，小于，少喝點，等下你還要開車。于心亮卻說，沒事，啤酒不算酒，算飲料。說著，于心亮又猛灌一口。幾個人說來說去，又說到于心亮的家事。那天在于心亮家裡，老黃不便多問，之後卻又好奇。于心亮真要說起話來，也是滔滔不絕。他日子過得憋悶，悶在肚皮裡發酵了，漚成一籮筐一籮筐的話，不跟別人傾倒，會很難受。先說到他自己。于心亮覺得自己倒沒有什麼好說的，無非日子過得緊巴點。年輕十歲的時候，他敢打架，不想事，抓著什麼就拿什麼砸向對方。現在不敢打了，因為坐過牢，也怕花錢賠別人。他拿不出這錢。接下來于心亮說起了自己的哥哥，是打鏈黴素導致兩耳失聰的。又說起了妹妹，也是被該死的鏈黴素搞聾的。老黃就不明白了，說既然你哥已經打那針打壞了，妹妹怎麼還上老當？于心亮拽著酒杯說，這要怪我媽，她腦袋不靈便，幹傻事。算我小時候身體好，從來不打針，要不然我這一家全是聾啞。說到這裡，于心亮臉上有了苦笑。他繼續說自己妹妹：她蠻聰明，比我聰明，但是聾了。我爸嫌她是個女的，聾了以後不讓她去特校學手語，費錢。她恨老頭子。十幾歲她就跟一個師傅學理髮，後來……後來那個師傅把她弄了，反賴是她勾引人家。她嘴裡咿哩哇啦說不清楚。後來生了個崽，白花花一大坨，生下來就死掉了……為什麼要講這些屁事呢？不說了。

老黃順著話說，好的，不說了。他驀地想到在筆架山公園後門開店的小于。但是，小于和于心亮長得實在太不像了，若兩人是兄妹，那其中肯定有一個是基因突變。

不說了不說了……哎，說說也沒關係。于心亮自個憋不住，要往下說。……後來她結了婚，但那男的喜歡在外面亂搞，到家還拿她的錢。她的理髮店以前就在團灶，手藝好人性子也好，所以店面一天到晚人都不斷客。她男人拿著她的錢去外面弄女人。有一次，有個野女人還鬧到家裡來。我趕過去，女人曉得我厲害，掉頭就跑。我覺得這事我應該管管。誰叫我是她哥哥，而她又聾啞了呢？我過去把她男人收拾幾回，她男人正好找這藉口離婚。所以，她恨我。但這能怪我麼？你再怎麼離不開男人，也得找個靠得住的啊。說她聰明，畢竟帶了殘疾，想事情愛鑽牛角尖。于心亮歇嘴的時候老黃說，你那妹妹，是不是在筆架山上開理髮店？于心亮眼珠放亮了，說你認識啊？老黃說，她刮鬍子真是一把好手。于心亮咧嘴一笑，說，是的咧，那就是我妹妹，人長得蠻漂亮，不像我，長得像一個蒿苣。老黃說，今天別開車了，等下你回去休息。于心亮說沒事，又撮了個響榧子，要了三瓶啤酒。各自喝完一杯，于心亮眼裡明顯有些泛花。老黃只有提醒自己少喝，等下幫他把車開回去。

于心亮又說，黃哥，聽崔老弟說你離婚了，現在一個人單過？老黃眼皮跳了起來，預感到這渾人要藉酒勁說渾話，趕緊支開話題想說些別的。于心亮說，別打岔哥哥，你真是個聰明人，一下就聽出苗頭了。你人穩重，我知道你是好人。我妹妹雖然兩隻耳朵配相，但她年輕，懂味。你對她好，她就會滿心對你好……

……哎，亮腦殼我得講你兩句，玩笑開大了啊。也不看看我什麼年紀。我女兒轉年就結婚了。老黃趕緊板起臉說，小于你喝多了，講酒話哩。于心亮說，我怎麼講酒話了？小崔說，于哥，你確實講酒話哩。于心亮酒醉心明，覷了一眼，見老黃的臉板了起來，舌頭趕緊打了個轉，說，不是酒話咧，今天搭幫你們請，吃多了烤鳥，一口的鳥話。

鋼渣這一陣很充實，把造炸彈的事先放一放，轉而去跟啞巴老高學手語。啞巴老高是賣手切菸絲的。鋼渣喜歡買他切的白肋菸，抽著勁大，一來二去算是熟人了。老高認字，鋼渣翻著新華字典，要問哪個詞，就指給老高看，老高便把相應的手語做出來。鋼渣覺得手語比較好學，因為形象啊。他甚至懷疑，手是比舌頭更能表義的東西。從老高那裡回來，鋼渣就把手語現買現賣地教給小于。小于樂意學。她自創的手勢表意畢竟有限，比如說，小于指一指鋼渣，鋼渣就知道是在叫自己；但如果小于想親昵一點，想拿他叫「親愛的」呢？若不學正規手語，這就很麻煩。鋼渣教小于兩種手勢，都可以表達這意思。其一：雙手握拳拇指伸直並作一起，繞一個圈；其二：右手伸開，輕撫左手拇指的指背。小于有她的選擇，覺得第二種曖昧了，不像是說親愛的，倒像暗示對方上床做愛。小于傾向於使用第一種手勢。一個拇指代表一個人，兩個有情的人挨得近了，頭腦必然會有發暈的感覺——這真是很形象呵。

鋼廠有個電視台，除了每兩天播放十分鐘的新聞，其餘時間都在播肥皂劇和老電影。鋼廠台片源有限，一個片子會反覆播放。小于記性特別好，片子裡的情節即使再複雜，她看一遍就全記下來了，下次有重播，她搶著給鋼渣描述下一步的劇情。她最喜歡看年代久遠的香港武打片，看裡面的人死得一塌糊塗。她要表達殺人的意思，就化掌為刀作勢抹自己的脖子，然後一翻白眼。鋼渣從老高那裡學來的標準手語，「殺人」應該是用左手食指伸長，右手做個扣扳機的動作。但小于嫌那動作麻煩，她寧願繼續抹脖子。她對鋼渣教給她的手語，都是選擇接受。鋼渣越來越喜歡這個啞巴女人了。她身上有一些說不清道不明的東西，使得他對她迷戀有加。

他時常覺得不可思議，再怎麼說，他鋼渣也不是沒見過女人的人，到頭來卻是被一個啞巴惹得魂不守舍。

小于仍時不時拿鋼渣的腦袋當試驗田，剪成在破雜誌上看到的任何髮式。每回見面，她總是瞅瞅鋼渣的頭髮長得有多長了，要是覺得還行，就把鋼渣摁在板凳上一陣亂剪。這天，電視裡播了一部外國片子，《最後的莫希干人》。小于看了以後，兩條蚯蚓一樣的目光又往鋼渣的頭皮上蠕動了。鋼渣頭髮只長到寸多長，按說不適合打理莫希干頭，但小于手癢，一定要剪那種髮型。髮型很容易弄，基本上像是刮禿瓢，中間保留三指寬的一線頭髮。沒多久，大樣子就出來了。髮型改變了以後，鋼渣左腦半球上有一塊疤，右邊有兩塊，都暴露出來了。這是許多年前被人敲出來的。算好還留有一線頭髮，要不然他頭皮中縫上的那顆紅色胎記也會露出來。鋼渣正這麼想著，小于又攏過來了。她覺得這個髮型很不好看，乾脆一不做二不休，給鋼渣刮個禿瓢了事。

鋼渣遞給小于五十塊錢，要她給自己買一頂帽子和一副墨鏡。她下到山腳，買來這兩樣東西。帽子有很長的鴨舌狀的帽簷，但並非鴨舌帽；墨鏡是地攤貨，墨得厲害，隨便哪個時候架在鼻梁上，就看見夜晚了。

皮絆進屋的時候，看見鋼渣正在整理帽子。皮絆說，捂痱子啊。鋼渣沒有作聲。皮絆又看見那副墨鏡，彷彿明白了。鋼渣當然不會是去旅遊。皮絆恍然大悟地說，鋼哥，炸彈弄出來了？要動手了？鋼渣只得掀開帽子，讓他看看光頭。鋼渣說，又被刮了光頭，腦殼皮冷，戴戴帽子。皮絆很失望地睨他一眼，說你怎麼老往後面拖啊？要是不想幹了，跟我明說，別搞得我像傻婆娘等野老公一樣，一輩子都等個沒完。

鋼渣也挺無奈。他時不時去回憶，身上捆炸藥包去銀行搶錢的想法是怎樣形成的，又是怎樣固定下來並付諸實施的呢？一開始無非是酒後講講狠話，皮絆聽後卻認真了，說要給他打下手，還老問他幾時動手。鋼渣又不好意思說我這是講酒話。多扯幾次，造炸彈搶銀行的事竟然越來越清晰，從酒話嬗變成了具體的行動。而鋼渣，他感覺自身像是被扭緊發條一樣。扭發條的人顯然不是皮絆，那又是誰呢？皮絆這一根筋的傢伙好幾次對他說，鋼渣，你莫不是故意講狠話嚇別人吧？你打架厲害，但打架厲害的，未必個個都不要命。鋼渣嘴是很犟的，面對皮絆的質疑，依了他的性子，只會死爭到底。他說，炸藥還沒造出來，他媽的，造炸藥總比種雙兩大更要技術吧？要不然你來弄，我等著。你哪時造好我們哪時動手。皮絆就沒話說了。他雖然老嫌鋼渣的手腳慢，但換是他，肯定一輩子也造不出比鞭炮更具殺傷力的炸彈。

炸彈過不多久就會弄好。雖然有幾個技術點需要攻關，那也是指日可待的。鋼渣心裡很明白。

那天清早，小于主動過來和鋼渣親熱了一回。然後她告訴他，自己要出去幾天。離婚後判給前夫的那個孩子病了，要不少錢。她手頭的錢不多，得全部送過去。她自己也想守著孩子，照看幾天。畢竟那是自己身上掉下來的肉呵，離婚這事也割不斷。

以後幾天，鋼渣果然沒看見小于開店門。他一直坐在窗前，看馬路對面的理髮店。他很想手頭有一筆錢，幫幫小于。錢也許不算怎麼東西，但很多時候，錢的確要比別的任何東西更管用。鋼渣看武俠小說長大的，那書看多了，使他誤以為只要打架厲害，就會相當有錢，走南闖北肆意揮霍，過得很瀟灑。現在成年了，他才知道根本不是那麼回事。

皮絆又拖了一袋東西回來，解開繩繫，裡面叮叮噹噹地滾落出許多小件的物品，竟然還夾雜著一兩個空啤酒瓶。鋼渣本來想揶揄兩句，卻沒能張開口。他心裡忽然湧起一陣難過。

炸彈造得怎樣了？皮絆扔來一本書，竟是七十年代初出版的「青年自學叢書」中的一本，基層民兵的國防知識教材。封面上還拓著一個章：發至下鄉知識青年小組。皮絆說，你看看有沒有用。裡面印得有炸彈的圖，從中間切開了。炸彈能從中間切開麼？

皮腦殼，那叫解剖圖。哪撿來的？這書沒用，就好比把《地雷戰》看上二十遍，你同樣造不出地雷。摸著這本年代久遠的書，鋼渣心情愈加黯淡。他真想揪著皮絆的耳朵灌輸他說，現在人類跨入二十一世紀了，凡事要講科學，講技術，就是造土炸彈，也需要很高的工藝水平。

但是皮絆這號人，他如果能理解，還至於在撿啤酒瓶的同時揣著一堆發財夢嗎？最後，鋼渣總結而得一個認識：如果以後和小于生了一個孩子，定要讓他好好學習天天向上。

皮絆坐下來，剝開一包軟裝大前門，抽了一口，打商量地說，鋼哥，也不一定要造炸彈，我們先從小事做起……那口煙霧很飽滿，皮絆說的每一個字，都拌和著煙霧往外蹦。他接著說，除了搶銀行，別的事也可以幹。比如說去鐵路割電纜，去搞空調機外機，去貨站搞鋅錠。雖然一手搞不到很多，但還算安全，可以聚少成多。鋼渣皺了皺眉頭。他從來沒想過去做這些小事，現在也提不起興趣。皮絆繼續往下說，要不然，我們可以去搞的士司機的，這些傢伙，身上一般都揣千把塊錢，搞得好，拿刀子一比，他們就老老實實把錢交出來。李木興得手好幾次，小范那苕人也幹這事。鋼渣覺得這事稍微靠譜一點。再說他不能老是對皮絆說不，說得多了，皮絆會以為他膽怯。鋼渣問，皮腦殼你會開車嗎？皮絆說，我會，只是還沒搞駕駛證。鋼渣笑了說，你這豬，開搶來的車還要什麼駕駛證？不如現在我們就開始做準備？

拿定主意以後，鋼渣來到窗前，看看窗外的午後天光。他很想見見小于。小于的店門閂得鐵緊。過了不久，雨就開始下起來了。

案發現場在右安區和大碇工業園之間的一段，四車道公路旁斜逸而出一條窄馬路，傍溪流往下走。沿這路前行兩里，現出一片河灘。屍體被拋在河灘一處凹槽裡。被警戒線一勾勒，案發現場有了更多的沉重感。車頂燈還在忽閃著。這樣的早晨，空氣尤其黏稠。老黃坐的車半路拋錨，慢了十來分鐘。到地方，老黃瞥見小崔的臉上有淚水淌過的痕跡。一個男人一旦流淚，即使擦拭再三，臉上也現出大把端倪。這跟女人不同。

怎麼了？隔著三五步的距離，老黃開口問話。小崔被老黃的詢問再次觸動，眼窩子又潤起來，沒有說話。老黃攏過去看。屍體保持著被發現時的狀態，臉朝上面翻，表情和肢體都凝固成挺彆扭的樣子。老黃感受到這人死得憋屈。死者的面相，看著熟悉。因為死亡，人的臉會乍然陌生起來。老黃再走近幾步，才確認死者就是于心亮。

現場勘驗有條不紊地進行著，一撥人呈篦狀梳理這片河灘，仔細尋找著指印、足跡、遺留物以及別的痕跡。老黃發覺自己有些多餘，走到近水的地方，在一塊卵石上坐下來，摸出菸捲。他看見一輛警車頂燈打著旋，晃進眼目。霧氣正從河灘一堆堆灌木叢中升起，並散逸開去。他點了菸，隨意地瞟幾眼，就大聲招呼就近的那個警員過來拍照。再一想，光拍照還不夠，老黃補充說，把石膏粉取來，要做個模。在他身邊不遠的一塊鬆軟的土皮上，遺留有單個足印。在辦案方面，老黃輕易不開口表態，一旦說了話，年輕警員會攏過來按他意思辦。在足印勘驗方面，老黃稱得上是專家。分局調他過來，看中的也是這一點。

接下來，老黃在一叢骨節草裡發現兩枚菸蒂，一併取走。水邊有一溜臉盆大小的卵石，是專讓人坐著休憩的。他想，屁股的坐痕沒什麼價值，否則應顯個影。他能斷定，案犯在這裡坐過——把屍體拋棄以後，案犯在河中洗去血跡，感到累了，就坐著抽菸。殺人之後，凶手通常會感到前所未有的疲累。河面寬泛，但河水相當淺，要不然屍體不會擱置在河灘上。

老黃用石膏做模時，好些年輕警員圍了上來。一開始做模，總不得要領，能看到老黃這號專家現場操作，自然要多留些心眼。老黃把可調圍帶圍著足跡繞幾圈，並清理其中的細小雜物。對於足跡不清晰之處的輕微整理，只能是老手憑經驗把握的事。老黃把石膏漿徐徐灌注進去，偏著腦袋看年輕警員繃緊的臉，心裡淌過些許得意。適當縱容心裡那分得意，能獲得上佳的工作狀態。

緊接著的現場分析會，劉副局首先發言。刑事重案基本上由劉副局主抓。他的辦法老舊，不計物力人力，搞大規模的查緝戰，但總是能收到效果。死者的身分得到確認以後，劉副局就認定這是一樁搶車殺人案。去年以來，鋼城的搶車、盜車案頻發，背後肯定隱藏著一個團夥。市局已經做了整盤的戰略部署，重點抓這案子，目前處於搜集線索篩查信息階段。網張開了，收口尚待時日。劉副局把這起案件歸口併入盜車團夥的案件，看上去也是順理成章的。再者出租車是搶盜的重點，因為款式常見，價位不高，有利於盜車團夥成批地賣出去。搶車盜車團夥經過若干年發展，零售生意做起來不過癮，喜歡打批發，整躉。

在此之前，搶車盜車案裡沒有伴發命案。劉副局既然把這起殺人案併入其中，就有理由認定盜車團夥的案情正在升級，市局的全盤部署有必要做出相應調整，應多抽調警力，加大盤查力度。劉副局把他的意思鏗鏘有力地說了出來。他說話時，習慣性把手中純淨水膠瓶捏來捏去，使之不斷地癟下去又鼓起來，發出碎裂的聲音。

有時老黃想跟劉副局討論討論辦案成本的問題，話到嘴邊又憋住了。他知道，劉副局的腦袋裝滿既定經驗，這輩子也不會理解諸如「辦案成本」之類的概念。抓得住老鼠才是好貓，但抓鼠的時候撞碎了一櫃子碗碟，那是主人家考慮的事情。

現場分析會，正是坐在那一圈卵石上召開的，石面沁涼，冷氣幽幽躥進肛腸。這次老黃站起來發了言，陳述個人觀點。他認為，把這案子併入搶車、盜車系列案件為時過早。劉副局不吱聲，眼神杵了過來。老黃說，這起案件和以往團夥盜車案件，特徵上有明顯的不同。首先，以前的搶車案，從未併發命案，頂多只是用鈍器敲擊車主，致使車主昏厥以便實施搶奪。那個集團的案犯主觀上一直不存在殺人動機。但這起案件，凶犯持銳器作案，一動手就直逼要害，取人性命……

年輕人都聽得認真。劉副局眼光掃了一遍，撇撇嘴，又捏癟了膠瓶，但膠瓶已經漏氣，沒有冒出聲音。他問，還有麼？老黃笑一笑，彷彿等著劉副局有此一問。他把剛倒成的石膏模拿出來，擺在眾人中間，指著上面相應的部分說事。……這個鞋印，我看未必能用常用公式套算身高。現場採集的案犯鞋印，紋路有兩種，物象型、畦埂型。鞋碼都較大，套公式算，這兩個人都是一米八以上的高個。本地人普遍個矮，兩個一米八以上的高個碰在一起並不多見。真是這樣，案件反而有了重大的突破口。但從那叢灌木（老黃說話時用手指一指方向）後面取得的成趟足印可以看出來，步幅合不上這種身高。從這模型上進一步印證了，案犯是有意穿大碼子的鞋，進行偽裝，誤導刑偵方向。所以說，我們要是按常規算，鞋碼放餘量的估計肯定不準確。老黃把鞋模子舉高了一些示意眾人，接著說，案犯兩人應都是三十以上的壯年男人，足印具有這個年齡段的典型特徵，有明顯的擦痕、挑痕和耠痕。按說足印前端的蹬、挖應該很淺，但這個足印，前端幾乎不受力，向上翹起，不符規範。這一點進一步印證，案犯的鞋超出腳碼一截，前端塞有軟物，但踩在地上是虛飄的……

那又怎樣？劉副局岔進來一句。

老黃擰開一瓶水，拖拖沓沓地喝了幾口，往下說，穿超腳碼的鞋做案，顯然不利於行走。盜車團夥的成員做案多了，即使要偽裝，要反偵破，也不會在鞋碼上做文章，給自己不方便。這起案的兩個案犯，顯然做案不多，所以在偽裝上用力太猛，太想偽裝得周全。我認為，可以和盜車團夥的案件明顯區分開，這起案件應單獨偵破。

……你也不要把話說得太滿。劉副局說話時臉皮已垂塌下來，吐字像鯽魚鼓水泡，一個個往外迸。他說，我看不妨兩條腿走路，暫且歸入系列搶車、盜車案，藉市局的整體部署，進行大規模查緝。這案件有特殊的地方，再指派專人調查。劉副局當了多年領導，這時已拿出了毋庸質疑的語氣。老黃不再往下說了，怕他當自己在捋倒毛。

撤離現場時，老黃叫小崔還有另兩個年輕警員擠進一輛車，脫離大部隊一路緩慢行駛。他希望這一路上能找到別的線索。把案發現場處理完畢，再沿路尋查一番，是老黃多年形成的習慣，且屢有收穫。再說，在現場腦子狂轉半天，也需要坐在慢車上舒緩地看著沿途景物，放鬆自己。路邊的草總是亂的，有些被風吹出形狀，像用髮膠固定的髮型。有的地方，草已經開始頹敗。老黃忽然叫司機停車，他跳下車去往十丈開外的一個黑斑走去。小崔問，怎麼了？他回答，說不清楚，就想過去看看。老黃走得不徐不疾，折回來時手裡多了一頂帽子。那是年輕人常戴的帽子，黑色，帽舌很長，內側貼有美特邦品牌的標識。

一頂帽子。小崔說。他拿過來看了看，沒有什麼特別。老黃問他，對，一頂帽子，你看看有什麼不同？小崔就有些緊張了，非常想一口矇出老黃心裡的標準答案。但他端詳半天，始終沒有看出端倪。老黃說，你肯定想深了，往淺裡走，還不行，就把你自己的帽子脫下來比對一下。小崔照做了。但拿自己的盤狀警帽和這頂遮陽帽做比對，又有什麼意義？老黃也不想為難他，最後呵呵一笑，指著遮陽帽的內側口沿說，看這裡。這頂帽子還沒浸得有腦油，肯定剛戴了不久。小崔問，怎麼能肯定是案犯留下的呢？

這頂帽子一看就是正牌貨，值大幾十塊錢，估計是被風掀掉的。要是不是案犯做案時時間倉促，哪有不把帽子撿起來的道理？小崔在老黃一再啟發下，慢慢找到些感覺了。他說，案子應該是在這段路做下的，這才是第一現場？小崔的目光沿公路前後延展，灰色路面闃寂得猶如一條死蛇。老黃沒有回答，他把帽子戴在自己頭上。這樣，他就聞到帽子裡面逸出的爽身粉氣味。現在，頭髮剪成型後，幫顧客頭上撲些爽身粉的理髮師，差不多都退休了。

在團灶，追悼會總是開得很熱鬧，這破蔽的地方，人卻很多。老黃小崔各買一面花圈，上面寫著祭奠的文字。鋼廠和于心亮熟識的人來了一坪，圍了好多張桌子打紙牌或者搓麻將。老黃在一個角落裡撿張凳坐下。旁邊那桌，一個打牌的人接了個電話要走，招呼老黃過去接幾圈。他說，老哥，替我打兩圈。老黃點點頭，擠到牌桌邊。這一桌的幾個人都是三級牌盲，廁所打法，每一級輸贏五角錢。老黃有點索然無味，一邊贏錢，一邊還漫無邊際地走神。

晚九點，他看見了啞巴小于。據說白天家裡人去找她，把筆架山前後翻個遍，都沒能把人翻找出來。現在她自己來了，穿得很素，眼泡子在來之前就哭紅了，有些發腫。走到于心亮的遺像前，小于開始哭泣。小于的哭聲很低，聽著有點瘮背。很多人抽出腦袋看向小于。小于很快哭塌了下去，又被親戚架起來。老黃勾下腦袋甩牌。小于哭夠了以後，慢慢踅向這個方向，在老黃剛才坐的那張椅子上坐下。老黃瞥了她一眼，她好半天才回瞥一眼，認出這是個老顧客。她抹著眼睛勉強笑一笑。轉瞬，她又恢復了哭喪的表情。

凌晨兩點，一個長魚泡眼的年輕人走進靈堂，逕自走到小于面前。那時小于趴在自己膝蓋上睡過去了，魚泡眼把她拍醒，示意她出去說話。老黃下意識把魚泡眼打量一番，最後免不了看向那人的鞋子。這也是職業習慣，老黃看一個人，目光最終會定格在對方的腳下。水泥地面太硬，剛掃過，沒有積灰，所以也沒留下鞋印。老黃砸牌的時候，眼角餘光往靈堂外面瞥去，小于已隨著魚泡眼去到看不見的地方。外面，鋼城的夜晚是巨大的，漆黑一片。

鋼渣這一晚很是煩亂，他後悔殺了人，不但沒搶到幾個錢，而且殺掉的那傢伙竟是小于的哥哥。鋼渣恨恨地想，這麼狹長，這麼寬闊的鋼城，事卻偏偏這麼巧合？殺人的當時，他看了看那司機的嘴臉，根本沒法和啞巴小于聯繫起來。當晚，去到停櫺的地方，他叫皮絆進去把小于帶出來。小于出來後，他拽著小于沿一條胡同往深處走，皮絆知趣地消失了。在一盞路燈底下，他摘下帽子，搔了搔頭皮，用手勢詢問小于，家裡出什麼事了？小于流著淚告訴他，自己的哥哥死了。

鋼渣非常清楚，于心亮確實是被抹了脖子死去的。小于的眼淚不斷地溢出來。她兩眼緊閉，卻禁不住淚水。在淡白路燈光照耀下，小于緊閉的兩眼像兩道傷口，液體不斷地分泌出來。鋼渣幫小于抹去眼淚，從褲袋裡掏出幾張老頭票，橫豎塞進她手裡，並說，不要太難過，還有我。小于強自笑了，把即將奪目而出的眼淚嗆回眼槽子。鋼渣被小于的微笑再次打動，把她抱到背光的地方，狠狠地吻她。他把她舌頭吐出來後，情欲已經不要命地勃發了。他打一輛車去到筆架山上，把她拽進租住的房間。一陣零亂的撫摸過後，鋼渣明顯感覺到小于的身體正在發潮，發黏。他不敢開燈，因為知道她表情必然是左右為難的，是惘然無措的。

漫長的做愛過程中，鋼渣聽見遠處不時有鞭炮聲響起來。也許，同一晚，偌大一個城區會有多處停櫺，那鞭炮也不一定是放給于心亮的。

劉副局暫調市局主抓搶車盜車團夥的案件。這事下的力度很大，調查取證還順，套用開會時的俗常語，說是「取得階段性成果」應不為過。幾個主要案犯已悉數進入掌控。在市局的會議上，劉副局表明了自己態度，認為應該提前收網，不求一舉抓獲所有案犯，而是重點擊破，然後查漏補缺，到第二階段再把那堆蝦兵蟹將一個個刨出來。市局肯定了劉副局的意見，但這網口太大，甚至要跨省尋求兄弟單位聯動，前期工作必須做得扎實周密。

最近劉副局不大看得見人，幾乎都在外面跑聯絡工作。時而回分局了，也是一身時髦便裝，腋窩裡隨時挾著個鋥亮的皮包，看著像廣東來的商人。分局裡的人抽走一些，隨劉副局跑外線的聯絡工作。剩下的一幫警員辦起案來，都肯去老黃那裡討主意。老黃往人堆裡一站，分明就是主心骨的模樣，但他偏偏生就了悶性子，誰找他拿主意，他就說，你自己看著辦。老弟，車有車路馬有馬路，我看你肚皮裡的鬼主意比我多得多。

老黃把注意力放在那頂帽子上。他不事聲張，只安排三名警察去查這個事。搭幫劉副局外出，老黃得以放開手腳。揪住這細微線索摸排查找，小崔等年輕警察都覺得玄虛了些，從半路撿來的一頂帽子切入，似乎太不靠譜。鋼城說大不大，人口也上了百萬，狹長的城市被割成若干區。這頂帽子再常見不過，找起來，擺明是大海撈針。再說，帽子跟案情有無關係，眼下根本確定不了。老黃臉上總是鈍鈍的微笑，跟他們說，未必然。事情沒做之前，是難是易沒個準。很多事做起來要比料想的難，但有些事，做起來會比料想的容易。

事情上手一做，年輕警員果然覺察到了自己的先驗意識有偏差。確認這頂帽子是美特邦品牌的正品貨以後，所有的批發市場、路邊店、地攤都可以排除了。美特邦在鋼城的專賣店有五家連鎖，找到總代理商一統計，該型號是去年上市的主款型，整個鋼城走貨量是一百七十四頂。有發票和收據(必須事先向店主申明是公安局辦案,與工商局無涉,店主才會亮出收據)記錄的計五十一頂。小崔打算循著發票收據先查訪那五十一人,但老黃說,這五十一人先擱在一邊,進一步縮小範圍,查另外的一百二十三人。店主和店員循著記憶向警員描述這款帽子的買家,像羊拉屎一樣,這次想起一兩個,下次又想起一兩個,稀稀拉拉。到這階段,開始磨練幾個警察的耐性了,他們得頻繁光顧那五家店鋪,搜集新近記起來的情況。小崔用電腦記錄下對每一個顧客的描述。這事情幹了一陣,反而能從繁瑣裡得來一些清淡的滋味。

帽子的事還沒有眉目,市局已決定近期對盜車團夥收網圍捕。所有分局都要為這事忙碌起來。劉副局已回到分局,脱下老闆裝束,重新示人以警服筆挺的模樣。老黃只好把那案子放一放,投入市局整體部署中。

統一行動前,所有參戰警員都到市局大會議室裡集中。場面有點像劫匪自助餐式打劫,進去的人首先取一對聯號標籤,簽上大名,其中一張標籤栓在手機天線上。接著,幾個女警員煞有介事地拿出不繡鋼托盤,在座位間齊頭並進。大家都把手機放到托盤裡面。老黃把手機咣啷一下擱進托盤。小崔第一次看見老黃用的手機,竟然是五年前的款型,諾基亞 5110,非常巨大,像個榔頭。那手機往托盤裡一放,端盤女警員的胳膊似乎都壓彎了一些。後面的警察看著托盤,忍不住嗤出聲來。老黃那手機和別的手機擱在一起,分明就是象入豬群。

行動那天，老黃有些打不起精神。小崔卻是一股子勁，因為動員會已經激出了他的臨戰狀態。那天晚上的行動，卻顯得寡淡，定了點去捉人、找車，感覺像在自家地裡刨紅薯一樣。老黃小崔這組負責抓一個姓全的案犯，在黃金西部大酒店二樓洗浴中心的一個包間。兩人進到裡面抓人時，重腳踹開塑鋼門，見那傢伙躺在一只農村用來修死豬的木桶裡，倚著一個姑娘，正舒服得哼哼唧唧，每個毛孔都攤開著。見有人舉著槍進來，姓全的案犯神情篤定，一派處驚不亂見多世面的模樣。等小崔挨近他身邊，他忽然臉一變，扯開嗓門嚎啕大哭起來。小崔厭惡地吐一口唾沫，覺得真他媽沒勁，神經繃緊了老半天，卻撞到這樣一頭蔫貨。

另一隊派往氮肥廠舊倉庫抄查的警察，得以見到非常壯觀的情景：拉開倉庫門，裡面整整齊齊堆垛著長十來丈寬四五丈高一丈餘的化肥袋子。但把表面一層化肥袋搬開，裡面竟全是車，堆疊著碼放。車有偷來的，也有報廢的車。該團夥的信譽不蠻好，把報廢車維修一下，再噴塗翻新，拿出去當贓車賣，以次充贓，從中賺一份差額。老黃自始至終只關心一件事：有沒有于心亮的那台車。這次行動，沒有找見那車。之後個把月裡，市局順藤摸瓜擴大戰果，跨省追回了四十餘輛賣出去的贓車，這其中也沒有于心亮的羚羊3042。

慶功會如期進行，劉副局當天十分搶眼，嘴巴前面擱著或長或短的話筒，簡直像一堆柴。劉副局說了好多的話，都有些説醉了。當晚，分局的人被劉副局死活拽去K歌。老黃小崔隨了前面的車一路走，再次來到黃金西部大酒店。裡面有很多妹子，行屍走肉般來去穿梭，一眼便可瞥出來，都是賣肉的。小崔覺得這有些滑稽，怎麼偏偏來這地方呢？他睃了老黃幾眼，想知道他的看法。老黃似乎沒注意小崔的臉色。話筒遞到他手上，他唱起了〈有多少苦同胞怨聲載道〉。本來是兩個人的唱段，一幫年輕的警察蛋子哪配得上腔？老黃只好一人兩角，既唱李玉和，又扮磨刀人。其實老黃看出來了，小崔心中有疑惑。他又怎麼好告訴他，這家大酒店，劉副局參著暗股。把皮條生意做到如此規模，如果沒有公安局的人參暗股，可以說，一天都開不下去。當然，老黃是聽熟人說的，也不能確定。雖然這樣的事熟人不可能胡亂開口，但老黃作為一個警察，更相信證據。

既然這次行動沒有找到于心亮的車，老黃就可以跟分局提出來，把于心亮那案子單獨辦理。這件事自然由他主抓。他點了幾個人。其實這一撥人，早就確定了的。

這以後不久，小崔從美特邦團灶店得來一個消息，有個女啞巴也曾來買過這款型的帽子。該店員請假剛回來，她把買帽子的女啞巴記得很牢靠。要是一個正常人買一件小貨，很難記得牢靠，或者張冠李戴，本來是買褲衩卻記成了帽子。但一個女啞巴來買男式便帽，店員就留心了。女啞巴用手勢比畫著跟店員討價還價，該店員好半天才跟她說通，店裡一律不打折，這和地攤是不一樣的。店員以為啞巴若得不到打折就不會買，但她還是買了。小崔記錄著女啞巴的體貌特徵，又聽見店員說，時不時還看見那啞巴從店門前走過去。

小崔把那條記錄給老黃看，問老黃想到了誰。老黃眼也不眨，第一時間就反應出了小于。小崔也點點頭。於是老黃蹙起眉頭，說，是不是，小于買給她哥的？難道這頂帽子是戴在于心亮頭上？于心亮沒有戴帽子的習慣啊。小崔認為有這可能。他說，于心亮不是跑出租了嘛。司機一天在外面跑，都喜歡戴頂舌簷長的帽子。小于要送她哥哥一頂，完全說得過去的。

為確認那個啞巴，小崔在美特邦團灶店枯坐幾天。直到一個下雨的午後，那店員忽然在他肩頭一拍，說，就是她，就是她。循著指向，小崔果然看見了啞巴小于。回到分局，小崔認為帽子這條線索應予作廢——很明顯，小于買帽子是送給于心亮的，因此帽子是從于心亮頭上掉落的。老黃的意思是，不忙驚動小于，觀察她一陣，看看她平時跟哪些人接觸。

次日，小崔按老黃的安排去了筆架山，以小于店面為原點，觀察周圍情況。對街有一棟漆黑骯髒的樓房，五層高。他爬到樓頂平台，在一間用油氈蓋頂的雜物間找了個觀察點，待在裡面向下看。在小崔看來，小于的生活最簡單不過，每天開門關門，有的晚上會去賭啤酒機。她兩天掙的錢，只夠買五六注彩。在場子裡，小于基本上是用眼睛看別人賭。有一天她押中一個單號，贏了三十二倍，其後一整天她都沒有營業，全待在場子裡，直到把錢輸光。

第四天，小崔看見小于搬來很多東西堆到自己店子裡。看情形，她打算吃住都在店裡，不回家了。小崔斷定小于身上不可能有什麼問題，於是他下了樓，走過街進入小于的店子，看自己能不能幫上忙。小于認得小崔，知道是哥哥的朋友，在幹警察。她把東西堆在屋子裡，不做整理，臉上掛著呆滯的表情。小崔把那頂帽子拿出來讓小于看，小于眼淚撲簌簌流了出來。不用問就知道，帽子是她送給于心亮的。她想把帽子取回去作個紀念，但小崔搖了搖頭。

這條線索斷了，幾個人都不免沮喪。在這件事情上，眾人花費不少時間，卻是這樣的結果。小貴忍不住說了一句，怎麼早沒想到，帽子有可能是死者戴過的。老黃沒有作聲。他自嘲地想，也許，我就懂觀察腳上的鞋呵，觀察帽子又是另一種思路了。

當晚，老黃坐在家裡，看電視沒電視，看書也看不進去，把玩著那頂帽子，發現左外側有一丁點不起眼的圓型血斑，導致帽子布面的絨毛板結起來。帽子是黑色的，沾上一丁點血跡，著實不容易辨認。他趕緊拿去市局技術科，請求檢驗，並要跟于心亮的血液樣本進行比對。他也搞不太清楚，這麼一丁點血跡能否化驗。技術科的人告訴他，應該沒問題。結果出來了，報告單基本能認定，血跡來自于心亮。老黃更懵了。屍檢顯示，于心亮的鼻頭被打爆了，另一處傷在頸右側，被致命地割了一刀。

他想，如果是于心亮自己的血，怎麼可能濺到自己的帽子上呢？血斑很圓，可以看出來是噴濺在上面的，而不是抹上去的。中間有帽簷阻隔，血要濺到那位置，勢必得在空中畫一道屈度很大的圓弧，這弧度，貝克漢姆能彈鋼琴的腳都未必踼得出來。

那天鋼渣打開房門剛要下樓，見一個人正走上來。這人顯然不是這裡的住戶，他一邊爬樓梯一邊不停地仰頭往頂上面看。這人行經鋼渣身邊時，鋼渣朝門角的垃圾簍吐一口唾沫，然後縮回房間去。他一眼看出來，這人也是個綠膠鞋——他左胯上別著傢伙，而手機明明拽在手上。鋼渣去到朝向小于理髮店的那扇窗戶前，用鏡面使陽光彎折，射進店子裡，晃動幾下。小于發覺了，剛站到門邊，鋼渣就用手勢告訴她，不要過來，晚上他會去找她。

當晚小于去到啤酒機場子，果不然，那個綠膠鞋後腳跟來了。鋼渣愈發認定，這膠鞋是衝自己來的。直到小于離場，膠鞋還後面跟著走了一段。十一點鐘樣子，膠鞋看了看錶，離開小于，循另一條道走了。鋼渣叫皮絆在外面把風，然後把小于拽到租住的房子裡，又是一陣疾風暴雨的做愛。小于對這種事的瘋勁，總是讓鋼渣的情緒持續高漲，他喜歡被女人掏空的感覺。事畢他亮開燈，抱著她放在靠椅上，同她說話。他告訴她，自己要離開一段時間。

小于很難過，她覺察到鋼渣這一走時間不會短。若是兩三天的外出，他根本不會說出來。但以前兩三天的分別，也足以讓小于撕心裂肺地痛起來。她的世界沒有聲音，尤其空寂，一天也不想離開眼前這個男人。她認識他以後，很多次夢見他突然消失，像一縷青煙。她在夢裡無助地抓撈那縷青煙，但青煙仍從她指縫間輕輕飄逝。

小于做著手勢，焦慮地問他，你說實話，是不是以後再也不來了？鋼渣一怔，他也有這種懷疑。自己畢竟沾了命案，這一去回不回來，能一口說準麼？他跟她說，時間較長，但肯定要回來。小于的眼神乍然有了一絲崩潰，蜷曲在鋼渣懷裡，眼角發潮，喉嚨哽噎起來。他抱了她無數次，這一次抱住她，覺得她渾身特別黏乎，像糯米糰子。他喜歡她的這種性情，不懂得矜持，不曉得掩飾自己的眷戀。她沒受過一丁點教育，所以天生與大部分女人不同。鋼渣卻不像以往一樣，長久地擁抱她。她打手勢問，什麼時候回來？說一個準確的時間。他想了想，燃起一枝菸。然後，他左手四指握著，拇指翹起。這個手勢可以代表很多個意思，但鋼渣把菸蒂作勢朝拇指尖輕輕一杵，並迅速把五個手指攤開，小于就理解了。鋼渣打的意思，是說放鞭炮。她雙手抱拳，作慶賀狀。標準手語裡，這就是「春節」的意思。鋼渣知道她看明白了，用力點了點頭，嘴角掛出微笑。她破涕為笑。他繼續打手勢說，到那一天，把店面打扮得漂亮一點，貼對子掛燈籠，再備上一些鞭炮。到時他一定來看她。他還跟她詛咒，如果他不來，那就……他化掌為刀，朝自己脖子上抹去。她趕緊掰下他作成刀狀的那隻手，一個勁點頭，表示自己相信。

鋼渣皮絆當晚就轉移了地方，去到相距較遠的雨田區。

大碇東邊的水凼村，有一個不起眼的水塘，水面不寬，只十來畝，但塘裡的水很深。秋後一天，有個釣魚人栽到塘裡死了，卻不見屍體浮上來。其親人給水塘承包人付了錢，要求放乾水尋找屍體。水即將抽乾那天，水凼村像是過了年，老老小小全聚到水塘周圍，想看看水底是怎麼個狀況。他們在水凼生活了這麼久，從來沒見過水塘露底。再說，下面還有一具屍體。村裡人都想看看那屍體被魚啃成什麼形狀了。塘裡的水被上抽下排，水底不規則的形狀逐漸顯露。當天陽光很好，塘泥一塊塊暴露出來，很快就被晒乾，呈暗白色。屍體慢慢就出現了，頭扎在泥淤裡，腳往上面長，像一株水生植物。水線褪下去後，屍體的腳失去浮力，一截一截掛下來。人們正要看個仔細，注意力卻被另一件東西拽了過去。

一輛車子，車頂有箱式燈，跑出租的。

人們就奇怪了，說這人明明是釣魚時栽下去的嘛，難道是坐著車飆下去的？那這死人應該是悶在車裡啊。村支書覺悟性高，覺得裡面八成有案情，要報警。但他一時記不住號碼，問村長，是一一〇還是一一九？村長也記不清楚，說，隨便撥，這弟兄倆是穿連襠褲的。

這次老黃坐的車跑在前頭，最先來到水塘。一下車他就忙碌起來，拉警戒。老黃好半天才下到塘底，泥淤齊腰深。他走過去，把車牌抹乾淨看一看，正是于心亮的 3042。

從塘底上來，老黃整個人分成了上下兩截，上黑下黃，衣袖上也淨是塘泥。小崔叫他趕緊到車上脫下褲子，擦一擦。老黃依然微笑地說，沒事，泥敷養顏。他站在一輛車邊，目光朝水塘周圍逡巡，才發現村裡人都在看他，清一色掛著淺笑。老黃往自己身上看，看見兩種涇渭分明的色塊，覺得自己像一顆膠囊。同時，他心底很惋惜，這一天聚到水塘的人太多。水塘周圍的泥土是鬆軟的，若來人不多，現場保留稍好，那麼沿塘查找，可能還會看見車轍印。順著車轍，說不定會尋到另一些有價值的東西。但這麼多人，把整個塘圍都踩瓦泥似地踩了一遍，留不下什麼了。去到村裡，老黃把村長、村支書還有水塘承包人邀去一處農家飯莊，問些情況。他問，這水塘，外面知道的人多麼？村長說，每個村都有水塘，這口塘又沒什麼特別。老黃問承包人，來釣魚的人多不多？承包人說，我這主要是搞養殖。地方太偏了，不好認路進來，只是附近幾個村有人來釣魚。再問，有沒有人看見那車開進村？村支書說，村子很少有車進來。這車肯定是半夜開來的，要不然，村裡肯定有人看見。一桌飯菜就上來了。幾個人撐起筷子，發現老黃不問問題了，有些過意不去。這幾句回答就換來一桌酒菜，似乎太占便宜。承包人主動問，黃同志，還有什麼要問的？老黃想了想，問他，晚上怎麼不守在塘邊啊？承包人說，是這麼回事。魚已經收了一茬，剛投進魚苗，撒網也是空的，魚苗會從網眼漏掉。老黃又問，哪些人知道你剛換苗，晚上沒人守塘？承包人回答，村裡的人知道，常來釣魚的也知道。村長也想表現好一點，再答幾個問題，但老黃說，行了行了，夠多的了。然後舉起酒杯敬他們。

老黃和小崔調取水氹村及周邊七個村二十至五十歲男性的戶籍資料，統統篩查一遍。八個村在這個年齡段的男人，統共兩千人不到。如果小崔數月前面對這工作量，會覺得那簡直要把人壓垮。前番查帽子把他性情磨了一下，現在他覺著查兩千人的資料不算難事。小崔小朱小貴三人各花三天時間，把戶籍資料仔細過一遍，先是打五折篩出九百三十人，然後進行二道篩，在這個基礎上再打五折，篩至四百四十人左右，拿去讓老黃過目。

老黃本打算用五天時間篩人，但第二天一早，他打開的頭一份檔案，就浮現出一個長魚泡眼的男人。老黃心裡忽然有了抵實感。他清晰記得，是在于心亮靈堂上見到過魚泡眼。那人當晚把小于叫了出去。魚泡眼叫皮文海，三十二歲，離異，有過偷盜入獄的記錄。老黃突然想到了小于。他想，是不是因為她是一個殘疾人，所以先驗地以為她過得比一般人單純？她與這個命案，有著什麼樣的聯繫？老黃思路暫時不很清晰，但心底得來一陣銳痛。

筆架山他爬了許多次，一路上想著小于的刀鋒輕輕柔柔割斷胡髭的感覺，總有一分輕鬆愜意。但這一次他步履沉重。秋天已經接近尾聲，一路更顯靜謐。小于的店子沒有人。老黃躑躅了一陣正要走，小于卻從旁邊一間小屋冒出來，招呼老黃。她打開店門擰亮燈。老黃這才想起小崔說過，小于把過日子的東西都搬上山了。刮鬍子時，老黃一反常態，睜圓了眼看著小于一臉悲傷的樣子。她似乎剛剛哭過，眼窩子腫了。弄完老黃的這張臉，小于又把店門關上了。她現在每天都去特教學校，請一個老師教她標準的手語。不識手語一直是小于的遺憾，老想學一學，卻老被這樣那樣的事耽擱下來。這一段時間，她忽然打定了決心。

星期天，小于照例沒開店，去學手語。老黃小崔去到山上，打算在小于理髮店對面那幢樓裡找一個觀察點。花點錢無所謂，小崔上回圖省錢去頂樓雜物間找觀察點，沒什麼效果。兩人在電線杆上看到了一則招租廣告，位置正是在小于理髮店對街那幢樓的一單元二層——簡直沒有比這套房更好的觀察角度了。老黃叫小崔撥電話給房主，要求看房。房東是一個禿頂的中年人。他擰開房門，裡面還沒有打掃過，原住戶的東西七零八落散在地上。他說，在你們前面，也是兩個男的租我這房。租金夠低的了，才他媽一百二，還月付。但這兩個傢伙拖欠了房錢不說，突然就拍屁股走人了。真晦氣。老黃沒有搭腔，自顧去到臨街那扇窗前，往對面看，果然看得一清二楚。房東又絮叨地說，其實他們走人了也好。我是個正經人，跟那些人渣打交道，委屈得很。他倆什麼人？租了我這房，竟然把對街那個啞巴也勾引了過來，天天在我房裡搞。……對面那個理髮的女啞巴，徹頭徹尾一個騷貨，不要去碰。

哦？老黃的眼睛亮起來，看向禿頂的房東。房東一邊說話，一邊用鞋把地上的垃圾攏成一堆。老黃覺得這房子已經用不著租了，亮出工作證，並出示皮文海的照片，問他，是不是這個人？房東看了一眼就狂點頭。老黃問，另一個人長什麼樣？房東的眼神呆滯了，說，每次付房錢，都是這個人來交，另一個我不怎麼見過。老黃問，不怎麼見過還是根本沒見過？房東說，從沒見過。老黃又問，那你怎麼知道有兩個人？房東指著皮文海的照片說，這人跟我說的，說他哥也住裡面，脾氣不好，叫我沒事別往這邊串門。他保準月底把房錢交到我手上。又問，那他們兩個人，到底是誰和理髮的小于有接觸？房東搖搖頭，他確實不知道。

老黃當即就把屋內兩間套房搜了一遍。鋼渣心思縝密，當然不會留下什麼物證。問題出在兩個男人都不注意衛生，屋內好久沒有打掃了，老黃得以從地面灰塵中提取幾枚足印，鞋碼超大，從印痕上看，鞋子是新買的，跟拋屍現場的鞋印吻合。皮文海的身高是一米七不到，縱是患了肢端肥大症，也不至於穿這麼大的鞋。

啞巴小于這段時間換了一個人似地，學得些啞語，整個人就有了知識女性的氣質，還去別人店裡做時髦髮型。她臉上有了憂鬱的氣色，久久不見消褪。老黃看得出來，小于愛上了一個男人，現在那男人不見了，她才那麼憂傷。他記得于心亮說過，小于離不開男人。按于心亮的理解，這分明有點賤，但實際上，因為生理缺陷，小于也必然有著更深的寂寞，需要更大劑量的撫慰。去小于那裡套問情況，老黃使了計策。他請來一個懂手語的朋友幫忙，事先合計好了，再一塊去到小于店裡刮鬍鬚。兩張臉都刮淨以後，他倆不慌著離開，坐下來和小于有一搭無一搭地閒扯。店上沒來別的顧客，小于樂得有人閒聊，再說有個還會手語。她剛學來些手語詞彙，憋不住要實際操作一番。但一旦用上規範的手語，她就不能自由發揮了，顯得特別用力，嘴巴也咿呀有聲。那朋友姓傅，以前在特教學校當老師，揣得透小于的意思。等小于不再分生以後，老傅按照老黃的布置，猜測她的心思，問她，是不是什麼朋友離開了，所以開心不起來？小于眼睛唰地就亮了，使勁點頭。鋼渣走了，她很難碰到一眼就看穿她心思的人。老傅就支招說，妳把他的照片拿出來，掛在牆上，每天看幾眼，這樣就會好受一些。小于還沒有學到「照片」這個詞。老傅把兩手拇指、食指掐了個長方形，左右移了移，她不知道是什麼東西。老傅靈機一動，取過檯子上的小鏡子照照自己，再用手一指鏡面，小于就明白了。她告訴老傅，沒有那人的照片。她顯然覺得老傅的建議能管用，臉上的焦慮紋更深了。老傅早就知道該怎麼往下說了，依計告訴小于，另有個朋友會做相片，只要你腦袋裡有這個人的模樣，他就能把腦袋裡的記憶畫成相片。小于瞪大了眼，顯然不肯信。老傅向她發誓這是真的，而且可以把那個朋友帶來。但到時候，小于要免費幫那個朋友理髮。小于就爽朗地笑了，覺得這簡直不叫交易，而是碰上了活雷鋒。

隔一天，老傅就把市局的人像拼圖專家帶去了。老黃也跟著去，帶著裝好程序的筆記本電腦。一路上老黃心情沉重。小于太容易被欺騙了，太缺乏自保意識，甚至擺出企盼狀恭迎每個樂意來騙她的人。既然這樣，何事還要利用她？但有些事容不得老黃想太多。他是個警察，知道命案是怎麼回事，有著怎麼樣的分量。那天風很大，車到山頂，幾個人下來，看得見一綹綹疾風的螺旋結構，在地上留下道道痕跡。進到理髮店裡，發現小于今天特意化妝了。理髮店也打掃一番，地面上的髮毛鬍渣都被掃盡。檯子上插著一把駁雜的野花。

拼圖專家老吳打開筆記本，老傅就用手語詢問起來，先從輪廓問起，然後拓展到每個細部特徵。正好小于覺得老黃的臉型和鋼渣有點像，就拽著老黃作比，兩手忙亂開了。老吳經驗老到，以前用手繪，或者用透明像膜黏來黏去，現在有電腦，方便多了。每個細部，無非多種可能。小于強於記憶，多調換幾次，小于就看出來哪一種最接近鋼渣的模樣。鋼渣的模樣已經刻進她的頭腦。程序裡一些設置好的圖，活脫脫就是從鋼渣的臉上取下來的。隨著拼圖漸趨成型，老黃看見小于的臉紋慢慢展開，難得地有了一絲微笑。

老黃與鋼渣只是臉廓長得像，別的部位不像。老黃只在拼圖開始時幫一會忙，後面就不管用了。他走出理髮店，信步往更高處踱去，抽菸。天開始黑了起來，他看見風在加大。他叫自己不要太愧疚，這畢竟是工作。他想，小于喜歡那個男人，是不是遭到了于心亮的反對，甚至威脅？殺人動機，也就這麼捋出來了。

裡面忽然傳來一聲悶響——其實是小于的尖叫，她尖叫時聲音也很沉悶。老黃明白，那人的模樣拼好了。在小于看來，這拼成的頭像簡直就是拿相機照鋼渣本人拍下來的。

又一次專項治理的行動布置下來。每年，市局都要來幾次大動作，整肅不法之徒，展示市局整體作戰能力。這次行動打擊的面，除了傳統的黃賭毒非，側重點是年內呈抬頭趨勢的兩搶。所有警員統一部署，跨區調撥。老黃負責的這個辦案組，只好暫時中斷手頭的工作。小崔覺得很不爽，工作失去了連貫性，讓人煩惱。老黃只哂然一笑，說，等有人把你叫做老崔的時候，你就曉得，好多事根本改變不了。改變不了的事，不值得煩惱。老黃把皮文海和另一個嫌犯的頭像複印很多份，正好向市局申請，藉這次行動在全市範圍內查找這兩人。老黃跟小崔說，反過來想想，這其實也是機會。老黃有這樣的能耐，以變應變，韌性十足地把自己想做的事堅持下去。

老黃小崔被抽調到雨田區，那裡遠離鋼廠，高檔住宅小區密集。晚上，要輪班巡夜。把警車撂在路邊，老黃小崔便在雨田區巷道裡四處遊走，說說話，同時也不忘了拿眼光朝過往行人身上罩去。老黃眼皮垂塌，眼仁子朝裡凹，老像是沒睡醒。小崔和他待久了，知道那是表象。老黃目光厲害，說像照妖鏡則太過，說像顯微鏡那就毫不誇張。兩人巡了好幾條街弄，小崔問，看出來哪些像是搶匪麼？老黃搖了搖頭說，看不出來，他們搶人的時候我才看得出來。過一陣回到警車邊，兩人接到指揮台的命令，趕緊去往雨城大酒店抓嫖客。抓嫖這事一直有些模棱兩可，基本原則是不舉不抓。要是接了舉報不去抓，到時候被指控不作為，真的是很划不來。於是只好去抓一抓。小崔很興奮，他覺得抓嫖比打擊兩搶來勁多了。

抓嫖這種事沒有太多懸念，可以想像，門被重腳揣開以後，進到大廳舉槍暴喝一聲，場面馬上一片狼籍，伴以聲聲尖叫；一幫警察再踹開一個個老鼠洞一樣的小包間，裡面兩隻蠕動的大白鼠馬上換了種喘法，渾身篩抖。小崔自小就是好孩子好學生，被五講四美泡大的。只有他知道，骨子裡也有惡作一把的心思，正好，惡作的心思可以藉抓嫖明正言順地發洩出來。刨包間時小崔拿出百米衝刺的速度，刨得比任何人都多。收穫還是蠻大的。警察把刨出來的男男女女撥拉開，分作兩堆，在大廳裡各自靠著一側的牆蹲下，彷彿在集體撇大條。

舉報的是雨城大酒店旁邊那棟樓的一個普通女住戶。她發現十來歲的兒子老喜歡趴在陽台上朝那邊張望。她也張望了一番，原來是很多包間的布簾子不願拉下來，裡面亂七八糟的事，就像是在給自己兒子放電影。她擔心這會對兒子造成不良影響，去跟雨城大酒店的經理打商量，說簾子要拉上才是。但顧客有曝光癖，不喜歡拉簾子，經理也沒辦法。眼下房價飛漲，女住戶沒有能力學孟母三遷，只好撥個電話把雨城舉報了。

劉副局匆匆地趕來，隔老遠就衝老黃說，誤會，誤會，這是我一個熟人開的……老黃慵懶地看著他，說，呃，是嗎？他知道往下要做的事，只能是賣個人情放人。他沒必要在這枝節問題上和劉副局拗。劉副局著便裝，腋下挾著皮包。眼看事情又擺平了，劉副局吐一口濁氣，往左側那一堆女人瞟去。正好一個女人抬起頭，把劉副局看了個仔細。她嘴巴一咧，當場舉報說，警察叔叔哎，這老東西老來嫖我，我認得，我舉報。大廳裡本來嘈雜著，突然就靜了下來。在場的警察聽得分明，卻都懷疑自己聽錯了。那女人見警察都盯著她，又嘟噥說，本來嘛，他左邊屁股上有火鉗燙的疤，像個等號。劉副局的臉唰地就青了，疾步向女人靠去。老黃來不及阻攔，劉副局飛起一腳把女人狠狠地踹在牆皮上。女人嗓子眼一堵，想要慘叫，一口氣卻憋了有七八秒鐘。老黃這才揪住劉副局。劉副局另一隻腳已經蓄了勢，止不定揣在女人哪塊地方。他嘴角抽搐地吼著，臭婊子，曉得我是誰？女人緩過神，撲過去把劉副局咬了一口。劉副局還想動手，才發現老黃力氣蠻大，把他兩隻手箝死了。其實，小崔也早站在一邊，發現老黃一人夠了，就沒動手。小崔暗自地說，這下好了，撥呀撥呀撥蘿蔔，撥了一堆小蘿蔔，竟帶出一個大蘿蔔。

過不了兩天，劉副局完好無損地出來了，雨城倒是沒有保住，停業整頓。老黃再帶著小崔出去巡夜時，發覺小崔老打不起精神，鹽醃過一樣。老黃只好安慰他說，年紀輕輕，你怕個鳥？老劉不會把你怎麼樣。

這天天還沒黑，老黃和小崔著便裝逡巡在雨田區老城廂一帶密如蛛網的街巷裡。徜徉其中，老黃有一種從容，慢慢地抽菸，慢慢踱開步子。路邊有一處廁所，小崔便意突然來臨了。

他問老黃有手紙沒有。老黃把除了錢以外所有算是紙的東西都掏給他，並用手指一指前面一條岔道說，我去那邊等你。岔道裡有一家雜貨店，店主很老，貨物擺得很零亂。到得店前，老黃突然想給女兒打個電話，他記起這一天是女兒生日。雜貨店的電話接不通，但計價器照跳不誤。老黃無奈地付了八角錢。老黃只有掏出自己的手機撥號，一扭頭看見這巷子更深的地方鑽出一條漢子，長了一對註冊商標似的魚泡眼。老黃餘光一瞥，已經確認那人是誰。他這才發現褲腰上沒別小手槍——以往他都別著的，一直沒摸出來用過，以致今早上偷了懶。他朝魚泡眼皮文海走去。皮文海武高武大，身體板實，沒有手槍光靠兩隻手怕是難將他扭住。老黃來不及多想，看看手裡拽著的諾基亞，沒有一斤也有八兩重，堅固耐用。原裝外殼早就漆皮剝落，他看著幾多眼煩，前不久花三十塊錢換成個不繡鋼的殼。挨魚泡眼越來越近了。對方顯然沒有察覺，走路還吹口哨。老黃沒撥號，嘴裡卻煞有介事地與空氣噓寒問暖。

兩人擦身而過時，老黃突然起勢，大叫一聲皮文海。那人果然循聲看過來。老黃揚起手機，猛然砸向對方腦袋——這時候，只要拽著比拳頭硬的東西，就儘量要省下拳頭。老黃本想砸致人昏厥的穴位，但畢竟年歲不饒人，砸偏了幾分。他趕緊往前欺一步，揚起手機再砸，這次是用手機屁股敲去的，力道用得足夠大，皮文海應聲倒在地上。

小崔循聲趕來，老遠衝著老黃喊，怎麼又跟人打架了？老黃扭頭一笑，說你看你看，地上趴著的是誰？小崔認出了那個人。老黃的老手機也光榮散架了，鐵殼脱落，部件還在地上蹦嗒著。老黃不急於把皮絆扭上警車，而是把小崔的手機拿過來撥叫指揮台，要求馬上調人手封鎖、排查這片街區。他盼著撥出蘿蔔帶出泥，兩個傢伙一齊拿下。皮絆在地上軟成一團。將他拍醒了，老黃拿出鋼渣的頭像問他話。皮絆瞅了兩眼，又裝昏迷，不肯説話。

老黃安排小崔繼續盤問皮文海，自己則抬起頭往周圍看看。這一帶都是私房，兩層樓或者三層樓，貼著慘白的瓷磚。在瓷磚映襯下，零亂的電杆和電線暴露出來。局裡增援的人很快過來了，老黃當即進行布置，每人拽一張鋼渣的模擬畫像，一戶一戶排查。警察們早把鋼渣的模樣記得爛熟於心，只要鋼渣一小片頭皮進入視域，肯定能順勢捋出全鬚全尾。把整個街區篦了數遍，也沒有找到鋼渣這個人。天已黑下了，皮絆被扔進車裡。隔著不鏽鋼隔柵，皮絆依然鬆散地癱在車座上。老黃看著被胡同一一吐出來的同事們，蔫頭耷腦，知道今天是逮不了那個人了。再一扭頭，往車裡睨去，皮絆嘴角似乎掛著嘲笑。

鋼渣老是不能把那顆炸彈徹底造好，但炸彈的雛型已經有了，顯現出能炸塌一整棟樓的凶相。在雨城區，為了省錢，鋼渣和皮絆共同租用一間房。皮絆對桌子上那顆鐵疙瘩過敏。他老問，鋼腦殼，你那炸彈不會抽風吧？鋼渣笑了，向他保證，這鐵疙瘩雖然差幾步沒完成，但很安全，用香菸戳都戳不燃。皮絆當時鬆了一口氣，但晚上睡覺以後惡夢連連，睡不踏實。

那天一早，皮絆爬起來就給鋼渣出主意說，鋼腦殼，你還是到郊區租農民房，一百塊錢能租上三間平房，前帶院後帶園，你在那裡搞核爆試驗都沒人管。鋼渣把腦袋揚過來問他，你怕了。皮絆承認說，是，老睡不著。鋼渣看看皮絆，這幾日下來，他兩眼熬得外黑內紅，彷彿是帶聚能環那種電池的屁股。鋼渣正想著換個地方。出租屋太過狹窄，光線也暗，他幹起活來感到不爽。郊區有很多人去樓空的農民房。農民舉家出去打工了，房子讓親戚看管，稍微把一點錢，就能租下。他租了一套，把炸彈拿到裡面。關於引爆系統，他怎麼弄都不稱心，有一兩個細節和自己的構想有差距。他這才發現，自己竟然是個精益求精的人。

那天，他在郊區農民房忙活一陣，擠專線車去到雨田區。走進巷子，天已經黑了，他聞見一股爛魚的味道。爛魚的味道揉爛在巷子發濁的空氣裡。鋼渣腦殼皮一緊，感受到一種不祥。他趕緊抽身往回走，快上到馬路時，看見一長溜警車嘶鳴而過，有些車亮著頂燈，有些車則很安詳。那一霎，他準確地猜到，皮絆肯定暴露了，被扔進剛才過去的某輛警車裡。

鋼渣緩過神，慢慢才記起來，兩人的錢都攥在皮絆手裡。平時，他把皮絆當管家婆用，省事，放心。但現在，鋼渣暗自叫苦。他把四個兜裡的錢都掏出來看看，數了兩至三遍，還是湊不足十塊錢。他返回郊區睡了一夜，次日用一個蛇皮袋把未成型的炸彈裝好，再和另一個裝了衣物用具的蛇皮袋綁在一起，掛在脖子上，看著像褡褳。他想，我也不能在這農民房住了。皮絆雖然不知道我具體租了哪間，卻知道大體上在這一片。誰知道他們撬不撬得開他的嘴？再次進到城裡，鋼渣忽然很想見小于一面。他搞不清楚，有多長時間沒見到可愛的小啞巴了。想起她，鋼渣心頭就一漾一漾地波動起來。鋼渣花一塊錢搭七路車，售票員讓他為兩只蛇皮袋加買一張票。他爭吵半天，才省下一塊錢，看看車內的人，心情煩躁起來。他想，要是炸彈上了弦，不如現在就撥響它。媽的這日子過得，太沒有人樣了。想到小于，他才寧靜下來。到了筆架山，隔著老遠，鋼渣手搭蔭棚往小于的店子裡張望。那店門一直是關著的。

那一把零票，畢竟不經用，即使天天就涼水吃饅頭，第三天一早也花光了。鋼渣想著兜裡沒錢，心裡很是發虛。他甚至想，這顆炸彈，如果誰要買，說不定能值幾百塊錢哩。

這天，快中午了，鋼渣晃蕩著來到東台區。以前他沒來過這片區域，陌生，也就多有幾分安全感。有一家超市剛開張營業，銅管樂隊吹吹打打的聲音把鋼渣從老遠的地方拽了過去。人像潮水一樣往新開張的超市裡湧。鋼渣被前後左右的人挾著往超市裡去，超市拱形大門，像一張豁了牙的嘴。他忽然想起皮絆說過，超市新開張，有很多東西可以品嚐，臉皮厚點，完全可以混一頓飽食。鋼渣正要走上傳送帶，有個保安走過來把他攔住，並說，請你把包放進貯物櫃。鋼渣只有照辦。但貯物櫃小了幾寸，鋼渣沒法把蛇皮袋塞進去。那保安跟過來，想要幫鋼渣一把，試了幾個角度也塞不進去。保安說，那你擺在牆角，我幫你看著。鋼渣不願意，他挎著蛇皮袋要走。那保安警覺地拽住蛇皮袋，拍拍未成型的炸彈，問那是什麼。鋼渣晃晃腦袋，微笑著告訴小保安，沒什麼，只不過是一顆炸彈而已。

小保安還來不及驚愕，鋼渣就已把他摁倒在地，屈起腿壓住。他迅速從蛇皮袋裡扯出兩股線，一股纏在左手拇指上，一股纏在左手中指上。然後他把小保安提起來，用右胳膊將其挾緊，作為人質。超市頓時亂作一團，所有被吸進來的人都被吐了出去。鋼渣奇怪地看著這有如退潮的景象，難以相信，這竟是由自己引發的。人退出去以後，地上丟棄著零亂的物品，包括吃食。鋼渣儘量放平目光，不往地上看。看見吃食，他肚子就會蠕動得抽搐起來。鋼渣想，必須動手了，要不然再餓上幾頓，連動手的力氣都沒有了。

本來，東台區匯佳超市的突然案件用不著老黃插手。那腦門溜光的傢伙挾持一個人質，跟圍過來的警察討價還價。他開列出來的條件之一就是，要把前幾天拎進公安局的皮絆放出來。那一圈警察沒反應過來，皮絆是誰？當天，老黃依然逡巡在雨田區的街巷，聽說東台區有案子了，腦子裡就隱隱地有預感。打電話過去問熟人，熟人說，那案犯要用人質交換一個叫皮絆的人。聽到皮絆這名字，老黃就活泛了。小崔問，怎麼啦？他分明看見老黃的眼底閃過一絲賊亮的精光。老黃說，皮絆就是皮文海。記得了麼？小崔說，什麼也不要說了，上車。

進到超市的廳裡，老黃終於看到那人。那人也一眼瞥見了老黃。老黃進來以後，鋼渣就感受到自門洞處捲進來一股銳利的風。他眼前是呈弧狀排列的一溜綠膠鞋，他的目光得越過這些人，才看得見最後趑進來的那個老膠鞋。鋼渣用凶悍的眼神示意擋在他和老黃之間的那個年輕膠鞋挪一邊去。他只想跟老黃說話。他說，我認得你。你經常去筆架山小于那裡刮鬍子。老黃回應說，我也認得你。鋼渣說，把我的兄弟放了。你知道他是誰。老黃說，我當然知道，皮文海是我抓到的。鋼渣恨恨地說，他媽的，果然是你。

沒有回答，只有老黃一貫以來似看非看的眼神。他本該盯著鋼渣，然後兩人的眼神形成對峙——鋼渣為此做好了心理準備，一定要用眼神搶先壓制住這老膠鞋，要不然自己很快就會崩潰、完蛋。但老黃顯得不大集中得了精力，心有旁騖，目光落在一些莫名其妙的角落。

小夥子，你的炸彈有幾斤重？老黃冷不防拋去一句話。鋼渣一愣，他沒將這炸彈放在秤盤上稱過。老黃笑了，說，瓤子裡灌幾斤藥，殼子用幾斤鋼材，未必你都沒有稱過？鋼渣老半天才說，等下弄響了，你不要捂耳朵。小保安仍在瑟瑟發抖。鋼渣想，要是老這麼抖下去，自己遲早會衝動地抖起來。那是很糟糕的事。他喝斥道，別抖了，你他媽別抖了。小保安非常無奈。這份上了，他不想拂逆這光頭大爺的意思，但身體就是不管不顧地抖個不停。

老黃看了看四周，他認為大廳沒必要站這麼多警察。他點了幾個面相年輕的，要他們守在外面。那幾個警察心領神會地走出去。接下來，老黃摸出一匣香菸，不但自己抽起來，還把菸桿淩空扔去，讓別的警察接住，一齊吞吐煙霧。有那麼一兩個人，手僵了，沒接住菸。

小保安不抖了。他抖了好大一陣，已經抖不動了。但鋼渣仍在咆哮著說，別抖了，豬嬲的哎不要再抖了！說完話，他才意識到人家並沒有抖，是自己腳底下傳來細密輕微的顫慄。一抬頭，他看見那老膠鞋狡黠的微笑。老膠鞋叼著菸，滿嘴煙牙充斥著揶揄的意味。鋼渣覺得不對勁，厲聲說，你往後退。別以為我沒看見，你他媽往前跨了兩步。老黃說，你看見鬼打架了，我本來就站在這裡。鋼渣有些發懵，進而也懷疑自己看錯了。他暗自地問，老膠鞋原先是站得這麼近嗎？這時他清晰地看見，老膠鞋又往前跨了一腳。他眨了眨眼，暗自地說，我沒看花眼，這老膠鞋……

老黃注意到光頭的眼神出現恍惚。他左手已經下意識地擎高了，整個暴露出來。老黃看見一股紅線纏在這人左手的拇指上，而綠線纏在同一隻手的中指上。他顯然沒有精心準備好，兩股線都纏繞得粗糙，而且線頭剝除漆皮露出金屬線的部分也特別短。這使老黃的信心無端增添幾分。老黃突然發力，猛躥過去。他的眼裡，只有光頭的那隻左手。挨近了，老黃手臂陡然一長，正好捏住那隻左手的虎口。老黃用力一捏，聽見對方手骨駁動的響聲。鋼渣的手掌很厚實，也蓄滿了力氣，老黃差點沒捏住。

鋼渣錯就錯在低估了這老膠鞋的速度，還有他的握力。老黃滿嘴煙牙誤導了鋼渣。鋼渣滿以為這老膠鞋除了一顆腦袋還能用，其他的器官都開始生鏽了。他滿以為老黃會張開黑洞洞的嘴跟他羅列一通做人的道理，告誡他坦白從寬抗拒從嚴。沒想到，這半老不老的老頭竟然先發制人，賣弄起速度來。鋼渣發現老膠鞋捏住自己的手了，來不及多想，用力要讓兩股線頭相碰。鋼渣頭皮一緊，打算在一聲巨響中與這鬼一樣的老膠鞋同歸於盡，化為齏粉。

這老膠鞋力氣大得嚇人，一隻看似乾枯的手，卻像生鐵鑄的。那一霎，老黃也驚出一頭冷汗，分明感覺到光頭手勁更大。幸好他挾持小保安耗去不少體力，而且早上似乎沒吃飽飯。別的幾個警察手裡還挾著菸，菸捲正燃到一半。他們也沒想到，右安區過來的足痕專家老黃性子竟比年輕人還火爆，在年輕人眼皮底下玩以快制快。這好像，玩得也過於玄乎了，不符合刑偵課教案的教導啊。一眾警察趕緊把菸扔掉，把槍口杵向鋼渣那枚鋥亮的光頭。

把鋼渣帶到市局，扔進審訊室，他整個人立時有些萎頓，老半天才邁開眼皮往對面牆上睃了一眼。審訊室的牆壁從來都了無新意，雷打不動是那八個字。老黃正咂著嘴皮要說話，鋼渣卻率先開口了，問，我會死嗎？老黃不想騙他，就說，你心裡清楚。你手上有人命。鋼渣覺得老膠鞋也是個痛快人。只有痛快的人，眼神才會這樣毒辣。捱一枝菸的工夫，鋼渣就承認了殺于心亮的事。這反倒搞得老黃大是意外。殺人的事呵！他原本憋足了勁，打算和這個光頭鏖戰幾天幾夜，抽絲剝繭，刨根問底。

為什麼要殺他？

……本不想殺他。起初我就不打算搶司機。開出租的看著光鮮，其實也他媽窮命。但我沒條件搶銀行，搶司機來得容易。鋼渣噝起了菸，說話就放慢了。他看看眼前這老膠鞋，忽然想起來，在小于的店子裡第一次見到他，很直接就感受到一種威脅。很少有人能夠傳遞給鋼渣這樣的感覺。往下鋼渣又說，那晚上我們說要去大碇，好幾個司機都不接生意。也是的，要是我開車，見兩個男的深更半夜跑這麼遠，也不會接生意。……實在太窮了，不瞞你說，我差點就去撿破爛了，又放不下這張臉。這麼窮的光景，我他媽偏偏和一個女人搞上了。那個女人等著錢用……你也認識那女人。

老黃沒有說話，也不知道他為什麼講得這麼詳細。他以前見過的殺人犯，邏輯往往有些紊亂，說話總是磕磕巴巴。

鋼渣又說，本來也不知道要撞上哪個倒楣鬼。司機都太警醒，我跟皮絆那晚沒什麼指望了，站在三岔口抽菸，抽完了就準備回去睡覺。這時候羚羊 3042 主動開過來攬生意，問我們是不是要去大碇，還說不打錶五十塊錢搞定。我看他的駕駛室，沒有裝隔柵，估計這人是新手，家裡缺錢，見到生意就撿。既然他送上門了，我們就坐進去。我沒看出來他是小于的哥哥，他倆長得不像。他媽的，既然是兄妹，就應該長得像一點。這不是開玩笑的事。

鋼渣要了一枝菸，抽了起來。他又說，開到半路上，我說你把錢拿出來，不為難你。這傢伙竟然當我是開玩笑，罵粗話，說他沒帶錢。我受不了這個人，他有些呆，老以為我們是在跟他尋開心。於是我照他左臉砸一拳頭。他鼻子破了，往外面噴血，這才曉得我不是開玩笑。他一腳踩死剎車想跟我打架。他身架子雖大，卻沒真正打過架。他操起水杯想砸我，我腦袋一偏，那塊車玻璃就砸碎了。我摺他幾拳，他就曉得搞不贏我。在他擺錢的地方，我只摳出三百塊不到。我叫他繼續往大碇開。他一路上老是說，把錢留一點。我有些煩躁，要是他有一千塊錢，我說不定會給他留一百。但他只有兩百多，我們已經很不划算了……

為什麼要殺他？你已經搶到錢了。

……本不想殺他，我倆臉上都黏了鬍鬚，就是為了不殺人。開著車又跑了一陣，我才發現帽子丟了，應該是從車窗掉出去的。我頭皮有幾道疤，腦門頂有個胎記，朱砂色，還圓巴巴的——我名字就叫鄒官印。我落生時，我老子以為我將來會當官。可他也不想想，他只是個挑糞淤菜的農民，我憑什麼去當官？有的路段燈特別亮，像白天一樣。我頭皮上的這些記號，想必司機都看見了。要是我長了頭髮，那還好點，但我偏偏剛刮的青頭皮，帽子又弄丟了。當時我心裡很亂，覺得還是不留活口為好。我叫他停車，拿刀在他脖子上抹一下，他就死了。皮絆沒殺人，人是我殺的。

然後呢？

司機的帽子和我那頂差不多。我拿過來看看，真他媽是完全一樣的，很高興，就罩在自己頭上。啞巴給我刮的青頭皮，然後給我買了帽子。要是我丟了帽子，她說不定會怪我。

原來是這樣。老黃心裡暗自揣度，是不是，小于給鋼渣買了帽子以後，覺得不錯，回頭又買了一頂一模一樣的？給情人和親哥哥買相同的帽子，是否暗合著小于某種古怪的心思？一剎那，他非常清晰地記起了小于的模樣，還有那種期盼眼神。老黃又問，你搶他的那頂帽子呢？鋼渣說，洗了，晾竹竿上，還沒收。

為什麼要洗？

畢竟是死人戴過的，想著有點晦氣，洗衣服時就順便洗了。

話問完，老黃轉身要出去，鋼渣卻把他叫住。這個粗糙的傢伙突然聲調柔和地問，老哥，現在離過年還有多久？老黃掐指算算，告訴他說，兩個多月。想到過年了？你放心，搭幫審判程序有一大堆，你能捱過這個年。鋼渣認真地說，老哥，能不能幫我一個忙？老黃猶豫了一會，說，你先說什麼事。

我答應啞巴，年三十那天晚上和她一起過。但你曉得，我去不了了。他媽的，我答應過她。到時候你能不能買點討女人喜歡的東西，替我去看她一眼？就在她店子裡。這個女人有點缺心眼，那一晚要是不見我去，急得瘋掉了也不一定。

老黃看著鋼渣，好久拿不定主意。最後他說，到時再看吧。

技術鑑定科的人事後說，那炸彈內部構造非常精巧，專家水平，但引爆裝置的導線並沒有接好，就像地雷沒有掛弦，只能拿來嚇嚇小孩。老黃即便不捏死鋼渣的手，炸彈照樣點不燃。領導知道以後不以為然，說當時老黃可不知道那炸彈竟是個啞巴。老黃聽得一肚子晦氣，在心裡給自己打了折扣。既然做出了英勇行徑，他自然希望那時那地，險情是足斤足兩的。

破下于心亮的命案以後的那個把月還算平靜，老黃閒了下來，但沒往筆架山上去。要理髮或者刮鬍鬚，他另找一家店面，手藝也說得過去。他害怕見到小于。

十二月底的某天，接到一個老頭舉報，說有人在賣假證。問是什麼假證，那老頭說，蠻奇怪的，我帶得有一本樣品。說著他從一個塑料袋裡掏出一個紅皮本。老黃把紅皮本拿過來，封面有幾個燙金字。上面一行呈弧型排列，字體稍小，狹長：中華人民共和國國務院特赦辦；下面垂著五個大幾號的宋體字：特別赦免證。

都什麼亂七八糟？老黃被搞懵了。這連假證也夠不上，純粹臆造品嘛。打開裡面看，錯別字連篇。老頭說他昨天剛買的，花一千八百八。賣證的人說這是B證，大罪從輕小罪從免。要是買了A證，得要兩千八百八，那證作用就更大，死罪都可以從無。老頭一早拿了這證去市監獄，滿心歡喜地想把自己兒子接出來。他兒子按算還要服刑兩年，這B證一買，算下來減一天刑只合三塊錢不到，撿了天大的便宜。但獄警說這證沒用，還派個車把老頭直接送右安區分局，督促他報案。分局當即出警辦這事。老頭記性不太牢靠，繞一個多小時，終於確認地方了。老黃和另兩個警察早換了便裝，從樓道上去，拍了拍門。裡面是外地佬的聲音，誰？老黃說，介紹來的，業務。一個傢伙大咧咧地把門敞開了，還滿臉堆著笑地說，歡迎，裡面坐。老黃真想點撥他說，既然愣充國務院的，級別那麼高，就應該扁著臉，態度適當地冷漠。三個便衣都揣著看把戲的心思進到裡面，打算先聽幾個騙子天花亂墜吹一番，然後動手抓人。

沒想到裡面有個熟人。啞巴小于靜靜地坐在床沿的一張矮凳上，正看著一個女騙子指手畫腳。小于瞥見了老黃，顯得很緊張，做出一串手勢。裡面的一幫人看明白了，啞巴說來人是警察。三個便衣只得把看戲的心思掐滅，當即動手，把屋裡兩男一女三個騙子全部銬上。

那一屋人全被帶進了分局。很快，老黃又把小于帶出來，放她走。小于褲兜裡裝了一沓老頭票。褲兜太淺，老黃忍不住提醒她把錢藏好。只差個把月就要過年了，滿街的扒手急瘋了似地做案。小于把錢往裡面掖了掖，怨毒地盯老黃一眼，走了。

老黃站在原地，雖然很冷，卻不急著進去。他覺得小于其實蠻聰明，很多事都明白。比如剛才，那女騙子吹得再玄虛，小于似乎不信——她臉上毫無喜悅。但看情況，她仍打算扔幾千塊錢買這注定沒用的A證。她心裡是怎麼想的呢？這當口，老黃又記起了鋼渣說的那番話。年夜眼看著近了，老黃倏忽緊張起來。

其後幾天，劉副局調離分局，去到省城。臨行前，他請同事一塊去吃館子。老黃不想去，但不好不去，劉副局要走了，換一個人似地，邀請誰都顯得萬分真摯，讓人難以推託。當晚果不其然喝多了。老黃頭一次看到劉副局喝醉酒的德性，跟街上蕩來蕩去的小青年差不多，哭喪著臉，一個一個地找碰杯，並且說，對不起了，兄弟！喝了酒，人就千姿百態了。劉副局跟每個人都說了對不起，還不過癮，又站在飯廳中央說，現在光吃飯不管用，明天正好休息，我弄輛車，大家找個地方狠狠地玩……去哪裡，劉副局一時沒想明白，他還殘留有幾分清醒，曉得不能帶同志們去搞異性按摩。沉默一陣，忽然有個人說，去織錦洞怎樣？看了個報導，說織錦洞是全國最好的洞，二十幾位洞穴專家評出來的。劉副局拿眼光找說話的人，沒找出來，嘴裡說，洞穴專家？比我劉某人還專嗎？那洞有多遠？那人說，大概四個小時。劉副局說，行，就去那裡，明天我請兄弟們去逛仙人洞。那人糾正說，劉副局，那叫織錦洞。劉副局大手一揮，說，差不多，反正都是洞。

本來大夥也沒當真，以為劉副局說酒話。次日一早，劉副局叫人逐家掛電話，說是緊急集合。去到分局，一輛豪華大巴已經停在門口了。老黃和小崔坐一排，感覺有點堵，相互覷了幾眼。一說話，不可避免地提到于心亮。上次也是有心去看洞，于心亮帶一大幫子人陪同，攪了局。回頭想想，那事情還近在眼前；遊洞不成，于心亮抱愧的模樣也歷歷在目。這一次，朗山到岱城的高速公路修好了，車程幾乎減半，只三個多小時，車就到了織錦洞前。老黃小崔逛洞時卻把心情全丟了，純粹是那個導遊妹子的跟班。劉副局心情不錯，從洞裡出來，他又拉了這一車人去到更遠的一個縣份，請大夥去吃當地有名的心肺湯。那天本可以早點回來，但一頓心肺湯磨蹭了幾個小時，回到鋼城，又是半夜。眾人都說餓，得找一家店子吃碗米粉。好不容易找到一家店。劉副局和老黃對面坐著，一個人捧一大碗米粉，上面鋪了一層醬牛肉。一到晚上，人就特別有胃口。劉副局剛扒了幾筷子，忽然說尿憋，趕緊走了出去。街燈全熄了，大巴銀灰的外殼微微亮著。劉副局憋得不行卻找不見廁所，就繞到車後頭搞事。

外面風聲大了，漫天蓋地，像是飄來猛獸的嘶吼。老黃吃米粉時彷彿聽到一聲悶哼，但沒有留意。在巨大的風聲裡，別的聲音夾雜進來，容易讓人誤以為是幻聽。老黃把碗裡的油湯喝盡，才發現劉副局一直沒有回來。抬頭看看，別的人自顧咂著湯水。冬夜裡喝一碗熱騰騰的牛肉湯，會讓人整掛大腸都油膩起來，暖和起來。老黃問他們，劉副局呢？大夥這才發現少了一個人。老黃明明聽劉副局說是尿憋，難道卻在撇大條？

老黃走出小店，大聲地衝車的方向大叫劉副局，連叫幾聲，沒見回應。老黃腦側的青筋猛地一抽，預感到出事了。繞到大巴後頭，劉副局果然躺倒在地上，看似喝醉酒的姿態，其實胸窩子上插著一把刀，刀身深入，只剩刀柄掛在外頭。老黃一驚，很快意識到要保護現場，沒有立即叫人。他獨自躡手躡腳走過去，探一探老劉的鼻息，確定他已經死僵了。

這件案子順理成章地由老黃負責偵破。有了案子，時間就會提速。年前那一個月，老黃是連軸轉忙過來的。女兒打個電話，提醒他年夜在即。老黃只有一個女兒，在老遠的城市，是否嫁人了，老黃都搞不清楚。她說今年又不能回來陪他了，有公務。老黃也樂得清閒。這麼多年了，他看得清白，女兒回來小住幾日，也是於事無補，離開以後徒增掛念。

年三十一早起來，老黃就想起鋼渣說過的話。其實他早已在這天的剝皮日曆上記下一筆：晚上去筆架山看小于。他上街，不曉得買什麼東西能討小于喜歡，就成捆地買煙花，不要放響的，而是要火焰噴起來老高的，散開了以後顏色絢爛的。晚九點，天色一片漆黑，他踱著步往筆架山上去。有些憋不住的小孩偶爾燃起一顆煙花，綻開後把夜色撕裂一塊，旋即消失於夜空。一路上山，越往上人戶越少，越顯得冷清。路燈有的亮有的不亮，亮著的說不定哪時又暗了。他儘量延宕，不敢馬上見到小于。風聲越來越大了，他把領子豎起來。這時他開始懷疑，自己有沒有勇氣走進小于的店裡，跟她共同度過這個年夜。她又會是什麼樣的態度？老黃甚至有幾分恨鋼渣，把這樣的事情交到自己手裡。走得近了，他便知道鋼渣和小于的約定像銅澆鐵鑄的一樣牢靠。小于果然在，簡陋的店面這一夜忽然掛起一長溜燈籠，迎風晃蕩。山頂太黑，風太大，忽然露出一間掛滿燈籠的小屋，讓人感到格外刺眼。

離小于的店面還有百十米遠，老黃就收了腳，靠著一根電杆搓了搓手。他往那邊望一望，影影綽綽，哪看得見人？點菸點了好幾次，才點燃。風太大了。老黃弄不清自己能在這電杆下挺多久，更弄不清自己最終會不會走進那間迸著暖光的理髮店。一岔神，老黃想起手頭正在辦理的案子。——本來他以為劉副局的案子應該不難辦，現場保留得很好，還找到一溜清晰的鞋印。但事情常常出離他的想像，一個月下來，竟毫無進展。劉副局生前瓜葛太多，以致他死後被懷疑的對象太多，揪花生似地一揪就拖出一大串，反而沒能圈定重點疑凶。

這個冬夜，老黃身體內突然躥過一陣衰老疲憊之感。他在冷風中用力抽著菸，火頭燃得飛快。此時此刻，老黃開始對這件案子失去信心。像他這樣經驗的老警察，很少有這麼灰心的時候。他往不遠處亮著燈籠的屋子看了一陣，之後眼光向上攀爬，戳向天空。有些微微泛白的光在暗空中無聲遊走，這景象使「時間」的概念在老黃腦袋中具體起來，倏忽有了形狀。一晃神，腦袋裡仍是擺著那案子。老黃心裡明白，破不了的滯案其實有蠻多。天網恢恢疏而不漏，那是源於人們的美好願望。當然，疏而不漏，有點像英語中的一般將來時——現在破不了，將來未必破不了。但老黃在這一行幹得太久了，他知道，把事情推諉給時間，其實非常油滑，話沒說死，等於什麼也沒有說。因為，時間是無限的。時間還將無限下去。

# 環線車

王常約我那天的狀況，我仍有印象。雲色和天光都有些異常，看似陰沉卻又刺得眼睛幾乎睜不開。王常打來電話，約我在一個地方見面，說是有活，工錢蠻高。去到街上，佴城的街道仍然髒亂不堪，街上那一張張紛至沓來的臉孔，我看著都眼熟，又全不認識。還有環線上那些你追我趕的公汽——沒人會像我這樣注意到這些車的行駛狀況，七路車是按順時針走環線，八路車則是逆時針。如果在站點上等，半天也等不來一輛，但稍一閃神，接連幾輛橘黃色的七路車或者淺綠色的八路車排著隊擁過來，進站前的兩百米便開始衝刺，哪輛衝到前頭，就能多搶乘客。落在後頭的車往往不停，徑直駛向下一個站點搶客。

快走到王常約我的地方，正要穿馬路，一輛七路車吭地在我眼前煞住。我聽見小妍在車上問我，尖細，上來啵？她以為我又在馬路上散心。我說我有事。小妍說你能有什麼事？我告訴她，親愛的，是人都要賺錢。她笑著罵句髒話。車上的乘客發牢騷了，於是這輛車在我眼前一截一截地挪開，像推開一扇折數很多的屏風，亮出對面街景。王常還沒有來，我站在路這邊抽菸，看著那輛車離去。在車尾，噴著半裸美女，其身體裸露的地方濺滿泥點。公交車站在兩百米開外，但如果認得司機或售票員，公交車可以在任何地方停下來，像打的一樣。佴城的公交車全這樣，有時候，我喜歡這城市雜亂無章的感覺。

我是坐七路車時認識小妍的。環線並非繞著城市外圍，而像一掛彎彎腸子藏匿在城市裡面。坐環線車繞行環線一圈，需要五十分鐘。

前年我和三光合買一台鏟車，想在佴吉公路上做事，但二手鏟車不停出故障，十天有八天待在維修站，弄得我倆灰頭土臉。那時，我和三光租住在胡麻地，環線的西南角。鏟車送修的時候，我倆成天在屋子裡抽悶菸。我覺得這樣憋下去早晚出問題，於是走出那屋子，逆時針沿著環線行走，想找一找消遣時間的方法。正好一輛七路車來了，我招招手。雖不是熟人，司機也踩了煞車。只要付一塊錢，我就可以在環線上坐一圈，然後在原地下車。以後那段時日，我就是倚靠不停地搭乘環線車來改善自己的心情。事實證明這行之有效，而三光，他不懂得調節心情，結果在房子裡悶壞了。有一晚他走在街上，無緣無故就把一個很細的細妹子搞了，這不，他一直都在蹲監。

三光進去了以後，有一天我順時針沿著環線走，沒想清楚去哪裡，或者幹什麼。正走到上坡路段最不適合停車的地方，一輛七路車發出嘎的一聲在我身邊停下來。售票的女人說，喂，你要不要上來？我前後看看，並沒有別的人，確定她在叫我。她不算漂亮，但是年輕，外加豐滿。她說她知道我喜歡蹭環線車，坐一整圈又下去。她說，在佴城，喜歡蹭環線車兜圈的有好幾個，基本都是中年男人，有時會有個把女人。但別人我都記不住。她衝我笑一笑。那以後我就認識了小妍。小妍願意和我談談戀愛，即使知道我正窮得叮噹響也無所謂。我的鏟車一直不能替我賺錢，心情沒她那麼好，只想著把她快點弄上床，以解決身體的寂寞。但她並不像我原以為的那樣好弄，在性這個問題上，小妍和我外婆一樣持保守態度。

……我看見了王常。他是三光的同鄉，通過三光我們認識。王常開了偵探社，先是找老鄉幫他做事，他這人鄉情觀念挺重。但搞了一陣王常才意識到，搞偵探是技術活，不是抬岩挖生土，有兩把力氣就能幹。三光這人稍微有點木訥，顯然不是搞偵探的料。三光推薦我去，王常覺得我還挺管用的。那以後我們就有了業務的往來。

我走過馬路，老遠跟他打招呼。這個扁鼻子扁臉的男人什麼都幹過，但也沒見有什麼財運。去年他開私人偵探社，牌子還懸掛在大街上，生意還沒搞起來就被工商局查封了，理由是沒有註冊。他想去註冊，工商局的人說這種社團不予註冊，大概是民政局的事情。王常又說，那不叫偵探社了，改叫偵探所行啵？工商局的人說，你怎麼不直接改成派出所呢？王常只好罵工商局的人狗屁都不懂。那以後他偵探的生意照樣做，但不能打廣告，只能通過熟人介紹，暗地裡做生意。

王常為了省錢，沒請我去酒吧喝酒，只是和我站在馬路牙子上說事。這就有點不倫不類，私人偵探之間的工作晤談，竟然發生在人群如流的馬路上。我精力渙散，老是看路上的行人。其實誰又在乎路邊兩個男人在嘀咕什麼？王常交給我一張照片，上面是個男人。他叫我最近一段時間跟蹤這個男人。如果他拽個女人幹偷情之類的事，那我就得想方設法拍下來，當成證據。我歪著嘴說，又是這樣的事啊，這回給我多少？王常說先給我一千塊錢活動經費，相機他可以提供，別的設備由我自備。如果拍到符合要求的照片，那我將得到五千塊錢的報酬；如果有狗男女裸體相擁的激情照片，他還會酌情增加報酬。我只是問，他肯定有問題嗎？王常說，那還用說？沒有問題他老婆花這筆冤枉錢？

我看看照片，那男人確實英俊，如果他想搞搞壞事，那肯定有女孩飛蛾撲火般栽在他手上。但我感興趣的是，這男人的老婆是什麼樣的人，要付出這筆錢來檢測男人的忠貞度。在以前，往往是有錢的老男人讓王常調查他們明媒正娶的小嬌妻或者包養的小情人是否紅杏出牆。調查結果說明，這樣的事總是有的。

……還能是什麼樣的女人？款婆。王常這麼回答我。他還告訴我有關這男人的一些情況。我心不在焉地聽著王常講述，同時想，王常給我五千，那麼，那款婆給他的又是多少？我懷疑起碼是一萬以上。他的私人偵探社從來都幹著掮客的勾當，有了生意就發包給別人。和王常分開後，我往回走，看見一夥民工站在馬路邊等著打零工。他們很便宜，三十塊錢就可以僱一天。我突然有了一個想法，當個二包頭，把王常發給我的活轉包給某個民工。我想，如果付一千塊錢，即使要他們去捉姦把狗男女光丟丟赤條條綁在床上，他們也敢做。但是要照相呢？如果民工把數碼相機捏扁了，我需要的照片一張都沒拍到，那又怎麼辦？我抽著菸離開這堆人，腦袋裡想著到哪裡買一把質量好並經過QS認證的改錐。

我要跟蹤的這個男人叫梁有富。見他上了一輛八路車，我後腳也跟著上車。車內很空，稀稀拉拉地坐著五六個人，晃得厲害。扶梁垂下的拉環盪來盪去，碰撞有聲。他顯然是個懶散的男人，四十左右，衣褲有些皺，像電影裡南霸天穿的香雲紗。我懷疑那布料很貴，因為他老婆有錢。這種老婆，如果看見老公穿著一身地攤貨，是會氣出婦科病來的。接下來，我看見他把皮鞋後幫踩平了，趿在腳上當拖鞋穿。

忽然對他有好感。

他也吸菸，吸一大口然後擰開玻璃對著風噴煙圈。雖然貼著嚴禁吸菸的字樣，車內的菸客照吸不誤，包括賣票的女人。在「嚴禁吸菸」的油漆噴字下面還貼著市公安局膠皮的告示……嚴禁扒竊；嚴禁吸毒；嚴禁賣淫；嚴禁嫖娼……

佴城只有這一條環型線路，像是一條皮帶，把鬆鬆垮垮的城市捆紮得緊湊一些。公汽頻繁到站，頻繁出站，車內始終空蕩蕩。梁有富這個人一動不動地坐在車腹那個座位上，抽菸。跟蹤這種毫無戒備的人，我的一切隱蔽行為都會顯得自作多情。我盯他一陣覺得沒意思，遂把眼光甩向窗外。那些橫七豎八忽高忽低的建築；那些穿著漂亮衣服卻耷拉著臉的女人；那些衣衫襤褸臉上卻是欣欣向榮的泥瓦工；那些在正午兩點鐘陽光下暴晒的孩子；那些皺紋裡藏得下蚯蚓永遠坐在街邊發呆的老人……我看得累了，剛想闔眼，忽然又睜開了向梁有富看去。這個人還好好待在那裡，彷彿被焊在車椅上。

梁有富下車的地方正是他上車的地方，一小時前我從那個花壇後面走出來，跟他上車的。他在便利店買一包菸，之後走進小區的七幢四單元。我估計他當天不會再出門了，就停止跟蹤，找一輛七路車搭回住處。我住向陽壩，環線正東邊。

向陽壩被鐵路穿過，出租房很便宜。每晚我都會被火車鬧醒好幾次。小妍卻很喜歡這樣，每天下了班她都很累，躺下來就睡。火車的鳴聲就成了她的鬧鐘，鬧醒了以後就推一推我，問我醒沒醒。如果我也醒著，那就做做愛。做完了以後她倒頭就睡，等著下一次被火車吵醒。一開始那幾天很興奮，後來有一陣我很痛苦，現在既沒了興奮也沒了痛苦。

小妍進屋時我在看電視。她一邊換衣服一邊問我今天幹什麼去了。我告訴她，又在七號車上蹭了一圈。小妍問，早上你不是說是在賺錢麼，怎麼又蹭車玩了？我把大概的情況講給她聽。其間她老岔話，問我那有錢的女人是什麼樣子，是不是很醜，所以擔心自己的男人外遇。我說我怎麼知道，這活是王常轉包給我幹的。我很詳細地說起了那男人的樣子。我沒想到他也喜歡搭公交車在環線上兜圈子。小妍忽然想起什麼來，又問，這個男人喜歡把皮鞋後跟踩扁了當拖鞋穿，是吧？我告訴她是這樣，並問她怎麼知道。小妍回答，他上車老坐在那個位置，偏著臉往外面看，繞了一圈以後他總是在西塔小區那裡下車。有三四次，我就對他有印象了……我說，妳說過，蹭環線車兜圈的人裡頭，妳只對我一個人有印象。

……這話也沒有講錯，當時我只對你有印象，跟你講過這話以後，我才注意到這個人。小妍忽然變聰明了，很好地躲避我的問話。我問，那妳有沒有專門把車停下來，主動把他叫上車？她並不瞞我，說，有，只有一次。我看著她細長的眼睛，又問，結果怎麼樣？

結果他就上來了，我多賣出一張票。她噗哧一笑，問我是不是吃醋了。我在回憶那個叫梁有富的男人。他和我有著相同的愛好，跟蹤他我不覺得累。我願意進一步去了解這個男人。

另一天王常把說好的一千塊錢付給我，並問我有什麼進展。我告訴他，連日來我兢兢業業地蹲守那個男人，暫時沒發現情況。王常說，不要急，款婆既然肯花錢，這裡面肯定有問題。

誰的錢都不是白給的，何況一個靠精打細算起家的款婆。我問那款婆是不是長得醜。王常說，怎麼啦，是不是不想幹活，想去泡款婆？我說，不是，我只是在猜這款婆長得什麼樣。王常說，不太年輕，但長得不錯，反正不醜。王常說了等於沒說，我仍不知道那是怎樣的女人。他走後，我把錢點了一遍，又逐張辨真偽。上一次他給我的錢裡頭有一張是假鈔，事後他翻臉不認帳。

以後幾天，粱有富沒有去蹭環線車。他所在的西塔小區附近新開張一家電玩店。他一改以往死氣沉沉的面貌，像個半大小孩成天泡在裡面，想玩哪台機玩哪台。在電玩店待久了，我手癢得不行。反正粱有富丟不了，我也就玩上了。我不喜歡遊戲機，但喜歡投幣機。那天我在投幣機前占一個位子，用五十塊錢的遊戲幣作注，不斷地擠占置獎品的平板，想把裡面那張一百塊錢擠出來。五十塊錢的遊戲幣用光了，那張一百塊錢已經岌岌可危，眼看著就要掉下來。也許再有十塊錢的幣，那一百塊錢就屬於我。於是我很猶豫，如果離位去購幣，位置肯定被別人占了。我扭扭頭，想找個小孩替我買十二塊錢的幣，讓他回扣兩塊。這時才發現粱有富站在我身邊，靜靜地看我怎麼玩。他知冷知暖地遞給我一把遊戲幣，我也不多說，接過來繼續往平板上投，不多久那一百塊錢就從槽子裡掉出來。我拿到了錢，一扭頭，他在那邊玩籃球機，拉一個小孩跟他一塊投籃。小孩總是將他已經投進筐的球砸出去。

王常平均兩天給我掛一個電話，老問拿到了照片沒有。我跟他說，梁有富並沒有在外面亂搞女人，照片怎麼拿到？王常說，守株待兔的搞法要是不行，就要想想辦法。我說，想什麼辦法？我甚至都想變成女人把梁有富勾引了，只要他上鉤我就猛搞自拍，然後，OK，有照片交差了。王常在那頭嘻嘻哈哈地說，這也不失為一種思路。

那段時間我每天跟蹤梁有富，暗自驚訝單調的生活竟如此趨同。在這種人身上，實在看不出來還能有意外發生。我跟了他個把月，跟蹤正變成我的日常生活。開始那幾天，小妍每天都打聽我跟蹤的情況，過幾天就沒興趣了。她迷上了買彩，把幾個數字當數學鑽研個不停。小學五年級以後她數學就很少能及格。一個人偏要拿缺陷當特長使，真是很要命。

那天一早，我仍強打精神去跟蹤梁有富，在西塔小區門口花壇後面蹲守。如果他去電遊店，我也覺得沒心思。我已經在裡面玩膩了，王常給我的一千塊錢基本消耗在這家店裡。梁有富一出現我就覺得不對勁。我精神為之一振。這天，他把自己惡狠狠收拾了一番，從頭到腳，皮鞋也不再是拖鞋了，鞋後幫子立了起來，完整地包裹著腳踝。他果然不是去電遊店，而是從前門上了一輛七路車。我從後門跟上車，悄無聲息地找一個末排的座位坐下。正是小妍賣票的車，她衝我微笑，沒叫我買票。她也看見了梁有富，就知道我在幹正經事。她的微笑和眼神飽含著讚許和鼓勵，並因為知道我這工作隱密的部分而得意。梁有富沒有兜圈子，過了五個站就下車了。我跟著下去，從小妍身邊經過。她重重地在我屁股上拍了一掌，又用鞋尖很親昵地踼我一下。我小腿肚一陣輕疼。

梁有富去了火車站。他在窗口買票時我只有拼命擠向窗口，以打聽他的去向。他搭半小時後那趟車去朗山。我沒買票，直接進到月台上的那趟車，和他不在一節車廂，但我自信不會跟丟。

到了朗山，梁有富出站後打一輛赭色的士往南邊街走。我叫一輛綠色的士，上車就指著即將消失的赭色的士屁股說，兄弟，跟上去！司機很年輕，彷彿是我多年前開軍車時的樣子，他說，好嘞，你是警察吧？他車開得很快，有點毛糙，看出來跟蹤令他變得亢奮。

梁有富到朗山果然是為了找女人，那女人早就在路邊迎候他了。我把王常給的數碼相機拎在手上，好似拎了一把小手槍。一遇時機，我就會躲在某地方朝梁有富以及那女人咔嚓幾下。那條路很窄，夾道是碩大的剪成球狀的千年矮。走到盡頭是一家賓館。梁有富走了進去，我待在外面。牆壁都是玻璃。梁有富在咖啡廳裡泡一個女人。賓館的外坪很寬，偶爾有幾個人走來走去。我坐在花檯子上，把臉藏在一棵三角楓後往裡張望。我眼睛能把兩人看得清清楚楚，但數碼相機不能拍出來，因為有玻璃幕牆。天色半陰半陽，一團渾濁的光正好罩住兩人。如果強行朝那邊拍照，逆著光，照片上只會是一片渾濁。那女人免不了很漂亮。她保養措施到位，我猜不出她的年紀。毫無疑問，眼前這個女人就是款婆潛在的敵人，款婆付了一筆錢就是要確認這個女人的存在。這時候，我忽然很想把這女人拍得漂亮一點，更漂亮一點。最終照片呈現在款婆眼前，首先就要讓款婆被自己的唾沫嗆一口。

他和她從咖啡廳走出來，往街上走。我以為他們會逛逛街，像年輕人一樣做出戀愛的模樣。朗山離佴城有好幾個小時的車程，他倆在這裡有了安全感，可以逛街。偷情男女大白天挽著手走在一條街上，其感覺肯定比兩口子來得有趣。我從女人的臉上看出這一內容，但梁有富這個人顯然不太懂味，依然魂不守舍，抽著他的菸，眼神似看非看，陷入無限虛茫當中。這時我暗自豔羨梁有富的色運，面對這麼香豔的女人，他也能安之若素。不曉得要在多少個女人懷裡泡過，才能修煉出一臉麻木不仁的樣子。

他倆走走停停，再往前面是商業街，女人看見服裝店和化妝品店就邁不動腳，要進去看幾眼。節奏一慢，我的機會就多了起來，給兩人掐了不少照片。我也考慮過梁有富會不會發現並認出我，我改換了髮型戴著巨大的墨鏡。梁有富的神情永遠游離世外，他哪來的閒情逸致留意我是從哪旮旯鑽出來的?他倆原路返回剛才喝咖啡的那家賓館，坐電梯到樓上的房間。按理說，我手頭的照片可以向王常交差，但是這照片沒能把他倆的關係拍得明白無誤，我擔心王常找藉口剋扣我的工錢。站在賓館外面，想像著這對狗男女在豪華房間裡亂搞，想著梁有富很平靜地享受著那美女的細皮嫩肉，想著豪華床褥吸走了他倆身體扭動時造出來的任何聲音，我心尖子輕顫幾下。王常給我的經費太少。如果像國家特工一樣不惜成本地幹一件事情，那我可以用進口設備（甚至可以調用最新款間諜衛星）觀看他倆現場直播色情電影，錄製下來到款婆那裡換取大筆美金。款婆付足了錢以後，她會不會看得鮮血狂噴，那就與我無關了。

我扼制自己的想像，就近找一家小旅社住下來。回佴城的車沒了，要等到明天。旅社的房間裡瀰漫著一股腐臭味，四人間就我一人睡。半夜有人敲門，一個女人隔著門問要不要按摩。我打開門讓她進來，她坦然告訴我她根本不會按摩。我掐亮燈看看她的臉又捏捏她碟型的胸，然後告訴她我沒有錢。她長得還不錯，以往出門在外碰到這種機會，同時手頭還有點錢，我一般不會放過。但這一天，我想想梁有富偷的那女人，就對眼前送上門的貨失去了興趣。我突然想起了看過的《動物世界》節目，拿那做比，梁有富就是食肉動物，自在行走於茫茫草原；而我是食草動物，還陷在了沼澤地區，只能靠食腐草為生，放的屁都是沼氣。

能這麼比喻麼？我自責地說，小妍，我真是對不起妳。

次日我十點多才起床。中午有趟車回佴城。當我走到窗前，忽然看見梁有富和那女人從前面的馬路走過。他倆換了裝束，很運動很休閒，像是去郊遊。我改變了計畫，決定繼續跟蹤。我不曉得會跟蹤到什麼情況，既然打定了主意，我就不再猶豫。他們朝南郊水庫走去。兩人先是划了一陣船，然後棄船上岸，沿著水庫旁的小路往樹深的地方鑽去。水庫旁有一脈山丘，不高，但林木栽種得密不透風。我猜到他們將要做什麼事，心裡暗自一喜。——我弄不清楚人們內心那些隱祕的想法。很多男女在臥室高枕無憂地做愛，久而久之會倦怠。他們需要去樹林深處，去荒郊野外，或者藏在一叢茂盛的芭茅草裡享受歡悅，從彼此陳舊的身體上找到全新的體驗。我有時候也想和小妍試一試，她聽到這種建議就大罵我是一條公狗。

我衣服正好是綠的，當過兵以後習慣穿這種顏色，進入樹林以後就有了優勢，便於藏匿。他倆在矮樹林找一塊稍微平整的地，攤開塑料布坐在上面。女人從大挎包裡掏出食物和酒。那種酒顏色渾濁，不曉得是不是可以讓男人進一步亢奮起來的藥酒。我找好拍攝的角度，蹲下來，像獵人守候獵物。女人興致很高，梁有富照樣心不在焉，我真想走過去一腳踹開他。我痛苦地想，如果女人是我的情人，我肯定能配合得好一點，更熱情一點。但怎麼說呢，也許這女人就喜歡梁有富散漫的，不予配合的樣子。那瓶藥酒女人喝了一多半，梁有富喝了一小半。女人來狀態了，兩頰酡紅，而梁有富酒量根本還沒露出端倪。女人已經拼命往梁有富身上蹭了，沒得到應得的回應，女人有點生氣，把梁有富的臉擰過來，擺好一個角度，然後把自己腥紅色的嘴唇抹過去。好一陣過後，女人把自己身體稍微撐了起來，脱著衣服。她乳罩墊了太多海棉，解下以後胸就小了兩圈。但沒關係，我發現我喜歡小胸的女人，那兆示著她大腦發達，懂得情趣。小妍完全是相反的一個例子。電視裡太多的豐胸廣告，讓我懷疑是男人們合謀要讓聰明女人都自卑起來，然後再把她們變蠢。

在樹林中呈現出來的兩具裸體，和在席夢思上完全不一樣。場面遠沒有我想像的激烈。女人十分地投入，用眼神，用聲音，用身體調動著對方的情緒。我拍了不少照片。女人一開始是占著上位，這姿勢通常被叫做觀音坐蓮或者別的什麼。如此一來，我拍的很多照片幾乎就是她一個人的裸照。這不排除與我私人的口味也有關係。我像一隻蜥蜴在泥腥味十足，長滿衰草盤著匍匐藤蔓的地面上爬行。我找了好些角度拍攝，突然體會到《動物世界》裡的節目無非就是這麼拍成的。梁有富到底還是被調動了起來，慢慢地他的身體挪到上位。風聲、蟲鳴還有女人的聲音掩蓋了我不小心弄出的響動。突然一陣疾風，樹木搖曳一陣之後，那地方有數秒鐘的死寂，蟲孑也同時停止嘶鳴。我還在摁動快門，那會產生「嘶嘶」的響聲。梁有富突然變得警覺，他坐了起來，兩隻耳朵像鬣狗那樣豎直，抬頭環視周圍。我只好趕緊貼在地面上，屏住呼吸。

很快，我聽見女人忿怒地說，噯，你能不能專心一點？我再抬起頭，梁有富已經被女人摁了下去。女人張開兩隻藤蔓一樣的手臂，將梁有富的脖頸、腦袋繞了兩圈還有多餘。梁有富那只大腦袋陷進女人並不幽深的懷裡。

回到佴城，我把每張照片都洗七寸大，如此一來，那女人發騷的表情都纖毫畢現。洗印店的老梁當時候就嘖嘖地稱讚說，這女人真是漂亮。他問我到哪偷拍來的。我告訴他，那地方已經拍不到了，說出來也沒用。我要離開的時候，老梁說這女人好像在佴城見過。他問我，是不是佴城的？我說，應該不是，你記錯了吧？

我去找王常。他約我去城北一家茶社。我把挑出來的照片分成兩包，一包是穿衣服的照片，另一包是裸照，分別塞進左右衣袋裡面。搭七路車晃到城北，下了車，我老遠看見那家茶社的招牌在灰濛濛的空氣中晃蕩，心裡一陣充實。等一下從那裡出來，我衣袋裡的照片就會變成沉甸甸的紙鈔。我已經很長時間沒有一次性賺回幾千塊錢了。

裸照可以賣多少錢？五千塊錢，是不包括這一部分的。我心裡清楚得很。王常坐在那裡吃炒飯，旁邊還擰開著一聽啤酒。他一邊嚼著飯粒一邊問我把「貨」帶來了沒有。我說，那當然，未必我帶一張嘴巴來喝茶？我把右衣袋那一沓照片取出來給他看。他眼光剛落到頭一張照片上，就連聲地說，蠻好蠻好，尖細鱉，你的照相技術看樣子又長進了。一些飯粒自他嘴角噴濺出來。他再把腦袋杵得近點，看清楚了，忽然就說，不對啊……

我最怕聽到王常質疑的聲音，但仍然聽見了。我曉得，王常最會挑毛病，從而把價格壓低。我問，肥腸，哪裡不對咯？王常把很失望的表情做得十二分到位，說，尖細鱉，這活你白幹了，你拍的照片一點用處都沒有。我一時愣得說不出話，盯著他看，看他講出什麼樣的理由。他卻說，你還要繼續跟那個男的，看他和別的女人在一起搞事，再拍。如果還是照片上這個女人，你就不要拍。我問，為什麼？他撇撇嘴說，還沒聽明白？照片上這個女人就是款婆本人！

看樣子他不是騙我，桌面上的照片被他推了過來，一張都沒拿。王常要走，我拽住他說，肥腸你帶錢了嗎？再給我一千塊，我繼續跟蹤他。他媽的，我怎麼知道這女人是梁有富的老婆？她腦門上又沒蓋梁有富的戳，屁股上又沒貼結婚證。王常拍開我的手說，沒有別的辦法，你只有拿照片來換錢。兄弟，我手頭也緊。你這次的照片拍砸了，我也要斷兩天炊。我手剛一鬆開，王常就甩開步子下樓梯，生怕我再拽住他。

回去時搭七路車。到租住的房子，擰開房門就看見小妍滿懷期待的臉。早上我告訴小妍今天會去取錢，並自以為保守地說，能拿五千塊錢。現在我告訴她沒錢，生意砸了，王常一分錢也沒有給我。這女人根本不相信，她把我衣褲兜都摸上一遍，甚至裡褲都搜遍了，還是不相信。她在我一個衣袋裡找出一張銀行卡，揚一揚，說，尖細鰲，你把錢存銀行了吧？這張卡裡只有幾塊錢了。為了讓小妍相信並徹底死心，我把卡奪過來撇斷，然後跟小妍說，現在妳該信了吧？她臉上頓時失了顏色，罵我是騙子，然後拽一個包出門去。

第二天晚上小妍回來以後變本加厲，神情激動地把我數落個沒完，還傷心地哭了。因為昨天她推算出一組組合號，可以搏到一注一等獎，獎金會有好幾萬。她昨天等我的錢買這組號碼。我覺得沒有什麼遺憾，買彩就是有這種規律，推算出來卻沒有花錢買的號碼，往往是會中獎。如果當真把這組號買下來了，那麼搖號時某個彩球往往會哆嗦一下，不肯滾出來，整組中獎號碼就會為之改變。我準備拿這些道理去勸說小妍，但她不肯聽，她覺得自己掉了幾萬塊錢。晚十二點她再次摔門而去，房間裡只剩下我一個人。我沒有追出去，相信她很快就會回來。對女人我並不裡手，但小妍這樣的女人我還是拿捏得準。

第二天我睜眼時小妍果然已經回來，還給我帶來熱騰騰的灌湯包子和一塑料袋豆漿。你醒了？沒事你就再睡一會。她衝我說些知冷知暖的話。我喜歡吃灌湯包子，就像她喜歡買彩票。吃包子的時候她先是用力憋著想讓我先說話，但我吃得很香，懶得說話。

那天小妍不用上班，我看看時間不早，也不想出去找事做。在床上賴著，我心情忽然壞了起來，越想越覺得自己不划算。我花耗太多時間，還產生了一些費用，工錢和費用都應該算入成本。如果我在朗山的小招待所搞了那個女人，這筆錢也應該打入成本，我就虧得更大了。這成本怎麼算也有兩三千，王常卻只給我一千。再說，王常事先沒有很好地覆行告知義務，我弄出的誤會和他有直接關係呵。既然這樣，這次失誤不應該由我承擔所有責任……

我不是經常發呆，一旦發呆，小妍就看得出來。她問我腦殼裡在想什麼事了。我告訴小妍，王常沒理由不給我錢，我打算去跟王常討要這筆錢。讓他把五千塊錢全數付給我不太現實，但至少他還得再給我兩千，這對雙方來講都很公道。小妍擔心地說，要是他不打算給你怎麼辦呢？王常是混社會的，躲債的辦法總是比要債的辦法來得多。我說我會打他一頓。要是他以我打了他一頓為藉口賴帳，我就再打他一頓。小妍說，那你要考慮好了，打得贏再打呀！我笑她瞎操心，提醒她別忘記我是個當過兵的人，她臉上擔心的表情這才淡下去。

接下來的幾天裡，我王常手機撥了無數次，總是不在服務區。這使我心情日益煩躁起來，打算去他的事務所找他。那天我去到王常的事務所，抬頭看見門梁上的招牌已經換了，換成「蘋果英語俱樂部」。我以為王常又換了新招對付工商局的盤查，走進去只看見一些年輕的女人，張口就跟我擺外語。我問她們，以前租這門面的王老闆哪去了。妹子這才把舌頭轉過來，用中國話告訴我說，他老早就不在這裡了，公安局也來找過他。

這時我才確信，王常已經隱身了。據我所知他十三四歲就開始借債躲債的生活，日後敢麻著膽子開偵探社，是因為他尋找那些試圖躲藏的人很有一套，別人藏身的方法他大都體驗過。王常存心躲藏的話，大概只有給福爾摩斯鑲上西德狼狗的鼻子才能找著。

接下來一段時間沒事可幹，出去又沒錢可玩，只好窩在屋子裡睡。小妍並不願看見我睡懶覺。雨季已經開始了，空氣潮而霉，小妍很擔心我在床上睡出病來，死活把我拽起來，陪她一塊上班。她讓我陪著她在環線上一匝一匝周而復始地行進。坐在七路車上，我時不時會想起梁有富。當大量座位失去臀部磨擦的時候，我就會想起那個男人，覺得他應該坐在某個位置上。陪著小妍賣票的那些白天，我試圖能夠碰見他，哪怕一次。某天下午我似不經意地問小妍，那個梁有富，就是被我拍過照的那傢伙，好像一直沒有看到啊。

小妍警惕地看著我說，怎麼想起那個人來，你是不是想拿那些照片……我趕緊說，妳怎麼突然變得敏感了？我只是隨便問問。小妍表情仍然懷疑，嘴裡卻在誇我，那就好！

是啊，我暗自地想，難道僅僅是想見他一面嗎？我有這點不好，虧本的事不願意做。如果想看裸照，上網找找，要多少有多少，要多裸有多裸，像豬肉案子一樣，找哪一塊就拎得出哪一塊。手頭那堆裸照，拿來欣賞的話我實在看膩了。我相信這些照片能夠產生一些經濟效益。照片上的女人如果看見這些裸照，難道不擔心自己那麼多白肉晾在外面受風涼嗎？

那天早上天空晴朗，萬里無雲，我估計會有什麼好事。到中午時一個陌生電話打來，一接，卻是王常。我想這就對了，得揪住他要錢。轉念一想，揪住他了，他未必就肯給。再說，他隨身能帶多少錢？……王常，我還是要跟你舊事重提。我性子急了一些，他剛說他是王常，我就搶著講話了。我說，上次那堆照片，我自認為幹得非常盡心盡力，你是人的話就應該把那筆工錢全付給我。你窮窮一兩頓飯，我窮就會斷掉半個月的炊煙……王常打斷我說，那堆照片還不還在？我繼續擺明自己的態度：退一萬步說，四千你不掏，三千塊錢是少不了的。王常說，一碼事是一碼事。我問你，上次照的照片還在嗎？我說，還在。他爽朗地說，你拿照片過來。我身上帶的現錢不夠，馬上找別的人湊一下，三千塊錢今晚給你……你知道別人欠我多少錢嗎？你這點錢跟別人欠我的錢比，算個鳥啊。

我不想把問題搞得那麼複雜，對他說，王常，我就知道你不是那種人。你說個時間地點。他就說了一家茶館的名字，晚上九點鐘見面，掛斷前還時髦地說聲不見不散。掛了電話我反而揣揣不安起來，和王常打交道可從沒這麼順暢過。

晚上依然顯得很順。我到茶館時王常已經在等我。我拿照片給他，他很不經意地翻看一遍，並點點數量。他根本就不知道這裡面有好多張，所以點了幾張就放桌上了。他問，全在這裡嗎？我說，你放心，全在。王常把錢拿出來了，並作勢要遞過來，我這才……他突然手腕子一翻，問我，你是不是存得有電子檔？我說，我為什麼要存電子檔？講出來不怕你笑話，我連電腦都沒有，只洗了這一套，別的文件全洗掉了。王常點了點頭，把錢遞過來。我一數，真是三十張，毛主席的紅色表情和我心情一樣好。

回到胡麻地租住的房間，小妍打開門時笑臉迎面。我心裡一熱，把錢悉數交給她。她問三千塊錢怎麼得來的。我也不隱瞞。她聽了以後蹙起眉頭，說，王常從來都不是爽快的人，付錢想方設法總要扣一點。今天突然變了個人，不是有問題嗎？她這時候做出很聰明的樣子。其實我早就想到了，事先沒想到，因為最近手頭太緊。白天，王常的電話打來時我正昏昏沉沉。拿到錢時還高興，離開茶館坐上七路車，我就想到這個問題。王常能付我三千塊，他又能靠這堆照片賺下多少？他是把握十足買下這堆照片的。

依我看他肯定是要……小妍進一步裝得聰明起來，擺出恍然大悟的樣子。

不要說了，你想到的事我都想得到。王常打的什麼鬼主意，路人皆知。但照片上的女人在哪裡，我找不著，王常卻知道。這筆錢活王常這雜種賺到手。小妍不無安慰地說，這種錢不賺也好，賺到手也不安心的。

小妍說話時，我忽然想起來，洗相片時老梁建議我刻一張碟，再把相機存貯器清空。我就刻了一張碟。那張碟肯定擺在屋內某個地方。

那輛鏟車越修越壞。有一次探監時我就跟三光打商量，說把鏟車賣掉算了，再拖一陣，可能也就是賣廢鐵的價錢。三光說那好，我的那份錢你下次看我時帶過來，存到我們監獄的小賣部。這裡面沒有女人可搞，尖細鰲，我度日如年。看樣子我應該抽幾包好菸。

賣了鏟車，我閒著沒事打了半個月的牌，手裡的錢看著看著就少了。我還得出去做事。我的手指縫很寬，人家都說這種手相留不住財。環線公路要改造，兩側的排汙管要增粗，路面也要用新標號的混凝土進行硬化處理。我會開車，找個活不難。那一陣我在環線上幫別人開大卡，把水泥細砂拖進去，把工地廢料一車車拖出來。因為施工，環線經常堵。

那天太陽暴戾，堵車的時間長，往前面望去，上百輛車奄奄一息堆滿公路。卡在我這輛車後面的是一輛白色進口跑車，車標像把三股的魚叉。我認不出來這是什麼牌子的車。車主悶在車裡，前擋風玻璃正好折射著陽光。陽光太強，車主甚至讓刮雨器擺動起來，去刮玻璃面上的陽光。陽光同時又很頑固，像牛皮癬一樣貼死了車玻璃，刮雨器顯然無能為力。一刻鐘過去了，車主被陽光搞得頭昏腦熱，只好擰開門走出來透透空氣。是個女的，右手捏著一塊碩大的手機跟誰打電話，一派業務繁忙的樣子。她戴著墨鏡，鏡面泛著綠光。那只手機碩大，打完了就掛脖子上，像晨跑的老太太掛著的收音機。

我認出來就是那個女人，被我拍過裸照的款婆，墨鏡掩不去她風騷的眼角紋路。我不動聲色地看著她，她遊目四望眼光沒有焦點，電光石火之間也曾和我的眼光撞一下，又迅速彈開。她哪認得我是誰？款婆打電話叫來一個比她年輕但比她醜的女人。款婆管她叫小王。那小王人打車往這邊趕，趕到最近的路口再一路小跑跑到款婆面前聽吩咐。然後，款婆撇開進口跑車，自顧離開堵車路段。小王留在公路上替款婆守那輛動彈不了的跑車。

前面的車緩緩地動起來，但是一直不暢，時不時地停下來。我把卡車開到工地後，找個事由跟車主請假，離開工地，順著剛才的方向繼續往前走。走不多遠又看見那輛白色跑車。路時而通暢時而堵上，我走得甚至比那輛跑車快，經常停下來等車。那天我跟這車來到一幢暗紅色的大樓前面，是一家公司，森誠地產。我聽說過的，佴城屁大一點的地方，沒幾家能叫上名字的公司，森誠地產是排在前面的，業務從佴城做到了省城，總部仍擱在佴城。小王把車從一側的通道開往地下室。我往這幢樓前面橫過去，又折回來。一樓的玻璃幕牆像是單反鏡，裡面影影綽綽什麼都看不清。

僱我的車主有一天隨便找理由把我換了，安插了他的一個親戚。他說我請假太多，但我拍著腦袋回憶，只記起來請過一次假。我又變得無所事事，找回了睡懶覺的習慣。好久沒出去找事了，小妍從不說什麼，甚至她笑的時候越來越多。我反而隱隱地擔心起來，當她越來越具有好女人的品質，我便愈發地相形見拙。每天，我去樓下買一份《佴城晚報》，專找招工廣告欄看，在中縫裡面。看了幾則都有學歷要求。也有要退伍兵的，那是保安公司。我覺得保安是很窩囊的職業，給根棍卻不敢拿去打人，掛在褲檔上像鳥一樣成天晃著。我眼睛總是滑向招聘欄的右側，一連好多天，那個版面都畫著微微發藍的別墅，尖頂，像錐子，錐子上面的天空也被畫得很好看。別墅是森誠地產搞的，叫森誠世紀花園。為了讓人覺得物有所值，廣告畫的旁邊羅列了大把大把陳詞濫調：精品名樓身價象徵、義大利進口的純種設計師、歐陸風情原汁原味、立體多功能社區、折扣價享受貴族服務……

我學電影裡那些失了業的倒楣蛋的樣子，拿一支筆在中縫招工廣告裡畫圈。幾天下來，我也沒畫幾個圈，但我畫的圈實在是越來越圓了。有一天我看見一則廣告，森誠地產要招一名司機，還說工資面議。我毫不猶豫又畫了一個圈，當即把電話撥了過去。電話裡冒出個女人要死不活的聲音，問我基本的情況，然後說要我等，到時她會打電話通知我去面試。差不多一星期，沒任何電話打來。我又在報紙的招聘欄裡畫圈了，電話還是在十天後打來，要我去面談一下。打電話的妹子跟我說，這次招的司機是給他們公司的總經理開私車，要去總經理那裡討一討眼緣。她示意我穿著上講究一點。我只好把久未收拾的臉刮了一番，衣服也用力抻平了。我輕車熟路去到森誠地產，是那天被我跟蹤的小王先行安排。我並沒有立刻見到總經理。小王給我一個號子，17。我變成一個號子，等著被傳喚。在走廊裡還有幾個衝這份工作來的，我前面的16號是個女的，不算太老，長得還可以，領口開得超低，小半個乳房晾在外頭。我設想自己是總經理的話，當然是先考慮她啦。有個應聘的禿頂男人把女人的領口看過兩巡，就挺有自知之明地走了。我之所以不走，是忽然想起了那個款婆。我懷疑她就是這裡的經理。如果這樣，16號的低領口就毫無意義了。

叫到我的號了，走進去，那張辦公桌大得像是賭桌，可以供五十個人圍著押大押小。辦公桌後面坐著的果然是款婆。她並不看我，而是看電腦屏幕上的股票走勢圖。我走近了，她把鼠標揉來揉去，仍沒有看我的意思。我低頭看看桌面，最顯眼的位置有一枚豎格式的信封，上面寫有「東女士心蓉　台啟」的字樣；旁邊有一沓名片。她的名字現在我知道了，叫東心蓉。上面沒有手機號，只有座機。還有她的電子郵箱。拼音這東西我還是懂的，前面的字母串是她姓名全拼，後面跟三個數字168，再後面是圈a，yahoo.com.cn。

她坐的椅子奇大，轉起來卻很靈活，沒一點聲音。她把身子扭正了看我，我也得以近距離看到她的模樣，看得出她一些不算年輕的微小細節。我恍然想起那天在朗山，趴在矮樹叢中看見的她激情湧動的樣子，心底頓生一種親近的感覺。相對於門外的18號、19號和前面離開的一把號，我覺得自己似乎離這份工作更近。我盯著她的眼睛，想在眼神相會時讓她心裡「格楞」響一下，喚起一股似曾相識的感覺。她用不平不仄的聲音問了我幾個問題，又輕輕地看看我的長相，就說你可以走了。她甚至沒有說回頭等她電話通知。

我走了，心存希望，但又是一大段時間白挨了。她並沒有把電話打來。

到了探監的日子，我去監獄裡看三光。早上先去他姐那裡取了探視證，然後買了兩條菸幾包檳榔一塊拎去，賣鏟車後他應得的那份錢也別在腰上。這筆錢三光本來打算讓他姐拿著，但突然改變了主意，要我幫他把錢存起來，誰也不給。——所以今天我不讓她來，叫你單獨來。三光這麼跟我說。我不知道他們家發生了什麼事，也管不著，只是問，這錢往哪裡存啊？三光說他一個提包的夾層裡擺得有存摺以及銀行卡。我記起來，他被抓走後，那黑提包一直是我幫他拿著。問他密碼，他要我攤開手心，並用手指寫了一組數字：591168。我默念一遍，我就要一路發。探監完畢就把手上的字跡洗掉了。

從監獄裡回來，我並沒有把錢存入三光的帳號，而是存在我自己的存摺裡面。我想，反正他出來以後我會分文不少地交給他。

我終於把刻有裸照的光碟找了出來——那東西夾在一本舊雜誌裡面，差點被小妍叫個收破爛的收走了。房裡酒瓶積得蠻多，書和破雜誌只有幾本，但小妍看著仍覺得不順眼。

我頭腦已經形成一個想法，這事情拿到網吧裡做顯然不合適，那裡眾目睽睽。我只得去電腦市場淘下一台二手的筆記本電腦；接下來，裝網線花了差不多一千塊。兩樣下來就是三四千塊錢，我感到一陣肉疼。錢這東西，要是賺不上來就會虧掉不少——常說偷雞不成蝕把米，其實是廢話，偷雞不成肯定蝕把米。小妍見我又是買電腦又是裝網線，便罵我吃屎長大，沒賺錢卻想玩電腦遊戲。我不知道怎麼向她解釋心裡的意圖，只好忍辱負重由她去誤會。

我把一張裸照作為附件寄到束心蓉的電子信箱。那張照片裡幾乎看不見平躺的梁有富，只有她赤裸的上身，和激情四溢的臉孔。用鼠標一點，一封電子信件轉瞬飛向虛無飄渺中。我以前沒在網上發過郵件，對這事有些懷疑。如果不是顧及自身安全，我更願意把照片洗出來郵寄。在該郵件對話方塊裡頭，我告訴她我手頭有這樣一套照片，很清晰，不知她感不感興趣，想不想把這些照片買下來。本來想開一個價錢，但馬上想到這樣不太好，我應該穩住自己，不能讓她看出來我是猴急的人。

接下來那幾天，我起床第一件事就是上網查郵件，看有沒有回覆的信件，看束心蓉對我所講的事感不感興趣。結果很糟糕，她沒回覆，垃圾郵件卻一來一大把，逃稅諮詢、代理報關、創業培訓、水貨轎車、月薪兩萬誠招男女公關、夜用望遠鏡跳樓價（據說在日光暴戾的夏日午後，開啟夜視功能可以洞穿大姑娘小媳婦們身上薄如……）……也有的信件很直接地詢問我晚上是否寂寞難耐，要不要找個價格很合適的女人來陪。

一週後，我發了另一封郵件給束心蓉，附三張照片：前嬉、初始、漸入佳境。我得說我那套照片拍得很好，整個過程都記錄在案，梁有富實在是個配角，這套照片講述的只是一個女人的發情過程。掐著手指又過去五天，依然沒有回信。我不得不發過去第三封電子郵件，附四張照片，最後一張必然是高潮了，那張和高潮有關的照片乍一看會令人心潮翻湧。

小妍最近對我有些疏遠，也許還在生筆記本電腦的氣，但我想她已經看出來了，我不是在玩遊戲。有一次她正洗著腳，兀地開口說話了，告訴我說，今天又看見那個人了，他好久不來，今天一來又兜了好幾個圈才下車。我問，妳說誰？小妍回答說，是梁有富啊，還能是誰？剛才我問話甫一出口，就已經猜到了這個男人。我哦了一聲，眼睛還黏在電腦屏幕上，看一篇用星座亂卜的貼子。小妍見我沒心情聊那男人，就把嘴巴閉上。

那天下午小妍打來電話，說了一個吃飯的地方要我趕去，說是介紹一個朋友給我認識。去的時候，我又一次猜測是梁有富。這一陣他大概閒壞了，蹭七路車上癮了，而且專門上小妍賣票的那輛車。雖是環線車，但還是被預設了一個起點，同時也是終點，車開到那裡就會清空一次。他還想再坐一圈，就得再買一張票。他一次次掏一塊錢的鋼鏰買票，是否也使小妍產生出手闊綽的錯覺？我正想著諸如此類的問題，小妍和梁有富兩顆腦袋已經在眼前冒了出來。小妍臉上的興奮和痤瘡在大廳的燈下都特別明顯，躥過來幾步抓著我的胳膊，向他介紹起來。梁有富這個晚上穿著淡藍色的短襯衣，像是超市員工服；軍褲；一雙質地不錯的鞋照樣被他踩蹋了鞋幫。他是那種確定下來了就不會變的人，包括身上每個細節。他把我看了看，說，我們好像在哪裡看過？我們見過，這是事實，但他說得很客套。

小妍又給我介紹梁有富，煞有介事，說他是個老闆。梁有富說你不要這樣說，我不是，但可以幫幫忙。小妍是想讓梁有富給我介紹一份工作。對上了菸，他就問我，你能幹些什麼？我說我會開車。他又問，哦，開車還找不到事情做？你開車的技術怎麼樣？我說，我是當兵的時候學會開車的，自我感覺技術過硬基本功扎實，這麼多年從沒出過事故。我這段時間無事可做是因為前幾年買了鏟車，現在鏟車徹底壞了當鐵砣子賣掉，一時閒下來。

你是運輸兵嗎？說到當兵梁有富似乎來了情緒，又說，我也當過運輸兵，在青海。那是很多年前的事了，我開軍車技術也是很棒。你是運輸兵嗎？我告訴他我以前在四十二軍當偵察兵。我不願說我是運輸兵，因為他也是。

喲，是四十二軍啊，在四十二軍裡面當偵察兵可是了不起的事情。梁有富誇了一句。對這些軍內常識他記憶牢靠。接下來他主動說有份工作，不知道我願不願意做。是開小車，無級變速。車技好的人開無級變速會有些覺得不爽，技術水平得不到發揮，猶如專業攝影師玩傻瓜機。我誠實地說，我車技遠沒到蔑視無級變速的程度。他點點頭，算是把一件事談完了。接下來我們有心談一談當兵的事。當過兵的人都有這樣的嗜好，當他們碰在一起，別的喜樂哀愁就淡掉了。但當天我們沒有談進去，他善於把有趣的事情說得很沉悶，而我又不善於佯裝聽得蠻有滋味。小妍在一旁瞎著急。

第二天一早是梁有富的電話把我催醒，他告訴我那份工作已經搞定，後天就去森誠幹活。他還跟我交代說，要是別人問起，就說你是我一個戰友的老鄉，我們倆並不認識。

起床後，我坐在電腦前，習慣性地開了信箱，忽然發現東心蓉回信了，夾在幾封垃圾郵件中間。我把她的回信點開，內容很簡單：你想怎麼樣？

我一直都在等她的回信，等著她問我想怎麼樣，偏偏這一晚她將信回了過來。過兩天，我應該是去替她開車，做她的私人司機。我一直想告訴她我想怎麼樣，但現在突然改變了計畫。我的回信也非常簡單：我想想再告訴妳。發送出去以後，我突然意識到是她言簡意賅的風格影響了我。能用一個字說明白，絕不用兩個字，這是多麼牛逼的品質啊。

東心蓉竟然躲在某台電腦後面等我，很快就飆了一封信過來：你到底想怎麼樣？無非錢嘛，多少？王常，你這麼做是有失厚道的啊。她以為我是王常。這讓我開心起來。我再發一封郵件過去告訴她，我不是王常。她馬上回覆：好，你不是王常。王常，我從來沒有這麼寬厚地對待過誰。我再給你一筆錢。前面那十萬給你買房，再給你十萬買車怎麼樣？OK，不管怎麼樣，約個時間地點，我們先見上一面。我們也好久沒見面了，不是嗎？

這時我才知道被王常當大頭娃娃耍了一把。他三千塊錢買下那一堆照片，拿到東心蓉那裡轉手賣了十萬。如果看見王常，我想我會撲上去一頓亂咬。賺了九萬七，狗日的打什麼疫苗都夠了。我給東心蓉回信：今天身體欠安，還是改日見面地好。之後我就把郵箱關掉了。

我心裡有氣，摁開手機找了找，上次王常打來的電話還在。我撥過去，卻是關機。王常的手機從來都很難打通。那以後我又撥了多次，總是關機，也沒見說停機。終於，他在一個傍晚把電話撥了過來，問我找他有什麼事。我問他現在在哪裡，他一笑，說現在在湖區找到一樁好買賣，收老鼠。湖區正鬧鼠患，他找輛車在湖區收購老鼠，要活的，裝在鐵絲籠裡拉到廣東沿海，翻幾倍地賺。

怎麼幹這些小販勾當了？我說，肥腸，你這是在浪費聰明才智。你天生是幹偵探的料。王常大氣地一笑，說，手下有你們這幫人才，幹偵探社確實是很來勁。但是犯了政策，沒有個正式身分，搞私人偵探倒有點像是當老鼠，成天鑽陰溝找活路。唦，現在多好，我成了捉老鼠的。尖細鱉，有沒有興趣？過來跟我一塊幹吧。你的能力我倒是信得過的，三光那苕貨想跟我幹我都不要。我陰陰地一笑說，肥腸，你倒是逍遙自在，現在東心蓉正到處找你。他愣了一會，問我，她找我什麼事？你哪裡聽來的？

現在我在給森誠地產開車。我抬高了聲音質問他，你說，從我手裡買的那堆照片你他媽轉手賺了多少？他頓了頓，說，也就，也就萬把塊錢……

還騙我，你真是黑得可以。我佯怒，其實心裡憋著的氣不知哪時消掉了。王常這渾人場面見多了，嘻嘻哈哈地搪塞過去。他說，尖細鱉，就當是救我一條狗命好了，你曉得我欠別人多少錢嗎？那些錢在手裡還沒捂熱，轉眼又不是自己的了。……尖細，你不會賣友求榮，把我供出來吧？我大氣地一笑，說，肥腸，你不仁我不能不義。我嘴巴鐵緊，但以後你也少跟佴城的熟人打電話，別人說不說我可保不住。王常說，王尖我就知道你是夠意思的人，我在這邊給你翹起一顆大拇指！

掛了電話，他還發來一條短信：等我賺上幾筆，再找個高檔的地方請你狂開心！

我第一次給束總開車是在那天下午，她去「芙蓉閣」趕一個飯局。我把車停在正門前面等她，見她來就去把車門擰開。坐進駕駛副座，她斜乜我一眼說，好像在哪見過你。我正要回應這句話，她已經把手機架上耳朵眼了，另一隻手示意我不要說話。到了芙蓉閣，束總下車，同時告訴我待在車裡等她。過一會她叫一個服務員拿一份盒飯過來，菜倒是不錯，我吃出口味，自己跑進去加了一份飯。飯局過後這一幫人照例還得K一頓歌，去了佴城最豪華的「大地飛歌」，那地方價格奇高，其經營理念是雖然佴城屬窮蔽落後的地區，但佴城的消費一定不能窮，要勇於趕上海超深圳。佴城人通常管那裡叫「大地飛刀」。我不能進到包房，只在大廳裡找個位子坐下，喝茶，聽裡面隱隱約約傳來的鬼哭狼嚎。好幾個細腳伶仃的妹子進到她所在的那個包間。K完歌以後我把她送回森誠世紀花園，半路上她叫我停車。她走出去，像是要散會兒步，實際上不是。她不緊不慢地走到路邊綠化帶，突然把腳一掰開，跨過女貞矮欄，跑到後面一棵樟樹下劇烈地嘔吐起來。我眼光一直跟隨她，覺得她非常沉得住氣，也非常有表演天賦。在她嘔吐前的半秒鐘我也絲毫看不出她將會幹什麼。

但我不喜歡這樣的女人！這麼一想我自己就笑了，她是用來讓我喜歡或不喜歡的麼？

到了森誠世紀花園的門口，她就叫我下車打個的回去。她把車開進裡面。

當晚回到家中，我就給她發了一封信。我告訴她三光的帳號，叫她先往帳上打兩萬塊錢給我玩一玩。我向她保證這筆錢到帳以後，兩個月內絕不提別的什麼要求。在信的末尾，我當然會提醒她不要報警。幹完這事，我回到床上轉瞬就睡，死沉死沉，而且還夢見了錢。三十歲以後，我夢見錢的時候比夢見女人多得多。

第二天我帶著一種很悠閒的心情坐七路車，去到森誠地產。我想看看束心蓉會是怎麼樣的表情。森誠地產今天有個活動，請了一幫樂隊還有數支夕陽紅的腰鼓隊或者花傘隊，要沿著環線走上一圈，為一個即將開盤的商住小區做宣傳。束總很忙，也是精力充足的樣子，我看不出絲毫的異樣。我想，她在我發信件以後還沒打開信箱。公司的大廳忽然堆滿了人。在我站的那個位置並不適合觀察，她時而浮現出來，時而淹沒在人堆裡，像一條魚。

中午和整個下午她都在酒局上，有四趟。我掐指幫她算的。她坐在車上的時候還推掉了兩趟，要不然她得喝六趟。其中的兩趟酒看似與她生意無關，一趟是地產局老總老遠來了一幫親戚，一個電話要她也去作陪。另一趟是公安局的人，她推了一陣沒有推開，最終還是去了。喝最後那趟酒還是在芙蓉閣裡面。又是這個破地方！來之前她已經支撐不住，幾趟飯局下來誰都扛不住酒。這時她打個電話，叫梁有富過來。她喝多了就會想起梁有富，想起她和他是夫妻，適合做貼身的照顧。

梁有富拖沓一陣才來，穿圓領白T恤，下著沙灘褲，皮鞋依舊是踩踏了幫的。白T恤前面印著切·格瓦拉毛茸茸的腦袋。格瓦拉精神氣十足甚至有些亢奮，而梁有富睡眼惺忪，兩者對比鮮明。他下了的士就跟我打招呼，要我帶他進束總訂的包廂。進去的時候束總正在主動出擊，用燈罩般大的玻璃杯跟人碰紅酒。見到梁有富她臉色就變了，因為喝了酒表情藏不住。她問他，你什麼意思？你以為你返老還童了是不是？梁有富怔怔地站在進門的地方，扭頭看看我，靦腆地笑起來。一個警察把他扯過去碰酒，場面這才輕鬆下來。他們喝開了，我走出去站在芙蓉閣外面的一個水池邊抽著菸，不多久梁有富就出來，徑直往外面走。我迎過去問是不是要坐車，我可以送他。他拍拍我說，沒事，我喜歡搭公共汽車。

晚十點，我還站在水池邊等，音樂噴泉乍然動了起來。過不多久，她一個電話敲來，要我進去。我估計她喝得不行了，走進去，她果然坐在椅子上發怔，別的人都走了，地上很多酒瓶。她叫我扶她站起來，我照辦。她身體散發著暗淡的香氣。我扶她往外走，她見著人身體就強行支撐一會，沒人的地方大半體重全附了過來。香水這東西我一直沒有留意，這一陣聞了滿鼻子香，覺得很受用。快上車前，我忽然問她，束總，妳用的香水是什麼牌子？

……高田賢三，一枝花。你什麼意思？她回答以後突然莫名其妙了起來，睜圓眼睛看我。天很黑，我看不見她的眼，但感覺到她眼泡子忽閃著微光。我說，沒什麼，覺得很好聞，打算給女朋友也買一瓶。她說，回頭我送你一瓶。你有女朋友？我點點頭說，算是有一個吧。她忽然又閉緊了嘴巴什麼也不想說。我繼續開車，在橘坪十字路口，按道理左拐，她叫我一直往前面開。跨過十字路口，是佴城中心商業區，我以為她要買東西。她要我繼續往前面開，路面就黑了下來。再過去是市公安局，門口有個報警點。她要我把車停在馬路邊。一切照辦。我擰開窗玻璃抽起紙菸。

你也抽菸？抽的是什麼菸？她朝我睨來一眼，問我話。我告訴她，兩塊錢的大前門，抽起來有點雞糞臭，妳要嗎？她把兩枚手指揚了過來，說，給我一枝！我遞去了菸，並給她燃上。火苗小心翼翼地燃起來，她輕輕把菸蒂一舔，菸頭燃得異常均勻。之後她要我出去，她想在車內一個人坐上一陣。我問，東總，有什麼心事可以跟我說嗎？她鄙夷地噴一口猛煙，並說，小張，你以為你是誰？我糾正地說，我是小王。她說，好的小王，快給我滾出去！

我當然是走出去的，站在離車兩丈遠的地方抽起菸來。她在駕駛副座抽得很快，吧唧幾口就把那枝菸抽得快挾不住了。報警點裡一個警察跑出來敲敲車窗，問她有什麼事。她趕忙搖著手表示沒事。警察看見了我，又跑來問我有什麼事。佴城這種地方突然冒出來個辦事認真的警察，我真想揭發檢舉點什麼東西滿足他的好奇心，但我只能說，我們老闆有些醉，她停在這裡醒醒酒。

東總大聲地叫我名字，王尖，王尖。這時她記起我的名字來了。我跑過去開車，她還在打電話。她要一個人過來，說她今晚心情不好，並指定那人十一點半以前必須趕到地方。那人似乎睡了，或者別的原因不想聽她的差遣，說了些推辭的話。東總的態度一步一步強硬起來，直到那人答應馬上動身立即趕到，她才甘休。她的手機是折疊式，闔上了以後她衝手機說，早答應啊，我還以為你真敢不來哩。形容你也就一個字，賤。

開到東總那幢別墅前面，我問我是不是可以走了。她嘟囔一句，都是沒良心的。我想我還是在車裡待一陣。過一會有個男人打的過來，停在離這輛車不遠的地方，她才揮揮手示意我走，還說，你可以打的，的票留著。我走出去時來人與我擦肩而過，又是梁有富。他換了穿著，似乎還衝著我做了個無奈的表情。天有些黑，事後我想，其實我當時沒看清他的表情。走過去以後我不想打的，一個人走著回去。街上早就沒有了環線車，一些民工躺在馬路邊，一些工地趁夜趕進度，貼著地面有樹葉和破紙頭飄飛。過工商銀行，ATM機在那段漆黑的馬路中放亮。我走過去，把三光那張卡插進去查查金額，帳面上多出兩萬塊錢。我要取這筆錢，屏顯卻告訴我裡面沒有鈔票了。我左右看看，夜色詭譎，整條馬路似乎只剩下我和這台把錢吐光了的ATM機。

我換個地方分幾次提取出這兩萬塊錢，一手握著，感覺這沓錢很豐滿，就像我的小妍。我拿回去當然不會告訴小妍，而是藏在一個角落，暫且不用。

拿到頭個月的工資後，我敲開郵箱裡的垃圾郵件，找到賣夜用望遠鏡的攤，訂了一件貨，並提出送貨上門，當面付訖。沒想到真有這樣的事，當天傍晚一個傢伙敲開我的門送來那玩意，趁著夜色可以當場檢驗質量。我把屋裡的燈關了，拿夜用望遠鏡看，果然小妍的臉露在被單外面，呈灰白色，還有一層淡綠的光。

白天，去給束總開車，我把望遠鏡掛在脖子上，時不時拿起來看看街道盡頭、路邊行人或者是遠一點的天空。佴城被很多山圍了起來，密密匝匝，稍微下一點雨的時候，從望遠鏡裡看去，最遠的幾個山頭總是布滿絮狀輕雲，一派自在的樣子。那天束總幾乎全天用車，奔了很多處地方，但沒有注意我胸前多了個東西。到晚上赴酒局時，她忽然發現了，問我，小王，什麼時候買了望遠鏡？你還有這樣的愛好？我說，剛買的，發工資嘛，老早就想買一個望遠鏡。她揣測說，用來看女人吧？你這樣的年紀，心思隨時都放在女人身上。我說，不，女人有什麼好看的？我白天可以拿來看路況，晚上可以拿來看天。她噗哧一笑，伸手摸摸我的腦殼，說，你看你看，你還真可愛。我趕緊裝出童心未泯的樣子，以配合她的誇獎。

晚上，只要束總沒喝醉，她就會找一個合適的路口叫我停車，讓我下車回家，她自己把車開到森誠世紀花園。有了夜用望遠鏡以後我忽然不再急著回租住的房間，而是喜歡把束總當成觀察對象，觀察她夜裡的活動，並希望像達爾文一樣通過仔細縝密的觀察而總結出她的活動規律。也許她自己覺日常活動是隨意的，我卻偏偏要從裡面找出規律來。她把瑪莎拉蒂（現在我知道她那輛車是瑪莎拉蒂，聽著像是一個外國騷貨的名字）開往森誠世紀花園，我打個的尾隨其後，或者搭環線車慢一腳趕去。夜晚，我胸前掛一只碩大的望遠鏡出現在環線車上，總能招致一些人朝我看來。到了離森誠世紀花園最近的斜方角站我就下車，走著去。佴城不大，任何地方總與環線上的某個站點發生聯繫。

我喜歡爬到水塔上面居高臨下地觀察這個小區，那裡視野寬廣，束總的別墅兩面牆八組窗戶都可納入觀察範圍。我期望她哪天疏忽，沒把窗簾拉緊，那麼我的目光便可趁虛而入。但這樣的機會我從沒有碰到過，即使碰到，難道是想看她的裸體嗎？我對此表示懷疑。有一次，我爬上水塔的平台，有一對男女也坐在上面，談夠了，正接吻。我自顧幹自己的事情，揿開夜視鍵往底下小區看去。旁邊那男的和他女朋友嘰咕了一陣，覺得沒意思，湊過來問我借望遠鏡看看。我只好借給他，他就到處亂晃，不肯撒手。那女的不停埋怨了起來，他才將望遠鏡歸還給我。

束心蓉這女人是怕黑的，我在水塔上觀察的那一段時間，時常有男人十一點以後鑽進她的那幢樓。我只能大概看清那些男人的體型，不難看出來，大多數都不是梁有富。梁有富只是偶爾被她叫過來。有一次我看見梁有富進到那幢樓裡，剛要撤離水塔，忽然瞥見梁有富很快又出來了。想必兩人發生了口角。梁有富是自己賭氣離開的還是被束總趕出來的？我只得繼續觀察下去，梁有富沒有再折返。一刻鐘以後我看見兩個男人打的到束總的樓前，下了車往樓裡鑽。是兩個，他們的身材是那種二十啷噹歲小夥子特有的單薄。

那天回去當然很晚，用鑰匙扭開房門，裡面的燈還是亮的。小妍坐在床頭，坐得標直，神情嚴肅。我腦子裡還在想著用氣槍打別人屁股的事情，看著小妍這種罕見的表情，忍不住又笑了一通。她的臉像毛巾一樣擰緊了起來，眉心擠出古怪的紋路。

你到哪裡去了？她問。能去哪裡？把老闆送回去，就回來了。說著，我走到衛生間裡去洗漱，弄了好一陣，出來，小妍仍然坐得一絲不苟，還把一堆錢扔在床沿。我走過去把兩萬塊錢攏作一堆，跺齊，再用皮筋套住。她問我，這錢哪來的？我回答，賺來的。妳以為是撿來的？她又問，你怎麼賺來的？你什麼時候能一下子賺到這麼多錢？

小妍的問話引發了我的沉思，是這樣的，我憑什麼一下子就賺到兩萬塊錢呢？還真是沒法跟她交代。於是我什麼也不說，打開了電腦自顧玩了起來。我現在在學做圖，很有趣，可以給人像上裝一個狗腦袋，如果裝得好的話看上去確實像個新型物種。小妍很長時間沒有聲音，我就奇怪了，不說話也能蒙混過關？抬眼看看她，她今晚坐得特別直，手撐著床沿，滿眼都是淚水。妳怎麼啦？我只好扔開電腦走過去坐在她身旁，擺出安慰的樣子。我想她會撒嬌，噘著嘴，把身子側給我看。她果然就這樣。我把她身子扳正，並問，妳怎麼啦，有什麼意見說明白了，我認真聽，並且有則改之無則加勉。她馬上又把身子側了回去，什麼話也不說，然後倒頭就睡。我聽見她的鼾聲，這才覺得累，躺在她身旁，用聞慣了東總身上香水味的鼻頭，聞見小妍身體的氣味，素淡，稀薄，卻又實實在在。

半夜我被小妍推醒，她說，你老實交代，你和東總幹了些什麼？我睜開眼，燈是亮著的，於是用胳膊遮住眼睛。我說，我開車，她坐車，還能幹別的什麼？

別跟我裝不知道，你哪來這麼多錢？她給你的吧？

還是那兩萬塊錢的事在鬧騰，我真想認了。錢難道不是束總給的嗎？但我咬咬牙沒有承認，反問道，她為什麼要給我錢？她噴著唾沫星朝我吼道，你是不是逼著我把你做的不要臉的事全都說出來？她眼睛噴火，還在我臉上搧了一巴掌，巴掌啪在我臉上的同時她氣焰就消掉許多。我捂著臉，十分嚴肅地告訴小妍，我根本沒和束總做過她以為的那些事。這些錢怎麼賺來的，現在我不能告訴她，以後肯定會說個明白。我要她無論如何相信我。

嗯，好的。她見我似乎不疼了，表情有所舒展。

……束總是什麼樣的人，我比妳清楚。我把身體坐直抽起一枝菸，並說，她是有一些男……朋友，但跟我沒關係。你們女人就是這種小心思，心裡面喜歡哪個男人，就擔心別的女人都喜歡這個男人。這其實是一種病態。她怎麼會和她的司機搞上呢？她是個聰明人，不會幹這樣的傻事。她身邊年輕漂亮的小白臉要一車有一車，要一船有一船。小妍將我貼得有些肉疼，時不時吃吃地笑。我鬆了一口氣。這時候她告訴我，束總的事情，沒準我知道的比你還多。我告訴她我不相信，束總的事情她比我知道的還多，這差不多就是講鬼話。

小妍靜了半刻，忽然問，你知道梁有富和她的關係嗎？我本想回答，夫妻關係，不是嗎？張開口以後卻說，我看他倆的關係不怎麼好。

這只是擺在表面的，背後的原因你就不知道了吧？小妍臉上此時掠過一絲得意。她又說，束總是個很要強的女人，以前她長得醜，有了錢以後做死地整容才是這個樣子。你看不出來吧？以前是她主動去找梁有富。梁有富當時候被很多女人喜歡，束……心蓉還是耍了很多心機才插隊進去的（她說出插隊這個詞又噗哧地笑出聲來），但梁有富並沒有拿她當回事，和她玩，同時也和別的女人玩。梁有富這種男人，年輕時候必然是有些花的。束心蓉很能賺錢，拿出去給梁有富用，梁有富一來二去有些離不開她。

……錢這狗東西……我想就此發表些感慨，卻一時語塞。小妍又說，等他倆成了現在這個樣子，束心蓉心裡就不舒服。她老要記起以前的事。她覺得當時候梁有富虧等了她。現在她有錢了，梁有富說白了還得靠著她過日子，所以她就有了為所欲為的心思，拿梁有富不當菜。兩人分開了住，束心蓉幾時想到梁有富，一個電話把他叫過來，覺得煩了又叫他滾。束心蓉是個報復心特別強的女人，這一點你未必知道。她找別的男人，同時又叫人看住梁有富，不讓他到外面拈花惹草。這純粹就是在報復了，這樣的女人你千萬不要招惹……小妍的語氣突然轉為關切，同時把腦袋從我身上移開，深深地看我幾眼。我腦子裡面像揿門鈴一樣響了一下，想到一件事情，遂問她，誰跟妳說的這些？梁有富吧？她一下子啞巴了，怔怔地看著我。我不想看她發怔的樣子，遂關了燈跟她說，睡吧親愛的，明天還有明天的事做喲。

那天東總約一個男人吃飯。本來說好就他倆，但那男人來的時候已經在別的酒桌上喝過了，見面時就有幾分醉意，兩個年輕人攙扶著他。他跟東總碰面的時候，一派眼花繚亂的樣子，把東總叫成「小秋」。東總惡狠狠地往地上吐了一泡唾沫，衝那人說，我怎麼會是那個婊子呢？她支使年輕人把那傢伙扶到七號包房。我也要走進去，她卻把我攔住了，和顏悅色地說，小王，你還是在外面等好了。

這家酒店進進出出的年輕女子特別多，衣服都儘量地節省布，有兩個還蹲在酒店門口長時間地打電話。一蹲下去大量的白肉就現出來，直往男人的眼睛裡跳，只是我沒有了心情。我覺得剛才扶醉鬼的那兩個年輕人都是警察，如果我沒猜錯，那醉鬼應該是公安局裡面一個小蘿蔔頭。搞刑偵的？要不就是個副局長？東總行為處事的風格我多少看出些門道，她特別相信人與人之間的關係，如果要請人幫忙的話不會一口就把事情說明白，事先得把關係再攏緊一些，吃幾頓飯，K幾頓歌，當然也要幫這些男人安排他們需要的東西。到她覺得時機成熟了，才會開口讓對方幫忙。

這時我想，東總找這個男人夜談，八成跟我做的那些事有關。距上次她掏兩萬塊錢打進三光的帳號，差不多過去一個半月了。我跟她說過，兩萬塊錢只能保兩個月平安無事。她的內心不像她表面那樣鎮靜，她畢竟是個女人。雖然很多時候她完全把自己當成一個男人，瘋狂地工作賺錢，但很多時候，她會突然意識到自己是女流之輩。我左眼皮有點跳，捂下去以後右眼皮又跳開了。

我的猜測很快得到證實。束總給我打來電話，要我把剛才扶人的一個年輕人送到新麥西娛樂城。電話打完那年輕人已經到了我的車前面，問我這是不是束總的車。我說，當然是啊，瑪莎拉蒂，整個城只有這一輛。去新麥西見你馬子吧？——是女朋友咧！他坐在副座上試了試沙發皮，咧嘴一笑說，蠻牛的嘛，我還以為這車叫魚叉牌。我說，老弟，哪有你牛啊，屁股後面別一把小手槍，掏出來想敲誰就敲誰。這也是個愛笑的警察，聽我誇他，就把腰上的小六四掏出來，作勢吹吹槍口。他說，老兄，哪是你說的這麼爽？把槍給你，你去敲個人給我看看。他媽的，這把槍自個也憋壞了。我哈哈一笑，哪敢把槍接過來。

我問他剛才扶著的那醉鬼是誰，他毫不隱諱，說是市局張副局長，專門抓刑偵這塊。

回到住的地方，我用電腦把束總那疊裸照又流覽了一遍。同時我想，如果束總要報案，那麼無論醉成什麼狀態的人都能輕易把案件破了——查銀行卡的戶主，然後去監獄把三光盤問一頓。三光的德性我還是知道的，雖然我們關係有夠鐵，但在這樣的事情上他不會守口如瓶，為多掙減刑分說不定會迫不及待地把我供出來。江湖義氣第一樁，這是阿慶嫂糊弄胡傳奎的鬼話，三光當然不及戲文裡的胡傳奎忠厚。

我調出兩幀束總的裸照，用剛學會的圖片處理技術稍稍加工了一下，把她腦袋取掉，隨便安上一隻動物的腦袋。有一幀上面束總的肉身上長出一個狗頭，另一個上面也好不到哪去，換上的是鼬鼠腦袋。我並不偏好這兩種動物，在電腦上找的圖片裡面，這兩個腦袋剪切下來正好搭得上束總的脖子。我技術不精，圖片處理後的效果破綻百出，束總的肉身因失去了恰當的腦袋而變得像一堆死肉。我隨便找了兩個網站，把做過手腳的圖片做為貼子發了上去。之後我給束總發了一封郵件，坦白地告訴她，既然我要在她那裡搞錢，肯定是隨時都注意著她的舉動。比如她和公安局老張的接觸，我整個都是看在眼裡。我提醒她不要忘記，我是搞私家偵探的，在破案這個領域完全可以當醉鬼老張的祖師爺。寫這一堆字的時候我把自己想像成王常，這個敲了束總一筆錢就去廣東販老鼠的傢伙，現在在哪裡逍遙快活？我繼續在鍵盤上敲字，平時敲得不快，這個晚上來了情緒，敲鍵盤的聲音十分細密。那封信我寫得很有文采，措辭肯切，直陳利弊，曉以利害，把該分析的狀況都分析到了。我讓束總知道，這不是破不破案的問題，而是光腳的不怕穿鞋的的問題。最後附上兩個網址，讓她看看我處理圖片的技術怎麼樣。信寫好了，我也冷靜了許多，並不急於寄發出去，而是存在稿件箱裡面，打算過兩天再發出去。接下來的一段時間，有個新樓盤開始發售，束總擠不出時間跟張副局這種閒人打交道。她對事業的熱忱，我倒是由衷敬佩的。

第二天天忽然陰沉沉的，小王一早就打來電話，說凌晨時候束總發病了，現在已經在醫院裡面。小王陪護著。她叫我不用去，自己安排。

我起床以後吃了早點，去到一個站台等待著。過去好幾輛車我都沒上去。終於，我看見慢慢晃過的那輛七路車上站著小妍。她倚坐在車門旁的扶手邊，卻沒有看見我。人不少，我夾在一堆人裡頭擠上車，她仍然沒有認出我來。我故意穿一件平常不怎麼穿的嫩黃色衣服。當她把手伸過來要我買票時，我才抬起頭。她噗哧笑了，去招呼下一個不買票的。旁邊有個老大爺較真，他問，為什麼這位同志不買票？我趕緊掏出一塊錢遞過去，小妍把那老頭凶了幾眼，這才扯一張票。

逛得兩圈，我看見梁有富從一個冷僻的站點上車。那一站只他一個人。我把小妍手裡的票夾拿過來，笑吟吟地走過去扯了一張票給他。他看見我有些吃驚，旋即微笑，把一塊錢鋼蹦遞過來的樣子倒是想要同我握手。他問我今天怎麼不去開車，我說，梁總，束總今天用不著我開車。她不是病了？梁有富翻翻眼皮，他的瞳仁很亮，眼白很大。然後他說，人嘛少不了有幾樣病，你嘛以後別叫我梁總。我也搞不清自己算是良種還是劣種。我問，束總到底是什麼病。他用手比畫了幾下，告訴我，嗡，女人的那些麻煩病。

人下得差不多了，我坐在他後面，同樣靠著窗，同樣懶散地看街景，看天空。佴城活該是一派陰沉的樣子，市慶在即，很多老舊的建築物正按著規畫貼上統一顏色的瓷磚。在陰雲之下，在一片人為的白色當中，街景彷彿昏聵欲睡，同時又煥發著勃勃生機，有什麼東西在那些行人木然的表情下面潛滋暗長。隨著七路車一匝一匝繞著環線行走，我心中的喜悅被緩緩釋放了出來。我毫無理由地喜歡上這平淡如水的一天。往前面看，梁有富的後腦勺確實像把勺，小妍靠著椅背悄悄朝我看來的樣子還一如既往地單純、知足。有一陣車上就只我們幾個人，還有哐噹哐噹的響聲，擺盪的抓環。梁有富突然就遞來一枝菸，我們在空車上狂噴。小妍打著普通話的腔調說，車上不許抽菸，請各位乘客自重！話沒說完她自己笑閃了腰。

我聽見梁有富腰裡面老有振動的聲音，提醒他，是不是來電話了？他哦地一聲，把手機掏出來，看一看，說是鬧鐘沒調好。然後他大概是把手機關掉了，重新塞進兜裡。

兜上幾圈我已經把街景看疲了，先下車。那天我心情一直不錯，想把錢花掉一些，於是去買一條金項鍊。以前我沒給她買過類似的破玩意，現在我手頭有兩萬塊錢，而且被小妍知道了。晚上拿給小妍，她卻沒有心情。……那兩萬塊錢，我想也不是你撿來的，還是省著用。她皺著眉頭，又說起另外一件事。她說，你剛下車不久，你們束總竟然也上了我這輛車，貼著梁有富坐。我說，束總不是病了嗎？小妍說，鬼才知道，反正是看見她了。她要找梁有富說什麼，梁有富懶得搭理。她一圈沒坐滿就先下了。

次日小王通知我去幹活，束總的病已經好了。下午我開車送小王去稅務局辦事，一路上她嘴也不閒著，跟我說起昨天的事。束總突發急性腸梗阻，本來打電話給我，我關了機，她就叫小王過去護理她。急性發作，要治也是很快，到上午束總的病基本上就治住了。她只是很虛弱，一遍遍地給梁有富打電話，梁有富死活不接。束總心裡憋著氣，反而來了精神，中午就霸蠻要出院，沒人攔得住。她一車子開到公安局找人幫忙。張副局倒也肯幫忙，要人打開手機定位系統讓束總用。幾個人盯著定位系統的顯頻看了半天，看出來，梁有富在環線上蹭公汽，一圈一圈地繞。

接下來小王罵梁有富真是腦子進水，娶到束總那麼能幹的女人不曉得珍惜。他在環線車上一圈一圈地繞個什麼勁呢？我哼哼哈哈地應和著，心裡忽然得來一絲僥倖，幸好昨日下車下得早，要不然也會被束總撞上。我努力地想像著，如果我們一齊坐在環線車裡兜圈子，會是怎麼樣的情景？

我把存在草稿箱裡的信件調出來發給了束總。同時我查了查前次發出去的貼子，倒是有網友留言說：老兄，貼圖專業一點好不好，別把我們這個壇當成你賣肉的案子。接下來一條留言說，賣肉也挑些好肉賣呀，別專賣老豬娘的囊膪肉。

隔天一早打開信箱，她就把信回了過來：王常，我們都是老熟人了，痛快一點好不好，一口價。我找老張是有別的事，我們之間的事用不著別人解決。遊戲規則這東西，我覺得我比你懂，在這一點上你值得向我學習。我回覆，呃，那就好。何必一口價？來日方長嘛，妳我既然是老熟人了，我要的價錢肯定不會太過分，妳就放心好了。回覆之後我準備趕去森誠地產，聽候這個女人的差遣，心底頓生一股滑稽的味道。剛要關機，忽然又把那兩個貼子找出來看看。其中一貼，昨晚看到的兩條網友留言的下面又新增了一貼：樓上兩個狗東西，你們去吃屎吧！我估計這是束總留的言，呶，不罵發貼的，只罵留言的。

過後幾天，依然是晚上，我打開郵箱看到束心蓉主動發來的郵件：兩個月的時間差不多到了，下一步你打算怎麼辦？

看樣子束總真是很有責任心的人，反過來給我提個醒。下一步打算怎麼辦？我晃著腦袋想了好一陣，也沒想出讓自己滿意的計畫。於是我老老實實地回信說，我還沒有想好，想好了再告訴妳。妳也別急，我考慮成熟一點也是好事，如果良心發現，自此不再向妳要錢也不是不可能啊。

隔一天她又回信說：王常，我不喜歡你的風格，別他媽貓弄老鼠弄軟了再吃。你要不要錢都已經淪為人渣了，我勸你繼續把錢拿下去。

我回覆：親愛的，心急吃不了熱豆腐！

那以後幾天她都沒有回覆，是不是被我一句「親愛的」搞懵了？那以後，我給她開車也儘量體貼起來。她察覺得到，回應似地，對我的態度也一點點好起來，在酒桌上當著別人的面也不再肆意地作賤我了。有幾次長時間堵車，卡在馬路上動不了，她也跟我吐吐心裡話，告訴我她和梁有富的關係並不好，因為梁有富根本不曉得體貼人，而且在做生意方面基本上是塊廢物，一點也幫不上她的忙。如果車繼續堵下去，束總就會把梁有富數落個沒完，彷彿這人一無是處。一數落梁有富，束總的嘴皮就乾燥得快，不停擰開口杯喝水。

張副局好幾次把電話打來，說是要請束總吃飯，其實每一回都是束總簽的單。張副局這種人有點像牛皮糖，咬一口就會黏著牙扯不脫。束總和他打交道總是提心吊膽，被張副局揩揩油吃吃豆腐還是小事，她還擔心這會惹得王常不高興。她給「王常」發了一封郵件說：張澤凱纏著我脫不了身，我並不想和他攪在一起，當然我也不會給他說任何事情。

我回覆：嗯，我會明察秋毫的，妳放心吧。和張澤凱這種人打交道，不管誰都會感覺到頭皮疼，以後儘量不要和這種人攪在一起。這麼說也是為了妳好。

我以為束總會再發來一封郵件說聲謝謝，但她沒有再回信。我想她把我的話聽進去了。她自後把張澤凱拒絕了兩次，很策略，也很堅決。有一天張澤凱直接開著輛寫有「警察」字樣的車跑到森誠門口截住東總。他笑吟吟地跟她說，東妹子，妳真是閻王爺的二奶，死都難見上一面啊。今天有幸逮著了，妳再不買我面子我拿銬子銬妳，妳信不信？他把褲腰一拍，手銬兩只環碰撞有聲。東總只得陪著笑，她能怎麼辦？張澤凱這種人面粗裡細陰著狠，大咧咧地說一些玩笑話，你要真當玩笑聽，他沒準真敢銬。吃過飯，照例去大地飛刀裡面K歌。那是一個大包房，只我們三個人在裡面顯得空空蕩蕩。那天見到的那兩個年輕警察過一陣也慢慢地踅來了，各自拽一個妹子。東總衝著我說，小王，難得大家今天心情好，把你的女朋友也帶來，一起K歌，跳跳舞什麼的。我告訴她，我那個柴火妞上不了這種場面，唱歌只會唱歌頌毛主席的，跳舞像是演皮影戲，每個關節都像窗戶合頁一樣折來折去。

在包房裡，酒還繼續地喝。張澤凱拉著東總跳了很多支舞，跟他來的年輕警察及他倆的女友無論唱什麼歌，張澤凱總能夠伴舞。不管歌曲的節拍如何，他永遠都像在打正步走。他的手在東總身體上越來越不依不饒，甚至擰了起來。我坐在離門最近的那張沙發上，替東總感到難受。我總覺得她完全可以更堅決、更果斷一點。

張澤凱讓一個警察把晃燈打開，把別的燈統統關上。屋子裡布滿碎亂的光斑，影影綽綽。我眼睛好使，看見張澤凱把手滑進了東總的衣裡。東總把他的手扔出來，沒幾秒鐘他的手又伸進東總的褲腰裡面。東總只好咬咬牙把他推開，急急地往我這邊跑。

小王……我聽見她叫我，像是母貓難產時候的呻吟，異常羸弱。我一把摟住了她，並在她後背膛心輕輕拍幾下。張澤凱跟過來，伸手要把束總拽回去。我把他的手擋開。他蠻不高興，衝我說，司機鱉，這裡沒有你什麼事，你出去。我要架著束總一塊出去，他不讓，伸手來拽束總細滑的手臂。我只好手上推腳下絆，把這個笨重的人弄倒在地上。他個子蠻大，又是個警察，我本以為弄不倒他，結果輕輕一弄他就門板一樣跌了下去，騰起灰塵。他酒喝多了，本就站不穩。他叫嚷著要摸槍敲死我。那兩個同來的年輕警察彎著腰去把他扶起來，同時打手勢示意我趕快離開。我把束總拉出來以後，她還打算去總台買單。我一把拽住她說，束總，還買什麼單咯，以後反正是不打算來往了。她怔怔地看著我，左右為難，最後順從地被我拉到了外面。直到把車發動，跑出去一段距離，她才回過神來，竟然很開心。……張澤凱這個鱉，從來都是只進不出，今晚上他肺都會氣腫。束總一邊說，一邊掐指頭算起帳來，看K這頓歌會花多少錢。現在她巴不得今晚的花銷越大越好。

把她送到森誠世紀花園，正要走，她拉住了我。下車，她還拽著我的手示意我跟著她向屋子裡走。我心口忽然很熱，很快就開始對她有所幻想。拋開別的不說，我相信她和小妍有巨大的不同。這很吸引我。進到她的房間，聞到很女人的氣味，不是香味，而是一種乾爽潔淨的氣味。她換了睡衣，很直接地示意我坐到床沿上去，挨近她。她很主動，我和她開著燈做了一次，之後又熄燈做了一次。在黑暗中她態度恭順，竟問我滿不滿意。我像一隻瞎貓飽餐了一頓死耗子，張開手掌在她赤裸的背部還有臀部拍得叭叭地拍響，並說，嗯，我很滿意。

我覺得我應該走了，她仍舊很虛弱地摟著我，讓我抱著她睡，要我在她睡熟以後打著赤腳離開這裡，不要吵醒她。我告訴她我會按摩，掐著她肩上和手臂上的麻筋讓她身體迅速地放鬆下來，很快她就睡得死沉死沉。我這才得以抽身離開。

回到自己的住處，小妍已經睡了。躺在她的身邊，棕綳的床忽然顯得硬，硌背。小妍背對著我，她身體的氣味和一種傷濕膏的氣味差不多。我打了幾個噴嚏，這才睡去，但老處於半睡半醒的狀態。半夜我忽然覺得癢，不動聲色地醒來，發現小妍盤坐在床上，勾下腦袋，鼻頭貼著我的肚皮使勁地嗅來嗅去，就像一隻警犬在搜尋蛛絲馬跡。剛才，我是被她的鼻息弄得發癢。她弄得我很想笑，當然沒笑出來。好一陣，她才把腦袋抬起來，長長地嘆了一口氣。她一直坐在床頭，既不哭，也不從我的衣袋裡拿菸抽。我裝睡，結果再次地睡著了。

醒來，床邊空空的，小妍不知什麼時候已經走了。這時我心裡有些難過，到衛生間裡去洗漱了一番，拿冷水不停地淋著腦袋。當天晚上我很早就回到那裡，小妍回來得更早，做了好幾個菜擺在桌面上。她炒得不怎麼樣，但態度十二分認真，所以我讚不絕口。她似乎笑了，猶疑地說，是嗎？是嗎？

東總要去省城辦事，讓我開著瑪莎拉蒂去。我給小妍打個電話，說要跑外邊，有幾天回不來。她淡淡地說，工作要緊，你去好了。

我和東總去了省城，她其實沒什麼事。她說她最近感到累，非常累，要找個安靜的地方關了手機休息幾天。我和她住進城郊一個叫響水峪的度假村，那裡有溫泉，富含礦物質，每天泡一泡會改善心情。我和她不停地泡，泡來情緒了就瘋狂地做愛。停下來，我也感到累，無邊無際，像是把啤酒喝了整夜，說醉也不算醉，但渾身的氣力突然全被抽空了一樣。有時候我也想撥個電話，和小妍聊聊，號都摁了，卻沒有撥出去。她問我在幹嘛，我怎麼回答？我不想沒完沒了地跟她撒謊。

還沒到泡溫泉的時候，響水峪這個地方靜得嚇人，尤其是晚上，我懷疑只有我和東總兩人。她變得嘮叨，泡在熱水裡跟我講她的事情，從小到大，事無巨細，還包括戀愛。她第一次見到梁有富的情景至今記憶猶新，重複多次地跟我提起。她說她是在一個下午稀里糊塗就喜歡上梁有富的。那天梁有富在打桌球，打得乾脆俐落，球檯上的球就喜歡被他捅進洞裡。贏一局就能賺一包白沙菸。她以前從不看桌球，那天看了一下午，梁有富和另幾個人把硬殼白沙菸像籌碼一樣不停地遞來遞去，最後梁有富還是贏了九包。他用衣兜把九包捏皺了的白沙菸兜到她的菸攤上（她當時還在擺菸攤，說到這個細節她偶爾面露尷尬），問她能不能換成錢。這菸批價是四塊二，他要價三塊五。她按四塊錢一包，給他換了三十六塊錢。後來……

熱水騰出來的霧氣使我昏昏沉沉，柬總表情生動，娓娓道來，但我昏昏欲睡。她說著說著，忽然揣我一腳，要我抱緊她，用手箍在她的胸口前，直到她感到有些氣悶，才叫停。

在響水峪住了三天，柬總心就慌了，把手機一擰開，電話和短信就源源不斷地流了進來。她叫我把車開回去。對她來說，休假和更年期症狀都是奢侈的事，回到佴城，她還是要每天忙裡忙外。

現在高速公路鋪開了，回佴城只是七八個小時的事情。柬總在副座上打瞌睡。我眼睛一直盯著前面不斷延伸的公路。她忽然睜開眼，問我以前是不是當偵察兵。我告訴她，是的。她問，偵察兵主要是幹些什麼事，是不是和電影裡的偵探差不多？

作為一個曾經的運輸兵，我只能糊弄她說，不光是偵探幹的那些破事。偵察兵對兵源的素質有著嚴格的要求，方方面面均要有不俗表現，就拿格鬥對抗來說，也得像武打片裡演的一樣比一般的人強。……柬總打斷我，並不無讚嘆地說，怪不得，張澤凱武高武大的一個人，你一傢伙就把他搞翻在地上。

到高速路的一處服務區，柬總叫我把車停下。服務區有餐廳。我倆進去，柬總隨意地點幾個菜。待菜上了桌，她要服務員拿酒，拿白酒。她一個人喝，我不能陪她。看得出她有心事。

在我們這張桌子上，我一個男的喝著橙色飲料，對面坐著的女人卻抱著瓶往嘴裡灌價格低廉的白酒。這引來很多人側目。誰把眼光盯向束總，我就拿自己眼光狠狠盯向誰，直到對方把眼睛收回去看自己碗裡的菜。我此時的狀態完全像一條忠實警醒的狗。束總冷哼幾聲，說，王尖，讓他們看好了。

過一會，束總眼睛看著別處，輕輕地告訴我，他失蹤了。我問，誰？梁有富嗎？有多久了？是不是過一陣還會回來？束總慘然一笑，說，我又不是傻子，能看不出來？我登時明白了，束總的反常舉動是梁有富鬧的。聽到這樣的事我並不奇怪，老早就覺得有一天梁有富會突然離開佴城，離開一匝匝轉個不停的環線車，去尋找一些說不清道不明的東西。束總現在告訴我他失蹤的事，我只當是一種應驗。

她繼續灌自己酒喝，平時她不顯酒量，這天她一點沒有控制自己的意思。我以為她會就梁有富再說些什麼，回憶舊情，或者拎些事把梁有富一頓痛罵。她卻話鋒一轉，說起另一件事。

……梁有富要滾也就滾他媽的蛋，天要下雨娘要嫁人，由他去。我現在煩的是另一個人。這傢伙不曉得躲在什麼地方，一直搞得我很不舒服……束總覺得餐廳不是說話的地方，把我叫了出去，坐到車上。她繼續說，這事是一個叫王常的人幹的，這個人很變態，不但要敲詐，而且喜歡變著花樣折磨人，絕不是敲一筆錢就走。他在慢慢地消遣我。我擺出震驚和憤怒的樣子問道，束總，這狗東西到底怎麼消遣妳了？束總腦瓜子甚是好用，不但說了大體的過程，還把我寄給她的郵件裡的內容逐封地背出來，雖不像背毛語錄那樣一個字都不錯，倒也沒有太大的出入。我一邊聽一邊不停地附和幾句髒話，表現出義憤填膺的樣子。她說話時酒勁慢慢上頭了，吐字拖起了哭腔。她哭的樣子很好看，我喜歡看她哭，這惹起了我的憐愛之情。當她快說完的時候我把她緊緊擁到懷裡，氣得直打哆嗦，說，妳那麼一身好肉怎麼能，怎麼能讓那個狗東西隨便拍隨便看呢？這麼說的時候，我彷彿忘了事情是我做下來的。她悔恨地說，王尖，我這叫作繭自縛。你知道是什麼意思嗎？我明明知道，偏說不知道。她被我一手抱著，臉緊緊貼著我胸膛和肚皮之間那個窩窩，顯得虛弱和疲憊。她忽然咬緊牙關狠狠地對我說，不但敲詐，這狗東西竟然在信裡叫我親愛的，剛才我忘記說了。我也故作義憤填膺狀，說，這狗東西，「親愛的」是他叫的嗎？

我問，能肯定是這個人嗎？那個人就算自己承認說他就是王常，也可能是冒名的啊。

還能是別的人嗎？我找銀行的朋友查了查，他給我那個卡號，戶主叫許三光，犯強姦罪還在籠子裡面蹲著。這個王常和許三光都是朗山縣林木沖鄉堤溪村的人，老鄉。我只能查這麼多了，再往下查警察就會插手進來。束總旋即問我，你看這事怎麼處理？

我想了一陣答不上來，就輕輕推開她找出兩枝菸，一併叼嘴裡燃上，把其中一枝插到她嘴裡。我說，這個這個，束總，這要看妳想怎麼辦。大主意妳拿，我這號人只管跑腿。

我不知道，我很害怕。她說，他會不停地問我要錢，要是哪天不高興了會把裸照都貼出來。至少，但城所有的人都會知道這事。什麼東西一旦放在網上，怎麼堵都堵不住了。我安慰說，網上光屁股的女人多了，沒有一千也有三萬，誰想看讓他看好了，撐死他的眼睛餓死他的球。

我和她們不一樣。你以為我是誰？你以為所有的女人都不在乎？真貼出來，我不知道會有什麼樣的結果。她嚷嚷起來，情緒激動。她又說，我記得小時候，隔壁旅社抓出一個林廣縣的男人嫖娼——那時候婊子不像現在這樣多，捅出這事一個縣的人都很好奇。公安局抓兩人遊街，還想了個辦法，找兩根繩，交叉著綁住兩人的腿，一根繩一頭捆住男人的左腿，另一頭就捆住女人的右腿；另一根繩反著來。遊街的時候兩個人挪不開步，一走路就腳碰腳，絆來絆去踉踉蹌蹌，滿街的人都快笑癱了……

怎麼又扯上這件事呢？兩件事不搭關係。

怎麼不搭關係？都是扒光了讓人看笑話。她腦袋稍抬，慍怒地盯我一眼。我拍著她背心讓她稍稍放鬆，並問，那妳想怎麼樣？束總說，尖細，你能不能幫幫我，把照片拿回來？你知道的，幫我辦事，錢一般來說不是問題。我就猜她要說這樣的話。我說，束總……她說，親愛的，就叫我心蓉好了，心蓉！

心蓉。這兩字我頭次衝著她念，有些彆扭。之後我表決心地說，我這種貨只要妳看得起，絕不會說一個不字。別的本事沒有，幫朋友解決問題的能力多少有點。

她把我的話全聽在耳朵裡，沒說話，只是點點頭。

我又發現問題所在似地，跟她說，心蓉，這事情好像沒有這麼簡單。如果他存心把照片，特別是電子文檔複製多份藏起來，怎麼問他要也要不徹底，他遲早還會拿出來找妳麻煩。

我擔心的就是這個。你逼他一下，他找出幾個文件交給你，也不是難事。但你人一走，他照樣能拿著照片到處貼。……真就沒有辦法了嗎？

辦法有，只有一個。我狠狠地說，妳也知道，真正的辦法只有一個。這只是錢多錢少的問題，錢到位了，這個辦法一般來說非常有效。我認識不少這方面的朋友，他們都是硬骨頭的人，敢賺這份錢，就能夠把牙關咬死緊，出了事絕對不會多說一個字。

她半晌沒有說話，叫我開車。我開著車繼續上路，封閉的高速路兩側是沒完沒了的標誌、故障電話和暗藏的測速儀。她繫上保險繩睡了一陣，醒來問我，照你剛才說的做，大概要多少錢？我說，一條人命妳覺得值多少錢？其實很不划算的，也許比他敲詐妳一輩子的錢還要多。

唉，這畢竟不是隨便能做的事。

那你剛才是在放屁？你到底認不認得能辦這種事的人？

以前認識幾個的，但好久不聯繫了。以前成天在街子上混，門門道道的人都得認識一點。實在找不到他們，也沒關係。我這種人命賤，而且很見不得錢。依我看沒什麼事是不能做的，說白了只是錢多錢少的問題。心蓉，我只是覺得敲詐妳的那個王……常，他就像一頭豬，弄死不是難事，但犯不著花太多成本。

束總語氣鏗鏘地說，我說過的，這不是錢不錢的問題。有時候只要我願意，比黃金更貴的豬肉也要吃一吃。接下來，她要把她所知道的王常的情況告訴我。我馬上制止。我說，既然我答應去辦這事，妳就要相信我有這能力。王常的情況我自己去查——就像看中醫，妳不必嘰哩呱啦把病情都說出來，那是看不起醫生的醫術，人家一切脈就全知道了。妳什麼都不必告訴我。

她點點頭說，尖細，經你這麼一說我心情好多了。我騰出手去拍拍她說，心蓉，佴城還遠著的，妳再睡上一陣，等酒勁過了，再仔細想想這事值不值得做。

回到佴城，回到租住的房子，拿鑰匙打開門，噴鼻而來一股霉味。我心情倏地黯淡下來，等到晚上小妍果然沒有回來，打了她的手機——您好，您撥打的用戶已停機。回想束總說起梁有富失蹤的事，我忽然懷疑在小妍的身上也發生同樣的事情。只十數秒鐘時間，懷疑馬上變得很肯定。

我想傷心一把，卻也沒有。什麼感覺都沒有。坐在破沙發上抽一枝菸，忽然有點好笑，梁有富這樣的人，怎麼會打起小妍的主意呢？一個把好菜好酒吃飽喝足的人，也經常想吃吃窩窩頭的，梁有富難道也是這種假模假式的趣味？這又讓我意外了起來，我有預感，仍然意外，人一時間被弄得矛盾重重。抽第二枝菸的時候，我覺得他倆其實還蠻般配。

第二天我在房間裡睡了一天，束總打電話來我也不接。晚上，小妍仍沒有回來。我把電話撥給她在佴城僅有的幾個熟人，和在公汽公司的同事，他們都說沒看見她。第三天快中午的時候，束總又把電話打來，我一摁鍵鈕接了。她問我有沒有去查王常的情況。

我問，束總，妳想明白了，真要弄死這個人？

王尖，你以為我開玩笑？你以為我前天喝多了？她在電話那頭爽朗地笑了起來。

把我知道的王常的情況一一說給她聽。她聽過以後很吃驚，誇我說，王尖，真有你的，一天工夫基本上全摸清了。我告訴她，我可不是吃閒飯的。她問，接下來怎麼做？我告訴她，接下來就得去聯繫個人了，看他要多少錢。要是價錢要得太高，我會考慮我自己把這事做好，這樣的話，對妳而言也是更安全。看樣子王常是個十足的社會渣滓，被很多人追債，即使死了，警察連嫌疑人都排除不完。我看，只要把屍體處理得好一點，問題真的不大。

真的嗎？王尖，我捨不得你親自去做這樣的事。她聲音這時候有點輕輕地顫，微微地哆，這種老來哆讓我心頭泛起雞皮疙瘩。她問我這事要多少錢。我說，先聯繫一下，一開始送些訂金就行，事後再把餘款補上。這些人既然敢替妳殺人，就不怕妳事後賴帳。

束總問我先給多少錢合適。我說，唔，先給我十萬好了，我把事情說定下來。束總叫我明天等她電話，她會把十萬現款給到我手上。

次日我起得很早，跑到公交公司，向別人打聽小妍去哪裡了。他的那些同事大都認識我，以前大家有說有笑，但這天總是躲躲閃閃，一問三不知。我確信她已經不在佴城了。之後我上了一輛七路車，又是繞著環線轉來轉去。這天天陰，路邊冷冷清清，人們走在路上還是睡眼惺忪的模樣。轉了幾圈，束總打電話來叫我去她辦公室拿錢。我在路邊買了一個帆布包，上面印得有「為人民服務」的字樣，我想這個包裝十萬塊錢應該沒有問題。

我再回到七路車上，書包已經是鼓鼓囊囊的，「為人民服務」幾個字被鈔票頂得煞是豐滿。隨著車又轉了幾圈，佴城逐漸充滿了陽光，但在我眼皮底下仍然生動不起來。這車上，沒了小妍，也沒有了梁有富。我這才覺得能像那個下午一樣，三個人都靜靜坐在車上，不說話，卻又體會到彼此暗通的聯繫，是多麼難得的事情。也許，這樣的情況再也沒有了。

到一個路口，我下車，站在站牌下面，腦袋一片空白。過一會我掏出手機撥了王常的電話，這傢伙很快就接電話了，倒是一反常態。我問他是不是還在做老鼠生意。他說，廣東人都是屬貓的，鬧鼠患也填不滿他們肚皮，湖區的老鼠快被吃絕了。現在我在朗山這邊收老鼠，收到的貨不是很多，但現在老鼠價格一個勁地竄升，利潤還是有。怎麼，想跟我幹了？我說，嗯，現在手頭有點錢，想跑跑生意。你賺錢了嗎？你他媽說過要請我去高檔點的地方開開心的。他哈哈一笑，說，你這犟腦殼，隨便說說你就當我欠了你一樣。過來吧，高檔夠不上，能開心的地方還是到處都有。

掛了電話，我招手喚來一輛綠色的士。我告訴司機趕去火車站，趕最近一趟往朗山去的火車。但車一開，我又改變了主意。我要司機往飛機場去。

飛機可沒有飛到朗山的，飛機一躥起來就會走幾千里喲。司機好心地提醒我。我說，我知道，現在我不去朗山了，要去別的地方，遠一點的地方。司機心裡發怵，不願意往飛機場開。我火了，把印有「為人民服務」字樣的包扯開讓他看。我說，兄弟，別狗眼看人低，這裡面是錢，不是槍，我犯不著搶你那幾個小錢。他這才放下心來，把車往飛機場的方向開。

離佴城七十里有一個飛機場，是鄰市修建的，航班不多。我從沒坐過飛機，也不知道鄰縣那個機場幾個航班各去向哪裡。出了城，路面一下子寬闊了，車輪帶出一串破冰的聲音，或者像我母親把一匹細布剪開一個豁口，順豁口一扯，發出非常綿密、乾脆俐落的聲音。

束總這時候把電話打來，我沒接，而是回短信：親愛的，正坐在車上，有些話不方便被別人聽見，還是發短信吧。她回覆：這不是小事，一定要小心，小心，再小心。我沒有回覆。過一會，咣唧一聲，短信又來了。擰開一看，她說，剛才把錢給你以後，我就。不是錢的問題，你知道的，對於我來說不是錢的問題。這件事，我還沒有想得太清楚。

我回覆：妳不是開玩笑吧？這不是到超市買衛生棉，不拆封的話十天之內都可以拿去退貨。這他媽是……妳不會突然覺得自己未具備完全民事能力吧？

束總的短信3：其實我當時沒有想清楚。現在仔細想想，我沒有把王常恨到那種程度。當時候把恨梁有富的心思全都轉嫁到王常頭上去了。

我回覆：我覺得此時此刻的妳和平時不一樣，雖然我更喜歡妳此時此刻的理性，但是翻來覆去的性格會把所有人都嚇跑的，不光是梁有富。

束總的短信4：不要再提那個死鬼，現在我不在乎他了，他根本不值得我恨。現在我擔心的是你啊。你找到王常，想辦法把照片弄到就行了，實在不行，就讓他到網上去貼吧。貼了又能怎麼樣呢？只要你不在乎就行。

我鼻頭噴出奇怪的笑聲，很想問她，此時此刻我是不是應該作死地感動一番？我想打幾個字回過去，卻無法表達此時此刻瞬息萬變的心思。

過一會又一條短信像鼻涕蟲一樣鑽進了我的手機。這騷婆娘說，親愛的，早點把事辦完，早點回來。我此時此刻就想你了。你一定要安全回來，安全第一。我需要你！

我感到煩躁，回覆說，要是我回不來，親愛的，妳就當不小心弄丟了一個自慰器吧。

之後我想把手機扔出窗外，一想這也不是好習慣，不能手頭稍微有了一點錢就扔掉舊東西。於是我把手機後蓋打開，把SIM卡取出來，輕輕地彈出窗外。

# 友情客串

她往窗外看，天空暗藍，間雜著不諧調的亮白的雲。火車到達一個山野小站，站台上晃過一塊站牌：青衣溪←葦蕩→佴城。一個中年已過的男人穿著深藍色制服站在離站牌不遠的地方，嘴裡噙著鐵哨，一手執旗，但沒有做任何動作。他木然地看著眼前馳去的列車。他日復一日，無數次地目送列車駛過小站，只能是這種眼神。她接著看見那個小站，水洗石的牆壁已經變得青灰，窗框是土紅色。站台上有兩只年久失修的水鶴。

她發現，如果有心去一個地方，那個地方往往離得不遠。佴城很快就要到了。她想，我為什麼現在才來？佴城藏著她最好的一個朋友，但已經六七年沒見面。六年還是七年？她難過地發現，算這個小數學題竟然掐了手指。

一個小販這時走過來，推銷一種跳舞布偶。那布偶的腳彷彿是用尼龍線做的，看似軟耷耷，一放在桌子上就瘋狂地蹦嗒起來。對面男人提起布偶，摸了摸布偶的腳，再放到桌面上。布偶紋絲不動。「大哥，這布偶不知怎麼搞的上了酒癮。你要給它喝點，它才肯跳。」小販衝著她對面那個男人微笑，並掏出一只二兩五的小酒瓶，用指頭蘸了些酒抹在布偶一根絲線繡成的嘴上。再一放到桌上，布偶又活蹦亂跳起來，那神態確實像是喝了不少。「要嗎？三十八元一個，你方臉圓額紅光滿面，你遞出的錢都開過光，給二十八就行。」小販深情地看著那男人。那男人不為所動。蘇小穎忽然得來一股促狹的心態，依樣畫葫蘆，也深情地看了看對面的男人。對面的男人趕緊掏錢買下一個。

「大哥，你的女朋友真漂亮，你豔福不淺。」小販捏著錢，順搭些恭維話。

「哦，你小子眼神不錯。」那男人一直想跟蘇小穎搭訕，但蘇小穎絲毫不給他機會。現在，小販這麼一說，他竟像是占得了老大的便宜。小販走後，那男人把布偶遞過來，並說「別聽他瞎說，呵呵。不過在他看來，我跟妳確實郎才女貌。這個給妳，妳拿著吧。我看妳像是挺喜歡它。」蘇小穎淡淡地一笑，告訴他：「我已經有了。我的布偶不喝酒，這個，我也沒有酒給它喝。」她確實有了幾隻同樣的布偶，她下班路過一處天橋時買的，十塊錢三個。男人卻很快接過話頭，說：「妳看妳看，妳那個不喝酒的是母的，這個是公的，正好配對嘛。」「我有三個，看上去是一家三口，不能再添了。」那男人囁嚅著嘴不再說什麼。

那男人是律師，名叫毛大德，同時還是一家熱滷店子的老闆。他剛才把名片遞給她，名片的正反面各印著一枚頭銜。他好幾次搭話她都冷冷應對，懶得跟他說下去。毛大德一看就是難纏的人，給他三分臉色他使得出十分勁頭。她只好防微杜漸，像刺蝟一樣蜷成一團，讓毛大德張開狗嘴饞涎四溢卻無處下口。

火車鑽進一處隧洞，周圍的人紛紛站起來取架上行李。隧洞裡一陣陰涼，車軲轆滾動的聲音瞬間放大兩到三倍。她想起來，許多電影都是這樣開場：穿過隧洞，彷彿時間與空間都迥然不同，故事有了全新的開始。

毛大德感覺時間不多了，提醒地說：「我給妳名片了，妳沒名片，也把手機號碼告訴我啊。相識是緣分，我們一車坐了四個小時，不是嗎？」「我記不住自己的手機號碼，有時候，我甚至記不住自己的名字。」她嫣然一笑。毛大德緊追不捨：「那容易，妳拿手機撥我的號不就行了？」她說：「手機剛才沒電了。」

「不，剛才我聽見妳手機響了，可能是短信，妳還看了一眼吶。」

「我聽錯了，應該是別人手機響，我手機已經沒電了。現在，手機一響大家都掏手機看的。」

他問她去到哪裡。如果她不熟悉佴城，他可以把她送達目的地。「妳手機沒電了，和朋友聯繫不上啊。」他暗自得意，這話說得將計就計。他又說，「佴城晚上還是有些亂，何況妳長得這麼……耀眼。」他選擇了這個詞，因為美麗和漂亮都被用濫，男男女女見了面，不管對方長得像人像鬼，打招呼時大家張嘴就說：美女，好久不見；帥哥，到哪裡打牌去？

「現在好像還算不得是夜晚。」她作勢看一看天色，依然予以拒絕。

「妳叫什麼名字，總可以告訴我吧？」毛大德擺出死不甘心的樣子。

她只好說了真話：「蘇小穎。」

下了火車，上了的士，蘇小穎給司機說了地址，車輪就有條不紊地滾起來。她掏口袋找零錢，記起毛大德的名片擺在另一只口袋裡。她知道他的名片注定是廢紙頭，要不要找出來扔掉？再一想，就沒去口袋裡翻那張名片。擺在口袋裡的名片遲早自行消失。

蘇小穎頭一次來佴城，找她高中時最好的朋友葛雙。最好的朋友即是閨蜜，兩人讀那所全寄宿制高中時，一起在校外的一處套間裡住了有兩年。那時她倆都在急劇的發育期，每天身體抽條，心腦萌動，一到晚上總是有交流不完的東西。夜晚兩人躺在一床被子裡，無所不談，彼此毫無祕密，因此密不可分。但畢業以後，除了有一次在車站偶然碰上，就再也沒有見過面。有時記起對方，也就打打電話。這些年還可以網上聯繫。

葛雙並不知道蘇小穎來看自己，蘇小穎事先沒有告訴她。這很正常，蘇小穎遭遇了失戀，在省城苦於無人傾訴，這才想起了葛雙。若不是這樣，她也不會有這趟佴城之行。葛雙的這一天一如往常，沒有任何徵兆提醒她老同學蘇小穎會來。她總是睡得很晚，醒來已是中午，起床去外面胡亂吃點東西，再去到蘭茗苑，那是她幹活掙錢的地方。偌大一個廳裡只有伍慧和紅妹兩個人，打牌還少一個。她們衝葛雙說：「缺一個咧，妳去把馬桑叫來。剛才打了電話，她早就起床了，磨磨蹭蹭一直不見過來。」葛雙馬上想到什麼，問：「是不是豺狗子又來找她？」「那妳正好去把豺狗子轟走，豺狗子怕妳。」兩個妹子呵呵地笑。葛雙有一陣喜歡過豺狗子，還向他挑明了自己的心意，但豺狗子竟然不以為然。不過這也好，那以後豺狗子就忌憚葛雙幾分，有時豺狗子和馬桑正扯著皮，葛雙一現身，豺狗子就悶聲不作氣地滾開了。示愛未遂，葛雙把自己變成了治理豺狗子的法寶。

穿過兩條胡同，葛雙來到馬桑租住的地方，果然，老遠就聽見裡面有豺狗子的聲音。豺狗子來這裡，死活要在馬桑身上弄點錢才肯走。葛雙推開門，盯著豺狗子說：「豺狗子，好幾天沒見你的氣色好多了，腦門頂都亮得起。是不是又泡上哪個不想事的富婆了？」「葛雙，是妳啊。」豺狗子一見葛雙，就像被嚴霜打了一回，立時有點蔫，嗓門也低了下去。他搓著手說：「也不曉得是怎麼搞的，最近臉色硬是白裡透紅，走在街上有化妝品公司的人要拉我拍廣告，開我十萬塊錢。我很生氣，覺得這是侮辱我的人格。」

馬桑是個臉白得磣人的妹子，長得本是不錯，兩邊嘴角向上翹的地方卻各長著一顆黑痦子，像是魚吐泡。男人看著她的模樣，都覺得這妹子有一層晦氣。她生意總是好不起來，賺到手的錢不多，卻經常被豺狗子拿去。見葛雙來了，馬桑咬咬牙掏出一百塊錢，把豺狗子打發走。一百塊錢只夠豺狗子買兩個粉包，兩個粉包重 0.06 克，還不純，人為添加的生物鹼要占到三成。葛雙都無法想像，0.06 克放在秤上怎麼稱量，卻耗去了馬桑一次生意的賺頭。

豺狗子一走，葛雙看看馬桑慘白的臉，心一酸，走過去扶住她，彷彿她隨時會倒下去。馬桑就笑了，說用不著。「他憑什麼老來妳這裡拿錢？這個鳥人，當初我怎麼就瞎了眼看上他了？真是觀音娘娘開眼，這貨竟然還看不上我。」說到那事，葛雙心裡有氣，嘴巴一漏就念叨出來。「我哥人是不錯。我欠他的。」「不說了，打牌妳去不去？打打牌，心煩的事就忘一邊了。」馬桑有點為難：「……我身上錢不夠。」

「我身上還有點，先借妳三百，打小半天應該沒問題。」

馬桑在蘭茗苑待了兩年，免不了會染上牌癮，但這時頭一陣眩暈，說要坐一陣再出門。葛雙看看馬桑那樣子，也不好催了，坐在她身邊照應。

葛雙知道豺狗子和馬桑的事。兩人本是表兄妹，一個村裡住著，但兩家一樣的倒楣。家族的前輩沒傳下來值錢的東西，傳下來一種古怪的病。這一脈的人丁，上了三十歲身體就開始垮掉了，不停犯病，感個小冒沒兩個月就緩不過氣來。豺狗子的媽是馬桑的大姨，豺狗子也比馬桑大四五歲。馬桑讀初中的時候她媽就病得基本不能幹活了。那時候豺狗子身體意外地強壯，天天讀書讀不進去，偶爾打架卻上了癮，在街子上交了一堆到處惹事的朋友。知道馬桑要輟學，豺狗子跑去跟姨父老馬說：「你讓她讀下去。我成績反正不好，今年讀完高中就去城裡找個事做，賺些錢幫著你一起供馬桑把書讀下去。」老馬說：「這不好吧？這怎麼好？」「行了，就這樣，按我說的辦。」十八歲不到的豺狗子老練地說。

馬桑成績其實也不行，她經常犯頭暈。在班裡讀書的時候，班主任起初很愛表揚她，因為她一天到晚抱著教材發奮苦讀。一俟考試，她成績卻總是倒著數。班主任發現這個妹子把書翻爛了，書上的字硬是鑽不進她腦袋裡去。他開始厭惡這個學生，成績差也就算了，一開始還讓自己看走了眼。馬桑長得不錯，雖然嘴角有痦子，班上有個男生仍追得她雞飛狗跳。豺狗子不曉得從哪裡知道這件事，有天把那男生攔在半路上，要他別影響馬桑的學習，否則見他一次打他一次，只打半死不打全死。那男生敢於肆無忌憚地追馬桑，但見到社會上混的男人（當時豺狗子已經釘上了單邊耳環，染著頭髮，很凶惡的樣子）就怕得要死，不敢走出校門，要買日常用品都託班上同學。這事傳到班主任耳裡，班主任就對馬桑有了更大的看法。他沒想到馬桑還和社會上混的男人糾纏不清。高考前的摸底，馬桑成績一次比一次差，班主任就建議她轉校參加高考，以免影響全班整體的升學率。馬桑想了想，乾脆就不考了。當時升學率不足兩成，她是老實人，不抱僥倖心理。豺狗子對馬桑棄考非常失望。既然已經不讀書了，他讓馬桑去超市裡做事。馬桑自己想去當小姐，趁著身體還沒有垮掉多賺點。她估計自己必然和母親和大姨一樣，一進三十歲又陷入家族病史的困擾，賺錢要趁早。豺狗子把她從髮廊拖出來兩次，她第三次就來了蘭茗苑。蘭茗苑不比一般的小髮廊，養得有幾條鎮場子的男人，換到比舊社會更以前的古代，這些人就叫龜奴。這些人堵住門，豺狗子進不去，馬桑得以在蘭茗苑一直幹下去。後來豺狗子吸了粉，隨時都缺錢，就懶得管馬桑的事了。他找到馬桑問她要錢。馬桑總是爽快地掏。她從心裡覺得自己欠他的。但是他沒完沒了地來，有時候她也會感到煩。

馬桑坐著，懶懶的哪也不想去。伍慧和紅妹打來電話催她倆快過去。葛雙罵了一句：「妳們兩個人不能打牌啊？不能打牌就殺象棋，也能贏錢嘛。」

葛雙對馬桑很好，她比馬桑先來，馬桑病懨懨的樣子令她擔心，所以時常在一起，能照顧就照顧著點。葛雙沒想到自己有這分同情心，同時她又老在懷疑，是不是馬桑比自己還慘一點，所以自己從她那裡得到些安慰，因而擺出同情的樣子？馬桑也很感激葛雙。早兩年，葛雙在馬桑租住的房裡時常看見豺狗子。她不知道豺狗子來幹什麼，馬桑當然也不會說。葛雙只知道豺狗子是馬桑的表哥。那時豺狗子才開始吸粉，用鼻子，還沒發展到用針管的程度，他還像從前那麼強壯，刀條臉上滿是一個男人應有的堅毅和果敢。葛雙見豺狗子頭面的時候就莫名地對他有好感，再聽馬桑說起豺狗子的義氣，更是陡增愛慕。她向馬桑打聽跟豺狗子有關的任何情況，甚至直截了當地跟馬桑表白：「馬桑，妳看，我們是姊妹，豺狗子是妳表哥，那麼我可不可以和他親上加親啊？」馬桑告訴葛雙，豺狗子有時也會吸粉。葛雙並不在乎，還豪氣地說：「把他交給我看管好了，只要不打針，就還控制得住。」兩個妹子還很天真，不曉得毒品有幾多厲害，而且那時還堅信愛情予人的力量。

馬桑自是願意豺狗子和葛雙走到一起。雖然葛雙也在幹小姐，和豺狗子一比，兩人搭配得上。她跟豺狗子提起葛雙，說葛雙對他有意思，豺狗子竟然不識好歹，歪著嘴巴地一笑，說兩人合不來。那一陣，豺狗子每次來要錢時，馬桑就跟他提這事。豺狗子只好告訴她：「說實話，妳那個朋友我看不上。她眼神不善，眉目裡頭有一股陰狠的勁。妳要提防著點。」馬桑說：「狗哥，你怕是有年有月沒照過鏡子了，都到這地步了，還好意思挑剔人家。」豺狗子當天微笑地說：「妹子，妳小看我了。就算我是隻蛆，也不是每一堆糞都去爬。妳說是不是？」

馬桑只好失望地說：「真噁心。」

佴城。來之前葛雙在電話裡這樣描述：稀巴爛，到處都稀巴爛的一個鬼地方。這給了蘇小穎一片泥濘的印象，彷彿這個小城一直處在四五月的雨季，年久失修的街道，破碎的縫隙中泛起了一層層泥汙。

蘇小穎沒有把這次的出行計畫講給葛雙，她喜歡突如其來。蘇小穎總是喜歡突如其來，去朋友家總是不願意事先打電話，徑直走去，敲門，如果有人當然好，如果沒人她也樂意空走一趟。所以，她活該把王為一捉姦在床。她記得那個女人安之若素的樣子令她震驚，也許因為職業，那女人喪失了對意外事件做出應激性反應的生理機能。王為一並不經常遇到這樣的情況，有一剎那他也曾驚惶失措，可是身邊裸體女人淡定自若的態度安穩了他，他把眼光看向虛無之處，裝作蘇小穎不存在，站到窗前窸窸窣窣地穿上褲子……

計程錶跳得很快，每公里兩塊錢，每走三三三米錶面就跳出七角錢。跳兩個七角然後跳一個六角。在車上，蘇小穎現在努力忘掉那個男人，拼命記起葛雙。她已經有七年沒見過葛雙的面。七年是她三分之一弱四分之一強的生命。

蘭溪街明顯帶有城郊的特徵。路寬，行道樹暫時沒有長起來，街面少有人來往。鋪面冷清，有很多鋪面捲閘門拉著，寫著招租和轉讓的字樣，但也有些店面特別地燈火輝煌。司機告訴她到了。蘇小穎走進蘭茗苑後，感覺不對勁。進門有個總台。她問總台後面的中年婦女：「我是來找人的，葛雙在嗎？」中年婦女問總台後面打著紙牌的那幾個女人，葛雙是哪一個。有個女人狠狠地摔下一張狹長的紙牌，吼叫一聲，然後抬起頭來回答：「就是七十三號。金姨，妳的記性真是生鏽，家裡的錢擺在哪裡還記得住嗎？快來打打牌就好了。」

「紅妹，妳那張臭嘴，怎麼哄得了男人的錢？」金姨嘟囔一聲，叫蘇小穎稍等，摁了一串電話號碼打過去。蘇小穎站著靜等。一輛墨藍商務車停在門口，進來一幫男人。他們從蘇小穎身邊走過，都扭頭看了看她。蘇小穎在哪裡回頭率都高，但這時，這些男人毛茸茸的眼神讓她馬上感到不適。其實他們個個長得莊嚴肅穆，正義凜然，想必是地方上的中層幹部。有個男人在轉角處嘔吐。剛才打紙牌那個女的起身去扶。那男人的手輕車熟路跑到了女人胯部以上最細的地方。

蘇小穎忽然聞見一陣香水味，這氣味悶頭打腦，像被人劈頭澆了一瓢洗腳水。她扭頭就看見了葛雙。她問：「妳怎麼來了？」蘇小穎說：「我來看看妳。我一直都想來看看妳。」葛雙臉上現出無奈，回過神才是喜悅。她說：「妳永遠都這麼任性，想幹什麼就幹什麼。別站在這裡，到外面走走。」

葛雙其實還是記憶中的樣子。蘇小穎現在才意識到此行有些倉促。以前通過電話，葛雙說她是在售樓，收入還算可以，並說有空妳過來住我這裡。蘭茗苑，聽著也是一處樓盤的名稱，比如北京最大的樓盤，也是什麼苑來著，網絡新聞裡老說那個苑有民工擺出跳樓的架勢討薪。此時，蘇小穎忽然明白，葛雙以前在電話裡對自己的邀請，只不過隨口說說。

葛雙在蘭茗苑裡找個地方，把蘇小穎的行李擺好。時間還早，葛雙出門，很快騎回來一輛女式摩托。她說：「有個酒吧不錯，蹦迪也可以。」

迪廳很大，正舞得熱火朝天，那些嗑藥的和吸食K粉的男男女女舞動的姿勢很猥褻，也很張狂。葛雙問：「跳嗎？」她只想先坐一坐。「有點累，坐了大半天的車。」葛雙請蘇小穎喝酒，坐在L型吧台轉拐的犄角上。在這地方說話費力，兩人靜靜地喝著酒，看著晃動的光和光裡包裹著的人。她倆坐的地方不遠處有一道便門。蘇小穎拿中號高腳杯喝了兩杯的時候，有一夥人從她倆身邊經過。一夥男人，間雜著個把女人。這個大廳到處都是門，遇到突發情況人們可以四下奔逃。豺狗子看見了葛雙，從人堆裡分出來跟葛雙打招呼。

葛雙說：「真稀奇，主動跟我套近乎了。」

豺狗子給葛雙撥菸，把另一枝遞給蘇小穎。蘇小穎當然沒接，他便把那枝菸塞在自己嘴裡。那男人的嘴黑洞洞的，左邊耳朵上掛著匙扣圈一般大的耳環。豺狗子朝蘇小穎拋來一個眼神。該男人的眼白很大，眼仁子很小，拋來的眼神空洞而模糊，搞得蘇小穎心裡一顫。那個男人眼光自有一種說不出的冒犯。豺狗子抽了一陣菸，湊著耳朵和葛雙說了幾句廢話就走了。

豺狗子剛走出門，葛雙的手機就響起來了。葛雙看看號碼，接通，並讓吧台裡那個男人把酒再加上一點。「喂……豺狗子，跟我還吞吞吐吐，剛才不說現在打電話哦？我今天沒空……

不行，你放屁，她不是……去死吧你，哈哈。」她把手機摁停了，那一頭的男人也沒有再打進來。蘇小穎在旁邊隱隱聽出來，這電話彷彿跟自己有關。

葛雙和蘇小穎走出迪廳，摩托停靠在樓梯口。一走出來，震耳欲聾的聲音終止，交談回復正常。掰腿上車的時候，蘇小穎問：「剛才電話是誰打來的？」「豺狗子。」「就是剛才找妳喝酒的那一個吧？有什麼話他當面不說，要打著電話說呢？」葛雙睃來一眼，把車發動了，緩緩地騎下一道坎。馬路寬了起來，車速也變得正常。葛雙這時候說：「蘇小穎，妳很漂亮，稍微Open一點，會惹壞很多男人。」蘇小穎耳朵眼裡灌滿風聲。「妳說什麼，我沒聽見。」「妳聽見的。」葛雙卻很肯定。「我真沒聽見。」葛雙開著車，迎著風用力地說：「豺狗子以為妳也是蘭茗苑的妹子，想打妳主意。我告訴他妳不是。他也不看看自己是個什麼東西……不過這個狗男人，妳想得到嗎，他很討女人喜歡。」蘇小穎聽得並不是很清楚，遂陪笑。葛雙當然看不見，她奮力地把車頭擰得像麻花，和迎面而來的行人一一錯開。有個拖板車賣水果的大漢擋了道，她就大聲叱罵，那大漢趕緊將板車拖到寬敞一點的地方。

經過一道岔路口，葛雙忽然把車停下。蘇小穎得以看見前面正發生著什麼事，兩輛普通面的裡衝出一夥人，把馬路邊正走著的另一夥人紛紛摁倒在地，還給他們上手銬。人被摁在地以後身體會有些變形。蘇小穎頭一次看見那麼多人同時被摁倒在地。蘇小穎還看見那個戴單邊耳環的男人也被摁住了，他奮力地把頭翹起來，摁住他的人就朝他後腦門扎實敲了一下並叱罵著「老實點，你討死啊。」他腦袋耷拉下去時那顆耳環揚了起來，像是一顆白銅頂針掛錯了地方。蘇小穎這時想起來他叫豺狗子。葛雙正要靠近一點，一個站著的便衣男人向她揮揮手，示意不要靠近。葛雙認得便衣男人：「何所長啊。出了什麼事？」便衣男人也認出葛雙，他說：「妳管那麼多，趕緊走。晚上事情多，少到這邊亂逛。」

葛雙只好把車開向別處，並告訴蘇小穎：「這幫粉哥粉妹，要是查出來身上帶毒，又要進去蹲上一陣。他們日子就是這麼過的，不停地被抓，不停地被放，抓的和被抓的一概成了熟人。」「那你們怎麼也成了熟人？」「嗤，妳說呢？」

蘇小穎感到累，想早點休息。葛雙帶她去了附近一家賓館，門廳簡陋，但總台後面的牆上掛著幾塊石英鐘，鐘下面分別標著北京紐約巴黎倫敦的字樣。兩只鐘死了，兩只鐘步調完全一致。價牌上寫的有豪華套間，標價三八八。葛雙指著價牌問這種房一晚多少錢。總台的妹子答覆說一百二十。葛雙說：「能不能少點？我在蘭茗苑，經常他媽的來妳這裡。」總台的妹子答覆說：「打六折，八十八塊錢一晚。」

蘇小穎對這賓館本不抱什麼指望，對所謂的豪華套間心生疑竇，擔心廁所裡的馬桶鏽跡斑斑，甚至是個蹲坑。進去以後，發現一切比自己的預想好得多，真是套間，真有馬桶。馬桶質量不錯，雪光鋥亮不說，品牌標記下面還貼有長城質量認證標誌和全國聯保標誌。葛雙漫無目地看了幾眼，最後注意到門鎖，一把簡單的暗鎖，沒有防盜的金屬掛搭。「門不是雙保險的。如果有貴重東西，還是去寄存一下。」葛雙提個醒。蘇小穎說：「沒關係，一個相機，一個筆記本，都用舊了，值不了幾個錢。這家賓館的治安還好吧？」「是何所長的小三開的，她以前也在我們那裡幹過，漂亮。漂亮總是有用的，都掙了一個賓館。這地方，大鬼把門小鬼不敢進。」「那就行！」

「既然妳累了，早點睡，我還要回去忙事。」通常，這個時段她忙得最起勁。蘇小穎到了房間裡就感覺自己變得清醒，她希望葛雙陪自己坐一坐。她從省城過來，所要無非就是一個可傾訴的人。葛雙看看時間：「有什麼事嗎？非要現在就說？」

「……我失戀了。」

葛雙嗤地一聲笑起來，問她是第幾次。得到回答，葛雙裝出很驚訝的樣子：「才第一次，我的天，你都二十六了才第一次失戀，還有什麼好說的。……今天週六，來的人特別多，每個妹子都應付不過來。我們那破地方規矩也多，有事要提前請假。妳說來就來，我事先也沒跟金姨打招呼，曠工不好。而且，金姨是個扒皮狂，她最痛恨我們先斬後奏。」

蘇小穎不好再說什麼，只能怪自己唐突。葛雙走後她一時也睡不著。她看看這個套間，在城郊破破爛爛的地方，這樣檔次的房間是令人欣慰的。她坐在床頭，清晰地記起當初和葛雙生活在一起的情景。那時候她們讀的中學是市裡最好的中學，學校建在市郊，校方要求學生全部寄讀。蘇小穎父親覺得學生宿舍條件太差，就在校外民房裡租了個套間，又跟校領導打招呼，這樣蘇小穎得以破例。她叫葛雙也一同住到校外去，彼此搭伴。葛雙得不到校方的特批，總是要等熄燈查鋪以後再偷偷地爬出來。她身體矯健，翻牆的時候全然像個男的。蘇小穎在牆底下接應，葛雙每一次跳下來落在她面前，她心裡都會感到一分踏實。兩個人住在一塊，蘇小穎才感覺到安穩舒適。她還特別記得，她喜歡冬天夜裡和葛雙擁抱在一起相互取暖的感受，那才是不折不扣的閨密。外面的雪落得越大，兩個人共用的被窩就越發顯得溫暖。兩人時常抱得彼此不分，把頭藏進鴨絨被子，還能聽見雪壓斷樹枝的聲音。冬夜的漫長，使彼此依賴的感覺在被窩裡發酵——那種兩個女孩的氣味摻和並發酵而生成的新的味道，經久不息。當時蘇小穎不停地想，如果葛雙是個男人的話，那我只有嫁給她了。這麼想著，心中漾起一陣輕盈甜蜜的幸福感。

蘇小穎和男友王為一分手後，忽然發現，在省城，自己竟沒有可在晚上盡情傾訴的朋友。然後她越來越頻繁地想到葛雙，想到以前兩人生活在一起的情景。她覺得那樣的情景還沒有消逝，和葛雙一起完好地保存，甚至是封存在某個地方，等著自己去打開，取出來……到了佴城，事情遠不是她以為的那樣。葛雙顯然變得陌生了。蘇小穎和她已經六七年沒見面，彼此待在不同的城市，從事不同的職業，每天和不同的人打交道，如果這次碰了面竟然一切如昨，那才是不可理喻的事。

毛大德的飯店叫毛大德砂鍋齋，在江濱路上，一溜七八個門面用水幕玻璃牆隔著，生意很好。他也算得是怪才，大學讀的就是法律，讀到大二倒倒盜版教材本想賺幾個菸錢，沒想幾個月下來就對做生意產生了濃厚的興趣，懶得再去教室聽課。大三時因曠課太多被開除了以後，他也滿不在乎，手頭賺到的錢夠他盤下幾間門面做生意。十多年下來，他生意越做越大，忽然又買來教材自學，或者僱人代考，打通關節，考取了律師資格，關係掛到通贏律師事務所，閒時接幾個官司，就圖庭上辯論能逞一時口快。很多電影裡連篇累牘地表現律師庭辯時那種得體與氣派，毛大德看了眼熱，他也知道，當了律師對自己的生意也更有好處。今年他花了一坨錢，變成了通贏律師事務所的股東之一。他跟人說：「這樣很好，我不能難為人家，不能讓別人搞不清喊我老闆還是律師。我當了股東，現在一概叫我老闆好了。」

毛大德經常請客吃飯，在砂鍋齋，他有一個豪華包間是替自己留著。他知道，在佴城這種小地方，賺錢最多的人往往是請客最多的，是走到街面上誰看了都面熟的那種人。他有心把自己一步一步打造成那個樣子。這天他照樣請客，請法院的幾個科室主任。這是例行的請客，聯絡感情，沒有具體的事情商談。例行的請客，別人也都樂意來。他電話一打，法院來了三輛車七八個人，坐下來滿滿的一桌。他拆了一條好菸，正要給每人散一包，電話響了。是鄭來慶打來的，說有事跟他彙報。毛大德問他在哪裡，對方回答說就在砂鍋居門口。毛大德便不屑地笑了。鄭來慶是他高中時的同學，農村來的，在城裡無依無靠，復讀兩年只考取個專科，出來沒被分配工作。去年他考得了法律工作者的資格，在通贏裡面混著，除了小案子讓他跑腿，這個人還可以打雜，蠻好使喚。毛大德說：「你還沒吃飯吧，來得早不如來得巧，進來一起吃個中飯。」

鄭來慶走進來，毛大德就跟桌上的眾人介紹說：「他叫鄭來慶，以前我們同屆不同班。他是我看著長大的。」對面一個主任就笑了，說：「同學之間，哪有誰看誰長大的道理？」毛大德手一揮說：「秦主任你就不曉得了，別看現在他這麼高高壯壯，以前讀書時比我整整矮了一個頭。我看著他慢慢長高一個頭，這是事實。要不你問他自己……來慶，你是不是我看著長大的？」

鄭來慶連聲說是的。他不好說毛大德因病留了兩級，所以讀高一時他顯得高，高二大家都長起來，他才找不到鶴立雞群或者一枝獨秀的優越感。

毛大德把那一條菸發完，發到鄭來慶這裡沒有了。他懶得再開一條，就說：「你不是不怎麼抽菸嘛，我另外給你個東西。」他隨手往衣兜裡一掏，掏出個布偶。他記起來，是昨天在坐火車時，吃了對面漂亮妹子一記眼神，稀里糊塗買下這玩意。他把布偶遞給鄭來慶，說：「這是從挪威買來的最有名的醉鬼布偶，你給它喝點酒，它就能在桌子上跳舞甚至翻筋斗。」鄭來慶接了過去，他又說：「我給你的東西你要保存好，我要檢查的，別走出門就扔掉，知道嗎？」鄭來慶心裡也窩火，所以他臉上笑得更油。他說：「哪會，我要弄個神龕把它供起來，燒香化紙，豬頭肉茅台酒敬它。」「好的，你嘴上長喙，硬起來了。」毛大德拍拍這個老同學表示滿意。

吃完了飯，才一點半，這幫人三點才上班，中間一個半鐘頭也不願意放空，要毛大德再請洗個腳。有個主任一邊掀牙一邊說：「要你只請肚皮不請腳，服務不到位，我對你沒意見腳對你有意見。以後要辦事，腳才是用得最多的喲。」毛大德趕緊說：「那是，那是。」走到門口，毛大德轉過臉來對鄭來慶說：「你就不要去湊熱鬧了，你那腳一抽出來全是解放鞋的氣味，妹子都怕賺你這份錢。你有什麼事，就在這裡跟我說。」鄭來慶這才說起正事：「那個妹子找不到了。」毛大德想不起他說的是誰，問：「哪個妹子？」「還能有哪個別的妹子？就是她要告她老師對她性騷擾。」毛大德想起來了，那妹子是他接的一樁事後分帳的官司，他對這種官司很感興趣，沒有收取那個女孩一分錢代理費，反倒投入了一些活動經費。他腦袋轉得快，旋即就用指示的腔調跟鄭來慶說：「兩件事情，你去做。一，找到那個妹子，找到了就不能再讓她消失；二，查清她為什麼要躲起來。」

後面那幫人已在催毛大德不要磨蹭，毛大德趕緊上車。鄭來慶開著那輛破爛的皮卡車，頭皮發麻。佴城雖然不大，但要找一個存心躲起來的人，又談何容易。鄭來慶開車穿過江濱路來到正在翻挖修整的小馬路，四處揚起的灰塵讓他心情進一步黯淡下去。手頭這件事情，說來有些滑稽。佴城職業技術學院的一個姓文的女學生有一天跑來事務所，說她的班主任性騷擾了她。問她是怎麼性騷擾，她說班主任鍾老師摸了她手，還把她左邊屁股拍了幾下。大家說這不叫性騷擾，頂多只能算是吃豆腐。吃豆腐的事每一秒都成千上萬件地發生著。文妹子長得胖大黑粗，和她稍微聊上一陣，就發現她邏輯極其紊亂，腦袋肯定有點不正常。再看她一身穿著，也拿不出什麼錢。別的律師都對這事不感興趣，毛大德偏偏來勁了。他一打聽，職院正在招考副院長，而文妹子的班主任，正是重點候選人之一。他覺得這筆生意能做，就啟發那妹子要往嚴重裡說，不能這麼不痛不癢。他不要代理費，這個官司打下來，他保證妹子能拿到兩千，剩下的都是他的。兩千塊錢對文妹子來說是不小的一筆錢，她自是願意全力配合，毛大德就捉著文妹子教導一番，教她怎麼說才管用，不能僅僅說是摸了幾下碰了幾下，也不能僅僅說是手和屁股，女人身上，總有別的部位更重要，更有說服力。文妹子終於聽明白以後，毛大德帶她到鍾老師面前，問這事是私了還是對簿公堂。毛大德滿以為，在競爭副院長的節骨眼上，鍾老師應該識相點，息事寧人是他最好的出路。但鍾老師不但不識相，性格竟還比較衝動，沒打幾句商量他整個大腦袋就充起了血，彷彿也在增大增粗。他一手指著文妹子嚴厲地說：「妳這個臭婊子，再到外面造我謠，我找幾個人搞死妳？」文妹子聽得直打哆嗦，毛大德卻聽得很認真，還提問題：「你說要喊人搞死她，『搞死』的意思是殺死呢還是……找人把她通過性虐待的方式弄死？」鍾老師睜大了眼，答非所問地對毛大德說：「滾，滾。滾！」

頭一次交涉未果，毛大德先帶著那妹子撤走。謹慎起見，他通過關係把鍾老師的背景摸了一遍，發現這小子沒什麼關係，卻敢無頭無腦地狂妄。他放了心，叫鄭來慶再把文妹子找出來，去跟鍾老師進行第二輪交涉。毛大德這番已準備得很充分，見面時，他要把幾個利害關係先擺出來，把這鍾老師嗆上幾口，待他不再那麼橫了，再曉以利害，給他指明出路。毛大德此番勝券在握。

鄭來慶按照毛大德給的地址，卻沒找到文妹子。那個地址是城郊用於出租的農民房，文妹子和她的母親以前一直租住在這裡，但鄭來慶找上門時，房東說那兩母女前幾天剛搬走了。文妹子去了哪裡，房東也不知道。鄭來慶估計那夥青皮頭是鍾老師叫來的。他查過鍾老師的底，這人以前在少管所教政治，後來才調到職院。很多青皮頭也是他的學生，他們有師生之誼，雖然以前鍾老師教他們痛改前非重新做人，但某些時候，他又會跟他們說，總有很多事情不能以常規的方式解決。

鄭來慶開著破車茫無地走在佴城的街道上，佴城的街道分工非常明確，除了那兩橫三縱的主街建築整飭秩序有人維持，一旦拐進小街小巷，就髒汙不堪，充斥著神情淡漠的年輕人和滿臉皺皮褶皺的老年人。他不知往哪裡去找，這也沒法請示毛大德，只得信馬由韁亂走一氣。他看看錶，才四點。他只想回到自己租住的小房間裡上網。在網上他就變成了另一個人，可以放開膽子跟網友亂吹。他樂意把自己杜撰成一名成功人士，有時候，牛皮吹得順嘴了，他自己恍惚間也信。

熬到五點半，鄭來慶在路邊炒了個最便宜的盒飯，炒好後他叫老闆把飯菜分盒裝起來。老闆咧嘴一笑，說五塊錢的盒飯不分盒，六塊錢的可以分盒。鄭來慶不吱聲，接過盒飯回到自己的房間裡。鄭來慶一邊吃盒飯一邊打開網頁，盒飯裡面一汪顏色可疑的油，他打開美食網站，搜出一些素淡菜式的圖片，看一眼扒一口。時間還早，網友大都在吃飯，沒有上來。網友「腰長腿短」發來短信，問他要電話號碼。他沒和腰長腿短通過視頻，兩人在一個電影愛好者論壇認識的，聊電影聊了一年多，之後也聊些別的事。和腰長腿短經常聊得入巷，所以他沒跟她吹過牛，在她面前，他儘量少談自己的狀況。

他敲出一串數字，回覆給她，並猜想她為什麼突然想到要自己的電話。猜不出個所以然，鄭來慶的腦子卻跑開了，他在想她會長什麼模樣。敢說自己「腰長腿短」，透著自信，沒準是個美女。網名就是這樣。他自己的網名叫「結結結巴」，其實話說得很溜，所以想去當律師，發揮自己的專長。

下午，葛雙帶蘇小穎逛佴城。只要願意找，景點總會有，每個城市死活都會弄出幾個景點。要不然，如果來了客人，本地人只能請人家吃飯唱歌和泡腳，錢花得多，客人還會覺得不爽。蘇小穎當然不願去諸如遊樂場、名人故居、森林公園之類的景點，每個景點蒼白得留不下任何印象，故居裡供奉的名人她此前聞所未聞。那兩個沉悶的下午，兩人坐著車，走著，站著，爬著山，蘇小穎總想找個話頭和葛雙痛快地說上一通，但葛雙有意無意地把話岔開，或者前言不搭後語，搞得蘇小穎無以為繼。蘇小穎不知是怎麼了，在省城，她想找個人說話，身邊所有的人交談起來總是不能很好地集中精力，心思總串搭在別的地方。如果可以選擇，甚至更願意選擇去K歌，用別人寫好的彆腳的歌詞表達自己的心意。

又到天擦黑的時分，蘇小穎和葛雙坐在冷飲店裡。蘇小穎吸完一塑料杯芋奶，看看葛雙又看看她背後的門洞以及外面天光，知道她又要趕去蘭茗苑了。她問：「妳是不是馬上要走？」

「是啊，我已經陪妳玩了大半天。晚上妳早點休息，我還要去上班。錢又不是變出來的，自己口袋幾下子就掏空了，別人口袋才永遠掏不空。不是嗎？」

「……能不能再陪我坐坐，說說話？」蘇小穎直截了當地提出請求。面對葛雙的心不在焉，她沒有別的辦法。

「說什麼？妳還是想傾訴第一次失戀的痛苦？」葛雙盯著蘇小穎，她仍然感到莫名其妙，在她看來這確實沒什麼好說的。但她還是善解人意地說，「好吧，妳說說看，我聽聽。……抓緊時間，把妳和他的事說說。」蘇小穎忽然不知道往下怎麼說，吸溜著滑溜溜的芋奶，她腦子有點空白。蘇小穎的心思一直纏繞這件事上。她已經理出些頭緒了，之所以遭受重創，是因為自己猝不及防。一直以來她和王為一的戀情就是不對等的，她年輕漂亮，王為一年過四十大勢已去，怎麼看王為一都只有等著被她蹬開的份，沒想他卻搶先一步和那個女人結了婚。而且那個女人是個小姐。

在葛雙面前，蘇小穎避免說起那個女人的職業。葛雙偏要問：「那女的，她是幹嘛的？」問了兩遍，蘇小穎只好說：「也是個……小姐。」話一說出口，她就知道也字用得特別不是地方，怎麼就脫口而出了？葛雙倒不太過敏，她翻著眼皮，驚奇地說：「妳的男朋友竟然讓一個小姐搶去了？真是毫無天理。但這個世道就是這樣沒道理，人愛吃肉，狗吃屎，各有各的胃口。」她又問到底是怎麼分的。

「這事還是與我自己有關。出了那事，我其實還是給他機會，讓他來認錯。他頭兩次來，我沒給他開門，要他站在門外邊認錯，多做些反思。我當然不能輕饒了他，但最後總是會原諒他。在門口站幾回是應該的……」

「我知道了，妳擺冷臉的時候，那個女人卻熱臉相迎，於是妳那個男的就奔她那張熱臉去了，是這樣嗎？」

「他是賭氣才跟她結婚的。王為一這個人本來就有點缺心眼。」

葛雙又問，「妳，妳和那男的做那種事多嗎？你們談戀愛的時候，一般是多久時間來一次？」蘇小穎沒想到她會問這個方面，她囁嚅一陣，像病人就診面對醫生一樣跟葛雙說：「……不多。大概是一個星期一次。見面有兩三次，但只做一次，而且一次一個回合。」葛雙說：「肯定不夠，那還不如不做。這樣的頻率只會搞得他老是處於飢餓狀態。妳老是把問題歸結於冷屁股比不過人家的熱臉，其實問題遠沒那麼簡單。」葛雙臉上此時微笑著。在葛雙背後的牆上懸掛著一張八尺左右的機印畫，一片沙灘，四個比基尼女郎的背影扭成統一的S型。蘇小穎的眼光在葛雙和畫面之間搖擺不定。

葛雙又說話了：「如果他回心轉意，妳依然會原諒他是嗎？但我要告訴妳，那女人能讓他這麼短時間內結婚，自有她的一套手段，妳想都想不到。妳的條件樣樣出眾，但她有妳沒有的東西，而那個男人，恰恰需要。」蘇小穎虛茫地看著葛雙，她忽然發現她懂得太多。葛雙繼續著無所不知的語調，「我還敢進一步斷定，那個妹子有幾手床上要的絕活，男人一碰，要麼嗲聲嗲氣，要麼鬼喊鬼叫，忽高忽低，忽緊忽慢，把男人每個毛孔都伺候得很舒服。你那悖時的男友對那女人已經上癮了，像吸粉。妳呢，只是像一截甜甘蔗，好吃但不上癮，吃多了還膩。妳不要不愛聽，妳雖然漂亮，也很大家閨秀，但在男人眼裡，多少顯得有點死板，缺少風情。現在的男人，特別是有幾個臭錢的男人，很需要這個。我問妳，你們做的時候，妳發不發出聲音？」

「……儘量，不發出來。」

「往喉嚨裡吞？」

「……對，難道還能往耳朵裡吞？」

「就是嘛。我真沒想到，這麼幾年沒見面，妳才第一次失戀。這事情就像馬路上踩著了西瓜皮，趺上一跤爬起來悄悄地走人，用不著跟別人講，更不能爬起來朝天罵娘。知道嗎？當然，我不是別人，妳知道跑來跟我說就對了。」

葛雙把蘇小穎送到賓館，轉身又要走。蘇小穎拉住她，到總台那裡再要了一張門卡，把到葛雙手上。蘇小穎說：「妳晚上要是沒生意做，那就過來睡好了。我們睡在一起，就像讀高中時候那樣。」葛雙接過門卡，說：「要得咯。」

蘇小穎走了一下午有點累，斜躺在床鋪上想事，發呆。她看得出來，葛雙表面是有些變化，說話的味道跟以前不一樣了，卻像個熱水瓶，外面故意擺出冷清的樣子，內裡還是又熱又燙。葛雙在冷飲店說的那些話，腔調乍一聽有些刺耳，現在反芻一番，竟然讓自己感到豁朗敞亮。

晚上十點鐘樣子，葛雙又來到蘇小穎的房間裡。她一時沒生意，蘭茗苑裡面的牌桌又沒有空位，她就走過來看看。賓館和蘭茗苑離得近，步行五六分鐘。她打開門，蘇小穎沒有睡著，看見葛雙來了就從裡間走出來，燒水。她對賓館裡的燒水壺不放心，自己隨身帶著一只質量好的燒水壺，那種壺不是用電熱管直接杵到水中加熱。葛雙隨手打開電視，佴城電視台正在重播當天的新聞。她看見是那個播音員，就沒往下搜台。蘇小穎坐下來看，她也想趁機對佴城多有了解。播音員是個消瘦的男人，他有點口齒不清。切換到新聞畫面，換成一個女播音員的聲音，就好多了。新聞畫面暫告段落，男播音員又冒出來，用渾濁的聲音播報著。

「佴城怎麼就挑出這麼個播音員？他說的普通話在佴城是不是就算好的了？」蘇小穎沒法

不產生疑惑。葛雙笑著告訴她，該播音員是市常務副市長的公子，他對別的不感興趣，從小立志向趙忠祥學習成為一名播音員。他父親不忍拂逆小孩的理想，跟電視台台長打了招呼。招聘面試時總評委、副市長的姘頭某女力排眾議，認為這小夥子雖然口齒有點怪異，但語氣頗得趙忠祥的神韻，這樣他就順利地到電視上面播音。時間一長，佴城人民也聽習慣了，親昵地稱他為「狗觀眾」，因為他每晚上說「各位觀眾」，別人老是聽成「狗觀眾」。

「妳知道的真多。」

「佴城的人都知道。」當然，還有一些佴城人不知道的事，葛雙也沒法告訴蘇小穎。狗觀眾有一陣天天來蘭茗苑找她，甚至有點離不開她，手指著天發誓要娶她為妻。狗觀眾雖然是市長公子，腦袋卻也一根筋，不太轉得過彎。葛雙毫不為他的真情感動，這也是她佩服自己的地方。她好幾次拒絕了狗觀眾，並坦誠地告訴他：「你喜歡我什麼啊，你告訴我我改正行不行？要是我敢答應你，你那個爹花錢找個人幹掉我怎麼辦？我這種人的命很賤，也許你爹花五萬塊錢就擺平了，甚至還用不了這麼多。你爹那麼能貪，他一天賺到手的錢，能讓我死上兩三回。」面對狗觀眾的求愛，她只是答覆說饒命。這事情，蘭茗苑的妹子都知道，所以都對葛雙高看一眼。能活得這麼明白，自會得人尊重，葛雙在蘭茗苑裡日子還過得不錯。廳裡有一台大電視，每當狗觀眾出來播新聞，或者常務副市長出現在新聞畫面，她們就扯著嗓子跟葛雙說：

「葛姐，快來看妳老公和妳公爹。」

電視裡，狗觀眾播報說，佴城吊井巷派出所昨晚抓捕一個吸毒團夥，關留置室待驗尿樣，該團夥成員偷偷撬開留置室門鎖，趁看守閃神打電話的時機悉數脱逃。派出所給電視台提供了脱逃人員的影像資料，現在正在逐一播放。葛雙連派出所的事也知道，她一邊看一邊告訴蘇小穎，這些人一被押進派出所時，警察按規定給他們拍攝有影像資料，為的是免生爭議。因為數年前，佴城有個瘸了二十年的老賭棍，放出來後聲稱自己的腿是剛在派出所裡被拗斷的，此後有一個星期，他躺在政府門口滾釘板告地狀，要求嚴懲拗斷他瘸腿的凶手並要求酌情給予國家賠償。瘸子是滾釘板好手，他年輕時候跟馬戲班子四處流竄表演滾釘板混飯，磨出一身的繭皮，偏跟人説這TM叫硬氣功。這事鬧一陣以後，派出所就學乖了，安排個平時沒用的人到電視台學學攝像。昨晚的影像資料今天用上了，那幫脱逃的粉哥粉妹一一在電視屏上亮相。

蘇小穎不經意地看了幾眼，覺得吸粉的這些人面相有著驚人的相似性。隨後她又看到那個戴單邊耳環的男人，葛雙把他叫做豺狗子。電視屏裡，豺狗子不但不低頭耷腦，而且衝著鏡頭淡定微笑著，那神情，彷彿預知這段影像會得到公映。蘇小穎看著電視裡豺狗子的臉，因為那種微笑，他的刀臉進一步拉長，看著邪乎，但不得不説這男人有種不合常規的英俊。

「這不是昨天跟妳打招呼的人嗎？」

「對，他跟我打招呼可是衝著妳喲。」葛雙臉上依然在笑。葛雙以前是個愛發愁的女孩，現在她竟然隨時都綻放著笑臉洋溢著春光。

葛雙和蘇小穎在床上躺了一會，沒什麼話可說，蘇小穎很快入睡，而葛雙還要回到蘭茗苑裡繼續幹活掙錢。子夜時分，蘭茗苑仍然人來人往。蘇小穎這一覺睡得不錯，失戀後，她在省城，在公司裡，在自己租住的套間裡，在別的任何角落，一顆孿心總是糾結得緊。現在來到了佴城，忽然就豁朗了幾分，鬱結多日的心情得到開釋。

第二天她睡到自然醒，還賴床，這個陌生的城市給了她自在感受。起床以後她發給葛雙短信，說今天如果忙的話就不必過來了，她會找別的熟人。葛雙正在打牌，她回覆了一個字以及一枚標點：噢！蘇小穎將筆記本電腦隨身帶著，但房間裡沒有網絡插孔。她去到外面，賓館門口就有一家破蔽的網吧，生意卻很好，許許多多的大人小孩都坐著玩遊戲，看電影，上QQ泡妹子，並吧唧吧唧地吸著菸。蘇小穎走進去，煙臭味捫頭打腦，熏得她幾乎睜不開眼。她還是強忍著坐了下來，打開自己的MSN。「結結結巴」已經回了一串數字，是他的電話號碼。蘇小穎知道，在佴城除了葛雙，還有這個認識一年多的網友，彼此聊得不錯。如果葛雙能像以前那樣陪著自己，她就不會找結結結巴了。

鄭來慶聽人說在蘭溪街一帶看見過文妹子，這天中午就開著破皮卡往蘭溪街來。這是城西結合部，房屋雜亂，居民複雜，是藏匿人的地方。鄭來慶順著街巷漫無地走，果真就看見了文妹子。她正在農貿市場一角賣菜。她體格粗大，虎背熊腰，正用一把刀把豇豆不停地切成細小顆粒，唰唰唰，她的刀法嫻熟，唰唰唰，沒幾下，刀邊豇豆粒就堆起崗尖的一小堆。鄭來慶走過去，文妹子還埋頭問他要買什麼。

「文新梅，我是來找妳的。」

文妹子抬起頭，一看是鄭來慶，臉色有點變，問他來幹什麼。鄭來慶痛心地說：「幹什麼？毛老闆為妳這個案子跑前跑後，費了好大力氣，妳卻躲到這裡賣酸豇豆。」文妹子無奈地一笑，說：「我不打算告了，他畢竟是我的老師，再說他又沒在我身上留下什麼可以提取DNA的東西，告也告不響。」「什麼？」鄭來慶聽這妹子說出DNA之類很專業化的東西，就知道她肯定又被另一撥人教唆了。毛大德好不容易要她背下的詞，肯定被另一撥人的恐嚇打消了。他感到難以交差，就跟文妹子說：「不管怎麼樣，妳跟我走一趟，見到毛老闆，妳自己跟他說。」

「我在賣豇豆。」

「我買了，一共多少錢？」

「現在還不能賣，要放到悶罈裡漚酸了才能賣。」

「那就按漚酸的賣好了，我不會虧妳的。」

要擺道理，文妹子講不過任何一個人。於是她就不吭聲了，放下刀，棄下自己的菜攤，要離開。鄭來慶於是拽住了她。他的手剛碰到她的手肘子，她就發狂似地大叫：「強姦啊強姦。」而且，她轉瞬間就哭起來。她哭得真快，情緒像是用開關控制，嗓門像是用發條驅動。鄭來慶覺得十分荒唐，他想，她這麼五大三粗，誰敢動強姦她的心思……沒等他想清楚，腦門上突然挨了幾下。一個塊頭更龐大的中年婦女不知從哪裡鑽出來，操出一塊四方的小砧板朝他腦門上敲來。他一看，是文妹子的媽。文妹子和她媽兩個人猛撲過來一邊打鄭來慶一邊扯著嗓子一齊喊：「強姦啊，有人強姦我！強姦，我被人強姦啦……」此時文妹子臉上沒有恐懼，只有無邊無際的興奮，彷彿她所說的事情正在發生。鄭來慶還沒回過神，就被一圈人圍住了。他們七嘴八舌地議論起來。一個老頭還語重心長地教導說：「小夥子，農貿市場不是強姦人的地方。前面不遠拐個彎有一家蘭茗苑，你可以去那裡。」鄭來慶點頭哈腰，不跟他們解釋。鑽出人堆，發現文妹子和她媽已經走得不見人了，攤位上只有砧板菜刀和豇豆。

蘇小穎撥打結結結巴的電話。葛雙不能陪她，她只能找這個人聊聊電影，或者他會請自己看一場電影。

鄭來慶站在街心，腦袋仍然發著懵，剛摸出電話想打給毛大德，就聽見那只電話主動響鈴了。裡面傳來一個女人圓潤的聲音，問他是不是結結結巴。他反問：「妳是腰長腿短？妳在哪？」他估計這個女人來了佴城。

「你一點都不結巴嘛。我在你們佴城。蘭溪街，又一家賓館你知道嗎？」

鄭來慶一抬頭，就看見粗黑體的「又一家」招牌，招牌下面一個女人正在打電話。他嚇了一跳，沒想到「腰長腿短」竟然是個非常漂亮的女人。他忽然想到自己頭上有傷身上有血，趕緊扭過臉看向別處。他說自己正在上班，五點半下了班以後，再請她吃飯。打完電話，鄭來慶趕緊爬上破皮卡，把車往大街子上開。一個下午的時間足夠他改頭換面。他摸摸頭上的傷口，並輕聲地對自己說：塞翁失馬，焉知非福。

蘇小穎收起手機，她看見百十米開外有個傢伙滿頭是血，鑽進一輛皮卡磕磕碰碰地開走了。她心裡又是一凜，趕緊回到賓館。佴城這地方亂糟糟的，沒有本地人陪著，還真是找不到安全感。她回到自己的套間，心裡安穩了下來，在這房間裡待上幾天，一切漸漸變得熟悉。她泡著速溶咖啡，坐在綿軟的沙發上發呆。耳畔有各種聲響，但她慢慢聽出了寂靜。

到晚飯點，結結結巴就把電話打來了，說在賓館門口等她。她走出去看見一輛出租車，那個男人穿得很正式，還戴一頂禮帽。帽簷壓得很低，彷彿提高著警惕。她正要就此想起周潤發，但是轉眼卻想起周星馳，便忍不住笑了。他告訴她自己叫鄭來慶。他本來想把她帶到毛大德砂鍋齋，如果到那裡吃飯，毛大德可以給他一定的折扣，還可以簽單。簽單的話，毛大德可以從他工資裡面扣，反正鄭來慶打官司掙來的錢都要經過毛大德的手。他樂意在她面前展示簽單的樣子，令她誤以為自己在這地方混得很開。他字寫得好，但那些字寫得醜的人總是不停簽單，這讓他很痛苦。字寫得醜卻可以抵錢，自己的字寫得好只能抄抄狗屁文件，這世道就這樣毫無道理。看看蘇小穎，他又稍有開懷。這麼漂亮的一個妹子突然橫在自己眼前，當然也是毫無道理。

她不願意去那裡。她聽他說起那家店名，就說去別的地方。車在開，她隨手點了一家路邊店子，說就到那裡吃。司機噢地一聲把車停下來，那是一家再普通不過的火鍋店。佴城的人愛吃火鍋，下重辣，上了年紀普遍患有便祕的毛病。鄭來慶點了小份牛雜，因為就這東西她沒吃過，她記得以前父親常買牛下水餵狗餵貓，現在，弄乾淨了人吃又會是怎樣？

她看看他。他不是自己想像中的樣子，竟然清瘦，顴骨一撐，那張臉就跟踩了高蹺似地拉得老長。她說：「你能不能不戴那頂帽子？你脫髮？」他有些不情願地摘下帽子，裡面纏著幾圈紗布，布面上當然浸出點點血跡。

「怎麼啦？不會是被狗跳起來咬著的吧？」

「呃，也差不多。」

一鍋熱騰騰的火鍋，兩瓶淡啤，兩人吃著說著，聊一些不濃也不淡的事，比如人生。但人生其實沒什麼好聊的，閉著嘴彷彿還有很多見解，一張嘴卻又無從說起，於是又聊起新近看的電影。他倆習慣了互相推薦，然後下次網聊又有了核心的話題。她其實很享受坐在這個破火鍋店的感覺，這是一次再簡單不過的碰面，兩個網友初次相聚，不至於見光而死，也不會發育出旁逸斜出的枝節。她知道事情無非這樣。打她主意的男人多了，臉上隨時掛著比皺紋還要密實的騷情，但對面這個男人倒是表現得老實安分。她和他網上聊得久，知道他本來就是這樣的人，不是裝出來的。她感到放心，牛雜又意外地對她胃口，就多喝了幾杯。

他在說著一部老電影。她走神走得厲害，根本聽不見他說些什麼。天一黑，她腦子裡想的全是葛雙。這個時候，葛雙在幹什麼？她要是在做生意，那麼，一個什麼樣的男人和她待在一起？老的？少的？醜人？禿子？或者是個瘸子？葛雙不能挑，這彷彿是她的職業道德。讀高中的時候，那個酸腐的語文老師經常灌輸教材以外的知識，他曾搖頭晃腦地說起古代文人心目中十大敗興之事，花下喝道是的，樹上晒褲衩是的，妓女挑客也是。聽到「妓女挑客」這一條時全班都笑了。蘇小穎在笑，她看見葛雙也笑。那時候，這些聽來是多麼遙遠的事情……

她眼睛忽然有點瘆，知道淚腺分泌得旺盛了，怕對面的人看見。她只好仰起頭防止眼淚滾落出來。

「是不是湯太辣了?」他好心地問她。待她把臉擺正,他發現她下牙齒咬住了上嘴唇,而且眼裡忽然迸一絲怨毒。他不知道自己哪裡做錯了,哪句話說錯了,只得問,「怎麼了?」

「沒什麼。」她頓了一頓,抬高了聲音問他,「你找過小姐沒有?」此時,她吐字其實格外地清晰,他只好去懷疑自己的耳朵。

「什麼?」

她嚴厲地,再次地發問:「你,嫖過娼沒有?」

鄭來慶聽得再明白不過,以致不好意思直接回答「沒有」。就像問一加一等於幾,小孩答得出來大人總是不知所措。他一時口拙,強作鎮定,扭頭看了看別桌的人。店子裡十來張火鍋桌半數有客,每個人都在說自己的事,誰有心思聽別桌的人說了些什麼?他靈機一動,突然想到小學三年級時就被老師教導說有一種反問句。

「妳想聽真話還是假話?」

「當然是真的。」

「真話講出來總是討人嫌,我今天還是告訴妳假話吧……」

「……」

他把臉湊近了,壓低著聲音鄭重地宣布:「這假話就是:我嫖過!」

蘇小穎沒想到就被他那麼蒙混過關了，鬆了一口氣，這才覺得剛才自己有些失常。她不由得感謝這個人的容忍與機巧，讓局面不至於尷尬。他又問到底是怎麼了。陌生的環境適合傾吐，這個男人也確實顯得可靠，但蘇小穎還是咬緊嘴唇，沒跟他說起葛雙的事。

她又問他：「那麼，再給我推薦一些片子……」

「關鍵字？告訴我，我幫妳推薦。我家裡有碟，可以直接找出妳要的給妳。」

「關鍵字？就一個：妓女。有沒有？」

「有關妓女很多，很多都是三級的。說實話，我一個光棍，三級片也買了很多。」

「我能理解，不看不正常。但我要的不是三級片。我要那種，怎麼說呢，正兒八經描寫妓女生活的。」

「真沒辦法，又要是妓女又要正兒八經。不過，妳的意思我算是明白了。」鄭來慶掐著手指回憶著自己藏的與這個詞相關的電影，《茶花女》、《飢餓海峽》、《啊，野麥嶺》，還有國產的《杜十娘》，諸如此類。

「別跟我假正經，我就要現代的，不要這些演員都死掉了的老片子。」

「我找找，哪時給妳？」

「你這幾天有空嗎？帶我到你們這地方玩玩。我今年的年假一起休了，就這幾天，也不想去別的地方。」她懶散地說著，希望得到他肯定回答。

他當然是求之不得，馬上想到，明天正好以腦袋上的傷為理由向毛大德請假。因為是被文妹子母女打傷的，這可以算是工傷，毛大德捨不得開醫藥費，准幾天假應該是沒問題。他滿口答應下來。

接下來的幾天，鄭來慶開著那輛破皮卡（他難得地把車洗了一遍，某些地方還補了些漆，所以看上去不那麼破。）忠心耿耿地陪著蘇小穎在佴城裡轉來轉去。蘇小穎乍一眼看去覺得那輛皮卡有點眼熟，卻又記不起來。她笑了，皮卡都是這個模樣，眼熟有什麼好奇怪？就像每晚七點整都會在CCTV1裡看見一顆球滾動而出，這有什麼好奇怪？

佴城確實沒有什麼值得一去的地方，既然有車，鄭來慶就帶她往周邊的每個縣裡走走，車程都在一小時多一點，早上去晚上回來。鄭來慶喜歡釣魚，周圍那些縣份，犄角旮旯裡的山塘水壩他都去過，一路上，哪裡有風景他腦子都記著。

蘇小穎喜歡這種清靜的出遊，就兩個人，一輛破車，鄭來慶安全可靠的臉晃蕩在左右，捏著一只很小的相機，不停地拍拍照片。她看著顯頻，他拍照片很呆滯，談不上有技術。他也老實承認，平時自己基本上不拍照片，工作的時候，有時為了取證才掏出機子拍下證物或是與案件有關的蛛絲馬跡，以便於庭上說明問題。她相信他就是那麼個人，程序化地接待著來這裡的朋友，用廉價的相機拍出千人一面的表情款待朋友，那種熱情源於他認為這是他應該做的，義不容辭。很多景點都很荒僻，少有人來。有些景點是政府領導喝了酒後腦袋一熱，拍桌子決定上馬的，花了一把錢，景點弄好後實在沒生意，甚至供養不了一個賣門票的，只好敞開了門任人進出。蘇小穎偏喜歡去到那些破敗的地方，因為安靜，風景就總有一種寂寥的美。她喜歡看這時節衰草一蓬蓬胡亂生長的樣子，不喜歡被修葺得規整的灌木和錯落有致的盆花。鄭來慶這就很放心，甚至不帶她去所謂的景點，直接去自己曾經釣過魚的地方。他還教她釣魚。兩人長時間在岸沿坐著。

「你在想什麼？」

「什麼也不想。一開始釣魚的時候老想著魚上鉤，現在不這麼想了，你想也好不想也好，咬鉤是魚的事情，你急不來。」

「你有女朋友嗎？沒有吧？」

「妳看得出來？」

「什麼年月了，你還等著魚自動咬鉤。別的人根本不釣魚了，他們撒網，扳罾，布攔河簕，甚至下毒，用電杆打，用炸藥炸。」

「妳知道的真多。他們無非多吃到幾條死魚。」

「你吃活魚？」

「不，我不吃魚。釣魚釣得久了，常常不愛吃魚。你覺得魚咬鉤是牠逗你玩，像一隻寵物那樣逗得你開心，還有點調皮。誰會吃逗自己開心的東西？」

她這時又想起了葛雙，掏出手機，這個地方沒有信號。

「……沒有信號。」鄭來慶在一邊說，「有魚的水灣子通常沒有手機信號。這真是很奇怪，我早兩年就發現了，好多次找地方釣魚，都要掏出手機來測一測，如果沒有信號，就下釣竿，非常起作用。」

「你總能找到一些稀奇古怪的事情。」

「找不到錢，只好找一找這些不要錢買的樂趣啊。」

她四顧看去，這裡的清寂讓她心思活泛了很久，胸膛此時竟有些潮熱。鄭來慶老實可靠，但不免有些枯燥。她記得在公司的時候，男同事在自己身邊總是有些騷動，本來沉靜的人禁不起她兩個眼神就活躍起來，甚至放開手腳耍寶。晚上喝了酒，她偶爾也跟一些外公司的熟人四一九*。這時她忽然希望鄭來慶能夠扔掉手中的魚，眼睛惡狠狠地瞪著自己，並且伴隨一些情不自禁的舉動……如果這樣，她不知道自己會怎麼處理。——或者，先是擺出嚇懵了的樣子卻又不堅決反抗，等他越來越肆無忌憚，關鍵時候再在他臉上輕輕刮一巴掌，迅速閃開，再咯咯地笑？現在，她知道這些不期而至想法都很正常，無須迴避。只要不上癮，她依然算是個正常的女人。

蘇小穎問他這幾天怎麼這麼得閒，整天地陪自己。他呵呵一笑，又指了指自己頭上的創口，說起文妹子的事。他一時不慎，說起那天就在又一家酒店前面的農貿市場發現了文妹子，沒想到文妹子母女都有如此嚴重的暴力傾向。他只有當是被狗咬了，醫藥費都只能算在自己頭上。她想起來了，那天看見的滿頭是血的人竟然就是他，不由得哈哈地笑。她說：「那天我見著你了，你就站在我面前，還和我打電話。你肯定認出我了，不好意思馬上走過來，還說自己在上班。」他嗆了一口，腆著臉，只好認了。

「沒關係，我說不定會幫你。」

「妳怎麼幫我？」

鄭來慶用那輛破車把蘇小穎送回蘭溪街，經過農貿市場時，他指了指一個攤位，告訴她，

＊ 四一九，英文Four One Nine，諧音For one night，指一夜情。在大陸常用，有些酒店就叫四一酒店或四一九旅館，標明是一夜情集散地。

文妹子以前就是在這個攤位。現在，那個攤位上有一個皺紋細密，皮如包漿臉如出土文物的老漢在賣手切菸絲，他一邊切一邊抽一邊跟湊上來的人談價一邊還和旁邊那個賣畚箕的人扯著閒話。蘇小穎說：「你有那個，文妹子的照片嗎？」他想起有的，把手伸進衣兜，一摸摸到一個軟囊囊的東西，沒想起是什麼，第二下摸到一張照片。毛大德就是這麼叫他按圖索驥地去找文妹子，居然讓他給找到了。她只看了一眼就把照片退回來。她說：「我有印象，這妹子我碰見過，真沒想到會被人非禮。你們佴城真是一個藏龍臥虎的地方。」

到了賓館門口，他才想起上一次她囑咐的事。他用心去辨了，把自己以前淘的碟片重新篦了一遍，又到碟店補充了幾張，全是跟妓女有關的。他把那一沓碟片遞給她，說：「夠妳看好幾天的了。妳要看這個搞什麼？」

「你別管那麼多了，你走吧。」她揣著那一把碟片，看著他把破車屁顛屁顛地開出這條街，轉拐以後消失。

蘇小穎一覺醒來，發現今天是葛雙的生日。她善於記生日，父母的，同事的，朋友的，到那天，隔得近送一份小禮品，隔得遠打一個電話，比平時請客吃飯聯絡感情管用得多。她很多年裡把葛雙的生日忘了，但到了這天，她腦海裡突然蹭出來葛雙的生日，就像三八是婦女節六一是兒童節一樣毫不含糊。她忽然想，也許，來的時候就隱隱意識到某椿與葛雙有關的事情臨近了，現在才明確原來是她的生日。桌上散亂地擺著那些碟片。昨晚她看到半夜過，片裡的內容讓她心情越來越黯淡。好在覺還睡得爽朗，夢裡面是另外一些內容。一醒來竟然就到了中午，這幾天，她每天都能睡到自然醒，這是平時享受不了的奢侈。打開電視，很快佴城新聞就冒出來了，狗觀眾面無表情，用依然咿哩唔嚕的聲音播報著今天的主要內容，其中有一條是一個副市長被逮捕的消息。配合新聞畫面，那個副市長斑禿，突然憤怒地衝著攝像機的方向喊叫著什麼。但通過技術處理，他只能露出一張老臉，聲音被整齊地剪切掉了，一個音節也不會漏出來。蘇小穎覺得那個副市長長得像狗觀眾。她這麼想的時候，就提醒自己，反了反了，是狗觀眾長得像副市長。

而在另一邊，蘭茗苑寬敞的大廳裡，兩桌牌同時擺開了，早起的妹子開始了搓麻，把腦袋搓熱了，才有心思去洗臉刷牙吃早飯。巨大的液晶電視裡同樣播放著佴城新聞。打牌的妹子不約而同放慢了甩牌的速度，她們用驚詫的口音跟葛雙說：「妳看，妳的公爹被抓了。還是妳小老公發布消息。妳的小老公真是個鐵面無私的人。」

「他反應有點遲鈍，台領導要他唸他就唸，晚上等他回到家，才會想到自己不該唸這條新聞。」葛雙對狗觀眾多少有了些了解。

「看樣子，妳的公爹抽不出空找人來幹掉妳了。說不定，過幾天狗觀眾就會帶著戒指來向妳求婚。」

葛雙則高瞻遠矚地說：「此一時彼一時，落魄的鳳凰不如雞。現在他爸出事了，他也脫不了干係。他現在想娶我，我難得天天去安慰他痛苦的心情。」

妹子們不停地起鬨，拿葛雙不停地尋開心，甚至想像著，在狗觀眾娶葛雙的那一天，她們會怎麼樣把洞房鬧得雞犬不寧。一幫妹子一起開動想像力，那是很可怕的事，一旦過上了嘴癮就沒個完。葛雙有點煩亂，肚皮也真餓了，讓了牌位往外面去。她在街邊隨便地吃了兩個涼裹卷，仍然懶得回去打牌。她想起來自己已經幾天沒去看蘇小穎了。蘇小穎倒是說過，如果忙就不要去陪她。一連好幾天沒見面，葛雙心裡有點不好意思。她和蘇小穎已經找不到共同的話題，曾經親密無間的感覺早不知丟到哪去了。此時，葛雙無緣無故地想：蘇小穎是不是走了？

她去到「又一家」賓館，上到四樓，擰開門，蘇小穎還在看著片子，她眼裡很濕潤，看那些片子，她總是要把自己的情緒帶進去。

「怎麼了？」

蘇小穎不說話，指了指筆記本電腦的顯屏。葛雙先是站著看，但顯屏有著變幻莫測的折光，稍微偏些角度就只能看見一片片暗影。她只好坐下來，和蘇小穎挨得很近，看那個片子。

桌前擺著幾袋紙袋包裝的小食品，蘇小穎這時才意識到那些東西的存在，一一拆開讓葛雙拈著吃。

葛雙平時並不看碟片，不但她，蘭茗苑裡所有的妹子都沒有這個習慣。但是，眼前正在放著的這個碟，不知為何，葛雙一下子就看進去了，場景很隨意，一幢簡單的民房，那幾個演員樣貌普通得就像是街子上隨手拎出來的。葛雙看見顯屏裡，一個女人敵視地看著另一個很無辜的女人，忽然心裡一動，打算看下去。她意識到，那個面相委屈，表情孤立無援的女人也是個小姐。

故事很簡單，小姐寄住在一家家庭旅館，做生意，也不時地被旅館老闆父子倆占便宜。旅館老闆有個女兒，她當然很恨這個在自己家裡做生意的小姐。但慢慢地，她們彼此熟悉了，接近了，有了交流，成為朋友……

「女人就這樣。」看到這裡，葛雙突然有了感觸。

蘇小穎附和：「是啊，女人心總是軟一點。」

「心軟一點，意志還堅強一點。我覺得我們女人總是比男人堅強。而男人，他們脆弱得連孩子都不敢生，最要命的事情全留給女人做。」

葛雙還要說，碟片裡的故事也發展到了更高潮。她只有閉嘴。其實往下的發展，她大概已經猜到了。蘇小穎看了那麼多電影，當然也猜到了。她把頭輕輕地靠在葛雙的肩頭上，此時顯得異常溫順。「不要這樣。」葛雙有些不適應。蘇小穎則更用力地摟往葛雙，衝她說：「乖，不要動。」

葛雙無奈，繼續看著碟片裡的故事。果不其然，一天，那家庭旅館裡只有兩個年輕的女人。小姐在接客，旅館老闆的女兒在看著無聊的電視。來了一個住宿的男人，她把他帶到空房間。男人問有沒有小姐。她去看了一眼，那小姐忙不過來。「那麼妳呢？」這個嫖客問。她想了想，點點頭。她接完頭個客人，當然，對方根本不知道。她走出去，外面是海灘。那個小姐坐在灘上面等她。她走過去，兩人坐在一起，什麼也不說。

葛雙看得心裡有些緊張，蘇小穎的腦袋還壓在自己一側肩頭。她只好聳了聳肩，說這個片子放完了。

「妳說有這樣的事嗎？」

「我覺得，後面那個嫖客太帥了。比劉德華還帥的男人，怎麼還去嫖娼呢？要是換一個，可能她就不接了。」

葛雙對電影的評論令蘇小穎有些意外，她覺得葛雙總是不能和自己想到一塊。「妳真是答非所問。」她有些失望，這時想起那件事。她又說，「葛雙，今天妳生日。」

葛雙掐掐手指，發現真是這樣。這麼多年，她自己的的確確把生日忘了，反正從來也不過，意識到自己增長一歲總是在別的某個日子，被一些莫名其妙的細節觸發。她沒想著蘇小穎還記著。

「那又怎麼樣呢？」

「晚飯的時候，叫上妳幾個玩得好的姊妹，我們也像男人一樣，去酒店擺上一桌，也喝喝酒。我請定了。」

「妳現在就有點醉了。這幾天，誰跟妳在一起啊？」

「管這麼多，葛雙，難道妳是我媽嗎？……快給妳那些姊妹打電話吧。」

她們一夥女人走進那家門面不太起眼的小館子，問有沒有包廂。那個矮胖的女服務員有點呆，她說沒有也就完了，卻說：「有，但已經被人訂了。」葛雙就笑。今天她生日，二十六歲，但感覺自己已經很老，經受了風雨歷練。她說：「真看不出來，你們這麼個破店還要預訂。」她硬是要一間，那個妹子也攔不住，而且，老闆對是否預訂也不太在乎，來的都是客，花的都是人民幣。蘭茗苑的一夥姊妹都有些酒量，坐下來就要酒，啤酒白酒都點，兑起來喝。到了這季節，光喝啤酒越喝越涼，光喝白的，小口小口抿進去憋得慌。蘇小穎跟她們不能比，她表示不能喝，那些妹子也不多勸。吹蠟燭前喝了兩件啤的，吹了以後又喝了一件，那六七個妹子已經東倒西歪了。

蘇小穎跟葛雙耳語：「叫她們先走吧，我們坐下來，再聊聊。」葛雙點點頭，她說：「也是，妳來了以後我一直沒有跟妳好好地說話。」她站起來，分配著那幾個妹子，兼精搭肥，微醉的和大醉的互相攙扶，送出門口。看得出，葛雙在這一幫妹子中說話很有分量。她來的年頭多，見過的場面也比別的妹子多，再加上生就一副熱心腸，誰和客人扯起皮來，葛雙聞見聲音總是第一個衝過去，不管什麼原因，先將自己身體橫在中間。

別的妹子走了，馬桑不肯走，她還要陪葛雙再坐一會。蘇小穎又點了葡萄酒，撬開瓶塞，排開三只高腳杯，拿酒往杯裡倒，那酒有點黏，血似地。

「妳酒量不行，洋派很多。」

「一點葡萄酒就洋派了？」蘇小穎不想糾纏這些細枝末節，她心裡早就想說些什麼了。剛才喝那一通酒，雖然沒別的妹子喝得多，也達到她自己的紀錄。現在她很想說話。「過了生日，以後有什麼打算？」

「能怎麼打算？妳不會是和我媽一樣，想勸我嫁人吧？」

「己所不欲勿施於人，我對男人挺失望的，怎麼會勸妳往陷阱裡面跳？我是說，妳也不能老待在這個地方……」

「那能去哪裡？」

「換一個工作，也換一個環境。要是妳願意，跟我一起去省城看看。省城畢竟比這裡大，機會也多。真要去，暫時可以住到我那裡——那也是個小套間。我們又能像以前一樣，住在一起，白天幹活，晚上回來說說話。」蘇小穎說著說著，眼睛就越來越亮，她容易被自己說的話感染。爾後她又說，「妳人長得漂亮，能說會道擅長打比喻，還能喝酒，一般的男人都能擺平；我看妳組織能力也不錯，那些姊妹都肯聽妳的。」

「那是，換是蘭茗苑別的妹子，別說慶生，就是結婚生孩子也聚不攏這麼多姊妹。馬桑，妳說是嗎？」

馬桑當然點點頭。她有點犯噁心，不停地聞著葡萄酒的氣味。蘇小穎又說：「葛雙，妳不要小看自己。有妳這幾手本事，進個公司混到中管很容易，現在交際型人才很吃香，何必……大材小用？」

「大材小用？小穎，妳到底想說什麼？」

「葛雙，這次來了，我才知道妳是在……要是早知道，我也早就過來了。這幾天，我雖然沒和妳在一起，但是一想到妳被……妳被那些狗男人欺負，我就很難過。」她頓一頓，又說，「非常非常難過。」

「沒人欺負我。我總有辦法，讓他們服服貼貼。狗觀眾要娶我，我還不答應。我覺得自己過得還不錯，妳用不著擔心。」

「妳真覺得還不錯？」

「難道不可以？我為什麼要跟自己每天都過著的日子過不去？是的，一開始是過不慣。我要自己開心起來，結果就起了作用。」

蘇小穎啜著血一樣的酒液，說：「葛雙，換一個地方試試。在省城，我熟人還是蠻多，老總副老總認識不少。我可以幫妳……」

葛雙不免嘆了口氣。她說：「蘇小穎，妳真是一點都沒變。妳記得嗎？妳天生就喜歡給別人提建議。讀高中那時，妳就給了我不少建議。還有那次放了假，妳要去我家，我就帶妳去了。妳到我家沒兩天，就提了一大把的建議，建議我家搞特色養殖發家致富，建議我爹承包村裡林場經營木材，還要我媽別再用灶頭的鼎罐燒開水，妳說那叫千滾水，會造成亞硝酸鹽沉澱，要專門買把燒水的壺……亞硝酸鹽，那時化學課剛剛學到，妳就用上了。妳真是活學活用的典範。」葛雙清晰地記起當時的情景，面對蘇小穎提出的成把的建議，她父親一開始還覺得有趣，慢慢就有些窘迫。一把燒開水的白鐵壺要十幾二十塊錢，哪是說買就買？她記得自己的父母，閱盡滄桑地，慈祥地衝蘇小穎笑笑，敷衍地說呃好的，不急嘛，到時再看看。後來蘇小穎還要去她家，她總是拒絕。

蘇小穎頭脹腦裂，聽出來葛雙有些不悅，也就不再說起。她記不起以前竟然提了這麼多建議。她說說也就忘了，但別人竟還記著。她心頭得來一絲懊惱。

酒沒了，葛雙還想喝。蘇小穎也不想停。這個晚上在降溫，啤酒喝得腸胃發涼，葛雙就叫了醪糟酒。醪糟酒用竹筒裝著放在大鍋裡加熱，喝起來發甜，像是飲料，其實蠻有後勁。喝到一定量，就像是被人放了藥，說倒就倒，昏睡不醒。蘇小穎也是第一次喝，覺得不錯，熱酒下口，能感到它在腸道裡的流動，一線下去都是暖暖的。

「我對不起妳。」葛雙說，「妳都來好幾天了，我也沒好好地陪妳，陪的時候也在想別的事情，沒有好好跟妳聊一聊。失戀這回事，我知道……」

「不要提那事了，我現在真不在乎。」蘇小穎眼睛周圍已經潮紅起來，說話時舌頭也粗了。她還揮揮手，進一步說明自己的不在乎。

「妳怎麼會不在乎呢？妳這是第一次啊。」

「葛雙，我要感謝妳。這次我過來，妳已經給了我很多東西。」

「我給妳什麼了？」

「……怎麼說呢？我現在都懶得恨那個人。妳很堅強，我從妳身上學到很多東西……」蘇小穎此時隱隱地意識到自己嘴巴有些失控，腦袋像是被水泡著了，不清爽。但她憋不住繼續地說，「葛雙，來這裡我確實是想找妳說話，妳勸著我，我早點擺脱那種心情。這幾天，自然而然地，我就不想他了，我老是想到妳。天一黑，我就想到妳正被……被那些男人任意擺布。我會想起那種情景，就好像正在自己眼前發生。我甚至要撲過去……」

「怎麼又說到這上面了？」

蘇小穎吞了吞舌頭，說：「不說了不說了，和妳一比，我失去了一個本來就應該失去的男人，又算得了什麼？」

葛雙此時把臉轉向另一邊，看著窗格子，手裡一直捏著那只酒杯，時不時自己喝上一口。蘇小穎見她那一副懶得說話的樣子，閉了嘴，把酒杯遞過來找碰。馬桑已經不喝了，她兩人繼續喝了好幾杯。

蘇小穎又說：「等下，妳還去上班嗎？」

葛雙看了看手機屏上顯示的時間，說：「時間還早，哪能不去？」

「今天是妳生日，給自己放個假好了。」

「我哪有這麼嬌貴，找個藉口就休息。對我來說，賺錢就是過生日。」

「葛雙，今晚別去了，陪我睡好嗎？就像高中時候那樣。那時候我們天天晚上都睡在一起。」

葛雙歪著嘴一笑，說：「妳怎麼老是說到高中時候的事？說實話，我已經不大記得起來了。這幾年對妳來說很短，但讀高中對我來說，是上個世紀的事。上個世紀的事，老還拿出來說，有什麼意思？」

「我知道妳日子難過。可是，我今晚想和妳待在一起。妳放心，我也不會讓妳耽誤賺錢的工夫。」蘇小穎眼睛亮起來，逼視著葛雙，一字一頓地說，「妳一晚上能賺多少錢？」

葛雙有些警覺，她問：「妳要說什麼？」

「錢我翻倍給妳。這幾天，我都翻倍給妳。妳別回蘭茗苑了，陪著我多待幾天……告訴我，妳一個晚上最多能賺多少？」蘇小穎說著，還拿手去掏錢，從一個兜裡掏出一把名片。她把名片扔在地上，再掏另一個兜，是有一沓整錢。

她竟然把錢遞了過來。

葛雙把錢一拍，錢就全都掉在地上。馬桑站了起來，彎下腰去撿錢。錢散得很開，東一張西一張。

蘇小穎這才閉緊了嘴巴，不再嘣嗒出一個字。馬桑把錢全撿起來，跺齊，又插進蘇小穎的衣兜，還在她肩頭拍了幾拍。蘇小穎喝完了杯中的酒，輕微晃動著腦袋想要思考某些問題，但是腦袋此時一點也不好用，晃不出任何清晰的想法。過一會，蘇小穎就趴在桌子上睡了。葛雙和馬桑並不急著走，沉默地抽起了菸，把煙霧噴得到處是。兩人看看趴下了的蘇小穎，又相互對視了數秒鐘，笑了起來。笑的時候，葛雙攤開手摸自己的臉，根本摸不出是哪種表情。

要走的時候，一個胖男人走了進來，徑直坐下。葛雙看了他一眼，問：「你好，難道我們竟然認識？」胖男人笑了，他說：「我認識妳們兩個，都是蘭茗苑的。我還把妳叫出來過，去了七順大酒店。但是妳已經把我忘到後腦殼了。」

「那當然，誰記得住你？你長得又不帥。」

「我坐不改名行不改姓，我叫毛大德。這個包間是我們包下來的，剛才，我看見是妳們搶了先，也就不說什麼了，另外找一間。」毛大德指了指仍然趴著睡的蘇小穎說，「她也是妳們那裡的妹子？」

葛雙想了想，點了點頭。

「我說話直來直去。我可不可以把她帶走？錢先給妳，當然，妳也有好處。」

葛雙和馬桑交換了一下眼神。葛雙說：「那好，你先把我們的帳結了。」

「當然沒問題。我外面有車子，等下先送妳們回去。」

「你先去結帳吧。」葛雙朝毛大德揮了揮手。

毛大德點點頭，走出去結帳。葛雙和馬桑趕緊一左一右挾著蘇小穎往外面走。另一個男人攔住她們。他說：「我兄弟讓妳們等一下。他去幫妳們結帳了。」

「屋子裡很悶，我們去外面馬路邊等。她要下豬崽了。」

蘇小穎從來沒喝過這麼多酒，而且還是雜著喝，很要命。她確實是一副要嘔吐的樣子。酒後嘔吐，佴城人稱為「下豬崽」，不知誰最先說起，有著什麼樣的掌故，反正現在人人都那麼說了。那個男人當然不好阻攔。

剛出去就碰到的士，葛雙和馬桑趕緊挾著蘇小穎上了車，要司機趕快開。葛雙跟司機說：「有幾個狗東西想欺負我們，他媽的。快點開。」司機也很仗義，一腳踩大了油門，並憤慨地說：「那幫狗東西，要是我有槍，我就先打下他們的狗鞭，再打破他們的狗頭。」葛雙和馬桑扭頭看見沒人跟來，抽風似地笑開了。

葛雙笑完的時候，腦袋裡突然蹭出一個想法，令她自己機伶伶抖了一下。但馬上就過去了。

毛大德和他那個朋友反應過來，跑到門外，那輛的士已經躥出去半里遠。毛大德不好開著車追，只好罵幾句娘，朝地上吐兩口唾沫。

到了地方，馬桑幫著葛雙把蘇小穎扶到樓上。不喝酒時她體態輕盈，喝了酒像個秤砣。出來，葛雙還想去蘭茗苑坐一陣。現在，她老覺得自己像個勞模，像個三八紅旗手。馬桑覺得頭暈腦眩，說不去了，要回住處。葛雙見馬桑憔悴的樣子，也是不放心，又陪著馬桑往那邊走。馬桑還在路邊攤隨便買些吃食，她想起豺狗子還在屋子裡等著她。豺狗子成天不出門，吃的東西都要她帶著。

馬桑回到住的地方，把吃食往桌上一擱就往裡間走，她確實很暈。而豺狗子在外間打電子遊戲，任天堂低位遊戲，《超級瑪麗》，二十年前這款遊戲曾風靡大街小巷。遊戲卡是豺狗子在街邊撿到的，為了不白撿，他又花三十八塊錢去地攤淘來一台單手柄遊戲機。他打來飯盒吃裡面的炒寬粉，很油，很多辣椒。葛雙坐下來看著豺狗子餓死鬼投胎的樣子，他臉上下巴頦笨重，吃東西像提線木偶翻動著誇張的嘴。她不知道自己為什麼當初喜歡過這個人，現在其實還是喜歡著。

「吃完了嗎？跟我走一走。」

「為什麼要跟妳走？」他手又摸在了遊戲手柄上。

「因為今天我過生日。」

「妳不會每天都過生日吧？有時候心情好，喝多了酒興奮起來，也不一定就是過生日，對嗎？」

「……你媽當初是不是每一天都在生你？」

豺狗子陪著葛雙走在路上，路上空空蕩蕩，遊蕩著幾個醉鬼，幾個架在小推車上的夜市攤，攤主隨時準備推車離開，躲避醉鬼鬧事。到了又一家賓館樓下，葛雙對豺狗說：「上去。」

豺狗子警惕地說：「妳好像不住這裡。」

「你也太自以為是了，好像我隨時都打你主意，想騙你失身。你是不是藥勁太猛，成天都飄飄欲仙？」她又小聲嘟噥，「人不像人鬼不像鬼的，還他媽自戀。」

「妳到底要怎麼樣？」

「跟我走，我要讓你看個東西。」

上樓的時候，葛雙才意識到，打的時冒出來的念頭，竟然已經牢固起來。這是被蘇小穎說的那些話激起來的。趁著酒勁，葛雙覺得自己這個想法也沒什麼錯。她沒想到生日之夜，自己心裡的主旋律竟然是委屈。以前讀書時，和蘇小穎住一間屋子裡，她其實也經常覺得自己是個丫環。她晃了晃腦袋，問問自己是不是因為酒失去了正常的判斷。樓道裡的燈昏黃著，葛雙沒意識到自己一邊走一邊歪著嘴不停地笑。她在對自己說，幹了也就幹了，有什麼好怕的？酒醒以後我可以把事情賴給酒醉。豺狗子看見了葛雙那種壞笑。一路上，他有點好奇，不知自己為何一直對葛雙打不起興趣。其實她長得不錯，但是，總讓人覺得有哪個地方實在不對勁。

葛雙用門卡輕輕刷開了門，裡面還亮著燈，伴著燈光，是蘇小穎輕若蚊蚋的呼嚕聲。她把豺狗子拽進去，指了指裡面，說：「你進去看看。」

蘇小穎是趴著睡，豺狗子走進去彎下腰來，才從那擠軋變形的一側臉廓認出來，就是被抓那晚在迪吧裡看到的美女。他清晰記得，之所以印象深刻，是因為當時發現她和葛雙在一起。這使他心裡起了疑問：難道這個女的，也是在蘭茗苑裡面做生意的？看著她的模樣以及穿著，實在不像，但她確實和葛雙待在一起。葛雙除了蘭茗苑的姊妹，沒有別的朋友或者玩伴。當時，這種疑惑像塊陰影在豺狗子心頭迅速擴散著，所以走了過去，近距離看看蘇小穎，心裡得來一股銳痛。那一刻他回憶起來，早兩年，馬桑忽然就去做了小姐。他聽說這事前去干預的時候，馬桑已經鐵了心要賣自己的肉，還擔心時不我待，只爭朝夕地賺錢。家族那種病在前面不遠的地方窺視著馬桑，對此她沒抱什麼僥倖心理。這些年來，馬桑就沒碰過什麼僥倖的事。當晚，豺狗子忍不住還打了葛雙的電話，聽葛雙的語氣那女孩好像並不是蘭茗苑的妹子，豺狗子這才稍稍放下心來。後來他聽馬桑說過，葛雙來了一個老同學，省城過來的。

現在，那個令自己一眼難忘的妹子就躺在眼前。她趴著睡，只露出臉的一側，顯然是被人灌醉了。他看看葛雙，她站在門框處，手絞起來，臉上掛著笑。

「她怎麼啦？」

「別裝糊塗，你想怎麼樣就怎麼樣，想給多少就給多少。她那麼漂亮，能讓你飄飄欲仙，但實在不貴。」

「為什麼要這樣？」

「我喜歡過你，知道你不喜歡我。那沒關係，你喜歡什麼我就給你什麼。那天晚上，我看見你眼睛盯在她臉上就捨不得扭頭。」

「妳真是一位充滿愛心的女人。」豺狗子又張開黑洞洞的嘴笑起來，像剛吃了死孩子，心滿意足。葛雙知道會是這樣，既然是隻豺狗，哪有不吃肉的道理？……要是把蘇小穎比作是肉，那是一塊什麼樣的肉呢？天鵝肉？我自己是什麼肉？葛雙鼻腔有些泛酸。

豺狗子往前欺了兩步，拽著葛雙的胳膊，把她拉到外間，忽然注意到她的臉，並且說：「咦，妳臉上飛得有灰。」

「哪裡？死狗子，不曉得幫我揩一下。」她把一張盤臉像旗幟一樣揚起來，遞到他眼前。當她的臉處在了一個非常合適的位置，他就揚起手準確無誤地刮了她一耳光。她有點呆，滿眼疑惑忘了把臉藏起來，於是他得以順順當當地刮了她第二個耳光。咣，第二個耳光刮出了豐滿的聲音。

「你狗日的打我？」

「噓，輕點。」豺狗子更加心滿意足，微笑地說，「我覺得我有點打輕了。葛雙，她是妳的同學，從省城跑來看妳。妳呢？妳把她灌醉了，然後……」

她吐了一口唾沫撲了過來，要抓豺狗子的臉。他只好扭住她的手，反剪起來，把她輕輕地摁倒在沙發上。沙發是假皮的，很豐滿富有彈性，上面匯集了很多客人臀部的氣味。

「快把我放開！」

「妳竟然還能說話。」豺狗子一手捏住葛雙的後脖子，挪了挪，葛雙一張嘴死死地抵在沙發皮上，說不出話來。過得幾分鐘，豺狗子才把她的臉弄出來，問她：「妳服不服？Yes or no？」

葛雙艱難地點點頭，她點頭的時候，一側耳廓在沙發皮上擦出沙沙的響聲。

「這就對了嘛。」

豺狗子放開葛雙，葛雙理理頭髮，在嘴巴親過的地方坐好，不敢再鬧。豺狗子也坐了下來。

「我早就看出來，妳陰狠。但以前沒想到，妳簡直不是人！」豺狗子得來掌控全局的快感，他一邊說一邊翹起二郎腿，還拿手指戳向葛雙。

葛雙仍然是笑：「豺狗子，一隻狗看得出誰是人誰不是人？」

「就算我們都不是人……這件事，為什麼要我來幹？是不是想到我吸粉，身上肯定有病？你把我當成細菌武器了是吧？」

「豺狗子我是為你好，你這輩子吃多屎了，讓你吃回肉。你不要就滾。」

「我不能走，我要在這裡看妳到底還能幹出什麼事。妳眼睛一眨一個鬼主意，讓人防不勝防。」豺狗子掏出一包軟包的大前門，又說，「我沒看錯，一開始我就跟馬桑說，妳眉目陰青，臉相不正。」

「真沒想到你還會看相。算算你哪天被警察抓？」

「反正我不能走，她醒來以前，我管定這事了。妳知道，我要管定的事情，一般別人攔不住。」

「你真自信，我摁個一一〇，怕你就落荒而逃了。」

「妳不妨試試。妳要摁三下，我只要摁一下就夠了。」

豺狗子不走，葛雙當然也不走，她也在沙發上坐下，兩個人呈僵持的狀態。那菸勁頭足，醒神，把即將冒出來的哈欠一個一個又摁了回去。兩人你一枝我一枝地抽著，菸抽空了以後，葛雙很快支撐不住，挪幾步坐到豺狗子身邊，頭軟耷耷地擱在他肩上。他沒有推開她，也沒有摟住她，兩人就這麼坐著。她小睡了一會，醒來，殘留的酒精像夜霧一樣散去，她開始嚶嚶地哭泣，她哭的時候故意壓低，怕驚醒裡面的蘇小穎，哭聲陰沉沉的，豺狗子只好時不時緊了緊衣服。

蘇小穎醒來，發現天色很好。一團一團陽光從窗簾縫隙中滾進來。她走到外間，那裡空空蕩蕩，沒有人。桌上菸缸裡盛滿了菸蒂。她看著菸蒂，知道是葛雙抽的，這才隱隱記得昨天酒後說了不該說的話，具體是什麼話，卻又記得不甚分明。蘇小穎坐下來，怕感地地回憶著，每當快要記起來，又趕緊打住。

她還是記起自己遞了一把錢過去，被葛雙一巴掌打散。她扯著頭髮，後悔昨晚喝酒太多，酒後失言。她坐了一會，主動打給鄭來慶，問他現在能不能過來接他。鄭來慶當然是說沒有問題，他仍然在休工傷假。他感謝這次工傷，和那個虎背熊腰卻老是聲稱有人要強姦自己的文妹子。他也有點遺憾，蘇小穎待不了幾天又要走了。他知道自己不是毛大德，毛大德還有他那一幫天天聚一起喝酒的兄弟，總能輕易地，迅雷不及掩耳地搞定一個陌生女人。他不知道那些人哪來的這一手本事，說不定是從娘胎裡帶來的。

鄭來慶知道，人各有所長，諸如混關係，賺鈔票，當老大，飆快車，把暗樁，還有搞女人，這些能力在男人身上都不會是等量齊觀，沒這些本事，只好夯著腦袋暗自想一想。

蘇小穎住的那個賓館到了，突兀地出現在眼前。他搞不清楚她怎麼挑這樣一家店子住下來。她已經打扮妥當，挎著手袋走出來。今天她戴著墨鏡，走出來時看看天，再看看他。在此以前，他認識的女人沒有戴墨鏡的。所以，他感覺她總是能帶來新鮮的感受。

她上了車，他打個道繼續開，走了不遠，她透過墨鏡看見市場裡晃蕩著一張似曾相識的臉。她叫他停下車。

「你看那個，是不是你要找的那個妹子？」

他順著她的指向看去，文妹子果然又出現在這個農貿市場，但不是在以前賣酸豇豆那個攤位，移了個地方，拿著一盞煤油噴燈幫人燒羊蹄。他說：「是，就是她。」他準備打開車門下去，她卻制止住了他。

「你看，是不是我先下去穩住她？要不然，換你過去，她用噴燈噴你，把你當成一隻豬蹄，你看怎麼辦？」

「呃，我是沒有豬蹄耐燒。」鄭來慶臉皮子一陣抽搐，彷彿那火舌已經舔到了臉頰。

她打開門下去，往那邊走。她完全不像一個買菜的婦女，高跟鞋一路橐橐橐踩出聲音。鄭來慶靜靜地呆在車裡，看著蘇小穎走近文妹子，並且交談。他聽不見她說些什麼，只看見文妹子頻頻點頭。文妹子已經燒好成百上千隻羊蹄，幾乎起身要走了，忽然一個中年男人扔過來一隻豬蹄，要文妹子幫著燒毛。燒一整隻豬蹄文妹子能賺三四塊錢，她當然不肯打脫生意。文妹子叫蘇小穎等一等。蘇小穎就閃到一邊，摸出手機打起電話。文妹子真是幹一行愛一行，她仔仔細細地燒著豬蹄，燒透了以後，還像洗腳城的妹子一樣反覆搓洗著趾間的空隙。

蘇小穎說：「辦妥了，我叫她上門去燒蹄子，我說我家空運來幾隻非洲野味的蹄子，太重搬不過來，燒一隻虎蹄獅蹄給她五十塊錢，燒一隻象蹄給她一百塊錢。她聽見象蹄要我加五塊錢，我就說加八塊錢。我第一次騙人。」

「妳不騙人可惜了。我去找個地方，等下發到妳的手機上，一會兒，妳打車帶她來這個地址。她認得我，我先走。」

「我過一會來，她說還要去拎一桶煤油。她不知道大象的蹄有多大。」

「為什麼肯這麼幫忙？」鄭來慶忽然有些感動。

「投桃報李。你陪了我這麼幾天，我也幫你害害人。她和她媽打傷了你，我也用不著對她太客氣。而且，這妹子看上去像是從摔跤隊跑出來的，我倒想看看你們怎麼才能制服她。」

鄭來慶先把車開走，並打電話給毛大德，告訴他文妹子不能強攻，只能計賺，並要毛大德安排一個地方。毛大德正在自家院裡招呼幾個兄弟喝中午酒，他想都沒想就說：「還要安排什麼地方？直接請到我家裡來，清水街四十七號，車可以直接開到我家門口。」

文妹子拎著不小的一桶煤油，拿著噴燈跟著蘇小穎上了的士。蘇小穎的手機上已經有了地址，她照著說。司機順著路進去，蘇小穎就拿著眼睛找門牌。門牌很亂，前後不搭，司機把車穿通了街，蘇小穎要他打道往回走，文妹子仍然沒有查覺到異常。她老在問大象的蹄子有多大。蘇小穎就只好拿著手淩空比畫。

門是虛掩的，蘇小穎看看門牌上的數字，確定了，才推門進去。毛大德在屋子裡，院子裡是他幾個弟兄，他們負責阻止文妹子再次逃竄。蘇小穎把文妹子帶過去，很熟稔地衝一個陌生人說：「老李，你帶她去燒蹄子，我還要出去一趟。」

那個被稱為老李的人就爽朗地答應了一聲。

蘇小穎走出來，就給鄭來慶打電話，問他在哪裡。她的聲音有點亢奮，她不知道今天怎麼就幹下這麼一樁缺德事，而且自己一點也不後悔。

在毛大德的院子裡，文妹子被幾個男人圍住，毛大德則像一個黑老大似地從屋子裡走出來。他批評文妹子說：「文妹子，妳不應該啊，我費了那麼大的工夫為妳主持公道，妳自己卻躲在一邊燒豬蹄。雖然為人民服務只有分工不同不論高低貴賤，但是妳燒豬蹄耽誤了我打官司，這是一種得不償失的行為。妳應該意識到問題的嚴重性。」

文妹子見到毛大德，知道自己被騙，渾身上下哆嗦了一遍以後，索性擰開噴燈，讓火苗噴出來兩尺多長，一圈一圈地揮舞起來，別的人一時近不了身。此外，文妹子另一手舉起煤油壺，一口就咬下壺嘴，彷彿是董存瑞撥下了導火索。她作勢要往這些男人身上潑煤油，那幾個男人趕緊往後退開幾步。文妹子就把煤油潑在了毛大德的院子裡，還有那些花花草草上面。那些花花草草都是名貴品種，毛大德三百塊錢一株五百塊錢一蔸聚起來的。

「毛律師，我看你最好是放我出去。」

「要是我留妳下來說說話呢？」

「那我就先燒一堆火。毛經理，你家院子裡柴真多。」

「好的好的……不好不好。不要亂來啊，我算怕妳了。真見鬼，竟然有人強姦妳，現在我也不信了。我看，就算泰森他老人家憋上十天半個月，站在妳面前也未必雄得起來。」

毛大德很晦氣，他這時對文妹子已經不感興趣，鍾老師那邊的錢敲不到手，真去打官司也未必討得到便宜。現在，他的一門心思放在了剛才那個一閃而過的女人身上。他已經第三次見到她了，印象深刻得很。她跟鄭來慶有什麼關係？毛大德心想，她竟然和鄭來慶都發生了關係？為什麼和我發生不了關係？如果她和我沒有緣分，哪會撞上三次，而且這次還是她陰差陽錯走進我的屋裡？

毛大德家裡的大門上安著玻璃，轉到適當的角度可以當鏡子用一用。剛才，他走出來準備批評文妹子的時候，還沒忘了用門框的玻璃照了照自己。

文妹子一手拿噴燈一手舉著油壺，這時很像董存瑞，要是長得漂亮一點秀氣一點，則更像劉胡蘭。毛大德懶得和這個女人糾纏下去，做了一單虧本生意，只好自認倒楣。他揮揮手，說：「好的，我本來要主持公道，看樣子妳卻是喜歡被人強姦。那我也只好由妳去了。」

毛大德的幾個弟兄往後又退了兩步，讓文妹子從容地走出這個院子。文妹子本來擰開了門，又退了回來。她手一攤，跟毛大德說：「毛老闆，誤工費我看也就算了，但你要把煤油錢補給我！」

蘇小穎走出來，鄭來慶把車開到一個地方接她。她的心情隨即又黯然下來，剛才的樂趣沒能持續多久。她哪也不想去，叫鄭來慶找個茶館，開個卡座坐裡面上網聊天。

「茶館經常能碰到熟人。」他說。

「你怕什麼？難道我見不得人？他們要問，你就說我是你女朋友好了。」

鄭來慶心頭一熱，就帶她去平時熟人最多的那家五月花咖啡廳，但是沒碰到人。進了卡座，把簾布一扯，蘇小穎就坐下來上網。鄭來慶安靜守在一旁，擺出伺候人的模樣，隨時聽她的吩咐。他側面看著她，覺得美女反而沒有想像中那麼高不可攀，經常卻是醜女多作怪。

她身上的氣味當然很好，他用力地吸了一陣，也有飄飄然的感覺。他很想將手搭在她肩上。

她打開QQ，卻不是找人聊天，而是翻看葛雙的網絡相冊。葛雙的QQ相冊裡裝著十幾組照片，她一一翻看著。有幾組，是葛雙和蘭茗苑的姊妹們外出旅遊。看得出來，都是短途的旅遊，照片上的地形地貌都和佴城大同小異。葛雙和她的姊妹們在那些所謂景點的地方放肆地拍照，穿民族服裝，穿古代服裝，穿國民黨美式裝備的女特務裝，然後擺出各種讓人噴飯的動作。比如，她們穿成女特務的模樣，拿著假槍相互瞄準，一隻腳還要尥起來老高，彷彿是芭蕾舞劇《紅色娘子軍》裡的截圖。另一張照片裡，一個妹子伏地乞憐，葛雙拿槍比著她腦袋還不過癮，一隻腳實實在在地踏在那妹子後臀上。再往下翻一張，情形又換了過來，那妹子耀武揚威，反過來踩踏著趴在地上的葛雙……不管擺出什麼樣的動作，她們臉上永遠都是「到此一遊」的表情，焦點渺渺，心不在焉。還有幾組照片是喝酒時照的，她們姊妹喝酒，總是喝高。按著順序翻那一組組的照片，可以看見她們一次次從清醒到微醺到半醉到酩酊大醉的過程，翻到每組照片後面的幾張，往往有個把兩個妹子面露哭相，而別的妹子則笑得更是起勁。還有一組照片，是她們在合租的宿舍裡玩時裝秀，毛巾枕巾全都派上了用場……

蘇小穎要鄭來慶挨過來一起看照片。鄭來慶看著這些照片，大概知道那些妹子是幹什麼的。這些照片技術不行，看得他索然無味，又不好移開目光。看著看著，他注意到她啜泣起來。

「怎麼啦？這個是妳的姊妹？」他指著照片上出現頻率最高的妹子。

她點點頭。

「我看她們都是蠻開心的樣子，妳哭什麼哭？」

「我不知道。也許是，她們一有機會就拼命讓自己開心，讓自己顯得開心，所以我難過。」她關掉相冊，身子往後一靠，說起自己和葛雙的交往，從高中一直說到現在，說到昨天晚上。

「……當時我醉了，很寂寞，害怕一個人回去睡覺。我又不能把電話打給你讓你來陪，你畢竟不是百分百地安全，對嗎？所以我要她陪我。她要去賺錢，我就，我就給她錢……」

「那時妳真是糊塗了，這相當於在她臉上打了一下，甚至當著別人扒了她的衣服。她肯定是……不太高興。」

「豈止是不太高興，簡直就是很不高興。她一巴掌就把我遞過去的錢打散了，全都掉在地上。」

「妳傷著了她。要是換是我，我也會這樣。」

蘇小穎點點頭，又說：「是，我傷著了她。那你說，我應該怎麼彌補？」

鄭來慶答不上來，他很想睿智地給她一個答案，越有這種心思腦袋裡就越是空白一片。

過一會她轉過臉來，很認真地問：「你真的嫖過嗎？」她以前問了一次，那次他的回答很油。

「沒有，我哪會……」

他心虛，其實他嫖過一次。這也跟毛大德有關。那晚上毛大德喝了很多酒去找妹子，妹子找來他身體遲遲沒有反應，而妹子不願意善罷甘休，伸手要錢。她認為毛大德身體沒有反應不是她的過錯。要拿不到錢，該妹子威脅說，她會打開窗戶朝外面馬路喊：大家都來看吶，這裡有人嫖娼不給錢！毛大德進退不得，就打電話命令鄭來慶過來替自己，而他則搬一張椅子在一邊安閒地看。

天黑了，要走的時候，她忽然跟他說：「抱抱我。」他就抱著她。過一會她說好了，他就把手放開。她偏著腦袋想了想，說：「呃，你說的話，還能信。」

「怎麼搞的，白天打妳電話老打不通。」

「打了嗎？」

「當然打了，這還用得著騙人？」

蘇小穎掏出自己的手機，打開一看，沒有未接電話的記錄。「什麼時候打的？」「下午兩點多就打過，三四點也打。」蘇小穎記起那段時間自己是和鄭來慶在咖啡館的卡座裡面。難道裡面竟然沒有信號？

這並不重要，蘇小穎看著葛雙的表情，暗自放下心來。在葛雙的臉上，什麼多餘的表情也沒有，好像昨晚彼此根本不曾難堪過。或者，她已經沒把這事情放在心上了？蘇小穎暗笑自己多心，同時也相信葛雙的皮實。這麼多年，屈辱的事她見得多了，要是都放在心裡不及時予以排解，她準會瘋掉。

蘇小穎情不自禁靠葛雙近一點，握住她的手。葛雙彷佛會意，迎合，將蘇小穎的手進一步握緊。手這東西，有時候會比嘴巴和舌頭管用。兩人的手捂熱了，葛雙問：「這幾天，妳到底是和誰泡在一起？」

「這個妳別問了，一個朋友，網上認識的。」

「男的？」葛雙關切地説，「反正，妳要小心點，妳來我這裡，要是出了什麼事妳叫我怎麼安得了心？」

「他是個老實人。」蘇小穎開心地笑了。此時她腦袋裡浮現出鄭來慶一系列的舉動，這些舉動構成一道完整的證據鏈，足以證明他是怎麼樣的一個人。

「他難道對妳沒有那些想法？妳知道嗎？妳很漂亮，男人看見妳就像看見一塊肥肉。」

「難道我像一塊肥肉？」

「別打岔，我只是打個比喻，妳又不是聽不出來。」葛雙擺出老大姐的模樣，還在蘇小穎的腦門子上摁了一下。蘇小穎這時也乖巧地傻笑一下，表示領情。

「我就怕他不打我主意，老實人其實還是有的。……有時候，我還希望他不要那麼老實，要不然，我會覺察不到自己還是個女人。」

「妳怎麼搞的，竟然講得出這種騷話。」

「我今天還勾引他了……」

「妳真是不知道好歹，不知道男人個個水深。……妳勾引他，他有什麼樣的反應？」葛雙忍不住好奇了。

「妳說他會有怎麼樣的反應？」

葛雙不願意猜，她意識到剛才自己的好奇並不好，她覺得自己應在她面前擺出對萬事漠然的樣子。她走過去擰開電視，很快，又是《佴城新聞》。她下意識地要收看這個節目，不知道是哪時候養成的。畢竟，狗觀眾當初對她有所表示，曾強烈地滿足了她的虛榮心。而對狗觀眾的拒絕，又使得她在蘭茗苑一群妹子中間的聲望空前高漲起來。

此刻，電視裡是別的一些垃圾購物節目，男女主持人用誇張的表情和聲音推銷著某種增進男人性功能的產品，還有名人若干在節目裡造勢。其中某位聲稱自己性功能最近有了大幅度提高，身體彷彿重返二三十歲狀態。事實上，此名人半月前已經猝死，網絡裡鋪天蓋地地對他的死提出猜想，死後遺產的分割進一步成為焦點新聞。其人已死，此時電視廣告裡，他音容宛在。

蘇小穎又說：「他經不起勾引，我稍微有所表示，他就露出了本性，按捺不住，欲火中燒，撲了過來。」

「啊？」

看著葛雙瞪大的眼睛，蘇小穎又噗哧地一笑。她想像著鄭來慶真的擺出自己所描述的這種模樣，又會是怎樣？難以想像，鄭來慶和她的描述相去甚遠，但現在這麼瞎編，蘇小穎大過嘴癮。白天涮文妹子的時候，她還只是小過嘴癮。

「我抽了他一耳光，他就縮頭縮腦了。」蘇小穎說，「我又告訴他，現在不行，我沒心情。」

「妳怎麼能，這麼說呢？」

「所以我說，等我有心情的時候，你就要準備掏錢。因為我和他之間不存在什麼感情，當然不是有什麼感情，所以，必須拿錢來解決問題。」蘇小穎這麼說的時候，才意識到自己對鄭來慶竟然很有好感。兩人畢竟相處了幾天，一個男人一個女人，一個未娶一個未嫁，湊在一起幾天的時間，感情肯定跟馬路上那些陌生人之間不一樣。

「妳瘋了?……他又怎麼說的?」

「男人都很虛偽，所以他假裝嚇了一跳。」

「小穎，妳不要昏頭。這些話，妳在房間裡跟我說說沒關係。妳離開佴城之前，別惹出什麼事情，更不要被哪個男的欺負了。」

「我的事，我心裡有數。」

《佴城新聞》按時播出了，播音員換成一個中年婦女，她字正腔圓，形象標正，不難看出二十年前一朵花，追她的人肯定排到馬路拐角。葛雙知道，狗觀眾肯定被棄用了。電視台的台長肯定早就憋著一口惡氣，狗觀眾的播音風格令台長也被佴城人戳透脊骨罵透心。

葛雙像是忽而想到什麼，扭過頭盯著蘇小穎：「妳不會是，被那天那個碟子教唆了吧?妳是不是想安慰我，然後友情客串，賣一回自己的肉?」

「友情客串?」蘇小穎樂了，「妳居然把這個詞用上了，香港電影看多了，友情客串真的是最莫名其妙的一個詞。」

「別答非所問。」

「葛雙，妳知道嗎，妳是我最好的朋友。以前是，現在也是。」她再一次地把手遞了過來。葛雙當然也只得接住。兩隻手都很小，柔滑，偏要拚命地用力地握在一起，讓手背的青筋隱隱暴露出來。

葛雙從賓館走出來，走在瀰漫著火鍋底料氣味的街子上，掏出手機給毛大德打了電話。剛才蘇小穎的一番話另她更加不快，她知道，蘇小穎這幾天明明是和某個男人交往得火熱，甚至有了說不清道不明的感情，卻還偏偏說這些話來蒙自己。明明是與戀人或者準戀人情不自禁上的床，卻要騙人家說她是在賣淫。葛雙不停地朝地上吐唾沫。她已經知道，這幾天和蘇小穎打得火熱的那個男人叫鄭來慶，是個窮光蛋。

下午，毛大德來蘭茗苑找到葛雙。毛大德走進大廳看見葛雙在打牌，就指著她要她跟自己進K歌房。葛雙說自己不舒服要出去買藥，要毛大德另外找一個妹子陪。毛大德笑一笑，跟著葛雙往外走。外面，那幾個弟兄都還在，他們中午時候攔不住文妹子，現在，在蘭茗苑外面的弄子裡把葛雙堵死了。葛雙手上沒有噴燈和煤油，身坯子也不足文妹子的二分之一。

「你要怎麼樣？」

「我這個人吃得虧，不是因為那晚上的事情找妳麻煩。」毛大德還算客氣地把葛雙請上車，擺出一副打商量的態度。他告訴葛雙，那個妹子和自己手下一個人待在一起，可能是一對戀人。葛雙告訴毛大德：「她叫蘇小穎。」

「呃，這名字蠻好。」毛大德發現這妹子的嘴巴這時變得很容易撬開。

「你到底要我幹什麼？」

「妳告訴我，蘇小穎和我手下那個鄭來慶到底是什麼關係？」

「我也不知道，我要去問問。他們有什麼關係，跟你又有什麼關係？」

「我只是好奇，為什麼我好不容易看上一個妹子，竟然和我手底下一個窮光蛋搞在一起。我感到一陣揪心的痛。」

葛雙呵呵哈哈地笑起來，幾乎笑出了眼淚。她看著毛大德認真的神情，彷彿是動了感情。大多數人動感情的樣子都那麼地美好，但偏就有某些人，動感情的樣子也是他這輩子最令人噁心的樣子。於是她說：「好，我去幫你打聽打聽，看看能問出什麼樣的好事來。」

現在，在街弄子一處僻靜的拐角，葛雙打通了毛大德的電話，她告訴他，蘇小穎和鄭來慶以前是網友，並不是什麼戀人，但這幾天相處，也許又產生了些好感。這也是攔不住的事。葛雙還說：「據我估計，到現在為止兩人還沒有上床，但接下來的幾天，就說不清楚了。」

電話那頭陷入沉默。葛雙嘴一歪，不失時機地問：「親愛的，你是不是又感到一陣揪心的痛？」

兩天後蘇小穎訂好了返程的火車票，次日中午的火車。她待在佴城只剩下最後一天。下午，她哪也不去，坐在這個已經變得熟悉的套間，靜靜地發著呆。窗外陽光依然很好，大片大片地往屋子裡湧來，目光觸及之處，全是毛茸茸的光暈。冬天快來了，所有的暖光似乎進行著最後的清倉處理。

她終於打了鄭來慶的電話，要他帶一瓶紅酒，買兩只考究的杯子。打過電話，她心頭仍在遲疑：我是怎麼了？照照鏡子，臉上卻是淺淺的微笑。

鄭來慶掛了電話，毛大德就在他身邊。

「她已經打電話約你了？」

「呃，是的。」

「真不知是你嫖她還是她嫖你。她打個電話，你送貨上門。」

鄭來慶不吭聲，他心子一陣銳痛。毛大德把一袋藥粉遞給鄭來慶。毛大德對這些藥很感興趣：讓女人發騷的，讓女人昏睡不醒的，還有讓女人欲罷不能愛上施藥的男人的……網絡上有這些藥的信息在發布，他總是抱著寧可信其有的心態，打款去購買。讓女人欲罷不能地愛上一個男人，當然是藥力難為，但催情藥和蒙汗藥，他試過了，效果實打實地擺在那裡。他把那種催情藥拌在狗食裡，那隻公板凳狗就竟然蹦蹦跳跳地騷擾那隻母狼狗，而且第二天走路軟腳，像是得了小兒麻痹症。

　　這包藥粉是將催情藥和蒙汗藥混在了一起，會發生什麼樣的反應，毛大德搞不清楚，所以拭目以待。

　　鄭來慶沒告毛大德，蘇小穎還叫自己帶一瓶酒去她那裡。如果他說出此事，毛大德肯定要親手將藥粉添加在酒裡。如果他不給解藥，自己只好和蘇小穎一起不省人事。

　　這兩天來，鄭來慶一顆腦袋一直是懵懂著的。他欠了毛大德幾千塊錢。前兩天，毛大德找到他，要他照自己的意思去做，並說這事情辦妥了，舊帳一筆勾銷。當時鄭來慶沒有答應，毛大德就抽了他幾個耳光。鄭來慶很奇怪，都是老同學了，怎麼還能抽耳光呢？毛大德笑吟吟地抽出幾千塊錢，遞到他手裡，掰開他手指要他把錢捏緊。

　　「打你是要讓你清醒。打你一個耳光補你千把塊錢。要是你不要錢，就從我臉上抽回來。你要想明白。很多事情你總是分不清輕重緩急，所以混到這一把年齡還是這副卵樣子。」毛大德當天湊著鄭來慶的耳朵又說，「把她弄翻了，我先上，之後你要怎麼辦就是你的事。要是你做了，她醒來，肯定以為只是你跟她的事。你看，我總是把事情想得萬全，你一點都不要擔心。」

鄭來慶往賓館去，毛大德就去找葛雙，把她邀出來，坐在車裡。他也可以不邀她，但是他還是邀了，看見這個王婆坐在自己身邊，平添一分成就感。

「妳為什麼會幫我這個忙？我心裡一直感到奇怪。那天晚上妳們甩掉我打車跑掉，我反而覺得正常。……她以前是妳最好的朋友？」毛大德就喜歡撿了便宜說幾句風涼話。他悠閒地看著葛雙，覺得這個妹子其實也不錯，以後可以照顧照顧她的生意。他甚至伸手捏著她的下巴，仔細打量了幾眼。

葛雙拍開毛大德的手，說：「沒什麼。她要安慰我，裝模作樣地要把自己賣一次。她要不說這話還好，但是她要敷衍我，我就打算將計就計。她要友情客串演假戲，我就打打假，讓她假戲真做。」

「照妳這麼一說，彷彿我都是妳手裡一著棋。說實話……我有點鄙視妳。」

葛雙笑得發抖，她說：「說實話，你是我這一輩子最崇拜的人。」

天一點一點地黑下來，七點多鐘，蘭溪街街面上的夜市攤子支撐了起來，燈一片一片地亮起來。毛大德盯著手機，手機安安靜靜，葛雙的手機卻響了起來。她拿出來一看，竟然是狗觀眾。她有點不高興，心想這孩子這時候冒出來搗什麼亂啊？她還是接了。狗觀眾說他想她了，他在遠景酒店等她。遠景酒店並不遠，出兩條街子就到了，狗觀眾每次找葛雙都是去那裡。這一帶郊區，只有那家酒店還顯得有檔次，有門童站門。雖然那個門童看上去和狗觀眾一樣白痴，好歹還算是有一個。

「不行，我現在正忙，沒空。我先叫一個姊妹陪陪你。你爸倒台了，你手裡那些冤枉錢早點花掉，早花掉早安心。我這個姊妹家裡有困難，你能給多給點。要是你聽我的話，我高興了，再過來讓你開心。」葛雙一面哄著狗觀眾，一面想起了馬桑。馬桑這幾天喘得厲害。狗觀眾果然不敢不聽話，他答應幫忙，並問葛雙忙完了以後過不過去。

「當然過去。乖，你只要聽話，今天晚上我會寵壞你的。」

她掛了電話，毛大德一臉的稀奇。他說：「我的天，妳還有個孩子？」

「當然，哪像你，一看就是一副斷子絕孫的樣子。」

她要毛大德把車往前開，再拐個彎，去到馬桑租住的地方。馬桑一般八九點鐘才去蘭茗苑，這時候肯定還在家裡。毛大德照辦，把葛雙送到她要去的地方。葛雙走進去，豺狗子仍然在打遊戲，馬桑坐在床沿，一臉病態。

「能走嗎？有一單生意，妳不做都可以，陪陪人家。我叫他多給妳一點。」

「有這麼好的事?」

「就是狗觀眾。妳先去陪他說說話，像哄崽一樣哄一哄他。他心情不好。妳陪他幾個小時，我忙完了再去替妳。」

馬桑當然願意接這樣的生意，她也知道狗觀眾是個好對付的顧客，葛雙誠心幫忙，她當然領情。葛雙帶馬桑走出門，毛大德的車就停在外面。葛雙讓毛大德開車去遠景酒店，毛大德認得這個妹子那天和葛雙一起放了自己鴿子，嘟囔了一句，把車開走。

豺狗子把那車瞥了一眼，關上門繼續遊戲。

派出所的人已經埋伏在遠景酒店裡面，等著抓狗觀眾嫖娼的現形。上面有指令，劉副市長被拘了以後，他的親屬也進入監控範圍。他們看見兩個女人走進來，徑直去到狗觀眾訂的房間。警察就笑開了，說這個狗觀眾還有心情玩雙飛。但轉眼的工夫一個妹子又出來了。

年輕的警察問何所長：「這個妹子難道是當媽媽的?未免太年輕了吧?」

何所長認得葛雙。這個妹子有點不懂規矩，有時候馬路上碰面了，竟然還衝自己打招呼，何所長何所長喊得幾多親切。何所長不喜歡不懂規矩的妹子，他揮了揮手，示意年輕的警察去跟一跟葛雙。「反正這裡人手足夠了。你跟一跟她，看看有什麼情況。反正今天晚上抓嫖，一個是抓兩個也是抓嘛。要是她也去做生意，那我們就多罰幾個錢喝喝酒。」

年輕的警察得令，一蹦三跳地跟了出去。在酒店裡蹲守是悶人的事情。從後面跟著一個扭著腰肢的女人，畢竟多有幾分生趣。

狗觀眾喝多了酒，他感到無比寂寞以及空虛。馬桑走進來，他一雙醉眼把她看得格外漂亮。他掏出一把錢撂在床上，要她脱衣。馬桑呢也就脱。警察過不了多久就闖了進來，他們心滿意足地抓到了現形。

蘇小穎和鄭來慶在屋子裡喝酒。蘇小穎把燈光調到適合的強度，倚靠著鄭來慶的肩頭說著話，慢慢地喝著杯裡的紅酒。每次只倒很少的一點，説一陣話，碰碰杯一口啜盡。鄭來慶有些心不在焉，他時不時摸一摸衣袋，那包藥粉靜靜地擱在裡面。他發現今晚上蘇小穎特別漂亮。她情緒漸高，臉上的緋紅顏色一點點地稠起來。他心情卻變得稀爛。

他站起來去到洗手間，把水龍頭擰開，把藥粉倒進了馬桶，並沖走。走出來，他一身輕鬆。他對自己説：其他的事明天再去對付。他看著蘇小穎，蘇小穎正朝自己舉杯，沒等碰一碰又啜了一口。

葛雙又回到了車上，毛大德煩躁地看著手機，鄭來慶還沒有發短信或者是打電話過來，他擔心這小子靠不住。葛雙則說：「毛老闆，你不要急，畢竟她不是幹這個的，有心理障礙，説不定在和那個傻瓜調情。」

「說不定，那個傻瓜找不到機會把藥放到她的水杯裡。」

兩人這麼一假設，又稍稍安下心來。

馬桑被抓的事很快傳到了蘭茗苑。警察對馬桑並不感興趣，他們叫金姨過去撈人，這種業務聯繫，彼此已經有了很多回，輕車熟路。金姨接電話時還衝那邊罵：「你們這次怎麼搞的，有行動也不打打招呼？」說歸說，她拿著錢包往派出所趕去。

紅妹在牌桌邊等位子，有誰下桌她要接上，但那四個妹子絲毫沒有要下桌的跡象。紅妹聽說馬桑被捉了，就扯腳往外跑。她覺得應該把這事情告訴豺狗子。她知道豺狗子這些天雷打不動地待在馬桑租住的屋子裡，一天三餐飯等著馬桑帶回來擺到他眼前。

豺狗子聽說馬桑被抓了，一股怒火往外冒。剛才他就奇怪，碰到一個有錢的客人，葛雙何事拱手讓給馬桑？現在他斷定，是葛雙覺察到有什麼地方不對勁，所以才拿生意當人情送給馬桑。他後悔剛才沒有阻止馬桑出去。馬桑這幾天一直生著病。那天晚上的齷齪事，他也一直沒有跟馬桑說。豺狗子伸出手在自己臉上正反手來了兩下，他罵自己怎麼沒有早提醒馬桑，一定要防著葛雙。

他帶著一股怒氣走了出去，本來想去蘭茗苑，卻在馬路邊看見剛才那輛三菱吉普。他衝過去朝裡面張望，一扇車窗沒有關緊，葛雙正和一個男的坐在裡面聊得起勁。他拍了拍窗，並朝裡面說：「葛雙，妳給老子滾下來。」

葛雙問：「豺狗子，癮發了吧，衝人發什麼狠？」

「妳滾下來。」

葛雙就擰開門走出去。毛大德見這個混混模樣的男人來勢洶洶，腦殼皮就痛起來。他管也不是不管也不是，不曉得如何收場。

年輕的警察一眼認出了豺狗子，正是幾天前脫逃的粉哥，趕緊打了電話。他暗自得意，今晚上真是收穫的時節，隨便挑一個妹子跟一跟，都能跟出功勞。何所長的車正好在路上跑著，聽年輕警察說有情況，閃個眼的工夫就把車開來。六七個警察很專業地呈扇形散開，將豺狗子、葛雙以及毛大德緊緊圍住。

豺狗子知道自己跑不了了，束手就擒。他指了指葛雙和毛大德，跟何所長說：「他們兩個跟我要貨。」

「哦，是嗎？」

「我算是倒楣，被這兩個鳥人害了。要不然，何所長，你哪能這麼輕易抓住我豺狗子。」

豺狗子臉上頹喪，卻在慶幸褲兜裡塞著兩個包子，每個包子裡面只有幾毫克粉末。這已經夠了，他看見葛雙和那個陌生男人的臉比自己更爛，充滿了憤怒，他就心滿意足。

「把他們帶走。」何所長也心滿意足地吆喝一聲。毛大德掙扎著想爭辯，衣服的後領子就被人揪住，臉上被人搞了一皮鞭，整個腦袋就耷了下去。

而賓館四樓的這個套間，這一晚格外寧靜。鄭來慶和蘇小穎在床上激情澎湃地弄了幾個回合，覺得足夠了，覺得飽了，就擰亮床頭燈。時間還早，才九點多鐘。

「親愛的，我要付妳多少錢？」鄭來慶仍然依依不捨地抱著蘇小穎，一邊吻她一邊想起來，她事先交代過，自己必須掏錢，因為兩個人之間不存在什麼狗屁倒灶的感情。

但是在她臉上，那密密麻麻喜悅和瘋狂過後的滿足，又是什麼？

她堵住他的嘴，說：「不許說錢，再說錢你就給我一百萬好了。」她想了想，又說，「給我個隨身的小東西，讓我以後記住你。」

他拿來衣服隨意地一掏，掏出一隻跳舞布偶。他晃晃腦袋才想起來，那天吃飯的時候毛大德把這個東西獎賞給自己，還說要定期檢查，他才不敢隨手扔掉。

「太好了，我也有一隻這種布偶，拿回去以後，正好將它倆配對。」她繼續著一臉感激的神情，將那個布偶小心翼翼地擺在床頭櫃上。

鄭來慶走後，蘇小穎拿起手機準備給葛雙打電話。她本想告訴她，剛才自己賺了一千塊錢。首戰告捷，她一定要請她找個地方K一頓歌，然後再狠狠地吃一通夜宵。撥號的時候，她忽然又想：跟她說一千塊是不是多了？葛雙一晚上掙多少錢？要是我說得太多，會不會對她產生刺激？那就說六百好了，六百塊錢，也夠兩人在歌廳裡痛痛快快地瘋幾個小時了。

# 後記

終於等來了自己的首本台版書。

在我理解的範圍內，台灣當代小說家的作品總有些古怪，鑽營於文字語言本身，談玄思辯，繁複龐雜，個個書齋氣味濃重。在台灣寫小說，似乎首先得是一個學者。多看一些，老覺得文字纏來繞去，往好處說是語義豐盈以至滿口道不得，換個說法就是不夠爽利。案頭堆疊了一些台灣當代小說，閱讀中半途而廢的居多。於是就揣測台灣讀者的口味，是否都這樣刁鑽，對於沙龍性質的文學作品大有偏好。

寫此後記之前，恰在台北待了一週。別的不說，且說台灣國語相對於普通話，總多了些溫軟柔和的南方氣息。在這種環境下，自身粗糙隨性的一面日漸彰顯，以致於隱隱不適。好在只待幾天，立馬飛回自己老巢。梁園雖好，終非久留之地。台北何嘗不是這樣？好像一味甜品，只能偶爾一嚐。喜歡它的精緻細膩，但誰家子弟誰家院，待幾天就走，留有念想以便日後再來。

而我的作品，行文直白坦率，文字被論者標籤為「野性狂放」。所以我不免擔心台灣讀者對我的作品能否接受；我作品中一些生猛的材料，一些近於蠻荒的生存法則，會否引發讀者的不適應？就這麼一張臉孔，不加修飾橫在你眼前。據說素顏示人即是禮行不周，而我還沒有學會如何修飾。再說，並不是每一張臉孔都可資修飾，有時候，素顏即是最好的偽裝。

我的作品總體色調是灰的，可能源於自身經歷。兩次高考落榜，融入社會較早，雖在地方電大考了個專科文憑，但讀的實在是「高爾基大學」。幹過小報記者、飼養員、電器推銷員和商場經理。數年時間數易職業，艱難謀生，倒不覺苦。二十啷噹歲，不論貧富，總歸是人最美好的時光，但在這美好時光中，卻日漸淪為堅定的「性惡論」者。

社會上晃蕩謀生的那幾年，記憶猶深是上門討要呆壞帳。我做電器主要是賣空調。空調需安裝完畢才知效果，行規是先收一兩成訂金，安裝後再收餘款。但商業環境太糟，某些顧客有錢也不願痛快給，總是找茬，或者拖沓，彷彿誰給錢痛快誰腦缺血。如此一來，呆壞帳便層出不窮，作為銷售人員，我主要工作便是上門要帳。又因口拙，或者說在這種情況下語言總顯得無力且蒼白，於是想出自己的轍——坐對方家中或店面門廳，一聲不吭，天天堅持，以待對方回應。我的板凳功了得，一坐一天不算難事，加之長相天生有幾分呆，枯坐幾天，易讓主家形成某種不祥之感，付了餘款打發我走人。

因這樣的經歷，我青年時期總有些與別人不一樣的想法。比如，當年二十啷噹歲的小青年都仰慕四大天王或者小旋風林志穎，都想長出一張俊俏得可當錢使的臉孔。而我很長時間仰慕著成奎安，就想長出一臉橫肉，白天讓人心怵晚上讓人惡夢，往誰家門店一坐，不消半小時對方就討饒還款。

我看多了欠債人的臉，或許有如余華當牙醫時看多了爛牙，對於人，對於人生，便油然而生一些惡狠狠的看法。

當年在我供職的電器商場，我收帳能力還算突出，但別人學不來，要他們一動不動，呆若木雞坐上整天，他們寧願以頭蹌地。而我自有消磨時間的祕訣，那就是構思小說。要帳時雖然面部表情凝滯少有變化，我腦袋中卻有層出不窮的人物，也有各種聲音與我交談。慢慢地，一個個中短篇自然而然地生成，它們有了生命，等待我去培育，去落實為文字。每一個字最終調準，都呈現出整個小說的一部分肌理。

我九九年開始寫小說，稍微發出來幾個短篇，便跟父母提出不再賣空調了，想待在家裡寫小說。寫小說固然是我喜好，在當時也不失為一個藉口，為逃避沒完沒了的上門收爛帳——收帳時，雖然表情必須堅毅，不能在對方眼前露出一絲怯懦，其實腿跟子都是軟的，這種日子不想再過下去。父母擔心，發表幾篇小說根本不足以謀生；再說，要長期寫下去，哪來那麼多材料？我指指腦袋，告訴他們，做生意這幾年，我已經構思了足夠多的小說，可以一路寫下去。

此後寫了幾年，收入一直捉襟見肘，正打算另謀職業，意外獲得魯迅文學獎，從此成為文聯的創作員，得以一直專業寫作直到今天。

所以，從事寫作，在我平淡的生活裡也引發過小小的奇蹟，使我一直心存感激。寫作本身也給予我無窮樂趣，至今樂此不疲。迄今寫了十五年，創作的小說不足兩百萬字，年均十二萬，月均一萬，算是低產。我不是說對於作品，對於文字我如何認真地去雕琢，而是，我會花大量時間去判定，哪些才是我獨有的材料，哪種腔調才是我個人的表達，哪種見解才是我獨有的思考。表達是生活中最常見的事務，幾乎每個人都在表達，誠因如此，表達往往毫無效用，匯入街談巷議，轉眼消失不見。我似乎很在意這方面，我希望自己的表達和見解具有一定生命力，能夠依賴有限的傳播途徑，某些觀點能被人理解，某些細節能讓人難以忘記。

同時，我又對卡爾維諾《美國講稿》中的一句話深信不疑：你以為永恆的一切，都將灰飛煙滅！

誠然，這很矛盾，但是，寫作者何嘗不是一個個擰巴之人？糾結到無可開釋之處，操起了筆墨，寫字以圖發洩。

我終於等到自己的首本台版書出版。我嗜淘書，多年來，淘書、看書、寫書幾為生活全部內容。為淘台版，費錢不少，但閱讀之餘，尚可反覆把玩，物有所值。台版書繁體豎排的文字，相對於簡體橫排，總有種血統純正之感。而今，自己的作品也能印成台版書，感激之餘，還要堅持「繁體豎排」，這已成某種心結。不管別人反應如何，我自己會揣著書本細細撫摩，從頭至尾再看一遍。簡體轉成繁體以後，我粗礪而直率的敘述方式，我「野性狂放」的文字，是否由此轉換得細膩而柔和。

附錄

# 田耳創作年表（按發表日期排列）

| 作品名稱 | 刊物（或出版社） |
| --- | --- |
| 〈鬍子〉（短篇） | 《花溪》2000年第2期 |
| 〈那年我家失火〉（短篇） | 《小說林》2003年第2期 |
| 〈鄭子善供單〉（短篇） | 台灣《聯合文學》2004年第11期；《江南》2006年第4期；《2006短篇小說年選》花城版2007年1月選載 |
| 〈獨舞的男孩〉（短篇） | 《芙蓉》2005年第2期 |
| 〈衣缽〉（短篇） | 《收穫》2005年第3期；《2005短篇小說年選》花城版（2006年1月）；《2005中國最佳短篇小說》遼寧人民版（2006年1月）；《2005收穫短篇小說選》中國福利會版（2006年4月）；《第四屆魯迅文學獎短篇小說集》作家版（2009年6月）收入；《回應經典——70後作家小說選》江蘇文藝版（2011年11月）收入；《江南·長篇小說月報》2014年第5期（田耳專號）選載 |
| 〈黑信〉（短篇） | 《文學港》2005年第3期 |
| 〈姓田的樹們〉（中篇） | 《芙蓉》2005年第4期；《中篇小說選刊》2005年第5期選載；小說集《飛翔》杭州出版社（2002年4月）收入 |
| 〈狗日的狗〉（短篇） | 《人民文學》2005年第8期；《短篇小說選刊版》2005年第10期； |

| | |
|---|---|
| | 《21世紀年度小說選2005短篇小說》人民文學版（2006年1月） |
| 〈殺鵝〉（短篇） | 《佛山文藝》2005年第11期 |
| 〈重疊影像〉（中篇） | 《人民文學》2005年第12期；《小說選刊》2006年第1期選載；《北京文學‧中篇小說月報》2006年第1期選載 |
| 〈氮肥廠〉（短篇） | 《文學界》2006年第4期以〈飛翔〉為題發表；李敬澤主編《中國記憶》小說卷百花文藝版（2009年）收入；德文《在路上——新時期中國短篇小說選》（2009年10月）譯介；《江南‧長篇小說月報》2014年第5期（田耳專號）選載 |
| 〈坐搖椅的男人〉（短篇） | 《人民文學》2006年第4期；《21世紀中國文學大系2006短篇小說》春風文藝版（2007年1月）選載；《走失的風景——70後作家短篇小說選》江蘇文藝版（2012年8月）收入 |
| 〈鐵西瓜〉（短篇） | 《青年文學》2006年第4期 |
| 〈圍獵〉（短篇） | 《芙蓉》2006年第4期 |
| 〈最簡單的道理〉（短篇） | 《天涯》2006年第4期 |
| 〈人記〉（中篇） | 《鍾山》2006年第6期 |
| 〈夏天糖〉（短篇） | 台灣《聯合文學》2006年第11期；北美《世界日報》中文版副刊2006年11月連載 |
| 〈一個人張燈結彩〉（中篇） | 《人民文學》2006年第12期；《小說選刊》2007年第1期選載；《北京文學‧中篇小說月報》2007年第1期、第12期選載；《2007中國年度中篇小說》灕江版選載；《2007文學中國》花城版選載；同名中篇小說集入選「二十一世紀文學之星叢書」2007年卷；《新中國60年文學中篇小說典 |

藏》人民文學版（２００９年）收入；德文《空的窗——新時期中國中篇小說選》（２００９年１０月）收入；《新時期獲獎小說精品大系》時代文藝版（２００９年）選載；《新實力華語作家作品十年選》（２０１０年）選載；《新中國文學精品文庫中篇小說卷》海天版（２０１０年）選載；《魯迅文學獎作品選１·短篇小說卷》台灣人間出版社（２０１３年１２月）選載；《江南·長篇小說月報》２０１４年第５期（田耳專號）選載

| | |
|---|---|
| 〈界鎮〉（中篇） | 《中國作家》２００７年第１期 |
| 〈你癢嗎〉（中篇） | 《鍾山》２００７年第２期 |
| 〈牛人〉（短篇） | 《收穫》２００７年第４期；《２００７中國文學年鑑》２００８年２月選載 |
| 〈一朵花開的時間〉（中篇） | 《鍾山》２００７年第５期；《江南·長篇小說月報》２０１４年第５期（田耳專號）選載 |
| 〈煙火〉（短篇） | 《文學界》２００７年第５期 |
| 〈彎刀〉（短篇） | 《大家》２００７年第５期 |
| 〈蟬翼〉（中篇） | 《青年文學》２００７年第７期 |
| 〈風的琴〉（中篇） | 《飛天》２００７年第７期 |
| 〈環線車〉（中篇） | 《人民文學》２００７年１１期；《中篇小說選刊》２００８年第１期選載；《小說月報·未用稿》第３輯選載 |
| 〈父親的來信〉（短篇） | 《上海文學》２００８年第１期 |
| 〈事情很多的夜晚〉（短篇） | 《當代小說》２００８年第１期 |
| 〈風蝕地帶〉（長篇） | 《江南》２００８年第２期 |
| 〈揭不開鍋〉（短篇） | 《芙蓉》２００８年第４期 |

| | |
|---|---|
| 〈拍磚手老柴〉（中篇） | 《北京文學》2008年第4期；《小說月報》2008年增刊第3期選載 |
| 〈掰月亮砸人〉（中篇） | 《西部華語文學》2008年第4期；《2008中國最佳中篇小說》遼寧人民版（2009年1月）選載 |
| 《風蝕地帶》（長篇小說） | 廣西師範大學出版社2008年7月出版 |
| 〈在場〉（短篇） | 《西部》2008年第8期 |
| 〈朱昜〉（短篇） | 《西部》2008年第12期 |
| 〈濕生活〉（中篇） | 《鍾山》2009年第4期；《中篇小說選刊》2009年第5期選載；《2008中篇小說年選》花城版（2010年1月）選載 |
| 〈到峽谷去〉（短篇） | 《朔方》2009年第8期 |
| 〈尋找采芹〉（短篇） | 《紅豆》2009年第9期；《中華文學選刊》第11期選載；《21世紀年度小說選2009短篇小說》人民文學版（2010年1月）選載；《新世紀小說大系．鄉土卷》上海文藝出版社2014年1月 |
| 〈戒靈〉（中篇） | 《民族文學》2009年第12期；《中國少數民族文學年度選2011小說卷》選載 |
| 〈友情客串〉（中篇） | 《人民文學》2010年第5期；《2010中國最佳中篇小說》遼寧人民版（2011年2月）選載 |
| 〈漂亮老頭〉（短篇） | 《滿族文學》2010年第5期；《中華文學選刊》2010年第7期選載 |
| 〈在少女們身邊〉（中篇） | 《紅豆》2010年第8期；《小說選刊》2010年第9期選載 |
| 〈田耳短篇五題〉（短篇） | 《文學界》2011年第1期 |
| 〈夏天糖〉（長篇） | 《鍾山》2011年第1期 |
| 《夏天糖》（長篇小說） | 湖南文藝出版社2011年1月出版 |

| | |
|---|---|
| 〈放在樹梢上〉（短篇） | 《作品》2011年第3期 |
| 〈韓先讓的村莊〉（中篇） | 《民族文學》2011年第3期；《小說選刊》2011年第5期選載；《中國少數民族文學年度選2011》選載 |
| 〈身邊的江湖〉（短篇，包括〈老大你好〉、〈一統江湖〉） | 《人民文學》2011年第5期；其中〈老大你好〉被《2011短篇小說年選》花城版（2012年1月）、《21世紀年度小說選2011短篇小說》人民文學版（2012年4月）選載 |
| 〈我和弟弟捕盜記〉（短篇） | 《民族文學》2011年第10期；《中華文學選刊》2011年第12期選載 |
| 〈打分器〉（短篇） | 《小說月報原創版》2012年第2期；《2012短篇小說年選》花城版選載 |
| 〈唐衣的顏色〉（短篇） | 《秀SHOW雜誌》2013創刊號 |
| 〈聊聊〉（短篇） | 《鴨綠江》2013年第2期 |
| 〈頭條好漢〉（短篇） | 《湖南文學》2013年第4期 |
| 〈天體懸浮〉（長篇） | 《收穫》2013年第4、5期 |
| 〈割禮〉（短篇） | 《花城》2013年第5期；英文《路燈》雜誌2014年第3期譯介 |
| 〈我女朋友的男朋友〉（中篇） | 《大家》2013年第6期 |
| 〈被猜死的人〉（中篇） | 《芙蓉》2013年第6期 |
| 〈合槽〉（短篇） | 《山花》2013年第9期；《2013短篇小說年選》花城版（2013年1月）選載；《江南・長篇小說月報》2014年第5期（田耳專號）選載 |
| 〈長壽碑〉（中篇） | 《人民文學》2014年第3期；《小說月報》2014年第5期選載；《中篇小說選刊》2014年第3期選載；《北京文學・中篇小說月報》2014年第4期選載 |
| 〈鴿子血〉（短篇） | 《文學港》2014年第2期；《小說月報》2014年第4期選載 |

《衣鉢》（短篇小說集）　　上海文藝出版社２０１４年６月出版

《天體懸浮》（長篇小說）　　作家出版社２０１４年８月出版；《江南·長篇小說月報》２０１４年第５期（田耳專號）選載

國家圖書館出版品預行編目資料

一個人張燈結彩 / 田耳作. -- 初版. --
臺北市：人間，2014.12
378面；14.8×21公分
ISBN 978-986-6777-79-0（平裝）

857.63　　103022100

# 一個人張燈結彩

作者　田耳
責任編輯　蔡鈺淩
校對　仲雅筠、陳莉雯、蔡鈺淩
封面設計　蔡佳豪
內文版型設計　黃瑪琍

發行人　呂正惠
社長　林怡君
出版　人間出版社
台北市長泰街五十九巷七號
電話　（02）23370566
傳真　（02）23377447
郵政劃撥　11746473．人間出版社
電郵　renjianpublic@gmail.com

定價　三六〇元
初版一刷　二〇一四年十二月
ISBN　978-986-6777-79-0

排版　龍虎電腦排版股份有限公司
印刷　中原造像股份有限公司
總經銷　聯合發行股份有限公司
新北市新店區寶橋路二三五巷六弄六號二樓
電話　（02）29178022
傳真　（02）29156275